भाड़ में जाए वो नौकरी

जियो अपने सपनों की ज़िंदगी

युवान बुक्स

अनबाउंड स्क्रिप्ट का उपक्रम

भाड़ में जाए वो नौकरी

प्रथम संस्करण : जनवरी, 2026

ISBN : 978-93-47125-67-6

प्रकाशक : अनबाउंड स्क्रिप्ट
2/41, अंसारी रोड,
दरियागंज, दिल्ली - 110002
वेबसाइट : www.unboundscript.com
ई-मेल : books@unboundscript.com
फोन : 011- 35807601

BHAD MEIN JAYE VO NAUKRI
by VIJETA DAHIYA

मुद्रक : यश प्रिंटोग्राफ़िक्स, नोएडा, उत्तर प्रदेश

मूल्य : ₹ 399 /-

भाड़ में जाए वो नौकरी

जियो अपने सपनों की ज़िंदगी

विजेता दहिया

युवान बुक्स

अनुक्रम

अध्याय -1

अनोखे ख़्वाब

गर्लफ्रैंड ने कहा कि हम अगला फ़ीफ़ा वर्ल्ड कप लाइव देखने चलेंगे।

मैंने कहा, "हम्म!"

"हम्म क्या? चलेंगे ना? मुझसे वादा करो कि मुझे लेकर चलोगे।"

अगर मैं इससे तीन फुटबॉल टीम का नाम पूछ लूँ, तो इसे पता नहीं होगा। लेकिन कॉर्पोरेट में सब फुटबॉल वर्ल्ड कप देख रहे हैं, तो उनकी देखा-देखी इसे भी वही देखना है। नकलची कहीं की! ऐसा मैंने सोचा, लेकिन कहा नहीं।

मैंने कहा- "क्या ही हो जाएगा लाइव देखकर? टीवी पर इतना बढ़िया तो दिख रहा है। क्लोज़-अप में देख पाते हैं सब कुछ। वहाँ इतने बड़े स्टेडियम में छोटी-सी बॉल अच्छे से दिखेगी भी नहीं। ना किसी खिलाड़ी का चेहरा अच्छे से दिखेगा। जो टीवी पर देख रहे हैं, यह भी लाइव ही है। और यहाँ तो रीप्ले भी देख सकते हैं।"

"बड़े-बड़े स्क्रीन लगे होते हैं वहाँ भी रीप्ले देखने के लिए"

"स्क्रीन पर तो यहाँ भी देख रहे हैं ना। अपने पर्सनल स्पेस में इतना कम्फ़र्टेबल होकर बैठे हुए हैं। साथ में खाना खा रहे हैं। कॉफ़ी पियोगी?"

"तुम भी ना! एक फ़ील होती है वहाँ जाकर देखने की, एक अलग ही एक्सपीरियंस होता है, और उस देश में भी तो घूमेंगे। इसलिए बेवजह के बहाने मत बनाओ। वादा करो कि हम चलेंगे।"

अब क्या ही कहूँ? साफ़-सीधे 'ना' कहना अच्छा नहीं लगता। इसलिए मैं कुछ बहाने बनाकर टालने की कोशिश कर रहा हूँ। लेकिन इसे बात समझ नहीं आ रही। दो टूक जवाब देते ही बना- "मैं ऐसा कोई वादा नहीं करने वाला। सॉरी।"

उसने हैरत के भाव से देखा। "प्रॉब्लम क्या है तुम्हें?"

"तुम्हें पता है ना कि मैं कभी भी जॉब छोड़ सकता हूँ।"

"हाँ तो फिर?"

इसे इतनी सीधी बात समझ नहीं आ रही? मैंने विस्तार से समझाया- "देखो, दूसरे देश जाने के लिए फ़्लाइट लेनी पड़ती है। हॉटेल बुक करवाना पड़ता है। इसके लिए पैसे चाहिए होते हैं। पैसा आता है सैलरी से। सैलरी आती है नौकरी करने से। अगर नौकरी छोड़ दूँगा, तो पैसा नहीं होगा ना! समझे?"

"नौकरी छोड़ कर खाली थोड़े ना बैठोगे! अपने सपनों को पूरा करोगे, किताबें लिखोगे, फ़िल्में बनाओगे, एक्टिंग करोगे। पैसे की कौनसी कमी होने वाली है!"

यह अच्छी तकनीक है कि सामने वाले को चने के झाड़ पर चढ़ा दो, और फिर माँग लो जो चाहिए हो। लेकिन मैं ऐसे झाँसे में आने वालों में से नहीं।

"हाँ, पूरी दुनिया मेरे इंतज़ार में ही बैठी हुई है ना, कि मैंने जॉब छोड़ी, थोड़ी सी कोशिश की और ऑफ़र बरसने लगे मुझ पर। शाहरुख़ ख़ान मेरे आगे हाथ जोड़ रहा है - विजेता जी, मेरी फ़िल्म में रोल कर लो प्लीज़!"

उसने खिन्न भाव से मुझे देखा। पाँच सैकेंड तक चुप रही। फिर ठंडी आह भरकर बोली- "तो क्या लगता है कि तुम्हें काम नहीं मिलेगा? कोशिश करने से पहले ही तुमने हार मान ली? अगर तुम्हें उम्मीद ही नहीं है, तो फिर फ़ायदा क्या है कोशिश करने का? यक़ीन होना चाहिए अपने ख़्वाबों

में। यक़ीन होना चाहिए अपने टैलैंट पर। तुम्हें ख़ुद यह कहना चाहिए था कि तुम्हें अगला फ़ीफ़ा वर्ल्ड कप दिखाने लेकर चलूँगा।"

"कुछ यक़ीन है, उम्मीद है, तभी तो नौकरी छोड़ने का सोच रहा हूँ। लेकिन 100% पक्का तो नहीं होता ना कुछ भी! मैं बस अपनी तरफ़ से अपना कर्म कर सकता हूँ, जो करूँगा भी। लेकिन फल मिलेगा या नहीं - उसमें 70 फ़ैक्टर होते हैं। क्या पता कि 4 साल बाद तक कुछ ख़ास ना हो पाए, इतना पैसा ना हो!"

"फिर से वही बात। क्यों नहीं होगा? पॉज़िटिव सोचो ना"

"पॉज़िटिव तो सोच ही रहा हूँ। इतनी सी बात समझ नहीं आ रही क्या तुम्हें, कि 100% पक्का तो नहीं होता ना कुछ। हमेशा कुछ रिस्क तो होता ही है।"

बात मेरे ख़्वाबों की हो रही है, लेकिन उसने अभी ऐसे देखा, जैसे मैंने ऐसा कहकर उसके ख़्वाबों को तोड़ दिया हो। हाँ, शायद ऐसा है भी। कुछ दिन पहले किसी फ़िल्म में मिस्र के पिरामिड्स देख लिए, तो मुझसे कहा था कि हम भी पिरामिड्स चलेंगे ना? मैंने कह दिया था कि हाँ, चल पड़ेंगे।

अब इस बात का मतलब तो यही हुआ ना कि मैं पैसा कमाऊँ हमारे वहाँ चलने के लिए, वरना चलने के लिए पैर तो उसके ख़ुद के भी हैं। ऐसा नहीं कि मुझे उसे गोदी उठाकर चलना हो।

ख़ैर, ऐसी ज़िद भी वह कर सकती है। वह कोई भी ज़िद कर सकती है। मुझसे कोई भी उम्मीद लगा सकती है। क्यों भला? यह अधिकार तो पहले केवल मेरे पिताजी के पास था। मुझसे कोई भी उम्मीद करने का। अपने सपनों को मुझ पर थोपने का। वे चाहते थे कि मैं आई.ए.एस बन जाऊँ। अब वे चाहते हैं कि मैं कंपनी के ख़र्चे पर अमेरिका घूम कर आऊँ और वे शाम को पार्क में जाकर इस बात का ढोल पीट सकें।

कंपनी के अमेरिका वाले प्लांट में विज़िट के लिए मेरा नंबर लग ही चुका था। मैंने घर पर बता दिया था। एक हफ़्ते की विज़िट होनी थी। पिताजी के ख़्वाबों से परे जो किसी इंसान का ख़ुद का मन होता है, मेरे उस पर्सनल मन में भी अच्छा तो लगा ही। 'अमेरिका घूमकर आएँगे'- यह सोचकर अच्छा लगेगा ही ना। लेकिन शुक्रवार से सोमवार आने में कुछ बदल गया। कोई आँधी आई, पिताजी का ढोल फट गया, वह मौका मेरे हाथों से उड़कर मेरे सहकर्मी के हाथों में चला गया। तो क्या, गया तो गया।

मैंने सोचा कि फ़िल्मस्टार बन जाऊँ तो फ़िल्म प्रोड्यूसर से कहकर फ़िल्म का कोई गाना अमेरिका में शूट करवा लेंगे। चलो, एक गाना पिरामिड्स के आगे भी सही। यह नकलची भी ख़ुश हो जाएगी। फ़ेसबुक पर लगा लेगी फ़ोटो। और ऐसा नहीं हो पाया तो? फ़िल्मों में रोल नहीं मिले तो? कॉर्पोरेट करियर में ब्रेक आ जाने पर दोबारा नौकरी मिलना भी मुश्किल होता है। तो ऐसे में फिर अपनी चाय की दुकान ज़िंदाबाद।

मैंने देहरादून में एक दुकान पर चाय पी थी। पहली बात कि वह दुकान इतनी ज़्यादा साफ़-सुथरी थी। दुकान में बैठने के लिए टेबल और बैंच थे। वहाँ कोई मक्खियाँ नहीं भिनभिना रही थीं। दुकान में अँधेरा नहीं था। पीछे की तरफ़ एक दरवाज़ा था, जो दुकान वाले के घर के आँगन में खुलता था। दूसरी बात कि उस लड़के ने काँच के गिलास में चाय दी। कागज़ के डिस्पोज़ेबल कप में नहीं, जिसमें अंदर की तरफ़ पतली प्लास्टिक पन्नी चिपकी हुई होती है; और इस वजह से गर्म चाय में माइक्रोप्लास्टिक आ जाते हैं। उसने चाय दी अच्छे से धुले हुए काँच के गिलास में। तीसरी बात कि चाय के साथ खारी फेन, रस्क, मट्ठी, बिस्कुट और ऑमलेट के भी ऑप्शन थे।

सबसे बड़ी बात कि चाय बहुत ही कमाल थी। कुछ चाय वाले होते हैं जो पानी ज़्यादा डाल देते हैं। कुछ लोग चाय को सही से उबालते नहीं हैं।

किसी चाय वाले को कहो कि फीकी चाय चाहिए, थोड़ी सी भी चीनी नहीं, लेकिन वे इस्तेमाल हो चुकी चाय पत्ती में ही चाय बना देते हैं और फिर वह चाय भी मीठी लगती है। कोई है जो अदरक, इलाइची जैसा कुछ नहीं डालता। मैं कहता हूँ कि 15 नहीं 25 रुपए ले लेना, लेकिन उसके बावजूद अच्छी चाय मिलना दुर्लभ बात है। मैंने तो अब बाहर चाय पीना ही छोड़ दिया है। हाँ, 'चायूस' में जाओ, तो वहाँ मिट्टी के कुल्हड़ में बढ़िया चाय मिल जाती है लेकिन डेढ़ सौ रुपए में। यहाँ इस दुकान में तो केवल पंद्रह रुपए में लड़के ने शानदार चाय पिला दी। मैंने तो फिर एक और चाय ली और मेरे दोस्तों ने भी।

दिल्ली में ऐसी चाय की दुकान की दरकार है। अगर मैंने ऐसी दुकान खोल दी, तो क्या मैं हमेशा चाय बनाना पसंद करूँगा? लोगों को चाय की चुस्कियों में जो आनंद आएगा, क्या उनके चेहरे पर आए उस संतोष भाव में मुझे अपने जीवन का मक़सद मिल जाएगा? हाँ, जीवन का मक़सद तो मिल जाएगा। हज़ारों चाय-लवर्स की आत्मा को मैंने तृप्त किया- यह सोचकर जीवन सार्थक तो लगेगा, लेकिन हर रोज़ चाय बनाने में बोर नहीं हो जाऊँगा क्या?

सुनील सर की बात ग़लत नहीं थी। दरअसल उनका नाम सुनील नहीं है, लेकिन मैंने किताब में सभी नाम बदल दिए हैं; इसलिए अभी हम उन्हें सुनील कहेंगे। वे चार कंपनी शुरू कर चुके थे, और फिर कंपनी को बेचकर साइड हो जाते। मैंने कहा कि सर, सबसे मुश्किल काम तो बिज़नेस शुरू करना है; उसके बाद तो ऑटोपायलट पर डालकर मलाई चाटनी होती है, और आप हैं कि बिज़नेस के रफ़्तार पकड़ते ही उसे बेचकर निकल लेते हैं, और फिर से कोई नया बिज़नेस शुरू करने की सिरदर्दी उठाते हैं। उन्होंने कहा था कि विजेता, मुझे बिज़नेस चलाने में मज़ा नहीं आता; मुझे बिज़नेस शुरू करने में मज़ा आता है। जो तुम्हें सिरदर्दी लगती है, मेरे लिए

मज़ा उसी में है कि कोई नया बिज़नेस आईडिया सोचा; उस प्रोडक्ट या सर्विस को डिज़ाइन किया; ऑपरेशंस को स्टैंडर्डाइज़ किया; प्रोसेस को स्ट्रीमलाइन किया; मार्केटिंग की; इस तरह जो केवल मेरे दिमाग़ में था, वह पूरा बिज़नेस अपनी आँखों के सामने खड़ा कर दिया; इसी में मुझे चैलेंज महसूस होता है, और ऐसे चैलेंज में मज़ा आता है।

मुझे मज़ा आएगा चाय की ऐसी दुकान शुरू करने में। साफ़-सुथरी दुकान, जहाँ काँच के गिलास में कमाल की चाय मिलती हो, और साथ में कुछ स्नैक्स के ऑप्शन भी हो। मेरा विचार इससे कहीं आगे जाता है। वहाँ लोगों के खेलने के लिए शतरंज होगा। ज़ाहिर है कि उसका अलग चार्ज लगेगा, जो जीतने वाले को देना होगा। हाँ, जो अपनी हार से परेशान है, उससे पैसे भी लिए जाएँ, यह सही नहीं। जीतने वाले से ही पैसा लिया जाएगा।

आप चाहें तो वहाँ पर बैठकर नॉवेल पढ़ सकते हैं। कोई कहानी-कविता लिख सकते हैं। अपनी कविता या पेंटिंग दूसरों को दिखानी हो, तो उसके लिए एक बुलेटिन बोर्ड होगा, जहाँ आप उसकी कॉपी लगा सकते हो, और फिर दूसरे लोग उस पर कॉमेंट दे सकते हैं। एक तरह का ऑफ़लाइन इंस्टाग्राम। हाँ, अगर इस बुलेटिन बोर्ड पर किसी ने अपना कोई इश्तिहार लगाया, जैसे अपने किसी बिज़नेस का पोस्टर, तो उसके लिए पैसे लगेंगे।

हफ़्ते में किसी दिन कोई इवेंट भी रखा जाएगा, जैसे कि शुक्रवार को शाम 6 बजे अपने आसपास के मुद्दों पर चर्चा। अगर आपका कोई पीटिशन है अपने कौंसिलर, विधायक या सांसद के लिए, उसे भी बुलेटिन बोर्ड पर लगा सकते हैं, और दूसरे लोग साइन कर सकते हैं। इसके लिए कोई चार्ज नहीं। सुना है कि कोलकात्ता में ऐसी चाय की दुकानें बुद्धिजीवियों का अड्डा होती थीं, जहाँ वे साहित्य, संगीत, सिनेमा, समाज पर चर्चा करते थे। किसी एक दिन कोई मॉडरेटर रखते हुए ऐसी चाय पर चर्चा रखी जाएगी।

फिर मैं इस दुकान की कई ब्रांच खोलूँगा और फ्रेंचाइज़ी भी दूँगा लेकिन इस शर्त पर कि ना तो क्वालिटी में कोई हेर-फेर हो और ना ही इस पूरे मॉडल में। फिर एक दिन सुनील सर की तरह इसे करोड़ों रुपए में बेच दूँगा; चाय की ऐसी दुकान बनाने का जो ख़्वाब था, वो तो पूरा हो ही गया; अब कोई और चलाए इसे। मैं अपने करोड़ों रुपए से फिर फ़िल्म बनाऊँगा। नहीं, ऐसा नहीं कि सारा ही रुपया फ़िल्म बनाने में लगा दिया। पैसा अपने अकाउंट में रखूँगा, कहीं इन्वैस्ट करूँगा; उस पैसे के कुछ हिस्से से फ़िल्म बनाऊँगा। अगर फ़िल्म नहीं चली तो? फ़िल्मों से पैसा नहीं आया तो?

तो फिर मैं बच्चों को भी पढ़ा सकता हूँ। कॉलेज में पढ़ते हुए मैंने दूसरी क्लास से लेकर फर्स्ट ईयर तक के बच्चों को ट्यूशन पढ़ाया है। लेकिन मैं ट्यूशन सेंटर नहीं खोलूँगा; मैं अपना एक स्कूल शुरू करूँगा। हरेक क्लास में 25 बच्चे; पहली से बारहवीं तक हुए 300 बच्चे। केवल बारह क्लासरूम होंगे। वहाँ कोई रट्टा सिस्टम नहीं होगा। चाहे गणित हो या विज्ञान, सब कुछ कॉन्सैप्ट के ज़रिए सिखाया जाएगा। प्रैक्टिकल करते हुए सिखाया जाएगा।

पहली क्लास से ही तर्कशीलता और मनोविज्ञान के विषय पढ़ाए जाएँगे, ताकि वे तर्कशील इंसान बनें; ऐसे सभ्य इंसान बनें, जो अपने अहंकार, लालच, गुस्से, ईर्ष्या, द्वेष जैसी वृत्तियों को नियंत्रित करना जानते हों। बचपन से ही सभी बच्चे कैलिसथैनिक्स करेंगे- फुटबॉल, बास्केटबॉल, बैडमिंटन खेलेंगे। सही तरीके से शास्त्रीय संगीत सीखेंगे, पेंटिंग बनाएँगे, थिएटर करेंगे, उत्कृष्ट साहित्य पढ़ेंगे, कहानी-कविता लिखेंगे और वर्ल्ड सिनेमा देखेंगे।

स्कूल में ही एक खेत होगा, जहाँ बच्चे सब्ज़ियाँ और फ़सलें उगा सकें। उन्हें बिज़नेस शुरू करने की ट्रेनिंग दी जाएगी। उन्हें कभी बर्ड सैंक्चुअरी में ट्रिप पर ले जाया जाएगा, तो कभी किसी विज्ञान प्रदर्शनी में। इस तरह

जब तक, वे बच्चे दसवीं क्लास तक पहुँचेंगे, उन्हें हरेक करियर के बारे में जानकारी होगी और हरेक फ़ील्ड का कुछ एक्सपोज़र होगा। वे बच्चे देश के लीडर होंगे। वे कैमिस्ट्री का नोबेल प्राइज़ जीतेंगे, ओलिंपिक मैडल लाएँगे, इंटरनैशनल थिएटर कंपनी शुरू करेंगे।

ऐसे स्कूल मैं देश के हरेक डिस्ट्रिक्ट में बनाऊँगा। ऐसे स्कूल में ख़र्चा तो बहुत होगा। तो क्या वहाँ केवल अमीरों के बच्चे ही पढ़ेंगे, जो महीने की भारी-भरकम फ़ीस दे सकें? नहीं, ऐसा तो नहीं, इसके लिए कुछ सोचना पड़ेगा। या तो ऐसा करेंगे कि 12 बच्चे मिलिनेयर लोगों के, जिनसे लाखों रुपए फ़ीस ली जाए, और बाकी 13 बच्चे कोई भी, जिनके लिए सब मुफ़्त हो। या फिर मैं ध्रुव को कहूँगा कि देश के सभी लोगों से इस स्कूल के लिए डोनेशन ली जाए, ताकि सभी बच्चे मुफ़्त में पढ़ सकें। और फिर मैं अपने हिसाब की फ़िल्म बनाऊँगा। सबसे पहला ख़्वाब तो आर्टिस्ट बनना ही है। वह ना हुआ, तो दूसरा ख़्वाब सही। जैसे वह चाय की दुकान भी मेरा एक ख़्वाब है, और यह निराला स्कूल भी। इतने सारे ख़्वाब हो सकते हैं क्या किसी के? भला क्यों नहीं !

ख़ैर, इस तरह का स्कूल खोलना तो आर्टिस्ट बनने जितना ही मुश्किल है, पर चाय की दुकान लगाई जा सकती है। यह एक समझौते जैसा होगा क्या? मेरे लिए तो नहीं। साथ में थिएटर करूँगा और कुछ लिख भी लूँगा साथ में। लेकिन दुनिया तो यही कहेगी कि बड़े आर्टिस्ट नहीं बन पाए, तो चाय की दुकान लगा ली। अगर 100 ब्रांच हो गई, तब तो दुनिया ख़ूब वाहवाही करेगी। क़सीदे पढ़ेगी मेरी शान में। एक ही दुकान हुई, जहाँ मैं ख़ुद चाय बना रहा हूँ, तब कहेंगे कि कैसा पागल है, आर्टिस्ट बनने के चक्कर में अच्छी-ख़ासी नौकरी छोड़ दी, और अब देखो, चाय बेच रहा है।

क्या फ़र्क़ है एक दुकान और सौ दुकान में? पैसे का बहुत फ़र्क़ है। यही तो समाज में इज़्ज़त का पैरामीटर है। आप लोगों को भद्दी गालियाँ देते

हुए तथा-कथित रोस्ट वीडियो बनाइए। अगर एक लाख सब्सक्राइबर नहीं हुए और पैसा नहीं आया, तो लोग कहेंगे कि कैसा ज़ाहिल है, इतने साल से क्या बकवास कर रहा है, कैसा लूज़र है, कुछ ढंग का काम कर लेता। लेकिन अगर करोड़ों सब्सक्राइबर हो गए, तो ऑनलाइन सट्टे वाली कंपनियाँ ब्रांड डील देंगी, यूट्यूब एडसैंस से ख़ूब पैसा आएगा; मोटिवेशन गुरु आपको अपनी पॉडकास्ट पर बुलाएँगे युवाओं को प्रेरणा देने के लिए। इसी तरह अगर मैंने चाय की दुकान की 100 ब्रांच खोल दीं, तो IIT और IIM में भी मोटिवेशनल टॉक देने के लिए बुलाया जाएगा। पूछा जाएगा कि ऐसा सुंदर विचार आपके दिमाग़ में कैसे आया। लेकिन वह विचार केवल एक दुकान तक रहा, तो कोई नहीं पूछने वाला।

हाँ, अगर मैं फ़ेमस आर्टिस्ट बन गया, और फिर मैंने यह चाय की दुकान शुरू की तो? तब लोग तारीफ़ करेंगे। कैसा अल्हड़, आवारा, पागल आर्टिस्ट है! इतना पैसा कमाकर भी चाय की दुकान लगा ली; इनका तो दिमाग़ ही अलग है।

एक बार मैंने कहीं पढ़ा था कि कोई प्रसिद्द लेखक किसी रेस्तरां में वेटर का काम करते थे। नहीं, ऐसा नहीं कि पहले वो वेटर थे, और फिर बॉलीवुड फ़िल्मों की तरह उनके रंक से राजा बनने वाली कहानी हो - '...रेस्तरां में झूठे बर्तन धोए, प्लैटफ़ॉर्म पर सोए, और फिर वर्ल्ड-फ़ेमस लेखक बन गए....', पत्रकारों के आगे वे अपने संघर्ष के दिनों की कहानी सुना रहे हैं; फ़िल्म फ्लेशबैक में चल रही है, और यह सब याद करते हुए उनकी आँखों में आँसू। उनके माँ-बाप की आँखों में आँसू। उनकी पत्नी की आँखों में आँसू। ऑडियंस की आँखों में आँसू। धत! सारा मज़ा ही ख़राब हो गया यह सोचकर।

जो कहानी मैंने सुनी, वह कुछ ऐसी थी कि वे फ़ेमस लेखक बन चुके थे; अच्छा-ख़ासा पैसा कमा चुके थे, और उसके बाद उन्होंने वेटर का काम

शुरू किया था। जब लिख रहे होते थे, तो लिखते थे। बाकी समय में किसी जगह पर वेटर वाला काम करते थे। या शायद सिर्फ़ कुछ दिन किया हो। जितने भी दिन किया हो, कितना कूल है ना! हो सकता है कि कभी यह भी उनका ख़्वाब रहा हो कि किसी रेस्तरां में कुछ दिन वेटर रहूँगा। मेरी माँ कहती हैं कि मैं हमेशा कुछ पागलों वाली बात करता हूँ। लेकिन पागल ही तो सचमुच में ख़्वाब देख सकते हैं ना! ओशो ने कहा है कि कोई तुम्हें कवि कहे, पागल कहे, मतलब एक ही समझना। उनसे पूछना कि तुमने दिमाग़ लगाकर ऐसा क्या ही पा लिया? जाओ, तुम्हें आशीर्वाद देता हूँ कि तुम भी पागल हो जाओ।

ख़्वाब देखने के लिए कल्पना चाहिए। कोई कल्पनाहीन व्यक्ति मर्सिडीज़ ख़रीदने की तुच्छ इच्छा को ख़्वाब कहे, पूरी दुनिया इसी को सही मानने लगे, पिताजी पड़ोसियों और रिश्तेदारों में इसी का ढोल पीटने लगे, गर्लफ्रेंड यही सोचकर इतराने लगे, तो फिर सच में ख़्वाब देखने वालों को तो पागल ही कहा जाएगा।

मेरी इस बात को सोनू समझ सकता है। बिहार का वो बच्चा, जिसकी कई वीडियो वायरल हुई थीं; जिसने कहा था कि वह IAS बनना चाहता है। उससे एक लोकल रिपोर्टर ने पूछा कि तुम IAS क्यों बनना चाहते हो। तो सोनू ने कहा कि मैं हमारे देश को नंबर दो पर पहुँचाना चाहता हूँ। रिपोर्टर ने पूछा, कि नंबर एक पर क्यों नहीं। सोनू ने कहा- "क्योंकि वो मेरा सपना नहीं है।"

ड्रामेबाज़ी तो सब कर लेते हैं कि हम देश को नंबर एक पर ले जाना चाहते हैं, और फिर ये लोग इलाइची के नाम पर गुटखा बेचते हैं। लेकिन सोनू ने सपना देखा कि देश को नंबर दो पर पहुँचाना है। IAS का सपना तो उसके माहौल ने उसमें डाल दिया, लेकिन देश को नंबर दो पर ले जाने का सपना उसका ही था। रटी-रटाई हुई बात नहीं कही उसने। कुछ तो उसके ज़ेहन

में उभरा होगा। दिमाग़ लगाने वाले इसको समझ नहीं पाएँगे। क्योंकि यह समझने का मामला है ही नहीं। यह एक ख़्वाब है। जैसे नींद में आने वाले ख़्वाब - कुछ भी दिखता है! और सुबह उठने पर हमारा वो स्तब्ध होना, कि आज तो बहुत ही अनोखा ख़्वाब देखा। अनोखापन तो होना ही चाहिए। यहाँ तो जिसे देखो, वही मर्सिडीज़, बंगला, बंगले में स्विमिंग पूल, महँगी शराब, बिज़नेस क्लास फ़्लाइट और वर्ल्ड टूर - बस, हो गया? इतना ही था? ओह नहीं, वो मिक्की माउस वाली जगह तो भूल ही गया। वहाँ भी जाना है इन मैडम को। छोटी बच्ची है क्या?

फिर लोग कहते हैं कि 'प्यासा' एक ट्रैजिक फ़िल्म थी। जब दिमाग़ में यह सब भरा हो, तब तो 'प्यासा' ट्रैजिक फ़िल्म ही लगेगी। विजय ने कहा कि ये दुनिया अगर मिल भी जाए तो क्या है, और सब शौहरत ठुकरा दी। अपनी गर्लफ्रैंड के साथ एक शांत ज़िंदगी जीने चला गया। वह कविताएँ अब भी लिखेगा। जो कवि की शौहरत के बजाए कविता को देखते हैं, उन्हें वह कविता सुनाएगा भी। लेकिन जंजाल में उसे नहीं फँसना। उसने कहा कि मैं विजय नहीं हूँ, और निकल लिया वहाँ से। इससे ज़्यादा हैप्पी एंडिंग क्या हो सकती है भला। मुक्त हो गया वह हरेक बोझ से।

मुझ पर क्या बोझ है? मुझ पर बहन की शादी करवाने का बोझ नहीं है। उसके लिए दहेज इकट्ठा करने का बोझ नहीं है। क्योंकि हम तो सिर्फ़ दो भाई हैं। मुझ पर माँ के गिरवी कंगन छुड़वाने का बोझ भी नहीं है, क्योंकि कंगन गिरवी हैं ही नहीं। हाँ लेकिन माँ ने एक गलसरी चाही थी। ज़ाहिर तौर पर, सोने की गलसरी, जिसमें लाल रंग के मोती हों। माँ ने इसके लिए कहा था क्या मुझसे? सही से याद नहीं। उन्होंने गलसरी की बात तो की थी। कुछ ऐसे कि उनकी किसी सहेली के लिए उनके बेटे ने गलसरी बनवाई। लेकिन माँ तो घर से बाहर जाते हुए सोने का कोई गहना पहनने से डरती हैं। हाँ, किसी पार्टी में तो फिर भी पहन सकती हैं।

उन्होंने सीधे-सीधे नहीं भी कहा हो, तब भी गलसरी तो ले आऊँगा एक दिन। यह तो कोई बड़ी बात नहीं। अभी भी अकाउंट में इतना पैसा है कि उनके लिए ख़रीद सकता हूँ। ओह, लेकिन नौकरी छोड़नी है ना! इसलिए अभी अकाउंट में पैसा बचाना है। अभी उनके लिए गलसरी लाऊँ और फिर स्ट्रगल करते हुए उनसे ही पैसा माँगूं, यह तो अच्छा नहीं लगेगा। लेकिन गलसरी तो मैं तब भी ला दूँगा, अगर फ़ेमस आर्टिस्ट नहीं बना। यह नौकरी छोड़कर चार साल बाद इतना तो किसी भी चीज़ से कमा ही लूँगा। ट्यूशन पढ़ाकर भी। फ़िल्मों में छोटे-मोटे रोल करते हुए। थिएटर करते हुए और साथ में चाय की दुकान चलाते हुए। इसका वादा मैं उनसे कर सकता हूँ।

लेकिन गर्लफ़्रैंड से फ़ीफ़ा वर्ल्ड कप दिखाने का वादा तो नहीं। मन में आता है कि कहूँ- बारात में आई है क्या? लेकिन जिस चाकू से वह अभी सेब काट रही है, वही चाकू मार देगी मुझे। नहीं नहीं, मज़ाक़ कर रहा हूँ। गुस्सा हो जाती है, पर ऐसी नहीं है। "चार साल बाद जो वहाँ जाकर देखना है, नहीं देखना है, वो तो देखा जाएगा; अभी तो मैच देख लो। कोई दिलचस्पी नहीं है क्या मैच में?"

"चुप रहो तुम। सारा मूड ख़राब कर दिया। प्यार-मोहब्बत नाम की कोई चीज़ पता है तुम्हें? थोड़ी-सी रोमैंटिक बात कर ली, उसमें भी तुमने संसद बिठा दी। कोई कुछ ख़्वाब भी नहीं देख सकता क्या? उसमें भी तुमने गणित लगा दिया। किसी का दिल रखने के लिए बस यह नहीं कह सकते कि चलो ठीक है?"

"ख़्वाब तो जितने चाहे देखो। लेकिन वादा करने के लिए कहोगी, तब तो गणित लगाना पड़ेगा ना मुझे। तुम यह क्यों नहीं कहती कि मैं तुम्हें लेकर चलूँगी अगला फ़ीफ़ा वर्ल्ड कप दिखाने के लिए? तुम भी तो कमा रही हो।"

"हाँ, ग़लती हो गई मुझसे। माफ़ करो।" उसने गुस्से में दोनों हाथों को इकट्ठे पटकते हुए कहा।

मैंने हाथ लहराते हुए कहा- "चलो, माफ़ किया"

वह एक सैकेंड हड़बड़ा गई, और फिर हँसी छूट गई उसकी। फिर वापस से गुस्सा लाने की कोशिश करते हुए बोली, "तुमसे बात करने का कोई फ़ायदा ही नहीं। मैं तो ख़्वाब देखती हूँ कि तुम कुछ सालों में फ़ेमस आर्टिस्ट होगे। मैं अपनी जॉब छोड़कर तुम्हारा सब कुछ मैनेज करूँगी। किसके साथ तुम्हारी मीटिंग है, कहाँ शूटिंग है। कभी हमारे घर में मुशायरा होगा, और तुमने चिकनकारी वाला सफ़ेद कुर्ता-पायजामा पहना हुआ होगा। मैंने रेशम की साड़ी पहनी हुई होगी। मैं लोगों के आने से पहले घर को सजाऊँगी।" जॉन एलिया ने सही बात कही थी-

तुम जब आओगी तो खोया हुआ पाओगी मुझे,
मेरी तन्हाई में ख़्वाबों के सिवा कुछ भी नहीं

मेरे कमरे को सजाने की तमन्ना है तुम्हें?
मेरे कमरे में किताबों के सिवा कुछ भी नहीं

उसने अपनी बात जारी रखते हुए कहा, "मैं तो ये सब ख़्वाब देखती हूँ हमारे लिए। लेकिन तुम्हें तो इसमें भी रीयलिस्टिक होना है ना! कसमें, वादे, इनका तुम्हारे लिए कोई मोल ही नहीं"

"वादों का मोल है। तभी तो ऐसे ही कोई वादा नहीं करना चाहता।"

राजा दशरथ के लिए वादा ही तो मौत का कारण बन गया था। उन्होंने वचन के नाम पर दो ब्लैंक चैक दे रखे थे कैकेयी को। एक में कैकेयी ने भरा भरत के लिए सिंहासन, और दूसरे में राम के लिए वनवास।

राजा बलि ने वामन देव को तीन पग भूमि देने का वादा कर दिया, और फँस गए। वामन देव के रूप में थे- विष्णु। उनका आकार बढ़ता चला गया। एक पग में आकाश को नापा, दूसरे में धरती को, और तीसरा पग राजा बलि के सिर पर रखा, और उन्हें पाताल लोक भेज दिया।

कर्ण को भी अपना वादा बहुत महँगा पड़ा था। महाभारत का युद्ध चल रहा था। इंद्र ब्राह्मण का भेष धरकर आए, और कर्ण से वादा ले लिया कि जो माँगूँगा, मना नहीं करोगे। कर्ण ने हामी भर दी, और तभी इंद्र ने उनके कवच-कुंडल माँग लिए, जो उनको अभेद्य बनाते थे। कर्ण को कवच-कुंडल देने पड़े।

यह सीख तो है ही, कि वादा निभाओ। लेकिन उससे भी बड़ी सीख है कि ऐसे ही किसी से कोई वादा मत करो। शेक्सपियर के नाटक 'मर्चेंट ऑफ़ वेनिस' में ऐंटोनियो को अपने शरीर का एक पाउंड माँस देने की नौबत आ गई थी, क्योंकि शाइलॉक ने पैसा उधार देते हुए कॉन्ट्रैक्ट किया था कि अगर एंटोनियो समय पर उधार नहीं चुका सका, तो अपना एक पाउंड माँस देना पड़ेगा। एंटोनियो के जहाज़ समुद्र में फँसने की वजह से लेट हो गए थे। इसलिए अब वह अपनी मौत के लिए तैयार हो रहा था। वह तो समय पर पोर्शिया बढ़िया खेल गई। शाइलॉक को बोली कि अपना यह बॉन्ड देखो, इसमें केवल एक पाउंड माँस की बात हुई है; वह तुम ले लो, लेकिन अगर एक बूँद ख़ून भी गिरा, तो फिर देख लेना; उतना ही ख़ून तुम्हारे अंदर से निकाला जाएगा। इस तरह ऐंटोनियो बच पाया, वरना मरवा दिया था वादे ने।

ख़ैर, यह कौन-सा मुझे जान से मारेगी, लेकिन यह हो सकता है कि ताने मारेगी। "क्या कह रहे थे कि तुम्हें फ़ीफ़ा वर्ल्ड कप दिखाने लेकर चलूँगा? क्या हुआ तुम्हारे वादे का?" ताना मारकर फिर कहेगी कि अरे, मज़ाक़ ही तो कर रही हूँ।

ऊपर से ख़ुद भी तो अच्छा नहीं लगता कि मैंने कोई वादा किया था, और वो पूरा नहीं कर सका। मैंने फिर से कहा कि मैं कोई नेता नहीं हूँ, जो चलते-फिरते कुछ भी वादा कर दूँ। सीधी सी बात है कि अगर उतना पैसा आ गया, तो चल पड़ेंगे, वरना नहीं। लेकिन इस वादे का लोड लेते हुए मैं अपना रास्ता बदल लूँ, वह तो मैं नहीं करने वाला। "हाँ तो मैंने ऐसा कब कहा, कि अपने सपनों को छोड़ दो। मैं बस कह रही थी कि अगर सब अच्छा रहा तो फिर चलेंगे।"

ऐसा तो उसने नहीं कहा था। लेकिन अब और ज़्यादा बहस करने का मन नहीं था। इसलिए मैंने कहा- "ठीक है!"

इस तरह मैंने वादे की बॉल को सफलतापूर्वक डॉज किया, और रिलैक्स होकर फिर से मैच देखना शुरू किया। अपने ख़्वाब को अब भी बचाए रखा। बहुत ज़्यादा प्रैशर रहता है ख़्वाबों पर- कभी माँ-बाप का प्रैशर, समाज का प्रैशर, शादी का प्रैशर, ख़ुद की ईगो का प्रैशर और अंतिम में फ़ीफ़ा वर्ल्ड कप जाने का प्रैशर। बचपन में तो हरेक बच्चा अनोखे ख़्वाब देखता है। लेकिन माँ-बाप, स्कूल, टीवी, सिनेमा के ज़रिए उन्हें ब्रेनवॉश कर दिया जाता है। समाज के सामूहिक 'ख़्वाबों' को ही उनके दिमाग़ में इमप्लांट कर दिया जाता है। अपने बचपन के अनोखे ख़्वाबों की वे सौदेबाज़ी कर लेते हैं। कुछ समय बाद तो उन अनोखे ख़्वाबों को भूल ही जाते हैं। आपको याद है कि आपके क्या ख़्वाब थे?

जब छोटे थे तुम
तुमने सोचा
कि कुछ बड़ा करना है
बड़े शहर की तरफ़
निकल चले तुम
हाथों में सूटकेस

आँखों में बड़ा ख़्वाब लिए
ऐडमिशन हुआ बड़े कॉलेज में

वहाँ से लग गई
बड़ी कंपनी में बड़ी नौकरी
बड़े दफ़्तर के बड़े कैबिन में
बड़े बाबू बन गए तुम
मिली बड़ी सैलरी

लिया बड़ा घर,
और बड़ी कार है,
बड़ा टीवी, बड़ा बिस्तर,
बड़ा सा सोफ़ा, बड़ी बार है,
बड़ी महँगी सिंगल मॉल्ट
रखी है जिसमें
कसरत भी करते हो
बड़े जिम में
तुम्हारे बच्चे जाते
बड़े स्कूल में

सब कुछ तो बड़ा है
फिर क्यों करते हो बड़बड़
कहाँ हो गई गड़बड़
जो रूप बदलती है

पर कभी मिटती ही नहीं
वीकेंड पर की बड़ी मस्ती
पर ऊबकर ढूँढ़ते हो कहीं
सुकून का
कोई छोटा-सा कोना
जहाँ बिछा सको बिछौना
जिस पर लेटकर
रूह को मिले आराम
पर उसका तो
सौदा कर लिया था ना तुमने
वो जो एक बड़ा ख़्वाब था
जिसका समाज से सरोकार था
जिसमें मासूमियत थी
जोश था, ज़ुंबिश थी,
सुपरहीरो बनने की
ललक थी,
मज़लूमों का मसीहा,
यारों का यार,
याद करो क्या था वह
जनता के मुद्दे उठाने वाला पत्रकार
जान बचाने वाला
भगवान सरीखा डॉक्टर

या महान संगीतकार,
कहीं वह वक़ील तो नहीं था
न्याय के लिए लड़ जाने वाला
या पुलिस अफ़सर
मुजरिमों को धूल चटाने वाला

होगा ख़्वाब कोई तो ऐसा ही
जिसका तुमने सौदा किया
बेचा ज़मीर, बेची मासूमियत
और बदले में लिया
बड़ा घर, बड़ी कार
चुना तुमने कि
हर शनिवार और रविवार
तुम खाओगे-पियोगे,
शॉपिंग करोगे
और बाकी पाँच दिन
पल-पल मरोगे,
तनाव में रहोगे,
और इस दुर्गति को
जीवन की सच्चाई कहोगे

कब किया यह सौदा तुमने
यह नौकरी लेते समय

जब ऐडमिशन लिया कॉलेज में
या उससे भी पहले
जब कोचिंग सेंटर जाने लगे
ग्यारहवीं क्लास में

आज मत शरमाओ
सच-सच बताओ,
यह सौदा कब किया तुमने
क्योंकि यह तो संभव नहीं
कि हो बचपन से यही
ख़्वाब तुम्हारा
कि सत्ता की चरण-वंदना करूँगा
पत्रकार बनकर
बनूँगा अमीर डॉक्टर
हस्पताल से कमीशन पाकर
हर महीने करते हुए
कुछ ग़ैर-ज़रूरी हार्ट सर्जरी

यह नहीं हो सकता
तुमने बचपन में ही चाहा हो
पूरे जंगल को उजाड़ देना
फैक्ट्री लगाने के लिए
ज़ोरदार बहस करना कोर्ट में

किसी क़ातिल को बचाने के लिए
नहीं सोचता कोई बच्चा
कि निठल्ला शिक्षक बनकर
देश का भविष्य तबाह करूँगा
नेता या अफ़सर बनकर
जनता का ख़ून चूसूँगा
गायक बनकर बनाऊँगा भद्दे गाने
बड़ा एक्टर बनकर
गुटखे का विज्ञापन करूँगा

नहीं कहता कोई बच्चा
कि नहीं है मेरी
कोई सामाजिक ज़िम्मेवारी
बच्चा तो सपने लेता है
कि सुपरमैन बनकर
बचा ली मैंने दुनिया सारी

कोई बच्चा देखा नहीं मैंने
लील लिया हो जिसकी आत्मा को
पैसे की हवस ने

याद करो,
क्या रही मजबूरी
क्यों किया था, सौदा तुमने

या बचपन में ही
किसी और ने छीन लिया
ख़्वाब तुम्हारा,
क्या वह कोई इंसान था
बड़ी उम्र का,
जिसने तुम्हारे लिए
ख़ुद से यह सौदा कर दिया

अपनी पसंद के काम में
मस्त हो जाने को
पूरी तरह खो जाने को
जिसने रीप्लेस किया
उपभोग की मस्ती से
अल्हड़ ख़्वाबों को छीनकर
इमप्लांट किए तुम्हारे दिमाग़ में
ऐसे बड़े सपने,
जिनमें कोई बड़प्पन नहीं था

किसने किया सौदा
तुमने या किसी और ने
कब किया, क्यों किया
यह याद नहीं
तो कोई बात नहीं

वक़्त अभी भी है
फिर से ख़्वाब सजाओ
कब तक घुटते रहोगे
सीमेंट के महलों में
बाहर आओ,

ऐसा कोई मुक़ाम नहीं
जहाँ से लौटा ना जा सके
बंद करो ढूँढ़ना
कोई सुकून का कोना
सुकून से भरी हुई
एक पूरी दुनिया
तुम्हारे इंतज़ार में है
ढूँढो ज़रा,
मिलेगा कोई तो रास्ता
वहाँ पहुँचने का

❑❑

अध्याय - 2

सोने का पिंजरा

फुटबॉल का मैच देखकर मज़ा आया। मज़ा तो आता ही है। गर्लफ्रैंड को टालने वाली बात नहीं है; सच्चाई से कहूँ तो टीवी पर मैच बहुत बढ़िया दिखता है। चाहे हॉकी हो, क्रिकेट हो, फुटबॉल या टैनिस। गर्लफ्रैंड के साथ देखो, परिवार के साथ देखो या दोस्तों के साथ देखो। इकट्ठे चिल्लाते हैं- येएएए, गोल! कई दोस्त बियर पीते हुए देखते हैं। हाँ, जानता हूँ कि वो सेहत के लिए हानिकारक है। जो बियर नहीं पीते, वो कोला-ड्रिंक पीते हैं। हालाँकि सेहत के लिए वो भी हानिकारक है। ख़ैर, आप कोल्ड कॉफ़ी पीते हुए देख सकते हो। पॉपकॉर्न खा सकते हो, बियर या कोला-ड्रिंक पीना चाहो, तो वो भी आपकी मर्ज़ी। वैसे हर समय कुछ खाना-पीना भी तो ज़रूरी नहीं। किसी डिस्ट्रैक्शन के बिना फ़ोकस के साथ देखो। सोफ़े पर लेटकर देखो या कुर्सी पर बैठकर।

कई रेस्तरां में बड़ी स्क्रीन लगाई हुई होती है। वहाँ ड्रिंक्स और स्नैक्स महँगे होते हैं। लेकिन दूसरे देश जाकर देखकर आने में जो ख़र्चा लगेगा, उससे तो सस्ता ही पड़ेगा।

एक बार फ़िरोज़शाह कोटला स्टेडियम में एक क्रिकेट मैच देखा था, लेकिन देखकर ऐसा लगा नहीं कि मैं ज़िंदगी में कुछ ख़ास चीज़ से चूक रहा था। फिर भी वह फ़ीलिंग चाहिए ही, तो किसी और मैच में सही, वर्ल्ड कप में ही क्यों। बात केवल इंटरनैशनल फ़्लाइट की नहीं है। ऐसे मौके पर उस शहर में हॉटेल के दाम आसमान छूने लगते हैं। जब अहमदाबाद में क्रिकेट वर्ल्ड कप हुआ, तो 3-4 हज़ार रुपए का कमरा 20 हज़ार में मिल रहा था। कहीं पर 50 हज़ार। फाइव-स्टार हॉटेल में तो रेट 2 लाख रुपए तक पहुँच गया था।

मुंबई में कोल्डप्ले का कॉन्सर्ट हुआ। टिकट ब्लैक हुईं। मुंबई के सब हॉटेल में यही नज़ारा था। एक रात के लिए 1 लाख, 1.5 लाख तक पहुँच गया था। आप कहेंगे कि यह 'फ़्री मार्किट' है, लेकिन काहे का फ़्री मार्किट है यह, जहाँ सस्ते कमरे का ऑप्शन गायब है और फ़्रीडम आपको केवल यह है कि आप कौन-से होटल में महँगा कमरे लें? कैपिटलिज़्म इस तरह मुझे ब्लैकमेल करे और सप्लाई-डिमांड के नाम पर लूटे, यह तो मुझे गवारा नहीं। यह ठगी किसी को भी मंज़ूर क्यों होनी चाहिए?

लेकिन हमें सब मंज़ूर है। हमने मान लिया है कि दुनिया तो ऐसी ही है; ऐसा ही होता है। सिनेमा हॉल की टिकट 300-400 रुपए की होती ही हैं। जो पानी की बोतल बाहर 20 रुपए की मिलती है, सिनेमा हॉल में वो 80 रुपए की मिलती ही है। गर्लफ़्रैंड साथ होगी, तो लड़के को 300 रुपया लगाकर पॉपकॉर्न और कोला-ड्रिंक ख़रीदना ही होता है। परिवार के साथ फ़िल्म देखने जाओ, तो 2500 रुपए लग ही जाते हैं।

कंपनियों में 12-13 घंटे काम करना ही होता है। टारगेट और डैडलाइन का प्रैशर होता ही है। नौकरी तो बोरिंग ही होती है। बॉस तो डाँट ही देता है। घर से ऑफ़िस और ऑफ़िस से घर के चक्कर लगाने होते हैं। रास्ते में ट्रैफिक जैम होते ही हैं। बार-बार कहो कि घर पर तो हम बस सोने के लिए जाते हैं, और मान लो कि ऐसा ही होता है। परिवार के लिए समय तो नहीं होता है।

जहाँ घर सस्ते हैं, वहाँ रोज़गार नहीं। जहाँ रोज़गार है, वहाँ घर तो महँगे ही हैं। लोन लेना ही पड़ता है। EMI भरनी ही होती हैं। कार तो चाहिए ही होती है। कार के लिए अलग से लोन लेना है, क्योंकि जितना पैसा आपके पास हो, आपको उससे महँगी कार ही लेनी होती है। महँगा फ़ोन लेना होता है। 2-3 साल में तो फ़ोन बदलना ही होता है। शहरों में प्रदूषण होता ही है। सड़कों पर गंदगी होती ही है।

पानी ख़राब हुआ तो हमने वॉटर प्यूरीफायर लगा लिए। हवा ख़राब हुई, तो हमने एयर प्यूरीफायर ख़रीद लिए। ट्रेनों में स्लीपर डिब्बे की हालत ख़स्ता होती गई। टॉयलेट के बाहर साबुन भी नहीं होता। क्या गरीब आदमी साबुन से हाथ भी ना धोए? क्या उसका कुछ अलग शरीर है कि उसे हाइजीन की ज़रूरत नहीं? लेकिन हमें क्या, हमने एसी-3 टियर में सफ़र करना शुरू कर दिया। वहाँ भीड़ होने लगी, तो सैकेंड एसी और फर्स्ट एसी। उसमें सीट नहीं मिली, तो फ़्लाइट ले ली। सड़कों में गड्ढे हुए, तो हमने महँगी कार ख़रीद ली, जिसमें झटके कम महसूस हों। कसरत के लिए समय नहीं मिलता, तो हम गैस की, ब्लड प्रैशर की गोलियाँ इतनी रेगुलरली लेने लगे, कि सब दवाई के नाम याद हो गए हैं।

सरकारी हस्पताल में भीड़ होती है, अच्छे से इलाज नहीं होता है, तो हमने प्राइवेट हस्पताल जाना शुरू कर दिया। वहाँ तो इलाज महँगा होता ही है। सरकारी स्कूलों में पढ़ाई ख़राब होती गई, तो हमने बच्चों को प्राइवेट स्कूल में भेजना शुरू कर दिया। उन स्कूलों में महीने की फ़ीस 15-20 हज़ार रुपए होती ही है। स्कूलों में डोनेशन देना ही पड़ता है। कॉलेज की फ़ीस लाखों में होती है। पढ़ाई के लिए स्टूडेंट लोन लेना होता है। कॉलेज में पढ़ाई कुछ ख़ास नहीं, लेकिन हरेक कॉलेज IIT और IIM तो नहीं होता है। बाकी कॉलेज तो ऐसे ही होते हैं, फिर भी महँगे होते हैं। मेडिकल कॉलेज की फ़ीस तो 50-60 लाख होती ही है। कुछ कॉलेजों की तो एक करोड़ भी।

स्कूल, हस्पताल, सड़क, सफ़ाई- सरकारी सुविधा कहीं कुछ नहीं, लेकिन हर चीज़ पर टैक्स तो देना ही होता है। तंख़्वाह बढ़ी नहीं, लेकिन महँगाई तो बढ़ती ही है। नेता तो भ्रष्ट ही होते हैं। राजनैतिक पार्टी के टिकट बिकते ही हैं। इलैक्शन में पैसा बहाया ही जाता है। विधायक भी बिक ही जाते हैं। इलैक्शन कैंपेन में इतना पैसा बहाया, तो इलैक्शन जीतकर पैसा

कमाया ही जाता है। जिस कंपनी ने चंदा दिया, उसको फ़ायदा पहुँचाया ही जाता है। दवाईयों के नकली होने की ख़बरें तो आती ही रहती हैं। ऐसी ही दुनिया है। ज़िंदगी ऐसे ही चलती है। हम तो सब सहेंगे। कभी नहीं पूछेंगे- क्यों?

लोकतंत्र में हरेक नागरिक को यह पूछना चाहिए। लेकिन हम 5 साल में एक बार वोट देकर साइड हो जाते हैं। हमने ख़ुद को 'असहाय' होने का परमानेंट सर्टिफ़िकेट दे रखा है। हमने ये वाक्य रट लिए हैं -

"क्या होगा मेरे बोलने से"

"अपनी ज़िंदगी का पता नहीं, देश का क्या सोचें"

"इस देश का कुछ नहीं हो सकता"

"हम लोग क्या ही कर सकते हैं"

अगर हम अपने ख़्वाब के पीछे जाएँ, गायक बन जाएँ, तो किसी रेस्तरां-बार में परफ़ॉर्म करते हुए शायद महीने का 40 हज़ार कमा सकते हैं।

लेकिन हम जानते हैं-

"आजकल चालीस हज़ार में होता ही क्या है; ढंग की ज़िंदगी जीने के लिए महीने का कम से कम एक लाख रुपया चाहिए।"

हम जानते हैं कि यह गड़बड़ है; महीने का इतना रुपया 1-2% जनता ही कमाती है। लेकिन हम चाहते हैं कि हम उस 1-2% में आ जाएँ, देश के बाक़ी लोग जाओ भाड़ में, हमें क्या।

'ज़ंजीर' फ़िल्म में विजय एक ईमानदार पुलिस इंस्पैक्टर है। उसकी पत्नी, माला उसे ख़ूबसूरत घर की तस्वीर दिखाती है। कहती है कि जब वे नया घर बनाएँगे, तो वह ऐसे ही परदे लगाएगी। विजय अपनी बेचैनी में फूट पड़ता है -

"हम अपने घर में ऐसे ही ख़ूबसूरत परदे लगवाएँगे। और मैं यह जानने की कोशिश भी नहीं करूँगा, कि इन परदों के दूसरी तरफ़ दुनिया में क्या हो रहा है। हमारे ख़ूबसूरत घर के बाहर लोग मरते हैं तो मरते रहें, स्मगलरों की गाड़ियाँ मासूम बच्चे कुचलती रहें, मुझे इन सबसे क्या मतलब! मैं वादा करता हूँ माला कि अगर उनकी चीख़ें मेरे कानों तक पहुँची, तो मैं अपने कान बंद कर लूँगा! हाँ माला, हम ज़रूर एक ख़ूबसूरत घर बनाएँगे, और हम भूल जाएँगे कि ये घर जिस दुनिया में बना है, वह कितनी बदसूरत है। वहाँ कितने ज़ुल्म हैं, कितनी बेइंसाफ़ी है, हम ये सब भूल जाएँगे।"

हम यह भूलने की कोशिश कर रहे हैं। हमारी कोशिश है, कि इस पूरे लूटतंत्र में हम उस पोज़ीशन पर आ जाएँ, जहाँ हमें कुछ ना सहना पड़े। जहाँ किसी अमीरज़ादे की पोर्शा हमें ना कुचल दे; जहाँ किसी खुले हुए मैनहोल में मोटरसाइकिल के गिरने से हमारी मौत ना हो; जहाँ बाढ़ या तूफ़ान आने से हमारा घर तबाह ना हो; जहाँ दंगों की आँच हमारे ऊपर ना आए। हमारा घर एक पॉश इलाके के अपार्टमेंट में हो, जहाँ गेट हो, फाटक हो और चौकीदार हो।

हमने मान लिया है कि किसी ना किसी का शोषण तो होगा, बस हमारा शोषण ना हो। इसलिए हमें पिरामिड के ऊपर चढ़ना है। नेता बनकर, सरकारी अफ़सर बनकर या बहुत सारा पैसा कमाकर। फिर इसके लिए हमें ज़हरीले वर्क कल्चर वाली नौकरी ही क्यों ना करनी पड़े; हम करेंगे। भले ही इसके लिए हमें तनावग्रस्त ही क्यों ना होना पड़े, अपनी नींद क्यों ना गँवानी पड़े, अपने ख़्वाबों का गला ही क्यों ना घोंटना पड़े। हम सब करेंगे, और इस पर कहेंगे कि यही जीवन की सच्चाई है; ऐसा ही होता है; सपने छूट ही जाते हैं।

इस थकेली ज़िंदगी में मनोरंजन के लिए हम रेस्तरां-बार जाएँगे, हफ़्ते भर की ऊब को मिटाएँगे, शॉपिंग करेंगे, इंस्टाग्राम पर दिखावा करेंगे,

IPL के मैच देखेंगे, कभी साल में कोई एक हॉलिडे ट्रिप करेंगे। उस थाईलैंड-मलेशिया की ट्रिप पर चाहे जितना पैसा खर्च हो; आख़िर हम कमाते किसलिए हैं!

ऐसा करते हुए हमारी मंज़िल होगी कि किसी तरह दूसरे देश में शिफ़्ट हो सकें। हमारे देश में सफलता का पैमाना यही है कि हमने देश को छोड़ दिया; विदेश में सैटल हो गए। देश के प्रधानमंत्री से लेकर आपके रिश्तेदार तक सब आपका सम्मान करेंगे। वहाँ रहते हुए हम कहेंगे कि देश की याद आती है। यह ड्रामेबाज़ी नहीं है; याद तो आती ही है। लेकिन बेसिक सुविधाओं के लिए हमें देश छोड़ना पड़ा, अपने अनोखे ख़्वाबों को छोड़ना पड़ा, तो इसमें हमारा क्या कसूर! हमने तो ख़ुद कितना सहा है। विदेश पहुँचने के लिए हफ़्ते में 70 घंटे काम किया है। तब जाकर कंपनी ने यह चांस दिया है।

हम कहते रहते हैं कि यह रैट-रेस है, यानी चूहों की दौड़। लेकिन हम इसमें दौड़ते रहते हैं। सोने के पिंजड़े में घुसने के लिए दौड़ते रहते हैं। पैसेंजर ने अपने गाने 'लाइफ़ इज़ फॉर द लिविंग' में कमाल की बात कही है-

"वे छीन लेंगे
आपको ख़्वाबों को
बंद कर देंगे उन्हें
तिजोरी में,
उनको वापस लेना बेटा
जब चुका सको तुम
अपना कर्ज़,
और गिरवी रखा हुआ सामान
भाड़ में जाए यह जगह

मैं चलूँगा अपने ख़ुद के रास्ते
अँगूठा दिखाकर सभी को
मैं निकलूँगा, हाईवे पर।"

ऐसा कोई गाना हमें अच्छा लगता है, और हमें अच्छी लगती है '3 इडियट्स' फ़िल्म, लेकिन हम कहते हैं कि आख़िरकार यह एक फ़िल्म ही है। हमें लगता है कि फ़िल्म में चाहे जो कहा हो, असल ज़िंदगी में सक्सैस झक मारकर पीछे नहीं आएगी, और यह बात बिल्कुल सही है।

फुंसुक वांगडू का तो माना कि उसमें बहुत तेज़ दिमाग़ था, साइंस में उसकी दिलचस्पी भी बहुत थी, और वह एक ऐसा साइंटिस्ट बन गया जिसके नाम पर 400 पेटेंट हैं। लेकिन फ़रहान भी एक सक्सैसफुल वाइल्ड-लाइफ़ फ़ोटोग्राफर बन जाता है। उसकी 4 किताबें पब्लिश हो जाती हैं। जो राजू पढ़ाई में निल बट्टे सन्नाटा था, वह भी सक्सैसफुल रिसर्चर बन जाता है। ब्लॉगर बन जाता है। सभी के पास ख़ूब सारा पैसा है। हैप्पी एंडिंग, बजाओ ताली।

फ़िल्म हमें अच्छी तो बहुत लगती है, लेकिन इसके आधार पर हमारी नौकरी छोड़ने की और इस जाल से निकलने की हिम्मत नहीं हो पाती। दिमाग़ में सवाल उठने लगते हैं कि कौन ख़रीदता होगा ये वाइल्ड-लाइफ़ फ़ोटोग्राफ़ी की किताबें, गूगल पर जितनी मर्ज़ी फ़ोटो देख लो वाइल्ड-लाइफ़ की।

ऐसा तो नहीं कि यह कोई अमीर लोगों की दुनिया का मामला हो, कि बाप करोड़पति है, बेटे ने 10 लाख का लेंस और कैमरा लिया, केन्या की टिकट करवाई, वहाँ से शेर की फ़ोटो खींचकर आया, कोई आर्ट गैलरी बुक करवा कर अपनी फ़ोटो प्रदर्शनी लगा ली, किसी करोड़पति ने कोई फ़ोटो लाखों रुपए में ख़रीद लिया, किसी वाइल्ड-लाइफ़ मैगज़ीन ने कोई फ़ोटो लाखों रुपए में ख़रीद ली। ऐसा है क्या? हमें नहीं पता।

'तमाशा' फ़िल्म में वेद अपनी असली आइडेंटिटी को डिस्कवर करता है। उसके पापा समझ नहीं रहे थे, और वह उन्हें समझाता है। और बस, फिर तो वह सीधा ब्रॉडवे स्टार बन जाता है। उसका नाटक देख रहे लोग तालियाँ बजाते हैं। हम फ़िल्म के दर्शक भी तालियाँ बजाते हैं। मोटिवेशन से भर जाते हैं। लेकिन फिर लगता है कि हमारी असली आइडेंटिटी तो हमें पता है, पिताजी भी मान जाएँगे लेकिन क्या हम इतने बड़े एक्टर बन पाएँगे? क्या थिएटर करते हुए पैसा कमा पाएँगे?

हमें नवाज़ुद्दीन सिद्दीकी की सक्सैस स्टोरी सुनाई जाती है। हम मोटिवेशन से फूल कर कुप्पा हो जाते हैं। लेकिन फिर हमारे सामने आता है- मुन्नाभाई एम.बी.बी.एस. (2003) फ़िल्म का कोई सीन, जहाँ वे जेबकतरे के छोटे से रोल में हैं। एक इंटरव्यू में उन्होंने बताया कि यह सीन करते हुए उनके दिमाग़ में यह था कि पैसे मिल जाएँगे इस सीन के बाद। ऐसा क्यों?

"क्योंकि भूख बहुत लगती थी उस वक़्त। पैसा होता नहीं था। तो दिमाग़ में सिर्फ़ यह चल रहा था कि ये जैसे ही ख़त्म होगा, उसके बाद मुझे चैक पकड़ा देंगे या कैश पकड़ा देंगे। मैं जाके भरपूर पेट भरकर खाना खाऊँगा।"

फिर हमारे सामने आता है 'सरफ़रोश' (1999) फ़िल्म का एक सीन, जहाँ आमिर ख़ान का किरदार जेल में उनके किरदार को पीट रहा है। उनका बिग ब्रेक आया 2012 में 'गैंग्स ऑफ़ वास्सेपुर' के साथ, यानी उनकी पहली फ़िल्म के 13 साल बाद। इतना स्ट्रगल?

लेकिन रुकिए, राजकुमार राव को तो बहुत जल्दी रोल मिल गया था ना! लेकिन हमें मिल पाएगा क्या? पिताजी कहते थे, कि हज़ारों-लाखों लोग स्ट्रगल करते हैं मुंबई में। उनमें से कुछ ही लोग स्टार बन पाते हैं। उस समय तो 18 साल उम्र थी। पिताजी की बात माननी ही पड़ती थी।

लेकिन अब हमें अपना इस्तीफ़ा ईमेल करने से पिताजी नहीं रोक रहे। अब हमें वे बातें प्रैक्टिकल लगने लगी हैं। हमें डांस करना पसंद है, लेकिन वही सवाल दिमाग़ में आता है, जो पिताजी कहते थे- इसमें स्कोप क्या है? उनकी आवाज़ अब हमारे कानों में गूँजती है- शौक़ से ज़िंदगी नहीं चलती बेटा। लेकिन फिर हम नीरज चोपड़ा को ओलिंपिक गोल्ड मैडल जीतते हुए देखते हैं, तो फिर से दिल में हूक सी उठती है। लेकिन लगता है कि अब तो उम्र चली गई। फिर सामने मोटिवेशनल कहानी आती है कि के.एफ.सी. के फाउंडर ने भी तो अपना रेस्तरां 44 साल की उम्र में स्टार्ट किया था। पहली फ्रैंचाइज़ी तो 62 साल की उम्र में स्टार्ट की। फिर से हम मोटिवेशन से भर जाते हैं।

लेकिन जब तक स्ट्रगल होगा, उतने दिन के लिए काम कैसे चलेगा? ये जो घर की, कार की, फ़ोन की EMI जा रही हैं, इनका क्या होगा? पहले कुछ रुपया जोड़ लिया जाए। लेकिन कितना? 25 लाख तो कर ही लिया जाए। जब तक वह होगा, शादी की उम्र हो जाएगी। फिर बच्चे हो जाएँगे। फिर उनके खर्चे। और इस समय तक हम यह कहने के अभ्यस्त हो जाते हैं कि हमने भी कभी कुछ सोचा था करने का, लेकिन कभी वैसे हालात ही नहीं बन पाए। दाल-रोटी कमाने के चक्कर में ही रह गए।

वैसे दाल-रोटी का जुगाड़ तो हो जाता है, लेकिन थोड़ा पनीर बटर मसाला और मटर मशरूम भी तो हमें अच्छा लगता है। किसी दूसरे के आगे तो क्या कहें, लेकिन उपभोग में मज़ा तो आता है। और मज़ा आता है, जब दूसरों की अटेंशन मिलती है। इंस्टाग्राम पर लाइक मिलते हैं, सोशल स्टेटस बनता है, चार लोग हमसे हाथ मिलाने को दौड़ते हैं। पड़ोसी और रिश्तेदार अपने बच्चों के आगे हमारा उदाहरण देते हैं कि इन भैया के जैसे बनो; देखो कि कितनी अच्छी नौकरी है; कितना अच्छा कमा रहे हैं; क्या बढ़िया कार ली है। उपभोग करने और अटेंशन पाने में मज़ा तो आता है।

शायद आपको लगे कि ओह, ये तो बिल्कुल मेरे मन की बातें कह दीं, लेकिन दरअसल इन सब बातों से करोड़ों लोग रीलेट करेंगे। इससे दिखता है कि नौकरी छोड़ना बस आपका पर्सनल मामला नहीं है। यह एक सामाजिक मामला है। यह सिर्फ़ एक ज़ंजीर नहीं, एक जाल है। महीनता से बुना हुआ एक जाल, एक मेट्रिक्स।

इस मेट्रिक्स में महँगे रेस्तरां हैं। कनॉट प्लेस में जितने भी महँगे रेस्तरां हैं, उन सभी में जाकर मैंने खाना खाया। दोस्तों के साथ भी गया। एक बार एक दुकान के शोकेस में ब्रिक रैड रंग के जूते दिखे। देखते ही पसंद आ गए। अंदर जाकर पहनकर देखे। फिर कहा कि पैक कर दो। पहली बार हुआ कि सामान पैक करवाने के बाद पूछा कि कितने रुपए के हैं। 6 हज़ार? ये लो कार्ड, स्वाइप करो। शुरुआत में डेबिट कार्ड को इस्तेमाल करने में एक अलग ही रोमांच होता है। कैश तो आपको दिखता है हाथ से जाते हुए; लेकिन कार्ड महसूस होता है अलादीन के चिराग जैसा। स्वाइप मशीन पर इसे रगड़ना है, और आपकी इच्छा पूरी हो जाती है।

एक दिन माँ ने कहा, कि वज़न बढ़ रहा है, घर में एक वज़न तोलने वाली मशीन तो होनी चाहिए। अगले दिन उन्हें वह अपने सामने रखी हुई दिखी। वैसे तो ऑफ़िस की बस थी, लेकिन कभी-कभार देरी हो जाए, तो कैब छोड़ने आती थी। पिताजी तो इसी बात से इतने ख़ुश थे।

दफ़्तर के दोस्तों के साथ घूमने चला गया। ऋषिकेश से कहीं ऊपर जाकर वहाँ से रैफ्टिंग की। वो जो रास्ते में एक पहाड़ी है, वहाँ से पानी में कूदे। शुरुआत में डर लग रहा था, लेकिन फिर मैं तीन बार कूदा।

इंदौर में 'घमंडी लस्सी' पी। यह वहाँ एक दुकान का नाम है। वहाँ कंपनी ने काम से भेजा था। रैनबैक्सी कंपनी। दवाई बनाने वाली भारत की सबसे बड़ी कंपनी। मेरा काम सप्लाई चेन को मैनेज करने को लेकर था। इंदौर

के पास देवास में कंपनी का प्रोडक्शन प्लांट था। दो हफ़्ते की यह प्लांट विज़िट ट्रेनिंग का हिस्सा थी।

इंदौर में कंपनी का गैस्ट हाउस था, लेकिन उस समय भरा हुआ था। तो कंपनी वालों ने हॉटेल में इंतज़ाम करवा दिया। वहाँ मेरे लिए सुइट बुक करवा दिया गया। यह शब्द ही मैंने पहली बार सुना था। अंदर घुसा तो पहले एक ड्रॉइंग रूम था, जिसमें सोफ़े थे, और सामने टीवी था। फिर एक बैरियर के उधर बैडरूम। कमरे में फ्रिज भी था। मैंने HR वाली मैम को फ़ोन किया, यह कहने के लिए कि मैम, बहुत शानदार लग रहा है सब कुछ- आपका शुक्रिया। उन्होंने कहा कि इसमें शुक्रिया की कोई बात नहीं, यह सब तुम डिज़र्व करते हो।

बाथरूम में बाथटब था। मुझे नहाना बहुत अच्छा लगता है। गर्मियों में ठन्डे पानी से नहाना। सर्दियों में गर्म पानी से नहाना। बारिश में नहाना। चलते हुए ट्यूबवैल के नीचे हौदी में नहाना। नदी में नहाना। झरने में नहाना। अब नहाने के मेरे अनुभवों में जुड़ गया था- बाथटब में नहाना।

नहाकर बाथटब से निकल रहा था, तो देखा कि नीचे एक तौलिया पड़ा हुआ है। शरीर पोंछने के लिए एक तौलिया अलग था। यह जो फ़र्श पर था, इस तौलिए को मैंने उठाया और टाँग दिया।

सुबह उठने में देर हुई, भागते हुए तैयार हुआ और शाम को जब ऑफ़िस से लौटा, तो देखा कि पीछे से हाउसकीपिंग वाले ने पूरा कमरा साफ़ कर दिया था। मेरे कपड़े तय करके रखे हुए थे, जिन्हें मैं सुबह जल्दी में इधर-उधर फ़ेंक गया था। बाथरूम में तौलिया फिर से नीचे पड़ा हुआ था। नहीं, कहना चाहिए कि तौलिया फ़र्श पर रखा हुआ था। ठीक उसी तरह जैसे पिछले दिन। ऐसा क्यों? स्टाफ में किसी ने बताया कि आप बाथटब से बाहर निकलें, तो आपके शरीर से जो पानी निचुड़ेगा, उसे यह फ्लोर टाउल सोख लेगा। डोरमैट तो देखे थे, लेकिन फ्लोर टाउल मैंने पहली बार सुना था।

ब्रेकफास्ट की तरह डिनर में भी बुफे लगा हुआ था। दस तरह के पकवान; जो खाना है, वो खाओ। मैं कटोरी में एक्स्ट्रा दाल लेने के लिए उठा, तो टेबल पर वापस आकर देखा कि प्लेट गायब। कोई वेटर प्लेट उठाकर ले गया। मैं तो अभी खाने के बीच में था। उन्होंने मुझसे पूछ तो लिया होता! एक वेट्रेस से बात हुई, तो उन्होंने समझाया कि सर, आप खाने के बीच में इस तरह उठें, तो काँटे और चम्मच को क्रॉस कर के रख दिया कीजिए। आपने खाना ख़त्म कर लिया हो, तो दोनों को एक-दूसरे के साइड में सीधा रख दीजिए।

अब अमीरों के क़ायदे सीखे जा रहे थे। 3-4 दिन बाद कंपनी के गैस्ट हाउस में शिफ्ट हुआ। वहाँ भी सब चकाचक था।

इंदौर से वापस आते हुए पहली बार हवाई यात्रा की। मैं बादलों में उड़ रहा था। एयर हॉस्टेस ने पूछा कि सर, आप कुछ खाना चाहेंगे? 150 रुपए का सैंडविच था, जो बाहर 15-20 रुपए में मिलता था। तो क्या हुआ? सब कंपनी के खर्चे पर था।

जैसा लोग कहते हैं- "पैसा तो बढ़िया मिलता है, लेकिन कंपनी वाले बिल्कुल ख़ून चूस लेते हैं", वैसा केस भी मेरे साथ नहीं था। मैं जानता हूँ कि यह बात हमारी कहानी से ड्रामा एलीमेंट को कम कर रही है। ज़्यादा मज़ा तब आता है, जब कहानी का संघर्ष (कॉन्फ्लिक्ट) ज़्यादा हो। जैसे कि महकते हुए ख़्वाबों से लबरेज़ एक इंसान ऐसी कंपनी में फँसा हुआ, जहाँ उसे 15-16 घंटे काम करना पड़ता है। बॉस उसे डाँटता रहता है। लेकिन हालात की मजबूरी के चलते उसे यह करना पड़ रहा है। क्या वह इससे निकल पाएगा? यह ड्रामैटिक भी ज़्यादा है, और ज़्यादा रीलेटेबल भी, क्योंकि बहुत सी कंपनियों में वाकई ऐसा ज़हरीला वर्क कल्चर होता है। हम ख़बरों में यह देख रहे हैं। मेरे कई दोस्त भी मुझे उनके कटु अनुभव बताते रहे हैं।

लेकिन मैं कहूँगा कि रैनबैक्सी कंपनी मेरा ख़ून नहीं चूस रही थी, क्योंकि मेरे केस में यही सच है। कंपनी की बस सुबह ले जाती थी, शाम को उसी से वापस। इसलिए फिक्स टाइम- 9 से 5:30। कंपनी की तरफ़ से ही सभी के लिए लंच। गर्मा-गरम, सेहतमंद और बहुत ही स्वादिष्ट लंच। रोटी, 2-3 सब्ज़ी, दाल, चावल, मिठाई, सलाद, पापड़। कभी इंडियन, कभी अमेरिकन स्टाइल तो कभी इटैलियन। यह मेरे लिए मैटर करता है क्योंकि मुझे टिफ़िन बॉक्स एक स्कैम जैसा लगता है। महसूस होता है कि कभी ज़्यादातर लोग अपने घर से काम करते होंगे; उन्हें फैक्टरियों में, कंपनी में बुलाया गया; उनसे गर्म खाना छीनकर उनके हाथ में टिफ़िन थमाया गया। किसी ने ऐतराज़ किया, तो ऑफ़िस में एक माइक्रोवेव लगा दिया कि इसमें खाना गर्म कर लो। लेकिन मेरी कंपनी में तो गर्म लंच मिलता था।

काम का भी बहुत ज़्यादा बोझ नहीं था। जैसा मैंने कहा कि फिक्स टाइम था। बस कभी-कभार ऐसा होता था कि रात को रुकना पड़े। लेकिन यह भी वैसा नहीं था जैसा आप कल्पना करेंगे, कि मेरे डैस्क पर फाइलों का गट्ठर पड़ा हुआ, और मैं आँखें मलते हुए पूरी रात कंप्यूटर स्क्रीन के सामने बैठा हूँ; दिमाग़ में बहुत तनाव है। नहीं, ऐसा नहीं था। महीने में एक बार प्लानिंग के लिए कोई सॉफ्टवेयर चलाना होता था; मैंने डाटा फीड किया और उसके बाद सॉफ्टवेयर ही सब काम करता था; कई घंटों में कुछ रिपोर्ट तैयार करता था। इस सबमें कोई समस्या ना आए, इसके लिए बीच-बीच में मुझे चैक करना होता था। अगर सॉफ्टवेयर रन रुक जाए, तो गलतियों को हटाकर फिर से रन करना होता था। इसलिए जब यह हो रहा होता, तो मैं घूम-फिर सकता था। खाली ऑफ़िस में इधर-उधर मस्ती में घूमता हुआ। मैं डिनर ऑर्डर कर सकता था। चाय-कॉफ़ी पी सकता था। नॉवेल पढ़ सकता था।

वीकैंड पर मुझे मुश्किल से कभी दो-तीन बार जाना पड़ा। हालाँकि ऐसा एक वीकैंड उस दिन पर पड़ा, जब कंपनी के सभी एम्पलॉईज़ के लिए

कोई मज़ेदार वार्षिक उत्सव था, और केवल मैं वहाँ पर नहीं था। लेकिन कोई बात नहीं। कंपनी में और ख़ासकर हमारी टीम में पार्टी एक आम बात थी। किसी की जॉइनिंग की पार्टी। किसी की फेयरवैल पार्टी। किसी की बर्थडे पार्टी। और कभी-कभार इसलिए पार्टी, क्योंकि कई दिनों से कोई पार्टी नहीं हुई।

मेरे बॉस एक शानदार इंसान थे। वे नारायण मूर्थी जैसे नहीं थे कि 70 घंटे काम करवाना है। वे समझते थे कि जब कर्मचारी ख़ुश रहे, इसी से उनकी कार्य-कुशलता बढ़ती है। इसलिए कंपनी टीम-बिल्डिंग वगैरह के लिए जो बजट निर्धारित करती थी, वे उसका बहुत बढ़िया इस्तेमाल करते थे। लंच के समय हम कभी बारबेक्यू नेशन में होते थे, तो कभी हाईवे पर किसी फ़ेमस ढाबे पर।

हँसी-मज़ाक होता था। मैं कभी अपनी कोई कविता सुनाता, तो लोग ध्यान से सुनते थे, और तारीफ़ करते थे। फ़िल्मों पर भी बातें होती थीं। मेरे बॉस ने ही मुझे 'आक्रोश' और 'अर्धसत्य' फ़िल्में रिकमेंड की थीं, जो हिंदी सिनेमा की उत्कृष्ट फ़िल्में हैं। उन्होंने ही मुझे जिद्दू कृष्णमूर्ति की एक किताब पढ़ने के लिए दी थी।

हँसी-मज़ाक़ की बातचीत में ही कंपनी की स्ट्रैटेजी पर भी बातें हो जाती थीं। बाक़ी लोग अनुभव में मुझसे कई साल सीनियर थे, लेकिन फिर भी मुझसे पूछा जाता था, कि मुझे क्या लगता है- सॉफ्टवेयर के क्वेरी डिज़ाइन में या एल्गोरिथम में हम क्या बदलाव कर सकते हैं, जिससे एफिशिएंसी बढ़े।

मुझे मिलाकर मेरे कॉलेज के 4 लोग और एक दूसरे कॉलेज के 7 लोगों को इकट्ठे रिक्रूट किया गया था। ट्रेनिंग के बाद हमें अलग-अलग डिपार्टमेंट में डाला गया था। कभी कंपनी के प्लांट में जाओ, तो सम्मान से देखा जाता था कि ओह, आप कॉर्पोरेट ऑफ़िस से हैं! और कॉर्पोरेट ऑफ़िस यानी इस कंपनी हेडक्वार्टर में भी हम 11 लोगों को स्पेशल ट्रीटमेंट मिलता था,

कि जैसे हम लोग कंपनी के यंग वॉरियर हैं, कंपनी का भविष्य हैं। कंपनी के चीफ इन्फॉर्मेशन अफ़सर यानी रैनबैक्सी के IT हैड के साथ हमारी मुलाक़ात करवाई गई। ट्रेनिंग में सभी डिपार्टमेंट का एक्सपोज़र हमें दिया गया। बस एक बार मुझसे काम में एक बड़ी ग़लती हुई, लेकिन उसके अलावा मैं काम में क़ाफ़ी अच्छा था। 2-3 महीनों में मुझे सॉफ्टवेयर के एक मॉड्यूल की जिम्मेदारी थमा दी गई थी। दो लोग मेरे सुपरविज़न में काम करते थे। एक बार महत्वपूर्ण ओवरहॉल हुआ था, जहाँ हमारे प्लानिंग और ऑप्टिमाइज़ेशन के सॉफ्टवेयर को एक नए सॉफ्टवेयर से रिप्लेस किया गया था। उसमें भी मैंने ख़ासा रोल निभाया था।

यह सब कोला-ड्रिंक बेचने के लिए नहीं था, बल्कि दवाइयों के लिए था। इसलिए यह भी एक अच्छी फ़ीलिंग थी कि मेरी कंपनी समाज के लिए कुछ ज़रूरी काम करती है। केवल भारत के लिए ही नहीं, बल्कि दूसरे देशों के लिए भी क्वालिटी दवाइयाँ कम दाम पर मुहैया करवाती है।

तो कुल मिलाकर सैलरी बढ़िया थी। सार्थक काम था, जिसे मैं कुशलता से कर रहा था। किसी तरह की गधा-मजूरी नहीं थी, बल्कि काम के घंटे निर्धारित थे। काम के साथ-साथ पार्टी होती थी। सहकर्मियों के बीच ईर्ष्या भाव नहीं था। बॉस सपोर्टिव थे। अमेरिका जाने का चांस लग सकता था। आप कहेंगे कि यह तो सब अच्छा साउंड कर रहा है। तो फिर मुझे नौकरी क्यों छोड़नी थी? ज़रा सोचिए।

कहीं आप भूल तो नहीं गए कि मेरा एक सपना था? आर्टिस्ट बनने का सपना। मेरे सपने को आप भूल गए तो कोई बड़ी बात नहीं। लोग तो अक्सर अपने सपनों को भूल जाते हैं, या फिर भुला देना चाहते हैं। ऐसे लोगों के लिए अच्छा है कि वे अपने सपनों को भूल ही जाएँ। कुछ लोग मुझसे पूछते रहते हैं कि क्या मैं नौकरी छोड़कर फ़िल्मों में आ जाऊँ? मैं साफ़ मना कर देता हूँ। वे मुझसे पूछते हैं क्योंकि उनके मन में डर है।

किस बात का डर है? भूखे मरने का? नहीं, वे ऐसे परिवारों से हैं कि अगर ज़िंदगी भर ना कमाएँ, तब भी भूखे मरने से तो रहे। ख़ुद का घर है, कार है, प्रॉपर्टी है, बैंक बैलेंस है और उनके पति या पत्नी भी कमा रहे हैं।

अगर वाकई किसी के साथ यह स्थिति हो कि वे घर में कमाने वाले अकेले हैं, माँ-बाप झुग्गी में रहते हैं, वे दूसरे शहर में किराए के मकान में रहते हैं, बीवी-बच्चे पूरी तरह उन्हीं पर निर्भर हैं, कुछ महीने नहीं कमाया तो खाने के लाले पड़ जाएँगे, उन्हें नौकरी नहीं छोड़नी चाहिए। उनका डर वाजिब है।

लेकिन जो मुझसे नौकरी छोड़ने को लेकर पूछते रहे हैं, उन्हें यह 'रोटी, कपड़ा, मकान' छिन जाने का डर नहीं है। वे किस बात से डरे हुए हैं? जिस जाल की हमने बात की, उसमें एक सुविधा है। उपभोग करने और समाज की अटेंशन पाने का मज़ा है। ख़्वाब के बंगले के लिए इस हक़ीक़त के घर को कैसे छोड़ा जाए? पता चले कि ना इधर के रहे और ना उधर के। डर लगता है ना?

सिद्धार्थ को कोई डर नहीं लगा। वे अपने जन्म से महलों में रहे। हर तरह की सुविधाओं से घिरे हुए। कभी कोई तकलीफ़ उन्हें महसूस नहीं हुई। फिर एक दिन महल के बाहर निकले, तो किसी बूढ़े को देखा, बीमार को देखा, मुर्दे को देखा। कुछ बौद्ध सूत्रों के हिसाब से उन्होंने यह सब असल में नहीं देखा, बल्कि उन्हें इसके बारे में विचार आया।

जो भी हो, बात यह कि उनके अंदर एक उत्कंठा ने जन्म लिया; उनके दिमाग़ में सवाल उभरे, जिनके जवाब उन्हें चाहिए थे; उन्हें इंसानियत के लिए दुःख का निवारण चाहिए था। बौद्ध शब्दावली में कहें, तो 'संवेग' का भाव उनके अंदर समा गया, यानी एक आध्यात्मिक तत्परता महसूस हुई जीवन में गहराई के लिए। महल छोड़कर जंगलों में चले गए। क्या उन्हें

यह सोचकर बेचैनी हुई, कि मैं जंगल में कैसे रह पाऊँगा। नहीं, अब तो उस महल में रहना उनके लिए बेचैनी का सबब बन गया था।

मुझसे कोई पूछता है कि फ़िल्म का फ़ील्ड कैसा है, मैं तो सच बताता हूँ। कहता हूँ कि यह आसान नहीं है। दिमाग़ के पेंच हिल जाते हैं। जिनके अंदर संवेग होगा, वे ऐसा सुनकर रुकने वाले नहीं। जो रुक जाते हैं, उनके अंदर वो संवेग नहीं। उन्हें डर है कि हाय, सुविधा का महल छूट जाएगा; एक बार छूट जाएगा तो जाने फिर मिले या नहीं, क्योंकि करियर में ब्रेक आ जाएगा। अभी जो स्टेबिलिटी है, यह नहीं होगी। यह रेस्तरां-बार, फ़ोन, कार, कपड़े, शॉपिंग, हॉलिडे, यह सब छूट जाएगा। दोस्त पार्टी करने जाएँगे, अपने करियर में आगे बढ़ जाएँगे, उनके सैलरी पैकेज एक करोड़ तक पहुँच जाएँगे, वे यूरोप घूमकर आएँगे, और मैं पीछे रह जाऊँगा। 'रोटी, कपड़ा, मकान' छूट जाने का डर नहीं है, वह तो रहेगा ही, लेकिन यह मस्ती छूट जाएगी। इस तरह नौकरी छोड़ना एक पर्सनल और सामाजिक मामला ही नहीं, बल्कि एक आध्यात्मिक मामला भी है।

क्या अब आप देख पा रहे हैं कि दरअसल मेरी कहानी में ज़्यादा ड्रामा है? ऑफ़िस की कुर्सी पर कोई काँटे नहीं बिछे हुए थे, जो बार-बार मुझे चुभते हों। ज़िंदगी आसान थी। इसलिए मुझे कोई धक्का देने वाला नहीं था, कि यहाँ से निकलो।

सोने का पिंजड़ा छोड़ना ज़्यादा मुश्किल हो सकता है लोहे का पिंजड़ा छोड़ने से। सैलरी ज़्यादा नहीं हो, तो इंसान फिर भी सोच लेता है कि यहाँ भी ऐसा क्या ही कमा रहा हूँ। नवाज़ुद्दीन ने एक इंटरव्यू में कहा, कि उन्हें केवल एक्टिंग आती थी, और इसलिए उन्हें बस यही करना था। उन्हें उम्मीद नहीं थी कि मुंबई में कोई फ़िल्म रोल मिलेगा, लेकिन उन्हें लगा कि खोने के लिए है ही क्या।

इसी तरह अगर ज़हरीला वर्क कल्चर हो, तो इंसान फ्रस्ट्रेशन में सोच लेता है कि भाड़ में गई ऐसी नौकरी जहाँ दो पल का चैन नहीं। लेकिन अगर सैलरी ज़्यादा हो, ज़हरीला वर्क कल्चर ना हो, तो खोने के लिए ज़्यादा होता है। इसलिए इंसान ज़्यादा कंफ्यूज़न में होता है।

लेकिन कंफ्यूज़न दिमाग़ में होती है, और संवेग दिल में होता है। जब दिल कहीं खींचकर ले चलेगा, तो दिमाग़ की सब कंफ्यूज़न हवा हो जाएगी। यही तरीका है सोने के पिंजड़ों को तोड़ने का। यही रास्ता है आवारगी का, एडवैंचर का। मेरे अंदर संवेग था। मेरे दिल में लहर सी उठती थी।

कुछ महीने में ही मुझे लगने लगा कि बहुत उपभोग कर लिया। ले लिए अमीरों वाले मज़े। खा लिया सब महँगे रेस्तरां में खाना; पहन लिए महँगे कपड़े; अब क्या? क्या अब उम्रभर यही मेरी ज़िंदगी होगी? नहीं, यह मुझे मंज़ूर नहीं। कॉलेज में रहते हुए ही मैंने आनंद चख लिया था, मुझे वह आनंद चाहिए था।

□□

अध्याय -3

तलाश

कई लोग कहते हैं कि उन्हें तो अपना पैशन मिला ही नहीं है। उन्हें तो किसी चीज़ के प्रति जूनून महसूस नहीं होता। अच्छी बात है कि उन्हें यह एहसास तो है। ढूँढ़ेंगे तो ज़रूर उन्हें मिल भी जाएगा।

क्या संवेग ढूँढ़ने से मिलता है? अगर किसी का बचपन का कोई सपना हो, तो क्या वह बड़े होने तक संवेग का रूप ले लेता है? ऐसा ज़रूरी नहीं, क्योंकि उन सपनों को तो आसानी से ख़ारिज कर दिया जाता है यह कहकर कि -

"बचपन में तो हरेक बच्चा कुछ भी सपने देखता ही है। बच्चे का क्या, उसने हवाई जहाज़ देख लिया तो पायलट बनने की सोच ली। स्पेस की कोई फ़िल्म देख ली, तो एस्ट्रोनॉट बनने का ख़्याल आ गया। फ़िल्में देख ली, तो एक्टर बनने का विचार आ गया। कहीं गाना सुन लिया, तो सोचा कि गायक बन जाऊँ। बच्चे का एक्सपोज़र तो सीमित होता है। बच्चे को जीवन की हक़ीक़त क्या मालूम! ज़िंदगी कोई ख़्वाब नहीं है।"

ये बातें केवल माँ-बाप और समाज ही नहीं कहता, बल्कि लोग ख़ुद भी ऐसा कह देते हैं। अपने ही बचपन के सपनों को लेकर। वैसे इस बात में कुछ सैंस तो है। यह सच है कि बच्चे का एक्सपोज़र सीमित होता है।

इसलिए ज़रूरी है कि बच्चों को एक्सपोज़र दिया जाए। बताया जाए कि तुम जो डाइनोसॉर की फ़िल्म देख रहे हो, ये सच में कभी धरती पर चलते थे। यह पता चला जीवाश्म (फॉसिल) की स्टडी कर के। यह काम होता

है पैलियोंटोलॉजिस्ट का। वे लोग काम करते हैं आर्कियोलॉजिस्ट के साथ, जो कहीं पर खुदाई करते हैं। वहाँ पर उन्हें फॉसिल मिल सकते हैं, कंकाल मिल सकते हैं, किसी हज़ारों साल पहले के गाँव के खंडहर मिल सकते हैं, मूर्तियाँ, औज़ार, तीर और जाने क्या-क्या मिल सकता है। उसे स्टडी करते हुए वे पता लगाते हैं कि पहले के समय में क्या रहा होगा।

इतिहासकार पहले के लिखे हुए मैटीरियल को स्टडी करते हैं, और उससे इतिहास का जायज़ा लगाते हैं।

बच्चे को बताया जाए कि तुम्हारे जूतों पर यह जो निशान है, यह किसी कंपनी का 'लोगो' है यानी एक प्रतीक चिन्ह। यह कंपनी की ब्रांडिंग के लिए काम आता है, ताकि कंपनी के नाम के बजाए इस निशान से भी कंपनी का पता लग सके। इसे किसी डिज़ाइनर ने बहुत सोच समझकर बनाया है। तुम्हारे कपड़ों का डिज़ाइन किसी फ़ैशन डिज़ाइनर ने बनाया है। यह जो खाना खा रहे हो, यह किसी किसान ने उगाया है। कभी बच्चों को खेत में ले जाया जाए; उन्हीं के हाथों से कुछ उगवाया जाए। उनको दिखाया जाए कि गजक कैसे बनती है। चॉकलेट कैसे बनती है। बेकरी में बिस्कुट कैसे बनते हैं। कभी भूगोल पढ़ाते हुए उनसे दुनिया के नक़्शे की एक जिगसॉ पज़ल सॉल्व करवाई जाए। स्कूल में गैस्ट लैक्चर रखवाए जाएँ, जहाँ महेश चंद्र मेहता जैसे पर्यावरणविद अपने सभी एडवैंचर बताएँ, कि उन्होंने ताजमहल को एसिड रेन से कैसे बचाया। किसी स्टेडियम में 100 स्कूलों के 9वीं-10वीं क्लास के बच्चे इकट्ठे हों, और वहाँ अभिजीत बनर्जी जैसे नोबेल प्राइज़ जीतने वाले अर्थशास्त्री अपना काम बच्चों को समझाएँ। उन्होंने ऐसा क्या किया जो उन्हें यह इनाम मिला? कोई वैज्ञानिक अपने आविष्कार करने की रोचक कहानी बताए; बच्चों के लिए कोई साइंस वर्कशॉप ले।

अगर सभी स्कूलों तक वैज्ञानिकों का, अर्थशास्त्रियों का इस तरह पहुँचना संभव ना हो, तो वीडियो कॉन्फरेंस के ज़रिए यह हो, या फिर पहले से रिकॉर्ड किए हुए वीडियोज़ से। बच्चों के लिए विविध विषयों पर डॉक्यूमेंट्री हो सकती हैं।

स्कूल में एक सिनेमा रूम हो, जहाँ उन्हें बेहतरीन वर्ल्ड सिनेमा दिखाया जाए।

कभी बच्चों को म्यूज़ियम ले जाया जाए। कभी आर्ट गैलरी ले जाकर प्रोत्साहित किया जाए कि किसी पेंटिंग पर अपने स्वच्छंद भाव व्यक्त करें। कभी नाटक दिखाया जाए। तो कभी किसी गायक को स्कूल में परफ़ॉर्म करने के लिए बुलाया जाए, जो उन्हें ठुमरी, ख़्याल, दादरा, होरी, ग़ज़ल और ध्रुपद में फ़र्क़ समझा पाए।

अभी तो ऐसा कुछ ख़ास होता नहीं है। बच्चा पैलियोंटोलॉजिस्ट के बारे में जानता ही नहीं, तो बनना कैसे चाहेगा? किसी बच्चे को आसमान में उड़ते हुए पंछी देखना अच्छा तो लगता है, लेकिन वह ऑर्निथोलॉजिस्ट के बारे में नहीं जानता। कोई बच्चा इत्मीनान से दूसरों की बात सुनता है। उनके मन की बात पढ़ लेता है। वह मनोवैज्ञानिक हो सकता है, लेकिन वह जानता नहीं।

किसी का दिमाग़ बहुत जासूसी किस्म का है; किसी मामले की छानबीन करने में वह तेज़ है। कोई तर्क के साथ अच्छी बहस कर लेता है, किसी मँझे हुए वक़ील की तरह। किसी बच्चे को जानवरों से लगाव है। किसी को छोटे-छोटे कीड़े-मकोड़े, तितली, मकड़ी देखने में बहुत मज़ा आता है। किसी को जंगल, पहाड़, समुद्र पसंद हैं। लेकिन इस सबसे उनका सपना निर्धारित नहीं होता, क्योंकि वे इन करियर के बारे में जानते नहीं हैं।

वे जो कुछ अपने आसपास देखते हैं, जिसे वे समझ पाते हैं, उसी को अपना सपना बना लेते हैं। एक्टर, गायक, डांसर, क्रिकेटर, पायलट, आर्मी अफ़सर, पुलिस, कंप्यूटर इंजीनियर, डॉक्टर। या फिर सपना है कि मर्सिडीज़, पोर्शा, BMW, जैगुआर लेनी है; गाने और व्लोग्स देखकर अब बच्चों के दिमाग़ में यह भी आने लगा है, वे भी कहते हैं कि मुझे कारों का शौक़ है।

इस तरह से देखा जाए, तो क्या बच्चों के सपने और उन सपनों का छूट जाना भी उसी जाल का हिस्सा नहीं है, जिसकी हमने बात की? ऐसे में अगर पिताजी ने कहा कि ये बचपन के सपने छोड़कर सीरियस हो जाओ, तो क्या ही ग़लत कहा? वे भी तो उसी जाल का हिस्सा हैं।

उनके कहने से आपने मान भी लिया, कि हाँ छोड़ो, वह तो बचपन की बात थी। जबकि इसका सोल्यूशन होना चाहिए कि बचपन में एक्सपोज़र नहीं मिला, तो कम से कम अब एक्सपोज़र लिया जाए।

एक गूगल सर्च से सभी करियर की लिस्ट निकल सकती है। AI आपको किसी भी करियर पर विस्तृत जानकारी दे सकता है। अगर आप AI को अपनी रुचि, योग्यताएँ, व्यक्तित्व, वैल्यू सिस्टम के बारे में बताएँ, तो यह आपके लिए कुछ करियर का सुझाव भी दे सकता है।

यूट्यूब पर इंटरनैशनल पॉडकास्ट हैं, जहाँ अलग-अलग फ़ील्ड के एक्सपर्ट से बात की गई है- पैलियोंटोलॉजिस्ट, ऑर्निथोलॉजिस्ट, थ्योरेटिकल फिज़िसिस्ट, स्टैटिसटिशियन और डाटा साइंटिस्ट। इन पर व्यूज़ केवल 8-10 हज़ार हैं, ये आपकी यूट्यूब फीड में नहीं आएँगे, ये आपके जाल से बाहर हैं। आपको इन्हें ढूँढ़ना पड़ेगा। अगर नया करियर लेने के लिए नहीं, तो कम से कम जानकारी के लिए, दुनिया से कनैक्ट करने के लिए कि दुनिया में कितने तरह के क्या काम हैं, और बाद में अपने बच्चों को यह एक्सपोज़र देने के लिए।

वैसे हो सकता है कि किसी फ़ील्ड में आपको रुचि आ जाए और आप गहराई में उतरते जाएँ और यह संवेग का रूप ले ले। लगे कि अब तो यही करना है। नौकरी के साथ-साथ आप उससे जुड़ा हुई कोई कोर्स कर डालें, और फिर नौकरी छोड़कर उस करियर में एंट्री। तो कुछ अलग करने के लिए पहले यह जानना ज़रूरी है कि क्या कुछ किया जा सकता है।

लेकिन एक्सपोज़र की कमी के अलावा समस्या एक और है। आपको बचपन से निर्देश पाने की आदत पड़ी हुई है। माँ-बाप से, टीचर से, बॉस से। लेकिन नौकरी छोड़कर जब आप फ्रीलांसर होते हैं या अपना बिज़नेस शुरू करते हैं, तो कोई आपको निर्देश नहीं देता। आपको ख़ुद से ही काम करना होता है। ख़ुद से फ़ैसला लेना होता है कि कितना काम करूँगा और कब आराम करूँगा। आपको आगे बढ़कर काम माँगना होता है। उसके लिए ईमेल भेजने होते हैं। नैटवर्क बनाना होता है। चाहे आप एडिटर हों, म्यूज़िक कंपोज़र या वेबसाइट डिज़ाइनर, आपको क्लाइंट ढूँढ़ने होंगे। सीखना पड़ेगा कि गूगल बिज़नेस प्रोफाइल कैसे बनाते हैं, इंस्टाग्राम पर विज्ञापन कैसे चलाते हैं, जस्ट डायल जैसे किसी बिज़नेस सर्च इंजन पर रजिस्टर कैसे किया जाए।

ख़ुद का सैलून, कैफ़े, टिफ़िन सर्विस, बुटीक या फ़ोटो स्टूडियो हो, उसके लिए कस्टमर लाने पड़ते हैं। भले ही मार्केटिंग, सेल्स, ब्रांडिंग, प्रोडक्ट डिज़ाइन, मैन्युफैक्चरिंग अथवा सर्विस के लिए आप लोगों को रख लें, तब भी एक बड़ा प्लान तो आपको ही तैयार करना होगा।

क्या आपको इस सबकी ट्रेनिंग दी गई है? नहीं। स्कूल में तो छोड़िए, अगर आपने MBA भी किया है, तो आपको मुख्यतः केवल नौकरी करने के लिए तैयार किया गया है।

तो चाहे बात सीमित एक्सपोज़र की हो या फिर निर्देशों पर चलने की आदत, आप बँधे हुए हैं। इसलिए यह जो फ़ैसला है नौकरी छोड़ने का,

यह केवल एक पर्सनल, सोशल, स्पिरिचुअल फ़ैसला ही नहीं, बल्कि एक साइकोलॉजिकल फ़ैसला भी है। यहाँ अपना पूरा दिमाग़ भी बदलना होगा।

वरना अगर आप अपने बँधे हुए दिमाग़ से कोई फ़ैसला लेते हैं, तो क्या वह फ़ैसला कहलाने के लायक भी है? जैसे कि मान लीजिए कि एक आदमी रेस्तरां में जाता है। दस साल से वह यहाँ आ रहा है। हर बार उपमा और फ़िल्टर कॉफ़ी ही ऑर्डर करता है। वेटर भी अब यह बात जानते हैं। फिर भी पूछते हैं कि आज आप खाने में क्या लेंगे।

शेफ नया है। वेटर उसके साथ पचास रुपए की शर्त लगाकर आया है; शेफ ने कहा कि वह उत्तपम ऑर्डर करेगा; वेटर ने कहा कि वह उपमा और फ़िल्टर कॉफ़ी आर्डर करेगा। कहने को तो आदमी कुछ भी ऑर्डर कर सकता है, लेकिन वह फ़ैसला लेता है कि वह उपमा और फ़िल्टर कॉफ़ी लेगा। क्या यह वाकई फ़ैसला भी है, या यह उसकी आदत की, उसके स्वभाव की, उसकी पसंद-नापसंद की जकड़न है?

इसी तरह जिसे बचपन से आदत है निर्देश लेने की, वह फ्रीलांसिंग के काम से घबराता है। इस घबराहट की वजह से वह फ़ैसला लेता है नौकरी करने का, और नौकरी में ही रहने का। लेकिन यहाँ फ़ैसला तो केवल एक भ्रम है।

यहाँ हम 'फ्री विल' यानी 'मुक्त इच्छा' के कॉम्प्लेक्स विमर्श की तरफ़ बढ़ रहे हैं, लेकिन उधर बढ़ने से पहले ही हम वापस मुड़ लेते हैं। बुद्धिजीवी कहेंगे, कि मुक्त इच्छा सैद्धांतिक तौर पर संभव ही नहीं। कहने दो उन्हें, अभी उस बहस में पड़ने का समय नहीं। मुक्त क्या है, इच्छा क्या है, यह गहन विमर्श हम 'अपनी क़िस्मत को कंट्रोल करो' वाली ईबुक में करेंगे।

यहाँ आप बस सोचिए, कि कैसे कोई इंसान रुका हुआ हो, तो रुका रहता है; चल रहा हो, तो चलता रहता है; जिस दिशा में जा रहा हो, उसी दिशा में

चलता रहता है, जब तक कोई बाहरी फोर्स उस पर ना लगे। बाहरी यानी ख़ुद से बाहर का? नहीं, बाहरी यानी आपके इस पूरे जाल से बाहर का।

आपके माँ-बाप के द्वारा की गई पेरेंटिंग तो आपके सिस्टम का ही हिस्सा है। वे नौकरीपेशा लोग हैं, तो आप बिज़नेस करने से घबराने लगे। वे बिज़नेस करते हैं, तो आप इसे लेकर सहज हो गए। माँ को रियाज़ करते हुए सुना, तो आप भी गुनगुनाने लगे। पिताजी वक़ील हैं, तो आपके लिए भी वक़ालत एक करियर ऑप्शन हो गया। आपकी आर्थिक स्थिति, आपका मोहल्ला, आपके दोस्त, आपका कल्चर- सब उसी जाल का हिस्सा है। हरियाणा में पहलवान ओलिंपिक मैडल ले आए, तो वहाँ के बच्चे कुश्ती में नाम कमाने की कोशिश करने लगे। हैदराबाद IT हब बन गया, तो वहाँ के बच्चे IT इंजीनियर बनने लगे।

शायर वसीम बरेलवी कहते हैं -

घरों की तर्बियत क्या आ गई टीवी के हाथों में
कोई बच्चा अब अपने बाप के ऊपर नहीं जाता।

यहाँ टीवी, सिनेमा, मास मीडिया के अत्यधिक प्रभाव की बात कही गई है। जैसा हमने पहले कहा कि टीवी पर IPL देखा, तो क्रिकेटर अच्छा लगने लगा। फ़िल्म में हीरो को पुलिस की वर्दी पहने हुए देखा, तो पुलिस में जाने का मन हुआ। गानों में महँगी कार देखी, तो वह लेने का मन हो गया।

कहने को यूट्यूब आपको सुझाव देता है, लेकिन यूट्यूब तो ख़ुद आपको बताता है कि यह आपके स्वाद के मुताबिक़ है। किसी एक वाहियात इन्फ्लुएंसर को आप देखते हैं, तो यूट्यूब एक और वैसा ही वाहियात इन्फ्लुएंसर आपको दिखा देगा। आप एक बार जिस तरह का गाना सुनेंगे, उसी तरह के गाने आपको दिखने लगेंगे। आपकी प्रोफाइल पर दिखने

वाले विज्ञापन भी इसी तरह होते हैं। एक बार टीशर्ट देख लेंगे, तो टीशर्ट के विज्ञापन आने लगेंगे। ना आपके माँ-बाप ने कभी शास्त्रीय संगीत सुना, ना आपको स्कूल में सुनाया गया, तो आपकी उसमें दिलचस्पी नहीं है। यूट्यूब ने आपको ट्रेंडिंग पंजाबी पॉप गाने दिखाए, ऍफ़ एम ने आपको उसी तरह के गाने सुनाए, आप वे सुनने लगे। वही आपकी पसंद बन गए। चाहे फ़िल्में हो या संगीत, सब कुछ बहुत फ़ास्ट वाला देखा आपने, तो आपका अटेंशन स्पैन उसी हिसाब से हो गया। कहा जाता है कि एक इंसान अपने एनवायरनमेंट का प्रोडक्ट है, और यह बात सही है।

यह सब आपके जाल का ही हिस्सा है, और अब आपके दिमाग़ का हिस्सा बन चुका है। आपके समाज की अवधारणाएँ, राजनैतिक हालात, सांस्कृतिक माहौल, आपके हालात– सब कुछ आपके दिमाग़ का हिस्सा बन चुका है।

तो बाहरी क्या है? कभी आपने यह बात सुनी है - ट्राई समथिंग न्यू, यानी कुछ नया करके देखो। यह बहुत मज़ेदार बात है। नया यानी वह नहीं जो मार्किट में नया हो, बल्कि वह जो आपके लिए नया हो।

रेस्तरां में उस आदमी ने साइड की टेबल पर किसी को पोडी इडली खाते हुए देखा। उसने वेटर को कहा कि यह जो भी है, यही ले आओ। इस बार वेटर शर्त हार गया। आप कहेंगे कि जब आदमी ने आज तक कुछ नया ट्राई करने का नहीं सोचा, तो आज क्यों करेगा। सही बात है। यही तो दिक़्क़त है। यही तो जाल है।

पूरी दुनिया तक यह नया ट्राई करने का विचार पहुँचाने की कोशिश की जाएगी, लेकिन हम तो अब इस पर बात कर चुके हैं। इसलिए आप तो अगली बार किसी रेस्तरां जाने पर ऐसा करने का सोच सकते हैं।

यहाँ ज़रूरी यह नहीं कि पोडी इडली उसे उपमा से कम स्वादिष्ट लगी या ज़्यादा। संभावना तो यही है कि उसे यह उपमा से कम पसंद आई होगी,

क्योंकि उपमा का स्वाद उसकी जीभ पर सालों से बसा हुआ है। लेकिन ज़रूरी यह है कि कुछ नया ट्राई तो किया।

अपनी पसंद के मुताबिक़ ही चलेंगे, तो वही करेंगे जो करते आए हैं। कुछ नया देखना है तो ख़ुद की पसंद से बाहर भी निकलना होगा। अपने पूरे जाल से बाहर निकलना होगा। हमेशा कोई प्लेट पर लेकर नहीं आएगा कि ये लो, नया ट्राई करो। ख़ुद से ढूँढ़ना होगा। बुरांश के फूलों का शरबत, कोकम शरबत, सोलकढ़ी, तिमूर वाली चाय और जाने कितना कुछ नायाब।

लेकिन लोग हैं कि कहीं घूमने भी गए, तो होटल में रुके, वहाँ के कुछ दर्शनीय स्थल पर गए, और बस, वापस आ गए। टूरिस्ट बनकर गए और उसी तरह वापस आ गए। वहाँ जाकर भी कभी मैगी आई, तो कभी अपना वही पनीर बटर मसाला। कहीं पर जाना-पहचाना खाना नहीं मिला और वहाँ का लोकल खाना ही खाना पड़ा, तो झुँझलाने लगे, बजाए कि उसका स्वाद लेने के। वहाँ के लोगों से बात नहीं की। वहाँ के लोकल गायन, नृत्य या थिएटर में कोई रुचि नहीं दिखाई। नई जगह जाकर भी नए से बचते रहे, ख़ुद से नया ढूँढ़ने की तो बात ही दूर।

सवाल है कि बात तो नए करियर की है, तो फिर नया खाना क्यों? नई तरह की फ़िल्में और अलग संगीत क्यों? हर चीज़ में नया क्यों ट्राई करें? इससे करियर का क्या संबंध है?

मेरा एक दोस्त है, जो फ़िल्म स्क्रीनिंग ऑर्गनाइज़ करता है। उसके फ़िल्म क्लब की मैम्बरशिप फ़ीस है। अगर कुछ लोग मेंबर बने हुए बिना उन फ़िल्म स्क्रीनिंग में आते हैं, तो उनसे टिकट लिया जाता है। कभी किसी फ़िल्ममेकर से कुछ पैसा लिया जाता है उनकी फ़िल्म को स्क्रीन करने का, और फिर रेवेन्यू में से उनके साथ कुछ शेयर कर लिया जाता है। वह कुछ सांस्कृतिक केंद्र और कुछ कैफ़े के साथ मिलकर ये स्क्रीनिंग्स करवाता है।

कौन-सी फ़िल्मों की स्क्रीनिंग? सलमान ख़ान की फ़िल्मों की स्क्रीनिंग तो करवाएगा नहीं। ना तो उसकी परमिशन होगी, और ना ही उसकी कोई सैंस बनेगी। उनके लिए तो सिनेमा हॉल हैं, और वे फ़िल्में ओटीटी प्लैटफ़ॉर्म पर भी हैं। स्क्रीनिंग करवाता है कुछ नायाब फ़िल्मों की, जिनमें वर्ल्ड सिनेमा की फ़िल्में भी होती हैं, और इंडिया के इंडिपेंडेंट फ़िल्ममेकर्स की फ़िल्में भी। ऐसा तो नहीं कि बचपन से ही उसे कलात्मक फ़िल्मों में रुचि रही हो। यह तो संभव नहीं है। उसके माँ-बाप को सिनेमा में कोई रुचि नहीं थी। वह एक गरीब परिवार से है, और उसका सिनेमा का एक्सपोज़र भी मेनस्ट्रीम सिनेमा तक सीमित था। लेकिन एक दिन किसी के कहने पर उसने कुछ नया ट्राई किया। एक नई तरह की फ़िल्म देखना। उसके बाद और फ़िल्में देखीं। उसे लगा कि ये बेहतरीन फ़िल्में तो दूसरे लोगों को भी देखनी चाहिए। उसने स्क्रीनिंग्स करवानी शुरू कर दी, और इससे एक सस्टेनेबल मॉडल भी बना लिया। इसी तरह किसी ने अमरंथ खाया। पता चला कि यह तो भारत का प्राचीन अनाज है। बहुत पौष्टिक है। उसने किसी किसान से अमरंथ उगवाना शुरू किया, और पैकिंग कर अमेज़न पर बेचना शुरू कर दिया। बचपन से तो वह अमरंथ नहीं खाता था। लेकिन किसी दिन ट्राई किया। गाँव के किसी आदमी ने पास्ता ट्राई किया, और सोचा कि हमारे गाँव-क़स्बे के बच्चों को भी यह पसंद आ सकता है। उसने वहाँ पास्ता बनाना शुरू कर दिया।

बात यह नहीं है कि आपको खाने से जुड़ा हुआ कुछ करना है, तभी आप नए व्यंजन ट्राई करें। जी नहीं, यह एक पूरा दिमाग़ का फ्रेमवर्क है। दिमाग़ खुला हुआ होना चाहिए। भले ही आपको फ़िल्मों से जुड़ा हुआ कुछ नहीं करना है, फिर भी आप नई फ़िल्में देखें। वे फ़िल्में भी आपको एक नई सोच देंगी।

जिस किसी ने 'इनटू द वाइल्ड' और 'फाइट क्लब' देखी हो, शायद ही कोई इस बात से मना करे कि इन फ़िल्मों ने अंदर कुछ तो हिलाया। ऐसा नहीं कि 'फाइट क्लब' देखते ही हर कोई टाइलर डर्डन बन जाने वाला है। बहुत से दूसरे फ़ैक्टर भी होते हैं। केवल एक फ़िल्म जाल को नहीं तोड़ सकती, लेकिन मदद ज़रूर कर सकती है।

मोटिवेशनल कहानियों में अक्सर हम सुनते हैं कि किसी के साथ सड़क दुर्घटना हो गई, वह मरने से किसी तरह बचा, और फिर उसके अंदर अलख जगी। फिर उसने ज़िंदगी को खंगाला। लेकिन अब ऐसा तो नहीं कि आप अपना एक्सीडेंट होने का इंतज़ार करेंगे। अगर कोई फ़िल्म या कोई कविता भी आपको उकसा देती है, तो क्या यह अच्छा नहीं है? टाइलर डर्डन कहता है कि तुम तुम्हारी नौकरी नहीं हो, तुम तुम्हारा बैंक बैलेंस नहीं हो, तुम्हारी पहचान तुम्हारी कार से नहीं है।

'इनटू द वाइल्ड' में क्रिस कहता है कि उसे नई कार नहीं चाहिए। नहीं, उसके लिए अंगूर खट्टे नहीं हैं, क्योंकि उसके अमीर माँ-बाप उसे एक नई कार गिफ्ट कर रहे हैं। लेकिन वह कहता है कि उसकी कार बहुत बढ़िया चल रही है; उसे नयी कार की ज़रूरत नहीं है, उसे नहीं चाहिए नयी कार, उसे कोई चीज़ नहीं चाहिए, ये चीज़ें, चीज़ें, चीज़ें, वह तंग आ चुका है। वह अपनी इस कॉमन अमेरिकी ज़िंदगी का जाल तोड़ना चाहता है, और वह सड़क पर निकल जाता है।

'अमेरिकन ब्यूटी' फ़िल्म को 'सर्वश्रेष्ठ फ़िल्म' सहित 5 ऑस्कर मिले। यहाँ लैस्टर फ़ैसला लेता है कि वह ज़िंदगी जीना शुरू करेगा। वह अपनी बकवास नौकरी छोड़ देता है। उसकी पत्नी कैरोलीन उस अमेरिकन लाइफ़ का मानवीकरण है, जहाँ इटैलियन सिल्क से बना हुआ 4000 डॉलर का सोफ़ा ज़िंदगी की सक्सैस है। लेकिन लैस्टर के लिए अब ज़िंदगी के मायने बदल चुके हैं।

'रेवोल्यूशनरी रोड' में फ्रैंक को अपना कोई पैशन नहीं पता। लेकिन वह जानता है कि उसे यह नौकरी नहीं करनी जो वह कर रहा है। उसकी पत्नी एप्रिल कहती है कि उन्हें पेरिस शिफ्ट होना चाहिए और वहाँ जाकर वह अपना पैशन पता करे। लेकिन कंपनी उसी समय फ्रैंक को प्रमोशन ऑफ़र कर देती है।

'धारावी' फ़िल्म में राजकरण एक टैक्सी ड्राइवर है। वह उस गरीबी की ज़िंदगी से निकलना चाहता है, और इसके लिए हाथ-पैर मार रहा है।

ये सब फ़िल्में नौकरी छोड़ने के बारे में नहीं हैं। ये उस जाल को तोड़ने के बारे में हैं। कोई फ़िल्म आपको छू सके, इसके लिए उस फ़िल्म में गहराई होनी चाहिए। किताबें आपको अंदर से छू जाती हैं और कविताएँ भी, बशर्ते आप उन्हें पढ़ें।

लेकिन जब आपका वैसा टेस्ट नहीं, तो आप ऐसी किताबें पढ़ेंगे कैसे? और जब ऐसी किताबें पढ़ेंगे नहीं, तो आपका टेस्ट कैसे बनेगा? अब हम चर्चा कर चुके हैं। पसंद-नापसंद से बाहर जाते हुए कुछ नया ट्राई करना है। बेहतरीन सिनेमा देखिए। अच्छी किताबें पढ़िए, जो सोचने को मजबूर करें, जो आईना दिखाएँ, जिनमें कल्पना की ऐसी उड़ान हो कि आपका रोम-रोम पुलकित हो उठे।

पढ़ना अपने आप में एक ऐसी क्रिया है, जो आपकी सोच को एक्टिवेट करती है। और जब आप सोचते हैं, तब आप सवाल करते हैं। जब लोग कहते हैं कि ऐसा ही होता है, तो आप पूछते हैं कि ऐसा क्यों होता है।

एक उक्ति इंटरनेट पर काफ़ी फ़ेमस है- "दुनिया में समस्या यह है कि बेवक़ूफ़ लोग आत्म-विश्वास से भरे हुए हैं, जबकि बुद्धिमान लोग संशय में रहते हैं।" सही से देखें तो यह कोई समस्या नहीं है। वह व्यक्ति बुद्धिमान इसीलिए है क्योंकि उसने संशय के लिए जगह छोड़ी हुई है। बेवक़ूफ़

आदमी तो व्हाट्सप्प पर भी कुछ पढ़ लेगा, तो उसे लगेगा कि उसे कमाल की बात पता चल गई है। ख़ासकर ऐसा तब होता है, जब वह मैसेज उसकी मौजूदा धारणाओं पर ठप्पा लगा रहा हो। लोग ख़ुद के विचारों को कंफर्म होते हुए देखना चाहते हैं। व्हाट्सप्प मैसेज पढ़कर वह आत्मविश्वास से भरा हुआ होगा कि उसे पता है, बाकी को यह नहीं पता। उसे संशय नहीं होता कि शायद यह बात झूठी हो। यह तो एक व्हाट्सप्प मैसेज की बात है, जो उसने अभी पढ़ा है। जो विचार उसके दिमाग़ में सालों से हैं, उन पर तो संशय का कोई मतलब ही नहीं।

बुद्धिमान व्यक्ति सवाल करता है। दूसरों के सवालों के लिए भी तैयार रहता है। उसकी कोई बात ग़लत मिल जाए, तो अपने ज्ञान को अपडेट कर लेता है। अपने व्यवहार को सुधार लेता है। इसी से वह बेहतर होता है। जबकि कई जड़बुद्धि लोग कुछ सुनने समझने को तैयार ही नहीं। इसलिए संशय बहुत काम की चीज़ है। सवाल करना आपको क्रांतिकारी बना देता है।

लड़कियाँ पढ़ नहीं सकतीं। क्यों? ज्योतिबा फूले और सावित्रीबाई फूले ने यह नहीं कहा कि 'ऐसा ही होता है' उन्होंने सवाल किया। सावित्रीबाई अपनी सहेली फ़ातिमा शेख के साथ मिलकर लड़कियों को पढ़ाने लगीं। रूढ़िवादी लोग उन पर टमाटर, अंडे, गोबर फ़ेंक देते थे। स्कूल जाते हुए वे एक अतिरिक्त साड़ी साथ लेकर चलती थीं। दलित तालाब के पानी को नहीं छू सकते। क्यों? डॉक्टर अंबेडकर ने सवाल किया। महाड़ सत्याग्रह किया। बहुत से दलितों के साथ चावदार तालाब पहुँचे और पानी पिया। सवाल करना आपको वैज्ञानिक बना सकता है। किसी चीज़ को ऊपर उछालो, तो वापस आकर नीचे धरती पर गिरती है। क्यों? न्यूटन ने सवाल किया; ग्रेविटी के नियम की खोज की।

सवाल करना आपको किसी भी जाल से बाहर निकालता है। 'ऐसा ही होता है' के जाल से बाहर निकालता है।

दुनिया को सही से एक्सप्लोर करेंगे, तो ज़रूर कुछ तो ऐसा मिलेगा, जिसमें आपको मज़ा आने लगेगा,जो जीवन को सार्थकता देगा, जिस काम को करने में आप सक्षम होंगे, या उस काम को सीखकर उसमें सक्षम हो सकेंगे। जिस काम की दुनिया को ज़रूरत होगी, जिससे आपको अपनी गुज़र-बसर के लिए अच्छा पैसा भी मिलेगा।

इसी को 'इकिगाई' कहा गया है। बचपन के सपनों को आप भले ही ख़ारिज कर दें, लेकिन यह जो आपने अपनी सचेत तलाश से पाया है, हो सकता है कि इसे लेकर आपके मन में संवेग उठेगा।

□□

अध्याय -4

वीकेंड का क्या प्लान है

मेरे दोस्त विक्रम ने नया घर ख़रीदा। 60 लाख रुपए उसके पिताजी ने दे दिए, जो जीवन भर नौकरी करते हुए बचाए थे। 10 लाख रुपए विक्रम के पास थे। कुल मिलाकर हुए 70 लाख, लेकिन घर लिया 1.3 करोड़ का। इसलिए 60 लाख रुपए का लोन लिया। 16 लाख का लोन उसने कार के लिए ले रखा है, क्योंकि 22 लाख रुपए की कार लेनी थी।

कंपनी वाले कभी लखनऊ भेजते हैं, कभी लुधियाना, कभी कोलकाता-रेल बनी हुई है उसकी। कसरत का कोई रूटीन नहीं। आए दिन बाहर का खाना। हर समय तनाव। कभी शुगर बढ़ा हुआ तो कभी ब्लड प्रैशर। एक बार उसका गॉल ब्लैडर निकालना पड़ गया। कुछ समस्या हुई जिसकी वजह से दिखना कम हो गया। आँखों में इंजेक्शन लगवाने पड़े। लेकिन तनाव वाली ये नौकरी तो करनी पड़ेगी क्योंकि लाखों रुपए का लोन सिर पर है।

मैंने कहा था कि 70 लाख रुपए में तीन कमरों वाला फ़्लैट मिल जाएगा। फ़्लैट उसने अभी भी तीन कमरों वाला ही लिया है, लेकिन जहाँ मैंने कहा था, उससे पाँच किलोमीटर दूर शहर के बीच की तरफ़। जहाँ मैंने कहा था, वह एरिया नया डेवेलप हो रहा है। पूरा इलाका बहुत खुला है, उस सैक्टर में बहुत बड़े पार्क हैं, ट्रैफिक भी कम है और शांति भी है। लेकिन उसे वहाँ फ़्लैट लेना था, जहाँ घर के सामने से मुख्य सड़क जाती है। ट्रैफिक का शोर रहता है। क्यों? क्योंकि उसे और उसकी पत्नी को

पॉश एरिया में रहना था। कभी दोस्तों को घर बुलाए, तो वे यह ना कह दें कि अबे यार, ये कहाँ भीड़ में रहता है। उसे महँगी कार भी इसीलिए लेनी थी, ताकि ऑफ़िस में अपना स्टेटस मैंटेन कर सके। मेरे सामने कहता है कि नौकरी छोड़ने का मन करता है। मैंने फिर से कहा कि यह घर जितने का लिया था, अब तो इसके दाम बढ़ गए हैं; जितने का लिया था, उससे 15-20 लाख ज़्यादा में बिक जाएगा; इसे बेच दे, उस जगह पर सस्ता घर ले, जहाँ मैंने कहा था। सारा लोन उतर जाएगा और 10 लाख रुपए बच जाएँगे। उससे कुछ ख़ुद का काम-धंधा शुरू कर!

एक आईडिया मैंने दिया कि आसपास हरियाणा के गाँवों में कई लोगों के पास अच्छा-ख़ासा बड़ा घर है। चौबारे पर एक कमरा अलग से है। उन्हें स्वादिष्ट देसी खाना बनाना आता है। उनके खेत भी हैं। लेकिन उन्हें Airbnb रजिस्ट्रेशन, ईको-टूरिज़्म, मार्केटिंग जैसा कुछ भी नहीं पता। शहर में लोगों के पास पैसा है, और वे हर वीकेंड बस मॉल में जाने के बजाए कुछ मज़ेदार ढूँढ़ते हैं। पूरे परिवार की एक फैमिली पिकनिक हो जाए गाँव में। देसी खाना खाएँगे। छाछ पीकर खाट पर गहरी नींद सो जाएँगे। अपने हाथों से मिट्टी के बर्तन बनाएँगे। चरखा चलाएँगे। धोती-कुर्ता और दामण-कुर्ता पहनकर फ़ोटो खिंचवाएँगे। खेतों में कुछ काम करेंगे। सूर्यास्त देखेंगे। इससे गाँव वाले परिवार की आर्थिक स्थिति बेहतर होगी। शहर वाले परिवार के लिए भी फ़ायदा है, कि 2000 रुपए लगाकर पूरे परिवार ने कुछ नया अनुभव किया, बजाए कि हर बार की तरह किसी फैंसी रेस्तरां में खर्च कर देने के। देश के लिए भी यही अच्छा है कि इकॉनमी का विकेंद्रीकरण हो। सारा रुपए अमीरों के हाथों में जाने के बजाए कुछ रुपया गरीबों के हाथों में आए, तो आसमान छूती हुई दौलत की असमानता कुछ कम हो।

"तेरे नौकरी ना छोड़ने की वजह से ही देश बर्बाद हो रहा है, मेरे भाई"

"अरे यार, मज़ाक़ मत कर।"

"मज़ाक़ नहीं कर रहा। सच कह रहा हूँ।"

इकॉनमी उसी तरह एक पिरामिड के जैसी बनी रहती है। देश को छोटी संख्या में बड़े बिज़नेस नहीं चाहिए, बल्कि बड़ी संख्या में छोटे बिज़नेस चाहिए। तभी तो रोज़गार उत्पन्न होगा। यह बात क्लीयर है कि बिज़नेस जितना ज़्यादा बड़ा होता जाता है, रोज़गार उस अनुपात में नहीं बढ़ता है। कई लाख करोड़ की वैल्यूएशन वाले बिज़नेस हैं, जिनमें एम्पलॉयी बस कुछ हज़ार हैं। एक दूसरा दोस्त एक कंपनी में काम करता है, जिसकी वैल्यूएशन है 8000 करोड़, लेकिन कंपनी की वेबसाइट ख़ुद बताती है कि इंडिया, यू.ए.ई. और अमेरिका में मिलाकर उसके केवल 2000 एम्पलॉयी हैं।

"भाई, अपनी ज़िंदगी का पता नहीं। देश का क्या ही सोचेंगे।" विक्रम ने व्यंग्य के भाव से कहा।

"तभी तो कह रहा हूँ कि अपनी ज़िंदगी का तो सोच। फिर देश का भी सोच पाएगा।"

"अरे यार, लेकिन ऐसे नहीं होता। बड़ी कंपनी के पास करोड़ों रुपए होते हैं, मार्केटिंग के लिए।"

"हाँ लेकिन वे कंपनी भी तो बड़ी होती हैं। वहाँ टॉप टू बॉटम एप्रोच चलती है, कि सीधे ही बड़ा बिज़नेस शुरू करो। तू ग्राउंड से शुरू कर। जैसे-जैसे डिमांड बढ़ती जाए, उसके साथ धंधे को बड़ा करता जा। इतने सारे बिज़नेस ऐसे हैं, जो इसी तरह छोटे से बड़े हुए हैं।"

उसने कुछ देर रुककर नई समस्या ढूँढ़ी। "लेकिन एक गाँव का परिवार कितना क्या कमा लेगा? उसमें से मुझे कितना क्या मिल जाएगा?"

"जितना वे लोग कमाते हैं, उसका 70% उन्हें दे दे। 30% तू रख ले। और इस तरह के 10 परिवार ढूँढ़ ले।"

इसका गणित लगाया गया।

एक परिवार एक दिन में 3 परिवारों को होस्ट कर सकता है।

यानी शनिवार और रविवार को मिलाकर 3 × 2 = 6 परिवार।

एक महीने में 6 × 4 = 24 परिवार।

2000 में से 800 रुपए कॉस्ट हटा दी जाए, तो प्रॉफिट हुआ 1200 रुपए।

महीने का कुल प्रॉफिट = 1200 × 24 = 28,800 रुपए।

इसका 70% हुआ 20,160 रुपए, जिसे पाकर गाँव वाला परिवार ख़ुश।

विक्रम का 30% यानी 8,640 रुपए।

अगर वह 10 परिवारों को इसमें जोड़ लेता है, तो उसके लिए हो गया 86,400 रुपए। बिज़नेस को बढ़ाते हुए जब वह 100 परिवारों को इसमें जोड़ लेगा, तो यह हो गया 8,64,000 रुपए प्रति महीना।

अब उसने कहा कि नहीं, 2000 में से 1200 कैसे बच जाएँगे, 500 रुपए ही बचेंगे। यानी उसके हिसाब से एक परिवार को अपने घर पर एक समय का खाना और 1-2 बार की चाय पिलाने की कॉस्ट होगी 1500 रुपए। मैंने कहा कि वे लोग ख़ुद के परिवार के लिए भी तो दो टाइम का खाना बनाते ही हैं। तो क्या वे हर महीने अपने खाने पर1500 × 2 × 30 = 90,000 रुपए खर्च करते हैं? यहाँ 2-3 आइटम ज़्यादा सही, लेकिन फिर भी 1500 रुपए कैसे लग जाएँगे?

वही ग़ालिब वाली बात है कि क्या बने बात जहाँ बात बनाए न बने। वह 70 नुक्स निकालने को तैयार बैठा था। बोला कि आजकल तो हरियाणा में भी कई नेचर रिज़ॉर्ट हैं। प्रतापगढ़ फार्म्स जैसे पिकनिक डेस्टिनेशन हैं, जहाँ यह सब तो होता ही है, साथ में ऊँट की सवारी और जाने क्या-क्या होता है। तो कोई ऐसे किसी के घर क्यों जाएगा? मैंने जवाब दिया कि वहाँ 4 लोगों का परिवार जाएगा तो क़रीबन 5500 रुपए लगेंगे, जो यहाँ 2000 रुपए में हो सकता है। उन पिकनिक डेस्टिनेशन में बिल्कुल भी एक्सक्लूसिव महसूस नहीं होता। सैकड़ों लोग वहाँ होते हैं। जबकि यहाँ केवल 1-2 परिवार होंगे। पिकनिक डेस्टिनेशन में सबकुछ जैसे एक शोकेस में है। जबकि यहाँ ऑथेंटिक एक्सपीरियंस है।

बहुत से लोग शायद उस पिकनिक डेस्टिनेशन को ही ज़्यादा पसंद करें, क्योंकि उनके पास रुपए की कोई कमी नहीं; ज़्यादा लोगों का पूरा मेला भरा हुआ होता है तो उन्हें उसमें ज़्यादा मज़ा आता है; उस शोकेस टाइप माहौल में ज़्यादा अच्छे फ़ोटो आएँगे उनके इंस्टाग्राम के लिए। लेकिन कई लोग ऐसे भी हैं, जो रॉ एक्सपीरियंस ढूँढ़ते हैं, शांति चाहते हैं, और थोड़ा सस्ता हो तो बेहतर, ताकि बार-बार जा सकते हैं। इसलिए यह भी अपने आप में एक अलग मॉडल है, और इस मॉडल में बेसिक रूप से कोई प्रॉब्लम नहीं है।

अब उसने कहा - "ऐसे ही नहीं हो जाता बिज़नेस"।

"तो कैसे होता है? पहले एक टाँग पर खड़े होकर दो साल तपस्या करनी पड़ती है?"

"यार तू समझ नहीं रहा। तपस्या ही है बिज़नेस। इतने सारे लोगों के बिज़नेस बंद भी होते हैं।"

शुरुआत करने से पहले ही बिज़नेस के बंद हो जाने की चिंता है। क्या ही कहा जाए? फिर भी मैंने कहा कि इतने सारे लोगों के बिज़नेस चलते भी तो हैं। बंद होने वाले ही क्यों देखने हैं? यह साल भर पहले की बात है। अब मैं देखता हूँ कि कुछ लोग यह मॉडल शुरू भी कर चुके हैं, और इंस्टाग्राम पर इसका विज्ञापन चलाते हैं। जो लोग वहाँ घूम कर आते हैं, वे इसे शेयर करते हैं, और इस तरह भी उनकी प्रमोशन हो जाती है।

ख़ैर, मैंने कहा कि ऐसा कुछ अलग करने में हाथ-पाँव फूल रहे हैं, तो यहाँ आसपास कहीं एक कैफ़े खोल ले। मुश्किल से 30 रुपए की कॉस्ट आती है कोल्ड कॉफ़ी की, और बिकती है 150 रुपए में। अच्छा मार्जिन होता है इस पर तो।

इस पर उसने कहा कि ये शुरू करने के लिए पैसा कहाँ से आएगा। मैंने कहा कि दुकान किराए पर लेनी है। कुछ किचन का सामान आएगा। डेकोरेशन का खर्च होगा। 2-3 लाख रुपए लगा ले। लेकिन नहीं, इसे भी उसने मना कर दिया यह कहकर कि आजकल तो कैफ़े कल्चर ही ख़त्म हो चुका है।

तीसरा आईडिया - एक सैलून स्टार्ट किया जाए।

"कारीगर कहाँ से मिलेंगे, जिन्हें अच्छे से हेयरकट, शेव, हेयर कलर, सब काम आता हो"

"अगली बार जब हेयरकट के लिए जाए, तो अपने नाई से बात कर लेना। वो तेरे लिए अपने गाँव के कोई 2 लड़के ढूँढ़ देगा। इन्हें पता रहता है आपस में। इसके बदले अपने नाई को कुछ कमीशन दे देना।"

"नहीं यार, सैलून में मैंने देखा है कि जो इंसान जिस सैलून में जाता है, वो सालों-साल वहीं पर जाता रहता है। बहुत मुश्किल है नए सैलून में कस्टमर लेकर आना"

मैंने कहा कि इतने साल नौकरी करते हुए हो गए, कुछ तो मार्केटिंग का अनुभव हुआ होगा। चल छोड़, सीधे एक ग्रॉसरी स्टोर खोल ले। कोई भी ऐसा इलाका, जहाँ आसपास ग्रॉसरी स्टोर नहीं है, वहाँ शुरू कर दे। उसके लिए तो कोई मार्केटिंग नहीं चाहिए होती। जो भी ग्रॉसरी स्टोर पास में होता है, लोग वहीं से ख़रीद लेते हैं क्योंकि सामान तो वही है।

"अरे यार, कुछ भी! क्या यह अच्छा लगेगा कि इतनी पढ़ाई करने के बाद सैलून खोल लिया, परचून की दुकान कर ली या गल्ले पर बैठ गए दुकान डालकर।"

सॉलिड बिज़नेस आईडिया दिया, तो हाथ-पाँव फूल गए। सैलून या ग्रॉसरी स्टोर अच्छा नहीं लगेगा। दुकान डालने में तो इतनी शर्म आती है, और अभी क्या कर रहा है? एक बड़ी दुकान का छोटा सा पुर्जा ही तो है। बस उसे अंग्रेज़ी का नाम दे दिया- रीजनल सेल्स मैनेजर, तो वो बड़ा ऊँचा काम हो गया?

"चलो, दुकान नहीं करनी तो बिज़नेस खोल ले भाई। ये वाला बिज़नेस आईडिया पसंद नहीं आया, तो और सोचते हैं।"

उसने कहा कि आजकल पूरे देश में मार्किट डाउन है। हरेक धंधा मंदा है। नए बिज़नेस स्टार्ट ही नहीं हो सकते। अब इस पर तो क्या ही कहा जाए। साफ़-सीधी बात है कि उसे करना ही नहीं है। लेकिन क्यों?

'टैक्सी ड्राइवर' फ़िल्म में एक टैक्सी ड्राइवर विज़ार्ड मुख्य किरदार ट्रैविस से कमाल की बात कहते हैं -

"एक आदमी एक काम लेता है। और वो बन जाता है जो वह काम है। समझे? जैसे कि तुमने एक काम किया, और तुम वही बन गए। मैं 17 साल से एक टैक्सी ड्राइवर रहा हूँ। दस साल रात को। फिर भी मेरी ख़ुद की कैब नहीं है। जानते हो क्यों? क्योंकि मैं चाहता ही नहीं। मुझको यही

चाहिए होगा- रात की शिफ्ट में किसी दूसरे की कैब चलाना। तुम समझे? तुम एक काम लेते हो, तुम वही काम बन जाते हो।"

टैक्सी चलाने वाला टैक्सी ड्राइवर बन जाता है। सरकारी नौकरी वाला सरकारी मुलाज़िम बन जाता है। उसे नहीं जाना फ़ीफ़ा वर्ल्ड कप देखने। उसका फ़ीफ़ा है DA, HRA, ग्रेड पे। वो कॉर्पोरेट में काम करने वाला है, जिसे आर्सेनल, चेल्सी, सब पता है; जो स्टॉक मार्किट पर नज़र रखता है, जो बारबेक्यू नेशन जाता है। वह 17 साल कंपनी में काम करेगा, लेकिन उसके बाद उसकी ख़ुद की कंपनी नहीं होगी। MBA में उसे नौकरी करना ही सिखाया गया है। इसीलिए इतनी स्पेशलाईज़्ड MBA होती हैं- एच.आर, मार्केटिंग और फाइनेंस। बस उस डिपार्टमेंट में काम करो। उसे पूरा बिज़नेस शुरू करने या सँभालने की ट्रेनिंग नहीं दी जा रही। उसकी नौकरी का एक्सपीरियंस भी इसी तरह एक डिपार्टमेंट तक सीमित एक्सपीरियंस है। इसके दम पर वह बिज़नेस करना नहीं सीखता। ना ही वैसी स्किल और ना ही वो मैंटल फ्रेम।

किसी गटर साफ़ करने वाले से मैंने पूछा था कि गुटखा क्यों खाते हो। उसने कहा कि इतनी बदबू में रहते हैं, शरीर टूटता है, कैसे रहेंगे गुटखा खाए बिना। इसके बाद मैंने कुछ नहीं कहा।

कॉर्पोरेट में काम करने वाला 5 दिन के लिए कोल्हू के बैल की तरह लगा होता है। अब वीकेंड पर कहाँ वो बेचारा नॉवेल पढ़ेगा? क्यों वो कोई गहराई वाला सिनेमा देखेगा? क्यों वो अपनी ज़िंदगी को खँगालेगा? 5 दिन तक पहले ही दिमाग़ पर इतना बोझ रहा है। वीकेंड पर उसे बियर चाहिए। कभी उसके शहर की किसी बार में, तो कभी पास के हिल स्टेशन के कमरे में। उसे खाना चाहिए। वह चाहता है कि वह देर तक सोता रहे। उन पाँच दिन में उसे कोई ख़ास तारीफ़ नहीं मिलती, तो वह चाहता है कि कोई उसके कपड़ों की, जूतों की, फ़ोन की, कार की तारीफ़ कर दे, और इस बहाने उसे कुछ अटेंशन मिल जाए।

कुछ लोग ऐसे भी हैं, जिनमें संवेग होता है, लेकिन नौकरी उनके संवेग को ख़त्म कर देती है। उन्हें पता नहीं होता कि संवेग को बचाकर रखना होता है। वे सतर्क नहीं रहते कि ख़ुद को बचाकर रखना है, और इस तरह वे लोग अपना काम बन जाते हैं।

सोमवार से शुक्रवार तक जो इंसान एक पुर्जे की तरह घिसता रहा है, वह वीकैंड पर रिलैक्स करना चाहता है, इस तरह काम के पाँच दिन ही उसका वीकैंड निर्धारित करते हैं। लेकिन ध्यान देने की बात यह है कि वह वीकैंड कैसे गुज़ारता है, इससे उसके काम के 5 दिन डिसाइड हो सकते हैं।

नौकरी में तो उसकी कुछ चलती नहीं; उन पाँच दिन में वह अपनी मर्ज़ी से कुछ नहीं कर सकता, कुछ अलग नहीं कर सकता, तो वीकैंड पर ही कुछ अलग करना होगा; बदलाव की शुरुआत वीकैंड से होनी होगी।

कुछ लोग होते हैं, जो वीकैंड पर दफ़्तर से विदाई का सामान इकट्ठा करने लग जाते हैं। पहले तो अपनी लायबिलिटी ख़त्म करते हैं, लोन चुका देते हैं। फिर कोई स्किल सीखते हैं। उस स्किल के आधार पर कुछ फ्रीलांसिंग वाला काम उठा लेते हैं। और कुछ समय में वह काम काफ़ी हो जाता है नौकरी छोड़ने के लिए। या फिर 'ओपन माइक' में जाकर अपना स्टैंड-अप कॉमेडी सैट ट्राई करते हैं। अपना एजुकेशनल यूट्यूब चैनल शुरू कर देते हैं। इंस्टाग्राम पर अपने गाने अपलोड करने लगते हैं। अपने किसी बिज़नेस का ब्लूप्रिंट तैयार कर लेते हैं। कंपनी का नाम, 'लोगो', टैगलाइन, वेबसाइट, सब तैयार। अपनी ऐप्प डिज़ाइन करवा लेते हैं। अपनी तंख़्वाह के कुछ हिस्से को किसी दूसरे की तंख़्वाह बना देते हैं, यानी अपने इस काम के लिए लोगों को नौकरी पर रख लेते हैं। फंडिंग के लिए कोशिश करने लग जाते हैं। कुछ लोग हैं जिनके पैशन से अभी के अभी पैसा कमाना मुश्किल है, समय लगेगा, इसलिए वे पैसे का ऐसा सोर्स तैयार करने लगते हैं जो नौकरी की तरह उनका टाइम और दिमाग़

नहीं खाएगा। इस नौकरी की तंख़्वाह की तुलना में पैसा कम होगा, लेकिन कम समय और कम मैंटल एनर्जी लगेगी। उसके साथ वे अपने पैशन को फॉलो कर सकेंगे।

लेकिन वीकेंड पर काम वही करेगा, जिसमें संवेग होगा। एक तड़प होगी जिसके अंदर। कुछ लोगों में तो यह होता ही नहीं। वे इसे ढूंढ़ सकते हैं अपने जाल को तोड़कर। ख़ुद से सवाल पूछकर। "क्यों" का सवाल पूछकर। मैं क्या कर रहा हूँ, क्यों कर रहा हूँ और क्या चाहता हूँ। अगर पैसे का प्रेशर ना हो, तो मैं क्या करना चाहूँगा? क्या है जो मुझे रोक रहा है? क्या काम है जो मुझे करना आता है? क्या है जो मैं सीखना चाहूँगा? क्या वह काम करते हुए मैं ख़ुश रहूँगा? उस काम से पैसा कैसे आएगा? एक के बाद एक सवाल।

सवाल करने के साथ-साथ अपना एक्सपोज़र बढ़ाना होगा। जैसी हमने चर्चा की, कि बहुत-सी चीज़ों को अनुभव किया जाए और किन्हीं गहरी चीज़ों को ख़ुद को छूने दिया जाए।

□□

अध्याय -5

इंसान के मूलतत्त्व का हनन

यह बात अभी सुनने में आपको बहुत सरल लग रही होगी, कि हाँ, संवेग तो होना ही चाहिए। लेकिन असल ज़िंदगी में लोगों को इसका एहसास नहीं होता। विक्रम को ही देखिए। उसमें तड़प तो है, लेकिन वह तड़प ऐसी है, जो दर्द और झुँझलाहट की वजह से होती है; नौकरी से निकलने के लिए तड़प है। वह संवेग वाली तड़प नहीं है कि आप कुछ करने के लिए तड़प रहे हो। वह नौकरी छोड़ने के विषय पर चर्चा तो करता है, लेकिन वह चर्चा इस बारे में नहीं होती कि नौकरी छोड़कर क्या करना है, और वह कैसे किया जाए। बल्कि उस चर्चा में केंद्र बिंदु यही होता है कि जो नौकरी अभी कर रहा है, उससे कैसे निकला जाए।

इसलिए हुआ यह कि उसने नौकरी तब छोड़ी जब उसने नई नौकरी पकड़ ली। लेकिन यह नौकरी पहले वाली नौकरी से भी बद-तर। अब हो सकता है कि इस नौकरी से निकलकर कोई एक और नई नौकरी ले ले। लेकिन तब भी ज़्यादा चांस नहीं कि स्थिति बेहतर हो, हो सकता है कि वहाँ भी यही टॉक्सिक वर्क कल्चर हो।

सोने के पिंजड़े से निकलना मुश्किल रहता है। अगर किसी में संवेग नहीं है, तो उसको आप कितनी भी सिकंदर की कहानी सुनाएँ, नैपोलियन की या स्टीव जॉब्स की, किसी मोटिवेशन से कुछ नहीं होना। यह मोटिवेशन उस तेल की तरह है, जो बाल उगाने का दावा करता है। कहता है कि इसमें 104 जंगली जड़ी-बूटियाँ हैं। लेकिन सच्चाई यह है कि बाल उगने का सारा मामला शरीर के अंदर से है। न्यूट्रिशन अंदर जाता है, तेल तो

सिर के ऊपर लगाया जाता है और उससे बाल नहीं उगने वाले। इतना ज़रूर है कि जब आप किसी ख़ास तेल के साथ सिर पर मालिश करते हैं, तो वह एक स्टिमुलेशन देता है जिससे सिर में ख़ून के सर्कुलेशन को बढ़ा देता है, जिससे थोड़ा-बहुत फ़ायदा हो सकता है। लेकिन मुख्यतः मामला अंदर का ही है।

इसी तरह मोटिवेशन का सीमित प्रभाव है। अगर अंदर संवेग नहीं है, तो बाहर से आप कितना भी मोटिवेशन का पंप दीजिए, कुछ नहीं होने वाला। अगर इस मोटिवेशन के पंप की वजह से उसने नौकरी छोड़ भी दी, तो वह मारा जाएगा। क्योंकि उसका बाकी सब सिस्टम तो वही है, माइंडसैट वही है।

ऐसे में मान लीजिए कि मैंने किसी को मोटिवेशन दे दिया कि हाँ, छोड़ दे नौकरी, मज़ा है फ़िल्म के फ़ील्ड में, और फिर उससे यह सब हुआ नहीं; वह ब्लैंक होने लगा; उसे याद आने लगी बर्गर-कोला की, पार्टी की, महँगी कार की; वह घबराने लगा कि कोई यह ना पूछ ले कि कैसा चल रहा है तेरा काम, तब तो वह तनाव में आ जाएगा। वह अपने फ़ैसले पर पछताने लगेगा। उसके घर वाले मुझे उलाहना देंगे, कि हमारा बेटा अच्छी-ख़ासी नौकरी कर रहा था; इसने कर दिया ब्रेनवॉश हमारे लाडले को। इसलिए मैं मोटिवेशन नहीं देता।

अंदर से जो मोटिवेशन आता है, वही आपका संवेग होता है। कोई काम करने का मन करता है। रुपए के लिए? नहीं, साथ में रुपया मिलता है तो अच्छा लगता है। लेकिन मुख्यतः उस काम में मज़ा आता है।

यह बात उनको समझ नहीं आएगी, जिन्होंने महसूस ना की हो, जिन्हें आज तक किसी काम में मज़ा आया ही ना हो, जो डींगें हाँकते हों कि हमें तो ज़्यादा काम करना ही नहीं पड़ता। ये कहते हैं कि पैसिव इनकम का कोई ज़रिया बनाओ, जिससे अपने आप पैसा आता रहे; कुछ ना करना पड़े। पूँजीवाद ऐसी कुछ सहूलियत देता भी है, जहाँ रुपया ही, रुपए को

खींचता है। आजकल ये नया लक्ष्य मार्किट में है कि 45 साल की उम्र तक जल्दी से ख़ूब कमाओ और रिटायर हो जाओ। इन लोगों को अगर आज कहा जाए कि छोड़ो सब, यह लो, जितनी सैलरी तुम 60 साल की उम्र तक कमाओगे, उतना रुपया एकमुश्त ले लो। अब जो तुम्हारा मन करे, वह करो। तो वे कुछ नहीं करेंगे, क्योंकि पैसा तो आ गया ना। इसीलिए लोग कम्युनिज़्म के विचार पर हँसते हैं। कहते हैं कि- "अगर ज़रूरत के हिसाब से पैसा मिलेगा, तो कोई काम ही क्यों करेगा। इंसान को मोटिवेशन तो केवल पैसे का ही होता है, कि उसे जितना ज़्यादा पैसा मिलेगा, उतना ज़्यादा काम वह करेगा। वैसे किसी की दिलचस्पी क्यों होने लगी काम में? यह क्या बात हुई कि सभी को बेसिक सुविधाएँ मुफ़्त में दे दो? इससे तो गरीब लोग कामचोर बन जाएँगे।"

वैसे तो कार्ल मार्क्स दुनिया के टॉप 3 अर्थशास्त्रियों में से एक हैं- एडम स्मिथ, कार्ल मार्क्स और जॉन मेनार्ड कीन्स अर्थशास्त्र के तीन स्तंभ हैं। लेकिन इन लोगों के हिसाब से कार्ल मार्क्स इतने अपरिपक्व थे, कि हज़ारों पन्नों की किताब लिखते हुए यह सीधी-सी बात उनके दिमाग़ में ही नहीं आई।

कार्ल मार्क्स के समय पर पूँजीवाद का क्रूरतम रूप देखने को मिलता था। मज़दूर फैक्ट्री के पास झुग्गी में रहते थे। कोयला जलने की वजह से इतना धुआँ होता कि आसमान में कई दिनों तक सूरज नहीं दिखता था। इसलिए विटामिन डी की कमी की वजह से रिकेट्स की लहर देखने को मिली। झुग्गी में केवल एक नलका था, जिसमें गंदा पानी आता था। इसलिए हैजा फैलना, एक आम बात थी। मशीनें बहुत ख़तरनाक थीं, और काम करते हुए मज़दूरों के हाथ कट जाया करते थे। इस तरह किसी के अपंग हो जाने या मर जाने पर कोई मुआवज़ा नहीं मिलता था। 10-12 साल के बच्चे कम ऊँचाई होने की वजह से कोयले की खान में लगाए जाते थे। मज़दूर सब काम करते थे, लेकिन उनका जीवन नरक था। पूँजीवादियों की मौज थी। पैसा लगाओ, पैसा कमाओ और कमाते जाओ।

क्या कोई आम मज़दूर इस पूरे सिस्टम को हिला सकता था? नहीं। प्रदूषित हवा को आप साफ़ करने की बात करते हैं, तब भी आप उसी प्रदूषित हवा में साँस लेते हैं। यह कोई दोगलापन नहीं है। ऐसा तो नहीं कह सकते कि जिस हवा में साँस लेते हो, उसी को ख़राब क्यों कहते हो। साँस तो लेनी पड़ेगी, जीना तो पड़ेगा। मज़दूरों के पास अपने कोई उत्पादन के साधन नहीं थे। उन्हें उन्हीं ख़स्ता नौकरियों में काम करना था, और नौकरियाँ सीमित थीं। पूँजीवाद का मुख्य लक्ष्य है, पूँजीवादी का अधिकतम मुनाफ़ा, और मुनाफ़ा ज़्यादा होगा अगर कम लोगों को रोज़गार देना पड़े; मशीनें जितने भी मज़दूरों को रिप्लेस कर सकें, अच्छा ही है। स्टीम इंजन के आविष्कार के चलते औद्योगीकरण हुआ। बड़ी मशीनें आईं, और 50 मज़दूरों का काम एक मशीन ने करना शुरू कर दिया। फिर मशीनें जटिल होती गईं। उनकी कार्यक्षमता बढ़ती गई। रोज़गार का स्कोप कम होता गया।

नौकरियाँ अगर सीमित होंगी, तो मज़दूरी की नीलामी होगी। चलो, अपनी बोली लगाओ कि कौन सबसे कम रुपए में काम करेगा। एक डर होगा कि कहीं मैं बेरोज़गार ना रह जाऊँ। जितना जो रुपया मिल रहा है, मुझे ले लेना चाहिए। इस तरह मज़दूरों की आपस में प्रतियोगिता होगी। उनके अंदर स्वार्थ होगा। जहाँ दो ही विकल्प हों कि या तो आप शोषक वर्ग का हिस्सा होंगे, या आपका शोषण होगा, ऐसे में हर कोई उस पिरामिड में ऊपर की तरफ़ बढ़ना चाहता है। आज मेरे पास पैसा है, और कल नहीं रहा तो? इसलिए ज़्यादा कमाओ। हैल्थकेयर सिस्टम तो बहुत महँगा है। अगर मेरे परिवार से कोई बीमार हो गया, तो क्या होगा? और भी ज़्यादा कमाओ। मेरे बच्चे अच्छी नौकरी तभी पाएँगे, जब वे सबसे टॉप के स्कूलों और कॉलेजों में पढ़ेंगे। एक करोड़ रूपये में तो MBBS हो पाएगी। कमाना जारी रखो।

अगर कॉर्पोरेट नौकरी में नहीं आ सके, तो बड़े अफ़सर बनो। नेता बनो। वहाँ से कमाओ। अगर मैं रिश्वत लेता हूँ, तो क्या दूसरे लोग नहीं लेते हैं? इसलिए रिश्वत लेने का मौका मिला है, तो रिश्वत क्यों ना लूँ? अगर हस्पताल मुझे कमीशन देता है कोई ग़ैर-ज़रूरी हार्ट सर्जरी करने के लिए, तो क्यों नहीं? सब जगह ऐसा ही होता है। कोई यहाँ किसी का नहीं है, सब अपने हैं। भलाई का ज़माना नहीं है। कमाओ, आगे बढ़ो, हसल करो।

कार्ल मार्क्स यह समझते थे, कि ऐसे स्वार्थ और लालच के माहौल में जो लोग रह रहे हैं, वे किस तरह जीज़स क्राइस्ट की बात को स्वीकार करेंगे? जी हाँ, कम्युनिज़्म की जो परिभाषा है, वह बाइबिल से ही ली गई है। जीज़स एक जगह कहते हैं-

"हर किसी से उसकी क्षमता के मुताबिक़, हर किसी को उसकी ज़रूरत के मुताबिक़"। यानी अगर कोई हट्टा-कट्टा जवान है, तो वह ज़्यादा काम करे। कोई अपंग है, बूढ़ा है या गर्भवती महिला है, तो वह कम काम करे। अपनी क्षमता के मुताबिक़। किसी को ज़्यादा भूख है तो वह ज़्यादा खाए। किसी को कम भूख है, तो वह कम खाए। अपनी ज़रूरत के मुताबिक़।

हिंदू धर्म में भी कहा गया है कि सभी भूमि गोपाल की। इसी की बात गाँधी जी ने कही थी, कि जो ज़रूरत से ज़्यादा लेता है, वह चोरी करता है। इस्लाम में 'ज़कात' 5 स्तंभों में से एक है, जिसका मतलब है दान करना। सिख धर्म में 'दसवंध' का मतलब भी दान है। जैन धर्म में 'अपरिग्रह' की बात है, यानी किसी चीज़ पर कब्ज़ा करने की मत सोचो।

लेकिन उस क्रूरतम पूँजीवाद में जिस तरह की स्थिति थी, उसकी वजह से लोग घबराए हुए थे; उस घबराहट की वजह से स्वार्थ और लालच था; क्या ऐसे घबराए हुए, स्वार्थी और लालची लोग धर्म की यह बात स्वीकार करेंगे कि आपका योगदान क्षमता के मुताबिक़ और आपको मिलेगा ज़रूरत के मुताबिक़। नहीं, वे कहेंगे कि यह क्या बेहूदा बात है। इसमें काम करने

के लिए मोटिवेशन ही कहाँ है? उस जाल के अंदर रहते हुए ऐसा ऐतराज़ सौ टका सही है।

यह 'डोमिनेंट आइडियोलॉजी' का कॉन्सेप्ट कार्ल मार्क्स ने साल 1845 में ही दे दिया था। उनकी उम्र थी 27 साल, जब उनकी और फ्रैड्रिक एंगेल्स की किताब 'द जर्मन आइडियोलॉजी' पब्लिश हुई। यहाँ वे कहते हैं कि रूलिंग क्लास के विचार ही समाज के रूलिंग विचार होते हैं। यानी जो वर्ग समाज में प्रधान हो, उसके विचार ही ज़्यादातर लोगों के दिमाग़ में फिट हो जाते हैं।

अगर कहीं पर पूँजीवाद होगा, तो कंज़्यूमरिज़्म होगा ही, क्योंकि वह पूँजीवाद का ईंधन है; लोग ज़्यादा कंज़्यूम करेंगे; सामान इकट्ठा करने के लिए होड़ होगी; इसलिए कमाने के लिए प्रतियोगिता होगी; उस व्यवस्था की प्राथमिकता रोज़गार नहीं होती; तो वहाँ लेबर की नीलामी होगी; स्वार्थ होगा, लालच होगा, ईर्ष्या होगी। काम इस तरह से होगा कि पूँजीवादी के लिए खर्च कम हो, मुनाफ़ा ज़्यादा हो; इस तरह नहीं कि काम में मज़दूर को मज़ा आए।

पहले जब कोई शिल्पकार अपने हाथों से काम करता था, तो वह पूरा प्रोडक्ट ख़ुद बनाता था। कुर्सी, मटका, जूते, कपड़े, चटाई, मूर्ति, जलेबी। उसे ख़ुद पर नाज़ होता था कि मैंने अपने हाथों से कुछ बनाया। उस प्रोडक्ट को वह ख़ुद भी इस्तेमाल करता था। लोगों से उसे इंस्टेंट फीडबैक भी मिलता था। वह ख़ुद को बेहतर करने की कोशिश करता था। अपने घर पर रहते हुए वह काम करता था। काम करते हुए कुछ गुनगुनाने लगता। परिवार आसपास होता था। बच्चे भी खेल-खेल में काम सीख लेते थे। दोपहर का खाना खाकर शिल्पकार कुछ देर सो लेता था। जिस दिन काम से छुट्टी लेने का मन किया, उस दिन छुट्टी कर ली। काम था, लेकिन काम का तनाव नहीं था। काम ही जीवन को भरता था। यह स्किल उसके व्यक्तित्व का हिस्सा थी। उसके परिचय का हिस्सा थी। काम और

परिवार साथ चलते थे। परिवार के साथ-साथ कम्युनिटी भी बहुत ज़रूरी थी। धार्मिक फंक्शन होते। त्यौहार मनाए जाते। तो पहली बात कि इंसान क्रिएट करता था; काम में एक क्रिएटिविटी थी। दूसरी बात कि इंसान एक सामाजिक जीव था।

कार्ल मार्क्स कहते हैं, कि पूँजीवाद ने "एलियनेशन ऑफ़ मैन" किया, यानी उसे अलग कर दिया; उसे उसकी इंसानियत से दूर कर दिया; इंसान प्रजाति की जो विशेषता है, उसको ही छीन लिया।

जितने भी दूसरे जानवर हैं, वे केवल वह करते हैं जो उनके सर्वाइवल के लिए ज़रूरी होता है। लेकिन इंसान ख़ुद को सब्जैक्ट मानते हुए अपने प्रोडक्ट को एक ऑब्जैक्ट की तरह देखता है। दूसरे जानवर अपने आसपास की स्थिति से प्रभावित होते हुए कुछ करते हैं। उनके कुछ करने में कोई सचेत इरादा नहीं होता। लेकिन इंसान सोचता है। कई एक्टिविटी में उसकी दिलचस्पी होती है, जिनके सहारे वह समाज से जुड़ता है; यह उसके आपसी सर्वाइवल को प्रमोट करता है, और साथ ही उसे मानसिक तौर पर अच्छा महसूस करवाता है।

अपने उन ऐतिहासिक हालात के अंदर इंसान की एक पसंद है। उसकी एक कल्पना है। वह सवाल करता है- "क्यों", और इस तरह वह अपने जीवन को एक मक़सद देता है। लेकिन पूँजीवादी समाज में वह दूसरों की उम्मीदों के हिसाब से चलता है। उसे उन्हीं नौकरी में से कुछ लेना होता है, जो सामने हैं, जो उसे मिल सकता है। वीकैंड पर काम करना पड़ेगा तो करना पड़ेगा। इसमें उसकी कोई चॉइस नहीं है।

वह जो प्रोडक्ट बनाता है, उसे उसने डिज़ाइन नहीं किया है। रोचक बात यह है कि इसे कस्टमर ने भी डिज़ाइन नहीं किया है। इसे पूँजीवादी डिज़ाइन करवाता है; इस आधार पर कि प्रोडक्ट का बड़े पैमाने पर उत्पादन हो; यह कम खर्चे पर बने और ज़्यादा मुनाफ़ा हो।

पूँजीवाद उसे केवल उसके प्रोडक्ट से ही नहीं, बल्कि प्रोडक्शन के प्रोसेस से भी दूर कर देता है। अब वह पूरा प्रोडक्ट नहीं बनाता, बल्कि वह एक बहुत बड़े सिस्टम का एक छोटा-सा पुर्जा है। इसे चार्ल्स चैपलिन की कॉमेडी फ़िल्म 'मॉडर्न टाइम्स' में स्लैपस्टिक ह्यूमर के साथ दर्शाया गया है, कि कैसे एक मज़दूर उन मशीनों में फँसा हुआ है, और उसके हाथ एक तरह का काम करते हुए एक ही तरह से चलने लगते हैं। उसे प्रोडक्ट के बारे में जानकारी ही नहीं।

रैनबैक्सी की प्लांट विज़िट पर मैंने प्लांट में दवाइयाँ बनती हुई देखी ज़रूर थीं, लेकिन वह तो आप यूट्यूब पर भी देख सकते हैं। इसलिए अगर वर्कर HR, अकाउंटस जैसे किसी डिपार्टमेंट में है, तब तो उसे पता होगा ही नहीं; लेकिन अगर वह प्रोडक्शन में है, तब भी उसे प्रोडक्ट के बारे में पूरी जानकारी नहीं होगी। दवाइयाँ तो माना कि टेक्निकल प्रोडक्ट हो गईं। मज़दूर से उम्मीद नहीं कर सकते कि वह उनके बारे में सब साइंटिफिक जानकारी रखता हो।

लेकिन कार को देखिए। मेरी इंटर्नशिप सोना कोयो स्टीयरिंग सिस्टम्स कंपनी में थी, जो कई कार कंपनियों के लिए स्टीयरिंग सिस्टम बनाती थी। इसी तरह कोई कंपनी कार कंपनियों के लिए टायर बनाती है। फिर किसी एक जगह पर कार असेम्बल होती है। फ़ोन के पुर्जे किसी जगह पर बनते हैं, कहीं पर असेम्बल होते हैं, कहीं से मार्केटिंग होती है। कार और फ़ोन भी बड़े प्रोडक्ट हो गए। आप ब्रैड की बात कीजिए। यूट्यूब पर किसी बड़ी बेकरी का वीडियो देखिए। रेसिपी मज़दूर नहीं डिसाइड करता; वह कंपनी में निर्धारित है; स्टैंडर्ड कर दी गई है। प्रोसेस में भी उसका कुछ नहीं। कोई मज़दूर आटा गूँथने वाली मशीन में आटा डालता है। कोई उस मशीन के नीचे एक बड़ा टब लगाता है, जिसमें गूँथा हुआ आटा गिरता है।

फिर इसे एक दूसरी मशीन में ले जाया जाता है, जहाँ इसके छोटे टुकड़े बनते हैं, जो ब्रैड के आकार में होते हैं। कोई मज़दूर उन्हें छोटे मोल्ड में

डालता है। फर्मेंट करने के लिए एक शैल्फ़ में लगा देता है। कुछ समय बाद कोई मज़दूर वहाँ से मोल्ड को निकालता है। फर्मेंट हुए आटे को हाथों से थोड़ा प्रैस करता है। अगर सॉर्डो ब्रैड है, तो चाकू से निशान मारता है। उसे ओवन में डालता है। कोई मज़दूर ब्रैड को ओवन से निकालता है। अगर यह भी मान लें कि एक ही मज़दूर यह सब करता है, तब भी इसमें उसके हाथों का कोई रोल नहीं। ब्रैड को अलग-अलग मशीनें बना रही हैं। वह आज नौकरी छोड़ दे और उसकी जगह कोई और मज़दूर आ जाए, तो ब्रैड में रत्तीभर भी कुछ बदलेगा नहीं। इससे बड़ी फैक्ट्री का वीडियो देखो। वहाँ तो और भी बड़ी मशीनें हैं। ऊपर से नीचे, इधर-उधर जाते हुए ब्रैड सीधे पैकेट में पैक होकर निकलती है। और मज़दूर पूरी वीडियो में बस शुरुआत में दिखता है।

उस मज़दूर को कहो कि घर पर ब्रैड बनाकर दिखाओ। ज़रूरी नहीं कि वह ब्रैड बना भी पाए, क्योंकि वह यहाँ ब्रैड नहीं बनाता, वह ब्रैड बनाने वाली मशीन को चलाता है। वह शिल्पकार जो सपने देखता था, कि शहर का सबसे अच्छा बेकर मैं बनूँगा, वह बात तो यहाँ रही नहीं।

अपने मक़सद, अपने सचेत फ़ैसले से वह दूर हुआ। अपने प्रोडक्ट और प्रोडक्शन की प्रोसेस से दूर हुआ। क्रिएटिविटी से दूर हुआ। वह साथ में काम करने वाले मज़दूरों से भी दूर हो गया। अब वह उनके साथ कम्पीटीशन में रहता है। वह घर से दूर आ गया। अपने माँ-बाप, अपनी पत्नी और बच्चों से दूर हो गया। जो घर पर भी रहता है, वह भी बच्चों को सुबह सोते हुए छोड़कर जाता है, और जब वह लौटता है, तो वे सोए हुए होते हैं। वह अकेला है, ऊब से भरा हुआ है, अपने काम पर उसे कोई नाज़ नहीं है, कोई मक़सद नहीं है। ऐसा काम कोई क्यों करना चाहेगा पैसे की मोटिवेशन के बिना? वह क्यों स्वीकार करेगा कि काम करे योग्यता के हिसाब से और पाए अपनी ज़रूरत के मुताबिक़?

कार्ल मार्क्स इस बात को ज़रूर समझते थे, और इसीलिए उन्होंने बात की एक बीच की स्टेज की। इसी बात को लेकर मिखाइल बाकुनिन से उनकी बहस भी थी। बाकुनिन चाहते थे कि सीधे ही एक सरकार-रहित सोसाइटी बनाई जाए, लेकिन मार्क्स ने कहा कि कहीं लोगों को झटका ना लगे, इसलिए कैपिटलिज़्म से कम्युनिज़्म में जाने के लिए पहले बीच में सोशलिज़्म हो, जहाँ योगदान क्षमता के मुताबिक़, और आपको मिलेगा अपने योगदान के मुताबिक़। इससे समस्या होगी केवल उन बुर्जवा को, जो अपने पैसे के बल पर फैक्ट्री डाल रहे थे, और सारे मुनाफ़े पर मिल्कियत उनकी थी।

मार्क्स ने कहा कि क्रांतिकारियों की वैनगार्ड पार्टी के हाथों में सभी उत्पादन के साधन होंगे। वे प्रोडक्शन की प्लानिंग करेंगे। मज़दूरों को तो इससे समस्या नहीं होगी, क्योंकि वे तो अभी बहुत कम कमा रहे थे। फैक्ट्री का मालिक उनकी मज़दूरी की नीलामी कर रहा था। उससे तो यह बेहतर ही होगा। यहाँ कोई कम्पीटीशन नहीं होगा। सभी के लिए रोज़गार होगा। सभी के लिए बेसिक सुविधाएँ होंगी। डरने की और लालच करने की वजह नहीं रहेगी। ऐसे माहौल में ही लोग धीरे-धीरे शुद्ध होंगे। सबकुछ स्ट्रीमलाइन होता जाएगा। धीरे धीरे स्टेट ख़ुद से मिटता चला जाएगा। और फिर कम्युनिज़्म का सुन्दर सपना साकार होगा, जहाँ कोई अमीर-गरीब नहीं, किसी तरह का कोई भेदभाव नहीं।

यहाँ सभी के पास सुविधाएँ होंगी। किसी की कोई प्राइवेट प्रॉपर्टी नहीं होगी। सब कुछ सभी के लिए होगा। वैसे पूँजीवादी खाली रहता है, और मज़दूर के पास कोई समय नहीं होता, लेकिन चूँकि यहाँ सब लोग काम करेंगे, इसलिए काम जल्दी ख़त्म हो जाएगा, और मज़दूरों के पास भी अपने बौद्धिक और नैतिक विकास के लिए समय होगा।

प्रतियोगिता, घबराहट, स्वार्थ और लालच से हटकर लोग ऐसा काम करेंगे, जो उन्हें उनकी इंसानियत से दूर ना करे; जो बोरिंग ना हो; जो

उन्हें मक़सद दे; जिसे करते हुए वे ख़ुश महसूस करें। वैज्ञानिक अविष्कार करे इस ख़ुशी से कि मैंने आविष्कार किया। कोई अनाज उगाए। कोई कपड़ा बनाए। कोई संगीत बनाए। कार्ल मार्क्स कहते हैं कि काम अब केवल सर्वाइवल का ज़रिया नहीं होगा, बल्कि यह अपने आप में इंसान की एक अति-आवश्यक ज़रूरत होगी, जिस तरह रोटी, कपड़ा, मकान और शिक्षा हैं।

सुनने में बहुत लुभावना है, लेकिन ज़ाहिर है कि दुनिया इस सपने को कभी साकार नहीं कर सकी, और हमने कम्युनिज़्म के नाम पर तानाशाही देखी, अत्याचार देखा। सोवियत यूनियन में स्टालिन ने 'नैपरैरीविका' की पॉलिसी शुरू की, जिसका मतलब था कि लगातार काम चलता रहे। शिफ्ट में काम होता था। इसलिए पति की अपने काम से छुट्टी, पत्नी की उसके काम से छुट्टी, बच्चे के स्कूल की छुट्टी, सब अलग अलग दिनों पर। कम्युनिस्ट पार्टी के ऑफिशियल अख़बार 'प्रावडा' में किसी मज़दूर का पत्र छपा था, कि ऐसी छुट्टी किस काम की जो हमें अकेले बितानी पड़े। काम उसी तरह बोरिंग था। ठीक वही 'एलियनेशन ऑफ़ मैन' जो कैपिटलिज़्म में था। इसीलिए कई लोगों ने इसे 'स्टेट कैपिटलिज़्म' भी कहा। केंद्रीकरण की वजह से देश की इकॉनमी ख़स्ताहाल रही। लाखों लोगों को मारा गया, और लाखों लोग उसकी नीतियों की वजह से मारे गए। ऐसा ही चीन में माओ ज़ेदोंग के नीचे हुआ।

एक ऐसा समय था, जब इन देशों में सरकार का विरोध करने वालों को एंटी-कम्युनिस्ट घोषित कर मार दिया जाता था, तो दूसरी तरफ़ अर्जेंटीना, ग्वाटेमाला, इंडोनेशिया, ताइवान, फ़िनलैंड, जर्मनी जैसे कई देशों में आलोचकों को कम्युनिस्ट कहकर मारा गया। अच्छी बात है कि अब उस तरह का समय नहीं है।

सोवियत ब्लॉक के देशों में गरीबी फैली हुई थी। लोगों में इतना अधिक असंतोष था, कि लोग गर्म हवा के गुब्बारे बनाकर देश से बच भागने की कोशिश करते थे। ऐसे में सोवियत यूनियन का टूटना स्वाभाविक ही था।

समस्या कहाँ हुई? दरअसल कार्ल मार्क्स चूक गए प्लेटो की एक बात से, जहाँ प्लेटो कहते हैं, कि पावर वे लोग ही डिज़र्व करते हैं, जिनमें पावर के लिए मोह ना हो। लेकिन पैराडॉक्स यह है कि ऐसे लोग पावर में आने की कोशिश ही नहीं करते। पावर में ज़्यादातर वही लोग आते हैं, जिनमें पावर के लिए नशा हो, और पावर ज़्यादातर लोगों की बुद्धि को भ्रष्ट कर देती है। इसलिए यह अपने आप में नामुमकिन सी बात है कि वैनगार्ड पार्टी स्टेट को धीरे-धीरे मिटने देगी और फिर कम्युनिज़्म आ जाएगा जहाँ कोई सरकार ना हो।

भगत सिंह ने भी अपनी क्रांति का आदर्श बताया था- मार्क्सवादी आधार पर समाज का पुनर्गठन। उन्होंने कोर्ट में 'समाजवादी क्रांति ज़िंदाबाद' और 'कम्युनिस्ट इंटरनैशनल ज़िंदाबाद' के नारे भी लगाए। पूँजीवादियों को पैरासाइट कहा, जो मज़दूरों की मेहनत को लूटते हैं।

मान लीजिए कि वैनगार्ड पार्टी का लीडर उनके जैसा कोई सच्चा, निःस्वार्थ व्यक्ति हो और वह सत्ता में आ भी जाए, तब भी उस व्यक्ति के जाने के बाद क्या? तानाशाही के आने की संभावना बनी ही रहती है। इसलिए एक ही पार्टी वाली लेनिनवादी राजनैतिक व्यवस्था में बेहतरी का स्कोप था ही नहीं।

लोकतंत्र की अपनी खामियाँ हैं, कि किस तरह मूर्ख अगर मेजॉरिटी में हों, तो किसी मूर्ख के चुने जाने की संभावना बढ़ जाती है। लेकिन अभी तक हमने देखा है कि जैसा भी हो, लोकतंत्र ही सबसे बढ़िया सिस्टम है। इसको बचाकर रखना चाहिए, और कोशिश होनी चाहिए कि इसे बेहतर किया जाए।

कार्ल मार्क्स तो चूक गए पावर के नशे को समझने में, लेकिन समस्या यह भी है कि बहुत से कम्युनिस्टों ने कार्ल मार्क्स को भगवान बना दिया; उनकी लिखी हुई किताबों को पवित्र ग्रंथ और कम्युनिज़्म को एक रिलिजन। जिस तरह हम लोगों को देखते हैं ख़ुद को कट्टर हिन्दू, कट्टर मुस्लिम

कहने में गर्व महसूस करते हुए, उसी तरह कट्टर कम्युनिस्ट भी होते हैं, जो सुधारवादी (रिफॉर्मिस्ट) होने को एक गाली की तरह इस्तेमाल करते हैं; दूसरों पर इल्ज़ाम लगाते हैं रिविज़निस्ट होने का, यानी 'भगवान' कार्ल मार्क्स के शब्दों में संशोधन करने का।

बहुतेरे हिंदुओं और मुस्लिमों की तरह इन कट्टर कम्युनिस्ट ने भी अपनी पवित्र किताबों, यानी मार्क्स की लिखी हुई किताबों को पढ़ा हुआ नहीं होता; मौजूदा समय के हिसाब से उनकी व्याख्या करना तो छोड़ ही दो। ऐसे ही बेवक़ूफ़ लोग नक्सली हैं, जो स्टालिन, माओ और उसके जनरल लिन बियाओ को आदर्श मानते हैं; जो सोचते हैं कि वे भारत में और फिर पूरी दुनिया में तख़्तापलट करेंगे। इस बात का असंभव होना तो इसे हास्यास्पद बनाता ही है, लेकिन संभव-असंभव होने से बड़ी बात है कि वे किस तरह ब्रेनवॉश होकर इतिहास को देखना ही नहीं चाहते। वे इस बात को मानना ही नहीं चाहते कि स्टालिन और माओ का शासन क्रूरता से भरा हुआ था। लेनिनवादी राजनैतिक व्यस्था एक बेहूदा विचार साबित हुआ।

कार्ल मार्क्स को आधार बनाकर हिंसक क्रांति की बात कहना वैसा ही है, जैसे कोई कहे कि पैगंबर मोहम्मद ने हिंसा का रास्ता अपनाया था, या भगवदगीता में भगवान कृष्ण अर्जुन को कहते हैं कि युद्ध करो, यह स्वर्ग का मार्ग है। किसी बात को उसके संदर्भ से बाहर निकाल कर अलग से देखना अनुचित है।

संदर्भ क्या था? कार्ल मार्क्स के समय में दुनिया में लोकतंत्र नहीं था। 1848 की क्रांतियाँ इस समय की एक मुख्य घटना थी। फ्रेंच क्रांति के वामपंथियों ने राष्ट्रवाद का विचार दिया था, जिसकी वजह से लोग ख़ुद को एक यूनिट (नेशन) की तरह देखने लगे थे और यूरोप के कई देशों में राजा के कंट्रोल को हटाने के लिए क्रांति करने लगे थे। ऑस्ट्रिया और हंगरी में दासप्रथा का अंत हुआ। डेनमार्क एक संपूर्ण राजशाही से हटकर अब एक संवैधानिक राजशाही बन गया। लेकिन बहुत से देशों में क्रांति को दबा दिया गया। लोकतंत्र की राह अभी दूर थी।

कहने को अमेरिका में लोकतंत्र था, लेकिन असल में सत्ता ब्रिटिश पूँजीवादियों के हाथों से निकल कर अमेरिकी पूँजीवादियों के हाथों में आ गई थी। जॉर्जिया में गोल्ड की डिस्कवरी हुई, तो वहाँ रहने वाले साठ हज़ार मूलनिवासियों को सरकार ने ज़बरदस्ती वहाँ से निकाल दिया। यह तो बात छोड़िए कि उन्हें उनकी जगह पर मिले हुए गोल्ड से वंचित किया गया; साथ ही दूसरी जगह जाते हुए उनमें से हज़ारों की भूख और बीमारी से मृत्यु हो गई। उस रास्ते को 'ट्रेल ऑफ़ टीयर्स' कहा जाता है। उन्हें अपनी जगह से खदेड़ने के लिए 1830 में एक कानून पारित किया गया था, जिससे दिखता है कि कानून केवल अत्याचार को एक ऑफिशियल जामा पहनाने के लिए थे। ब्लैक लोग उस समय भी गुलाम थे। दासप्रथा को अब्राहम लिंकन की लीडरशिप में 1865 में ही ख़त्म किया जा सका। औरतों के और गरीब मज़दूरों के पास वोट करने का अधिकार नहीं था। इंग्लैंड में भी कहने को संविधान था, संसद थी, लेकिन मज़दूरों की ख़स्ता हालत के बारे में हमने बात की।

ऐसे में हिंसक क्रांति इसी तरह थी, जैसे ब्रिटिश शासन के खिलाफ़ नेताजी बोस हिंसक क्रांति का सहारा ले रहे थे। दूसरी तरफ़ गाँधी जी अहिंसा के मार्ग पर चलते हुए देशवासियों को इकट्ठा कर रहे थे। असहयोग और सिविल डिसओबिडिएंस का इस्तेमाल कर रहे थे। कभी टैक्स ना देना, कभी नमक का कानून तोड़ना, कभी मुंबई में एक लाख से ज़्यादा अंग्रेज़ी कपड़ों को जलाना और चरखे की मदद से भारतीय आत्मविश्वास और भारतीय इकॉनमी को मज़बूत करना। यह भी एक मार्ग था, जो कारगर था। इसलिए यह कोई हैरत की बात नहीं कि चे ग्वेरा और हो ची मिन्ह जैसे कम्युनिस्ट क्रांतिकारी गाँधी जी का सम्मान करते थे। भगत सिंह ने भी अपने पिताजी को गाँधी जी को फॉलो करने की सलाह दी थी।

समय के साथ दुनिया में लोकतंत्र आया, लेकिन कट्टर कम्युनिस्ट हिंसक क्रांति पर अटके रहे। जिन कम्युनिस्ट ने हिंसक क्रांति को छोड़कर लोकतंत्र की राह अपनाई, ज़्यादा फ्लैक्सिबल तो वे भी नहीं रहे। उन्होंने

भी कार्ल मार्क्स को फिलॉसफ़र के बजाए, भगवान की तरह देखा। यह ज़्यादा हास्यास्पद इसलिए हो जाता है क्योंकि कार्ल मार्क्स ख़ुद अपने आप को भगवान का भेजा हुआ मसीहा नहीं मानते थे। जैसे उनकी किताब 'द कैपिटल' के एक आलोचक ने कहा कि उन्होंने सोशलिज़्म और कम्युनिज़्म के स्वरूप को लेकर विस्तृत बातें क्यों नहीं कहीं। 'द कैपिटल' के दूसरे एडिशन के आख़िर में मार्क्स इस बात को स्वीकार करते हुए कहते हैं -

'पेरिस रेव्यू पॉज़ितिविस्ते' मुझ पर लानतें भेजता है कि एक तरफ़ तो मैंने इकोनॉमिक्स को मेटाफिज़िकली देखा, और दूसरी तरफ़ मैंने केवल वास्तविक तथ्यों का सिर्फ़ क्रिटिकल एनालिसिस किया, बजाए कि भविष्य की कुक-शॉप के लिए कोई रेसिपी देने के। मार्क्स एक्सप्लेन करते हैं कि 'द कैपिटल' लिखने के पीछे उनका मक़सद था आधुनिक समाज के 'इकोनॉमिक लॉज़ ऑफ़ मोशन' को डिस्कवर करना। 'द जर्मन आइडियोलॉजी' में भी उन्होंने कहा कि कम्युनिज़्म एक आदर्श की तरह है; एक आंदोलन है, जिसकी शर्तें मौजूदा हालात से ही निकलती हैं। इसलिए भले ही कट्टर कम्युनिस्ट सुधारवादी होने को एक गाली की तरह इस्तेमाल करें, लेकिन 'द कैपिटल' के पहले वॉल्यूम के प्रीफेस में ही मार्क्स ने ट्रेड यूनियंस की तारीफ़ की थी, यह कहते हुए कि यह लेबर और कैपिटल के बीच मौजूदा रिश्तों में एक बड़ा बदलाव है। जब इंग्लैंड में फैक्ट्रीज़ एक्ट आए, तो मार्क्स ने इन्हें भी ख़ारिज नहीं किया, बल्कि इसे एक महत्वपूर्ण बदलाव कहा। उन्होंने कहा कि कानूनी तरीके से अब काम करने के घंटों पर लिमिट लग गई है, जिससे यह साफ़ हो गया कि कब मज़दूर अपना समय बेच रहा है, और कब उसका ख़ुद का समय शुरू हो गया है।

इस तरह पिछले 175 साल में बहुत से सकारात्मक बदलाव हुए। जिन लोगों को लगता है कि वामपंथ फेल हो गया, कार्ल मार्क्स हार गए, इतिहास को लेकर उनकी और नक्सलियों की समझ एक ही जैसी है।

सच यह है कि उस समय जिस तरह नरक जैसे हालात थे, उनमें धीरे-धीरे बदलाव आते रहे। आज दुनिया भर के देशों में हम देखते हैं- ट्रेड यूनियन, स्ट्राइक करने का अधिकार, बाल मज़दूरी पर लगाम कसने वाले कानून, एक हफ़्ते में काम के घंटों पर लिमिट, बीमार होने पर छुट्टी, न्यूनतम वेतन, औरतों के लिए मैटरनिटी लीव, एम्पलॉयी बीमा, प्रोविडेंट फंड, हवा और रौशनी वाले कम्फर्टेबल वर्कप्लेस, फायर सेफ्टी नॉर्म्स। कई कंपनियों ने जॉब रोटेशन की पॉलिसी भी शुरू की, ताकि हरेक कर्मचारी पूरे प्रोसेस को जान सके। एक तरफ़ एक्टिविस्ट, रिफॉर्मिस्ट, सोशलिस्ट लोगों के चलते यह सब हुआ। इनमें बिज़नेस की दुनिया के कुछ सकारात्मक लोग भी रहे, जैसे रॉबर्ट ओवेन या रतन टाटा। दूसरी तरफ़ ऐसे कुत्सित पूँजीवादी जिन्हें कार्ल मार्क्स ने वैम्पायर और भगत सिंह ने पैरासाइट कहा, वे भी साँप की तरह अपना फन फैलाते रहे; मज़दूरों की ज़िंदगी से मौज और मस्ती को छीन लिया, और मज़दूरों के फ़न यानी उनके व्यक्तिगत टैलेंट की कोई कद्र नहीं की। उनके वहाँ काम बोरिंग ही रहा। काम में कोई क्रिएटिविटी नहीं। काम पर मज़दूर की कोई पर्सनल छाप नहीं। उसे फटाक से हटाकर उसकी जगह किसी और को लाया जा सकता है। ज़्यादातर वर्कप्लेस में 'एलिएनेशन ऑफ़ मैन' अभी भी बना हुआ है। मज़दूर प्रोडक्ट और प्रोडक्शन प्रोसेस से दूर है। बाकी मज़दूरों से दूर है। वह अपनी इंसानियत से दूर है। अपने सचेत इरादे से दूर है, कि क्यों मैं कुछ करूँ; क्या मक़सद है और मुझे क्या पसंद है।

कुछेक लोग जो रिसर्च जैसे काम में होते हैं, उनसे उनका क्रेडिट छीन लिया जाता है, जैसे कि माइक्रोसॉफ्ट विंडोज़ किन लोगों ने बनाई- हमें पता नहीं। नोवार्टिस कंपनी की दवाई ज़ोलगेंसमा दुनिया की सबसे महँगी दवाइयों में से एक है- एक डोज़ के लिए 17 करोड़ रुपए। इसे जस्टिफाई किया जाता है यह कहकर कि इसके लिए बहुत रिसर्च करनी पड़ी, लेकिन रिसर्च किन वैज्ञानिकों ने की- हमें पता नहीं। कंपनी का नाम उन लोगों के नाम को खा गया।

2025 में अब फिर से यह क्लीयर नहीं है, कि मज़दूर का ख़ुद का समय कब शुरू होता है। किसी भी समय ऑफ़िस का काम हो सकता है- ऑफ़िस में, घर में, बुधवार या रविवार, दिन या रात। अगर सीधा काम नहीं, तो ऑफ़िस के काम के ईमेल, फ़ोन, फॉलो-अप और टेंशन तो ज़रूर।

इसके अलावा कई काम ऐसे हैं जहाँ हवा में कैंसर करने वाले पदार्थ हैं; कहीं ऐसे केमिकल हैं जो फेफड़ों की बीमारी देते हैं।

काम के प्रैशर का तो क्या ही कहा जाए! एक हफ़्ते में 70 घंटे काम करने की बात हो रही है, तो कोई 90 घंटे काम करने की बात कह रहा है। वे बताते हैं कि यह टारगेट है, यह डैडलाइन है। किसने बनाया यह टारगेट? भगवान ने तो यह डैडलाइन नहीं बनाई है। सब कंपनी वाले ही कर रहे हैं। कहते हैं कि हमारे यहाँ फ्लेक्सिबल वर्क टाइमिंग है, जिसका मतलब यह कभी नहीं होता कि आप किसी दिन काम जल्दी बंद कर दो, क्योंकि आज आपके बच्चों का जन्मदिन है; फ्लेक्सिबल वर्क टाइमिंग का मतलब होता है कि दिन हो या रात, काम में लगे रहो। वे सीधे तौर पर आपको रात में काम करने के लिए नहीं कहेंगे, लेकिन कंपनी के टारगेट और डैडलाइन ही ऐसे होंगे, कि उन्हें पूरा करने के लिए आपको काम में लगे रहना पड़ेगा।

नॉम चॉमस्की एक वक्तव्य में कहते हैं कि किस तरह कॉर्पोरेशन में ऊपर से नीचे तक पूरी तरह कंट्रोल है।

"आपको बीच में कहीं डाल दिया जाएगा, जैसे कोई जूनियर मैनेजर; ऊपर से ऑर्डर लो, उन्हें नीचे पास करो। और सबसे नीचे, लोग ख़ुद को किराए पर दे सकते हैं; इसे नौकरी पाना कहते हैं।"

इसका सॉल्यूशन तो यह हो सकता है कि मज़दूरों की संख्या को दुगुना कर दिया जाए, लेकिन इससे तो उन चिंदीचोर पूँजीवादियों को ज़्यादा लोगों को तंख़्वाह देनी पड़ेगी। इसलिए मज़दूरों के बीच में आपसी कम्पीटीशन करवा दो। तंख़्वाह का कुछ हिस्सा इंसेंटिव बना दो, ताकि मज़दूर एम्बिशन और करियर ग्रोथ के नाम पर ख़ुद ही काम में लगा रहे; कोल्हू के बैल की

तरह जुटा रहे। कोई इस ज़हरीले वर्क कल्चर के ख़िलाफ़ बोले, इसके ख़िलाफ़ कानून की माँग करे, तो उसे कामचोर, आलसी, लूज़र, विकास-विरोधी और जाने क्या-क्या कहा जाता है। कहने दो; बकने दो जिसे जो बकना है। तुम अपनी आज़ादी को पाने पर फ़ोकस करो।

एडजस्ट करते रहने से तो 'कारोषि' की नौबत आ चुकी है। कारोषी के बारे में नहीं सुना? जापानी शब्द, जिसका मतलब है ओवर-वर्क की वजह से होने वाली मौत। मज़दूर के पास पैसा है, लेकिन फिर भी कुपोषण का शिकार हो जाता है; ना चैन की नींद है; कोई पारिवारिक ज़िंदगी नहीं; खाने-पीने का कोई सिस्टम नहीं; कसरत तो बेचारा करे ही कैसे; शरीर पर इतना प्रैशर और ऊपर से दिमाग़ पर इतना स्ट्रैस कि हार्ट अटैक या स्ट्रोक की वजह से मृत्यु हो जाती है।

ऐसे में आत्महत्या की वजह से किसी की मृत्यु हो, तो इसे 'कारोजीसात्सु' कहा जाता है। टोक्यो से दो घंटे की ड्राइव पर एक जंगल है, अओकीगहारा, जिसका मतलब है नीले पेड़ों का घास वाला मैदान, लेकिन यह कुख्यात हो गया है आत्महत्या वाले जंगल के रूप में। कोई नौकरी से निकाल दिए जाने की वजह से तनाव में आ जाता है, और कोई नौकरी करते रहने की वजह से।

यह केवल जापान की बात नहीं है। स्वीडन, अमेरिका, चीन, दक्षिणी कोरिया, भारत जैसे कई देशों में हमें काम के बोझ की वजह से मृत्यु देखने को मिल रही हैं। अमेरिका की 'ऑक्यूपेशनल सेफ्टी एवं हैल्थ एडमिनिस्ट्रेशन' की सरकारी वेबसाइट बताती है कि अमेरिका में वर्कप्लेस स्ट्रैस की वजह से एक साल में एक लाख बीस हज़ार मौत हो रही हैं। विश्व स्वास्थ्य संगठन (WHO) और अंतर्राष्ट्रीय श्रम संगठन (ILO) की 2021 की एक संयुक्त रिपोर्ट ने बताया था कि 2016 में 19 लाख लोगों की मृत्यु हुई काम से जुड़े हुए कारणों की वजह से। इनमें से साढ़े तीन लाख मृत्यु दिल की बीमारी की वजह से, चार लाख मृत्यु स्ट्रोक की

वजह से, वर्कप्लेस में हवा प्रदूषण की वजह से साढ़े चार लाख मौत और ज़्यादा लंबे काम के घंटों की वजह से साढ़े सात लाख मौत।

जो मरते नहीं हैं, उनमें से बहुत से लोग ज़ोम्बी बन चुके हैं, यानी कि ज़िंदा लाश। कोई ख़्वाब नहीं, कोई उत्साह नहीं। एक परमानेंट थकान ने उन्हें घेर लिया है। अकेलापन उन्हें अंदर से खाए जा रहा है। पिछले साल विश्व स्वास्थ्य संगठन (WHO) ने अकेलेपन को 'वैश्विक सार्वजनिक स्वास्थ्य चिंता' घोषित किया। जिगर मोरादाबादी का वह शे'र याद आता है, जहाँ वे कहते हैं- कि अपना हाल कुछ ऐसा है, जैसे ज़िन्दगी से ज़िन्दगी कम होती जाती है।

क्या किया जाए? ऐसे कैसे काम चलेगा? कॉर्पोरेट कल्चर ने इसके भी अजीब एडजस्टमेंट निकाल लिए हैं। काम का प्रैशर कम कर के स्ट्रैस ख़त्म नहीं किया जाएगा। स्ट्रैस मैनेजमेंट करवाया जाएगा। HR डिपार्टमेंट दिवाली पर रंगोली बनवाएगा, टीम-बिल्डिंग एक्सरसाइज़ करवाएगा। कभी ऑफ़िस की कोई ट्रिप होगी, जिसमें एम्पलॉयी के उपभोग की सुविधा होगी; फ़ोटो खींचने और इंस्टाग्राम पर अटेंशन पाने की सुविधा होगी। वीकैंड पर तो अपने लोकल मॉल में यह ख़ुद से कर ही सकते हैं। मैडिटेशन भी सिखाया जाता है। एक बार ओशो से किसी ने पूछा कि क्या हर रोज़ सुबह 10 मिनट मैडिटेशन करना चाहिए। उन्होंने कहा कि दस मिनट क्यों, पूरे दिन क्यों नहीं। क्या केवल सुबह आधा घंटा साँस लेकर काम चल जाता है? वे कहते हैं कि पूरा दिन ही मैडिटेशन में क्यों ना हो।

एक दूसरे लेक्चर में वे कहते हैं, कि मैडिटेशन एक्शन के ख़िलाफ़ नहीं है; ऐसा नहीं कि आपको ज़िंदगी से एस्केप करना है। यह बस आपको ज़िंदगी का एक नया रास्ता दिखाता है, जहाँ आप एक तूफ़ान का केंद्र बन जाते हो। आपकी ज़िंदगी चलती रहती है, अब और भी इंटेंसिटी के साथ; ज़्यादा आनंद है; ज़्यादा क्लैरिटी है, विज़न है, क्रिएटिविटी है, और आप शांत होकर इसे होता हुआ देखते हो।

लेकिन कंपनी का HR डिपार्टमेंट तो ऐसे मैडिटेशन की बात नहीं करता। वे तो आनंद और क्रिएटिविटी की बात नहीं करते। वे कहते हैं कि सुबह 15 मिनट आँख बंद कर के साँस ऊपर-नीचे कर लो; जितना जो दिमाग़ भागता रहा है, वो थोड़ा शांत हो जाएगा, ताकि फिर से कंपनी इसे ग्रिल कर सके। हो गया स्ट्रैस मैनेजमेंट।

कार्ल मार्क्स ने भी दरअसल इसी सैंस में रिलिजन को आम लोगों की अफ़ीम कहा था। वे कहते हैं - "रिलिजन प्रताड़ित जीव की एक ठंडी आह है, हृदयहीन दुनिया का हृदय है, आत्माहीन हालातों की आत्मा है। यह लोगों की अफ़ीम है।"

मार्क्स ने रिलिजन का विरोध इसीलिए किया क्योंकि उनके हिसाब से स्टेट और समाज रिलिजन को बनाते हैं। इसलिए रिलिजन उलट दुनिया की एक उलट चेतना है। यह ह्यूमन एसैंस का एक काल्पनिक एहसास है, क्योंकि ह्यूमन एसैंस को सच्ची वास्तविकता मिल नहीं सकी है। इसलिए रिलिजन के ख़िलाफ़ संघर्ष एक तरह से उस दुनिया के ख़िलाफ़ संघर्ष है, जिसकी सुगंध रिलिजन है।

बस इसी तरह आज कंपनी का मैडिटेशन है। उससे भी काम ना चले, तो साइकोथेरेपी है। ऐसा नहीं कि थेरेपी कोई ग़लत चीज़ है। लेकिन ग़लत यह है कि काम की वजह से आनंद मिलने के बजाए किसी को काम की वजह से थेरेपी की ज़रूरत पड़ रही है। जो समस्या है, उसको तो मान लिया कि ऐसा ही रहेगा; बस दवाइयाँ बाँटी जा रही हैं। ख़ुद को सुन्न करने का सामान तैयार किया जा रहा है। पिज़्ज़ा, कोला, कार, स्विमिंग पूल, सोशल स्टेटस, इंस्टाग्राम लाइक, रिलिजन, मैडिटेशन, थेरेपी, वीडियो गेम। दफ़्तर से घर आते हुए मैट्रो ट्रेन में जो टाइम पास करना है, उसमें वीडियो गेम खेल लो।

अकेले महसूस कर रहे हो? जापान में तो इसकी भी एडजस्टमेंट कर दी गई है। आप एक दिन के लिए किराए पर माँ-बाप ले सकते हो; गर्लफ्रैंड या बॉयफ्रैंड किराए पर ले सकते हो, जो आपके साथ ऐसी एक्टिंग करेंगे; आपको अच्छा महसूस करवाएँगे। किसी इंसान को किराए पर बुला सकते हो कुछ देर साथ बैठने के लिए, साथ में कॉफ़ी पीने के लिए।

आपके अंदर के सब इमोशन सूख गए हैं? इसके लिए भी इंतज़ाम हैं। इसके लिए 'रुई-कात्सु' है, जिसका शाब्दिक अर्थ है 'आँसुओं की तलाश'। कुछ लोग एक कमरे में इकट्ठे होंगे, और वहाँ कोई प्रोफेशनल आपको रुलाने के लिए इमोशनल कहानी सुनाएगा। आपको इमोशनल शॉर्ट फ़िल्में दिखाई जाएँगी। इस तरह सब लोग इकट्ठे रोएँगे। थेरेपी की तरह रुई-कात्सु भी ग़लत नहीं है। अगर यही एक विकल्प है, तो अच्छा है कि यह विकल्प तो है। लेकिन बात वही कि इस तरह के हालात ही क्यों हो, जहाँ लोगों के अंदर इमोशन सूख जाएँ?

यह सब साजो-सामान पेश है आपके लिए। बस ज़िंदगी का जो मुख्य काम है, आपका रोज़गार, जिसमें आपका सबसे ज़्यादा समय जाता है, वह काम बकवास है। यह तो ऐसा हुआ जैसे किसी म्यूज़िक कॉन्सर्ट में हज़ारों लोग बैठे हैं; बैठने की जगह कंफर्टेबल है; साज-सजावट कमाल की है; बड़ी-बड़ी लाइट्स हैं, रंग-बिरंगे गुब्बारे हैं, धुएँ के लिए स्मोक मशीन है, 4 बड़े स्क्रीन हैं, बहुत बड़ा स्टेज है, स्टेज के पीछे शानदार ग्राफ़िक्स चल रहे हैं, गायक के पीछे डांस करने के लिए बैकग्राउंड डांसर हैं, लेकिन गायक की आवाज़ बेसुरी है, कर्कश है। अजीब लगेगा ना? ख़ासकर अगर आपने कभी सुरीली गायकी को कहीं देखा-सुना हो। लेकिन आपके अलावा अगर वहाँ किसी दूसरे को यह अजीब ना लग रहा हो, हर कोई कॉन्सर्ट को एंजॉय करता हुआ दिख रहा हो, तो आप भी कॉन्सर्ट को "एंजॉय" करने लगेंगे।

भेड़चाल रवैया एक पावरफुल फोर्स है। ऊपर से कल्चरल हेजेमनी, यानी कल्चर के द्वारा बार-बार इसी जाल पर ठप्पा लगाया जाएगा। आप भी कहेंगे कि ऐसा ही होता है। अमीर लोगों को, उनके पैसे को पूजा जाएगा। आपको कहा जाएगा कि आपको भी वैसा ही बनना है। उस जाल के अंदर तो यही सक्सैस है। जो उस जाल में हैं, वे तो चाहेंगे कि आप उसी जाल में रहें। क्या आप जाल से निकल पाएँगे? क्या आप इस जाल को देख पाएँगे?

□□

अध्याय -6

सामूहिक लालच का जाल

कल्पना कीजिए कि एक जेल में पचास क़ैदी हैं। उनके बीच दौड़ होती है। 45 लोग ही रेस में हिस्सा लेते हैं। जो 5 लोग रेस में नहीं भाग रहे, उन्हें ज़िल्लत का सामना करना पड़ता है। उन्हें धिक्कारा जाता है कि कोशिश तो करो, हार-जीत से बड़ी बात है दौड़ में पार्टिसिपेट करना। लेकिन ये लोग दौड़ में हिस्सा नहीं लेते।

बाकी 45 लोग दौड़ते हैं। रेस को जीतेगा तो कोई एक ही, लेकिन यह गुमान सभी 45 को है कि वे जीत सकते हैं। आख़िरकार कोई एक जीत जाता है। उसे इनाम में क्या मिलता है? क्या उसे इनाम में जेल से आज़ादी मिलती है? नहीं। आज़ादी तो उन 5 लोगों को मिलती है, जो जेल से बाहर निकलने का रास्ता ढूँढ़ रहे थे।

दौड़ में जीतने वाले को तो मैडल मिल गया। सबकी निगाहें उसके मैडल पर हैं। बाकी 44 लोग उसके लिए तालियाँ बजा रहे हैं। इसी के लिए तो उसने कोशिश की थी। लोग उससे पूछते हैं कि आपके जैसा कैसे बना जाए। वह कहता है कि मैं ख़ुद भी अपने जैसा नहीं बनना चाहता; कोई और मुझ जैसा क्यों बने।

यह एलोन मस्क ने कहा था अपने इंटरव्यू में। उनकी दोनों शादी टूट गई। गर्लफ्रैंड को भी उनका पैसा ख़ुश नहीं रख सका। बेटी ने कहा कि मुझे अपने पिता से कोई वास्ता नहीं रखना। एलोन मस्क डिप्रेशन में भी

रहे हैं। ट्विटर पर उन्होंने यह साझा किया। उनको पर्सनली जानने वाले एक सिलिकॉन वैली इंवेस्टर क्रिस सक्का ने कहा था कि उनके कोई सच्चे दोस्त नहीं हैं, जो उनके मुँह पर सच बोल सकें और उन्हें ज़मीन से जुड़ा हुआ रखे सकें। अगर कोई मस्क को पूजता नहीं है, तो वह उनकी ट्विटर एक्टिविटी को देखकर आसानी से यह समझ सकता है कि एलोन मस्क कितने ज़्यादा इनसिक्यॉर हैं।

हनी सिंह, दीपिका पादुकोण, कपिल शर्मा जैसे कितने अमीर पॉपुलर सितारे डिप्रेशन में रहे हैं। हॉलीवुड स्टार जिम कैरे ने भी यह कहा था, "मैं सोचता हूँ कि हर कोई अमीर हो जाए; प्रसिद्द हो जाए; जो उन्होंने चाहा, सब मिल जाए, ताकि वे जान सकें कि यह जवाब नहीं है।" तो फिर ऐसी दौड़ का क्या फ़ायदा, जो ऐसी मंज़िल पर ले जाती हो जहाँ आनंद नहीं?

लेकिन मोटिवेशनल गुरुओं ने इसे इग्नोर किया, और वे कहते जा रहे हैं कि तुम भी एलोन मस्क बन सकते हो। मीडिया भी इन बुतों को पूजती रहती है। मैगज़ीन आपको लिस्ट दिखाती है कि फ़िलहाल दुनिया में सबसे अमीर 20 लोग कौन हैं। क्या हो जाएगा यह जानकर? लेकिन लोग जानना चाहते हैं, तो मैगज़ीन यह बताती है, और चूँकि मैगज़ीन यह बताती है, इसी वजह से लोगों की इसमें दिलचस्पी हुई।

मुकेश अंबानी के बेटे की शादी की रील आपके फीड को भर देती हैं। किसने कितने रुपए की घड़ी पहनी, किसने कितना महँगा नैकलेस पहना- यह सब आपको बताया जाता है। गाने और फ़िल्में यही दिखाते हैं। हॉटेल, स्विमिंग पूल, बड़ी कार। दौड़ जीतने वाले कुछ भी कहते रहें, लेकिन 44 क़ैदी अभी भी दौड़ जीतना चाहते हैं। यही उनकी आकांक्षा है। तभी तो यह सिस्टम चलता है। अगर लोग करोड़ों रुपए की लग्ज़री कार को

देखकर विस्मित होना बंद कर दें, तो फिर वे लग्ज़री कारें बिकेंगी ही क्यों? कोई करोड़ों रुपए के डायमंड नेकलेस क्यों खरीदेगा, अगर उसे पहनकर अटेंशन ना मिले? ऐसे ईगो-बूस्ट की चाहत ही इस बाज़ारवादी सिस्टम की एनर्जी का सीक्रेट है।

जब कभी यह अटेंशन मिल जाए, तो अच्छा लगता है, और बाकी समय दिल उदास रहता है और वही अटेंशन चाहता है। इस तरह व्यक्ति दूसरों की कठपुतली बन जाता है। दुनिया में दौलत की असमानता तो है ही, लेकिन अटेंशन की असमानता भी बहुत ज़्यादा है। एक तरफ़ लोग हैं जो बिल्कुल अकेले हैं। कोई उनकी बात सुनने के लिए नहीं। दूसरी तरफ़ ऐसे सेलेब्रिटी हैं, जिन्हें इतनी ज़्यादा अटेंशन मिलती है, कि सँभालना मुश्किल हो रहा है, क्योंकि दिन में समय तो वही 24 घंटे हैं। लाखों फैंस उसमें आ गए, तो परिवार और दोस्तों का समय तो कम होगा ही। इतनी पार्टी में जाना पड़ता है। फैन मैनेजमेंट करनी पड़ती है।

दुनिया भर की तारीफ़ मिलती है, तो कभी जब आलोचना मिलती है, उस आलोचना का स्केल भी उतना ही बड़ा होता है। आप चुनाव हार गए, आपकी फ़िल्म फ्लॉप हो गई, आपको CEO के पद से हटा दिया गया, आपसे कुछ ग़लत कहा गया, तो फिर दुनिया भर में आपका तमाशा भी बनता है; मीम बनते हैं, मज़ाक उड़ाया जाता है। जिस अहंकार को अटेंशन पाकर ज़बरदस्त बूस्ट मिल रहा था, अब उसी अहंकार को भारी ठेस पहुँचती है। तनाव हो जाता है।

पहले पिरामिड के ऊपर चढ़ने के लिए मशक्कत, फिर वहाँ बने रहने के लिए मशक्कत, और आनंद भी ऐसा मिल नहीं रहा। लोग ठगा हुआ महसूस करते हैं। उन्हें साइड कर दिया जाता है। दौड़ उसी तरह चलती रहती है।

'फ़ैशन' फ़िल्म में इस चीज़ को अच्छे से दिखाया था। कहने को वह फ़िल्म केवल फ़ैशन और मॉडलिंग की दुनिया को लेकर थी, लेकिन पूरी दुनिया का सिस्टम यही है। कोई एक शो-स्टॉपर होता है। फिर उसकी जगह कोई दूसरा सुपरमॉडल आता है। फ़ैशन शो किसी भी मॉडल से बड़ा है। जेल किसी भी दौड़ जीतने वाले क़ैदी से बहुत बड़ी है।

आज़ादी की तरफ़ जाएँगे, तो जेल से कोई प्रोत्साहन नहीं मिलने वाला। आपको बेवक़ूफ़ कहा जाएगा; अच्छी-ख़ासी नौकरी थी, छोड़कर बैठ गया, कैसा पागल है ! ओशो कहते हैं - "कोई समाज नहीं चाहता कि तुम बुद्धिमान बनो। यह हरेक समाज की इंवेस्टमेंट के ख़िलाफ़ है। अगर लोग बुद्धिमान हैं, तो उनका शोषण नहीं किया जा सकता। अगर वे होशियार हैं, तो उन्हें ग़ुलामी में नहीं रखा जा सकता। उन्हें फ़ोर्स नहीं किया जा सकता कि वे रोबोट की तरह एक मैकेनिकल ज़िंदगी जिएँ। उनका व्यक्तित्व बाहर निकल कर आएगा। उनके चारों तरफ़ बग़ावत की मीठी गंध होगी। वे आज़ादी में जीना चाहेंगे। आज़ादी बुद्धिमता से आती है, और कोई समाज नहीं चाहता कि आप आज़ाद हो पाओ। वे लोग पावर में बैठे हुए लोगों के लिए ख़तरा बन जाते हैं। वे लोग अत्याचार के सिस्टम के लिए ख़तरा बन जाते हैं।"

इसीलिए बचपन से आपकी ट्रेनिंग भी उसी तरह की होती है। उस सिस्टम में फिट किए जाने की ट्रेनिंग होती है। फ़ेमस एस्ट्रोनॉमर कार्ल सागन ने एक इंटरव्यू में कहा कि किस तरह एजुकेशनल सिस्टम बच्चों में जिज्ञासा को ख़त्म करता है -

"मेरा अनुभव है कि आप किंडरगार्टन के बच्चों से बात करें, या पहली क्लास के बच्चों से; आपको एक क्लास मिलती है जो विज्ञान में दिलचस्पी

लेने वालों से भरी हुई होती है। और वे गहरे सवाल पूछते हैं- सपना क्या होता है; हमारे पैरों में अँगूठे क्यों होते हैं; चाँद गोल क्यों है; दुनिया का जन्मदिन कब होता है; घास हरे रंग की क्यों है। ये महत्वपूर्ण गहरे सवाल हैं। बच्चों के अंदर से ये बुलबुलों की तरह बाहर निकलते हैं। आप जाइए और बारह्वीं क्लास के छात्रों से बात करें। और ऐसा कुछ भी नहीं होता। वे जिज्ञासा-रहित हो गए हैं। किंडरगार्टन और बारह्वीं क्लास के बीच कुछ बहुत गड़बड़ हो गई है।"

इंटरव्यूर कहती हैं कि बारह्वीं क्लास में आप विज्ञान के प्रति रुचि रखते हैं, तो आपको नर्ड कहा जाएगा। कार्ल सागन सहमति जताते हैं।

वह जिज्ञासा कहाँ चली जाती है? सिलेबस कम्पलीट करने और नंबर लेने के चक्कर में खो जाती है। सिस्टम ऐसा है जो लीक पर चलने वालों को इनाम देता है। अमेरिका हो या भारत, रट्टा सिस्टम आज भी एजुकेशनल सिस्टम की एक भयावह सच्चाई है। आपको अच्छे नंबर लेकर अगली क्लास में बढ़ते जाना है। ऐसा नहीं कि कॉन्सेप्चुअल क्लैरिटी होगी, तो आपके नंबर नहीं आएँगे। लेकिन बात यह है कि कॉन्सेप्चुअल क्लैरिटी नहीं भी हो, तब भी आपके नंबर आ जाएँगे। आपको बस असाइनमेंट सबमिट करने हैं।

नॉम चॉमस्की कहते हैं कि अगर कोई बच्चा कहे कि यह एक बेवक़ूफ़ाना असाइनमेंट है, मैं इसे नहीं करूँगा, तो उसे नंबर नहीं मिलेंगे। जो चुपचाप असाइनमेंट सबमिट कर देगा, वह अगली क्लास में जाएगा। इस तरह एजुकेशनल सिस्टम आज्ञाकारिता के आधार पर सलैक्शन करता है।

यह दर्शाया जाता है कि कुछ लोग ही लीडर होते हैं। सभी लोगों में लीडरशिप की स्किल डालने की कोशिश नहीं की जाती। अगर ऐसा

किया, तो हरेक मोहल्ले में लोग ख़राब सड़कों के बारे में प्रोटेस्ट करने लगेंगे। सभी लोग अपना दिमाग़ लगाकर अपने फ़ैसले लेने लगेंगे। कोई मानसिक ग़ुलाम नहीं होगा, तो यह सिस्टम कैसे चलेगा जहाँ लोगों को 16 घंटे बोरिंग काम करवाया जा सके। घर और स्कूल से ही आपकी ट्रेनिंग हो जाती है निर्देशों को फॉलो करने की। आपको हर समय बताया जाता है कि आपको क्या करना है। अनुशासन को एक बड़े सदगुण की तरह पेश किया जाता है।

यह सब सुनने में किसी कॉन्सपिरैसी थ्योरी के जैसा साउंड करता है। क्या सभी लोग मिलकर आपको एक मानसिक ग़ुलाम बनाने की साजिश रच रहे हैं? क्या दुनिया 'ट्रूमैन शो' फ़िल्म के जैसी है? लेकिन ऐसा तो सभी के साथ हो रहा है, तो फिर यह कर कौन रहा है? क्या सभी नेता और सभी पूँजीवादी कोई सीक्रेट मीटिंग करते हैं? क्या वे लोग उस जेल के जेलर हैं, जो सब क़ैदियों में दौड़ करवा रहे हैं?

जेलर तो वही लोग हैं, लेकिन दौड़ को ऑर्गनाइज़ जेल करवा रही है, यानी जेल की एक सामूहिक चेतना। वह सामूहिक चेतना जेल की मैटीरियल कंडीशंस के आधार पर बनी है। ज़्यादा उपभोग और अटेंशन मिलेगी, अगर दौड़ में भागोगे।

उस दौड़ को जीतने की चाहत फ़िल्मकारों को भी है, उन्हें भी 100 करोड़ की फ़िल्म चाहिए, इसलिए वे ऐसी फ़िल्म नहीं बनाएँगे जो सोचने को मजबूर करे, बल्कि ऐसी फ़िल्म जो लोगों की मानसिकता को घास डाले। लोगों को हिंसा पसंद है, तो हिंसा दिखाओ। हथियारों को ग्लोरिफ़ाई करो। क्राइम में मनोरंजन दो। कोई कहे कि फ़िल्म महिला-विरोधी है, टॉक्सिक मैस्कुलिनिटी से भरी हुई है, तो इग्नोर कर दो, या बहाने बनाओ कि फ़िल्मों

से कुछ फ़र्क़ नहीं पड़ता। डिस्ट्रीब्यूटर और प्रोड्यूसर भी उसी तरह की फ़िल्म चाहेंगे, क्योंकि प्रोड्यूसर एक बिज़नेसमैन है; वह भी पैसा कमाने की दौड़ में है। एक्टर एक सुपरस्टार बनने की दौड़ में है। गीतकार को मतलब नहीं कि जिस फ़िल्म के लिए गीत लिख रहा हूँ, क्या वह समाज में ख़राब संदेश दे रही है। गायक को 100 मिलियन व्यूज़ चाहिए, और व्यूज़ इसी तरह लोगों के ग़लत रवैये, ग़लत आकांक्षाओं पर मुहर लगाकर आएँगे। पंजाबी गानों में देखिए कि बंदूकों-हथियारों पर कितने गाने बन गए। अब हरियाणा में वही ट्रेंड है।

ब्रैड कंपनी को कोई फ़ायदा नहीं होगा मज़दूर को उसकी इंसानियत से जोड़कर। उनका प्रोडक्शन इसी तरह ज़्यादा होता है, जब मज़दूर को एक पुर्जे की तरह इस्तेमाल किया जाए।

लोगों को नौकरी चाहिए ज़्यादा पैकेज वाली। वह मिलेगी बड़ी कंपनी में नौकरी करते हुए। बड़ी कंपनी रिक्रूट करेगी टॉप MBA कॉलेज में जाकर। उस कॉलेज में ऐडमिशन मिलेगा टॉप कोचिंग सेंटर में जाकर। माँ-बाप ने कोचिंग में पैसे खर्च कर दिए। कॉलेज की फ़ीस भी लाखों में है। उसके लिए स्टूडेंट लोन लिया गया। जब लोन सिर पर है, तो MBA करते ही बिज़नेस करने का कोई मतलब नहीं; पहले तो नौकरी करनी होगी। MBA की पढ़ाई किसी को अपना बिज़नेस शुरू करने के लिए तैयार भी नहीं करती। वह नौकरी के लिए ही तैयार करती है।

स्टूडेंट लोन उतारने के बाद अगर बिज़नेस भी शुरू कर लिया, तो क्या आज़ादी मिल गई? नहीं, अभी भी वही दौड़ है, क्योंकि बिज़नेस करने वाले भी कम तनाव में नहीं। ऐसा नहीं कि हरेक बिज़नेस करने वाला अपने काम को बहुत एंजॉय करता हो। वह बिज़नेस यह सोचकर शुरू नहीं

कर रहा कि दुनिया को क्या ज़रूरत है या आनंद किस में आएगा। वह भी यही सोच रहा है कि ज़्यादा पैसा कैसे आएगा। मैदे से बने हुए, रिफाइंड तेल में तले हुए, मेयोनीज़ में सने हुए मोमोज़ बेचकर अच्छा पैसा आएगा, क्योंकि आजकल यह बहुत चल रहा है।

MBA के समय बिज़नेस एनालिसिस में भी यही सिखाया जाता है। जो काफ़ी पॉपुलर मॉडल है, SWOT analysis, उसमें यही है, कि मज़बूती देखो, कमज़ोरी देखो, अवसर देखो, और ख़तरा देखो। यह देखने के लिए तो नहीं कहा जाता कि उस प्रोडक्ट की वाकई दुनिया को ज़रूरत भी है या नहीं। कहा जाता है कि डिमांड नहीं है, तो डिमांड क्रिएट की जा सकती है। यह देखने के लिए भी नहीं कहा जाता कि इसकी इकोलॉजिकल सस्टेनेबिलिटी कितनी है।

पहले काँच की बोतल में भी कोला ड्रिंक बिक रही थीं, लेकिन काँच की बोतलों को वापस ले जाने का झंझट कौन ले; उसमें तो कंपनी का खर्चा लग जाएगा। इसका समाधान यह हो सकता है कि प्रोडक्शन का विकेंद्रीकरण किया जाए। इससे ज़्यादा लोगों को रोज़गार भी मिलेगा। खाने-पीने के सामान में प्रेज़रवेटिव डालने की भी कम ज़रूरत होगी। लेकिन फिर से वही बात कि कंपनी की कॉस्ट बढ़ जाएगी। इसलिए भाड़ में गई इकोलॉजिकल सस्टेनेबिलिटी। हरेक मिनट में लाखों प्लास्टिक बोतल बनाओ और बेचो।

मार्केटिंग MBA का पूरा कोर्स क्या है? यह समझना कि इंसानों में कौनसे cognitive bias हैं और उनका फ़ायदा उठाना; इस तरह लोगों को मैनिपुलेट करना। जैसे कि- एक बिज़नेस केस स्टडी बहुत पॉपुलर है कि किसी टूथपेस्ट कंपनी की सेल्स कम हो रही थी; किसी ने सुझाव दिया कि

टूथपेस्ट ट्यूब का डायमीटर हल्का सा बढ़ा दो, जितना लोग नोटिस ना कर सकें; इस तरह वे ग़लती से ज़्यादा टूथपेस्ट इस्तेमाल करेंगे। कुछ समय में कंपनी की सेल्स बढ़ गई। वाह वाह, तालियाँ।

एक और केस स्टडी है, कि 30 साल पहले अमेरिकन एयरलाइंस को प्रॉफिट बढ़ाना था, तो किसी मैनेजर ने सुझाव दिया कि हरेक पैसेंजर के सलाद से एक ऑलिव कम कर दो; क्या ही पता चलेगा किसी को। इस तरह कंपनी ने साल के 40,000 डॉलर बचा लिए। वाह वाह, तालियाँ।

डिकॉय इफ़ेक्ट भी ऐसी ही एक प्राइसिंग स्ट्रेटेजी है, जो सीधे-साधे अनजान लोगों के दिमाग़ के साथ खेलती है।

(i) बर्गर है 50 रुपए का,

(ii) बर्गर और कोला मिलाकर 100 रुपए, और

(iii) बर्गर, कोला, फ्रेंच फ्राइज़ का कॉम्बो 110 रुपए का।

दरअसल दूसरा ऑप्शन एक डिकॉय है, यानी कस्टमर को फँसाने के लिए एक फ़र्ज़ी ऑप्शन। उसे कोई कस्टमर नहीं लेता। जिन ऑप्शन के बारे में कंपनी सीरियस है, वे पहला और तीसरा हैं। कंपनी तो यही चाहेगी कि ज़्यादा कस्टमर तीसरा ऑप्शन लें, लेकिन कस्टमर जब पहले और तीसरे ऑप्शन को देखेगा,

(i) बर्गर है 50 रुपए का,

(iii) बर्गर, कोला, फ्रेंच फ्राइज़ का कॉम्बो 110 रुपए का।

तो उसे तीसरा ऑप्शन महँगा लगेगा।

इसलिए इस तीसरे ऑप्शन को वैल्यू वाला ऑप्शन दिखाने के लिए उसके साथ में एक डिकॉय रखा गया है,

(i) बर्गर और कोला मिलाकर 100 रुपए, और

(iii) बर्गर, कोला, फ्रेंच फ्राइज़ का कॉम्बो 110 रुपए का,

जिससे तुलना करते हुए कस्टमर सोचेगा कि यार, ये तीसरा ऑप्शन बढ़िया है, केवल 10 रुपए में फ्रेंच फ्राइज़ जुड़ रहे हैं। इस तरह कंपनी ज़्यादा कॉम्बो बेच पाएगी। वाह वाह, तालियाँ।

इस तरह की जाने कितनी सारी मार्केटिंग ट्रिक हैं, ब्रांडिंग स्ट्रेटेजी हैं, जो ह्यूमन बिहेवियर की स्टडी पर आधारित हैं। इसमें कुछ ग़लत नहीं कि आप इंसानी स्वभाव को समझें, और उसका इस्तेमाल करें। लेकिन सवाल है कि आप इसका इस्तेमाल किसलिए कर रहे हैं।

मैं यूट्यूब पर ऑलिवर हसलोम के वर्क-आउट वीडियो देखकर कसरत करता हूँ। ऑलिवर के वीडियो में स्क्रीन के नीचे एक पर्सेंटेज बार बनी रहती है, जिससे दिखता है कि आप कितना परसेंट वर्क-आउट कर चुके हैं। मैंने नोटिस किया कि इससे मुझे एक धक्का मिलता है कि चलो, अब 35% हो गया, अब 65%, अब 90%, केवल आख़िर का 10% बचा हुआ है। इस ह्यूमन बिहेवियर को बहुत सी स्टडी में देखा गया है कि सिलसिलेवार तरीके से प्रोग्रेस को मॉनिटर कर पाना लोगों की मदद करता है अपने लक्ष्य तक पहुँचने में। ऑलिवर ने इसका इस्तेमाल किया लोगों से वर्क-आउट फिनिश करवाने में।

इसलिए नौकरी हो या बिज़नेस, दोनों में ही यह हो सकता है कि आप उसी जेल का हिस्सा हो, और उसी पैसे की दौड़ में भाग रहे हो। फ्रीलांसर के

साथ भी ऐसा हो सकता है। फ्रीलांसिंग एडिटर को मतलब नहीं कि मेरी एडिटिंग किसलिए इस्तेमाल हो रही है। क्या यह यूट्यूब वीडियो समाज में अंधविश्वास फैलाएगा या वैज्ञानिक दृष्टिकोण को मज़बूत करेगा- यह एडिटर के लिए क्राइटेरिया नहीं है। वह बस देखता है कि पैसे कितने मिल रहे हैं। बहुत आसानी से अपना पल्ला भी झाड़ लेता है कि मैं तो सिर्फ़ एडिटर हूँ।

एक फीमेल एक्टर को देखा गया कि उन्होंने अलग-अलग समय पर तीन अलग राजनैतिक पार्टी की कैंपेन वीडियो में एक्टिंग की। उनकी कोई आइडियोलॉजी नहीं; उन्हें मतलब नहीं कि मेरी एक्टिंग किसलिए इस्तेमाल हो रही है।

ये तो फिर भी कैंपेन वीडियो में एक्टर हैं, ख़ुद नेता को आइडियोलॉजी से मतलब नहीं। जिस भी पार्टी से टिकट मिल जाए, जहाँ से जीतने की संभावना हो, उस पार्टी की टिकट ले लेंगे। सिस्टम यह है कि टिकट ख़रीदी जाती है, तो वे ख़रीद लेंगे। टिकट ख़रीदने में पैसा लगाया है, तो वसूल भी करेंगे। किसी विधायक या सांसद की पाँच साल की सैलरी मिलाकर भी इतनी नहीं जितना पैसा उसने टिकट ख़रीदने में और अपनी कैंपेन में लगा दिया है।

राजनैतिक पार्टी के मुखिया के पास तो यह विकल्प है कि किसे टिकट दे और किसे नहीं। लेकिन वह भी पैसे और पावर की दौड़ में है। किसी कैंडिडेट के जीतने के चांस हैं, तो इससे सदन में उनकी पार्टी की ज़्यादा सीट होंगी। उनके मुख्यमंत्री या प्रधानमंत्री बनने के ज़्यादा चांस होंगे। फिर वे बड़ी कंपनियों के साथ चंदा-धंधा मॉडल खेलेंगे। कंपनी से चंदा लो, और बदले में उन्हें धंधा दो। उनसे अगर पूछा जाए तो वे भी ख़ुद को

असहाय दिखाएँगे कि क्या करें, जनता तो ईमानदारी के आधार पर वोट देती नहीं; जनता तो मुफ़्त के दारु-चिकन-कंबल के आधार पर वोट देती है। इसलिए हमें चुनावी कैंपेन के लिए सेठ से चुनावी चंदा लेना पड़ता है।

हर कोई कहता है कि मेरी अकेले की सामाजिक ज़िम्मेदारी नहीं है। इस तरह हरेक पुर्जा ख़राब है, तो पुर्जों से बना हुआ सिस्टम भी वैसा ही होगा। हर कोई भ्रष्टाचार से परेशान है, इस पैसे की दौड़ से परेशान है, लेकिन ख़ुद के नहीं, दूसरों के ऐसे रवैये से परेशान है।

किसी को डॉक्टर से शिकायत है कि डॉक्टर ने सही से पाँच मिनट भी उसकी बीमारी नहीं सुनी, और टैबलेट्स का पूरा पुलिंदा बाँध दिया। डॉक्टर के फ़्लैट पर कोई किराएदार कब्ज़ा कर के बैठ गया। उसे वक़ील और जज से शिकायत है कि उसके केस पर तारीख पे तारीख पड़ रही हैं। वक़ील को शिकायत है कि इलेक्ट्रीशियन ने मेरे घर पर सही से काम नहीं किया। दो हफ़्ते में फिर से AC खराब हो गया; अब उसको फ़ोन करो तो उठाता नहीं। वह इलेक्ट्रीशियन परेशान है कि स्कूल में टीचर मेरे बच्चों को अच्छे से नहीं पढ़ा रहा। टीचर परेशान है कि किसी गायक के भद्दे गाने उसके बच्चे को बिगाड़ रहे हैं। गायक परेशान है कि म्यूज़िक कंपनी उसे कुछ रुपए देने के बजाए प्रमोशन के नाम पर उसी से पैसे ले रही है। म्यूज़िक कंपनी परेशान है कि सीडी-कैसेट बिकना बंद हो गईं; पहले ग़ज़ल सुनने वाले ग़ज़ल की सीडी ख़रीदते थे, पॉप म्यूज़िक सुनने वाले पॉप म्यूज़िक सुनते थे, लेकिन अब तो यूट्यूब व्यूज़ चाहिए। वह मॉडल चल नहीं पा रहा कि लोग 10 रुपए देकर कोई गाना डाउनलोड करें, क्योंकि वैसे ही यूट्यूब पर इतने गाने हैं। म्यूज़िक कंपनी का मालिक इस नए सिस्टम से परेशान। इसके अलावा वह रेस्तरां से परेशान है कि

सब इतना महँगा होने के बावजूद सर्विस अच्छी नहीं है; खाना फ्रैश नहीं है; पनीर का टेस्ट अजीब सा है। रेस्तरां का मालिक ऑनलाइन डिलीवरी पार्टनर से परेशान है कि इतनी जल्दी डिलीवरी के चक्कर में वे फ्रैश बना ही नहीं सकते; आज के समय हरेक रेस्तरां में यही फ्रोज़न वाला सिस्टम है; रेस्तरां के खर्चे इतने बढ़ गए हैं, इतना टैक्स है, इस इलाके में दुकान का किराया इतना ज़्यादा है। उसे अपने बच्चे का MBBS में ऐडमिशन करवाना है और वहाँ की फ़ीस एक करोड़ है। जिसने मेडिकल कॉलेज खोला हुआ है, वह सरकारी रेगुलेशंस से परेशान है। उससे नेता घूस माँग रहा है। नेता डरा हुआ है कि अगला चुनाव ना हार जाऊँ।

तो क्या बात नेता पर रुकती है? क्या यह बात पूँजीवादी पर रुकती है? यह बात सही है कि बाकी लोगों के मुक़ाबले इन जेलर के हाथ में कुछ एक्स्ट्रा पावर है। लेकिन यह पूरी तरह उनके भी कंट्रोल में नहीं। जैसा हमने कहा कि ईमानदार नेता के लिए जीतना भी मुश्किल है, अगर उसके पास कैंपेन के लिए चंदा ना हो। इसी तरह कोई कंपनी किसी बड़ी कंपनी की बढ़ती हुई मोनोपॉली की वजह से ख़तरे में है। बड़ी कंपनी ने बड़े डिस्काउंट देते हुए अपने रेट इतने कम कर दिए हैं, कि इस छोटी कंपनी के कस्टमर गिरते जा रहे हैं।

सबसे बड़ी कंपनी वाला अमीर सेठ तो ज़रूर कुछ कर सकता है, लेकिन वह क्यों करेगा? क्या वह कोई बुद्ध का अवतार है? अगर वह ऐसा होता, तो सबसे अमीर इंसान नहीं होता। आप तो उसको रोल मॉडल इसीलिए मानते हैं क्योंकि उसने इतना पैसा कमाया है। आप भी उसी की तरह पैसा कमाना चाहते हैं। तभी तो यह सिस्टम चल रहा है।

आप कहते हैं कि मेरे अकेले के बदलने से क्या हो जाएगा; जब बाकी सब ग़लत कर रहे हैं, तो मैं क्यों ना करूँ। आज के समय में सर्वाइव करने के लिए पैसा चाहिए। डीसेंट लाइफ़स्टाइल के लिए ख़ूब सारा पैसा चाहिए। सबकुछ इतना महँगा है। ऊपर से पैसे के बिना आपको कोई नहीं पूछता। बात तो सही है, लेकिन हरेक इंसान यही सोचता है। इस तरह जेल की यह सामूहिक आत्मा दौड़ को चालू रखती है। आपको ग़ुलाम बनाने के लिए कोई अलग से साजिश नहीं हो रही। आप ख़ुद भी उस सिस्टम का हिस्सा हैं, जिसने आपको ग़ुलाम बनाया हुआ है। इस तरह इस जेल को चलाए रखने के लिए कोई ख़ास प्लानिंग नहीं चाहिए। ये मैटीरियल कंडीशंस, यह कल्चरल हेजेमनी, समाज की सामूहिक चेतना सब कुछ इसी तरह चलाए रखती है। प्लानिंग तो इस जाल को तोड़ने के लिए चाहिए। कहाँ से इस जाल को तोड़ा जाए? कौन तोड़े इस जाल को? कैसे तोड़े? क्या इसे तोड़ना संभव है? क्या हम घूम-फिर कर फिर से कम्युनिज़्म और वैनगार्ड पार्टी पर आ गए हैं? लेकिन वह एक्सपेरिमेंट तो फेल हो चुका।

तो क्या कोई तरीका नहीं कुछ भी बदलने का? एक तरीका है। अपनी ज़िंदगी में बदलाव करने के लिए आपको दुनिया में बदलाव का इंतज़ार करने की ज़रूरत नहीं है।

□□

अध्याय -7

लोकल ज़िंदाबाद

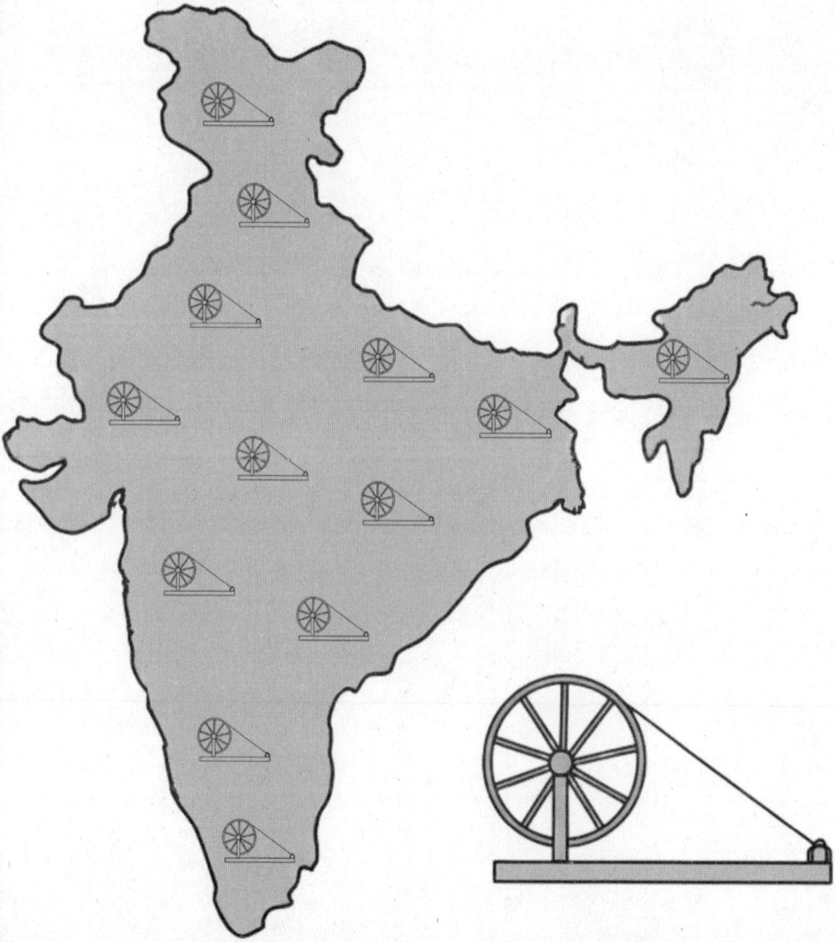

अब वे हालात नहीं हैं कि या तो आप ज़मींदार हैं या खेत में मज़दूर। या तो आप पूँजीवादी हैं, या फैक्ट्री में मज़दूर; और अगर आप मज़दूर हैं, तो आपके पास कुछ सरप्लस नहीं बचता, यानी जितना जो कमाया, उसमें गुज़ारा ही मुश्किल से हुआ। अब ऐसा नहीं है। अब दुनिया में एक मिडिल क्लास है।

जब औद्योगीकरण की लहर आई, बिज़नेस एक्सपैंड होने लगे, तो ज़रूरत पड़ी कुछ अकाउंटेंट की, मैनेजर की और सैक्रेटरी की। लोकतंत्र के आने से सरकारी नौकरियाँ भी शुरू हुईं। इन लोगों से मिडिल क्लास बनी। कहने को तो यूरोप में 1750 के आसपास ही मिडिल क्लास का जन्म हो चुका था। फ्रेंच क्रांति में भी उनका अहम रोल माना जाता है। मिडिल क्लास के बढ़ने में रेशम के उत्पादन और एक्सपोर्ट का भी योगदान रहा।

अमेरिका और इंग्लैंड में डिपार्टमेंट स्टोर खुल रहे थे। 1920 के दशक में कंज़्यूमरिज़्म काफ़ी फैल गया था, यानी अपनी ज़रूरत के अलावा सामान और सर्विस का उपभोग एक लक्ष्य की तरह देखा जाए। दुकानों में नए-नए प्रोडक्ट देखे जा रहे थे, जिनका विज्ञापन रेडियो पर भी सुना जा रहा था। उन्हें ख़रीदने के लिए किश्तों में भुगतान किया जा सकता था।

1946 में मॉडर्न वैंचर कैपिटल की शुरुआत हुई। द्वितीय विश्व युद्ध से लौट रहे सोल्जर जो बिज़नेस स्टार्ट करें, उनमें प्राइवेट सैक्टर की इन्वेस्टमेंट

हो सके, इसके लिए अमेरिकन रिसर्च एंड डेवलपमेंट कॉर्पोरेशन की शुरुआत हुई।

इससे क़रीबन 100 साल पहले, इंग्लैंड के 28 बुनकरों और स्किल्ड मज़दूरों ने दुनिया की पहली मॉडर्न कॉपरेटिव सोसाइटी बनाई थी, जिसका नाम था- रॉशडेल पायनियर्स। वे 28 लोग अपने धंधे के ख़ुद मालिक थे; वे ख़ुद काम करते थे; उनकी अपनी साझा दुकान थी, जहाँ वे अपना सामान बेचते थे।

देखने में ये दोनों मॉडल एक दूसरे के विपरीत हैं- कॉपरेटिव मॉडल में मज़दूर ही पूरी तरह से मालिकाना हक रखते हैं; वैंचर कैपिटल वाले मॉडल में पैसा किसी और का लगा है, बिज़नेस कोई और कर रहा है, और शायद काम कर रहा है कोई तीसरा व्यक्ति। लेकिन दोनों मॉडल में एक बात कॉमन है, कि जिन लोगों के पास बहुत पैसा नहीं, वे भी अपना बिज़नेस शुरू कर पा रहे हैं। यह बात सही है कि वैंचर कैपिटलिस्ट केवल अपने पैसे के बल पर पैसा कमा रहा है, लेकिन जो बिज़नेस का फाउंडर है, वह भी कुछ तो कमा रहा है, बिज़नेस में उसका भी शेयर है।

एक मॉडल है कि बिज़नेस शुरू किया गया है लोन लेकर। इस लोन का एक तरीक़ा है कमिटी सिस्टम, जहाँ कुछ लोग मिलकर कमिटी डालते हैं। दस लोगों ने कुछ पैसा डाला, किसी एक ने कमिटी उठा ली, यानी पैसा उसने ले लिया, अब वह इससे अपना कुछ काम शुरू करेगा, उसकी कमाई होगी, और फिर वह हर महीने की किश्तों में बाकी लोगों को उनका पैसा सूद समेत वापस करेगा। एक तरह से गरीबों का स्टॉक मार्किट, जहाँ आप शेयर नहीं, डिबेंचर ले सकते हैं, यानी बिज़नेस में आपका शेयर नहीं है, बल्कि आपको पहले से निश्चित दर पर ब्याज़ मिल रहा है। ज़ाहिर-सी बात है कि यह सिस्टम रेगुलेशंस के नीचे काम करने के बजाए, इनफॉर्मल

तरीक़े से काम करता है, इसलिए कुछ गड़बड़ होने का रिस्क रहता है। लेकिन मॉडल शानदार है, अगर इसे फॉर्मलाइज़ किया जाए।

फॉर्मल सिस्टम यह है, कि अपना बिज़नेस शुरू करने के लिए बैंक कुछ शर्तों पर आपको लोन दे सकता है। फ़िलहाल जो बांग्लादेश की अंतरिम सरकार के मुख्य सलाहकार हैं- मोहम्मद यूनुस, उन्हें 2006 में नॉबेल शांति पुरस्कार से सम्मानित किया गया था, क्योंकि उन्होंने ग्रामीण बैंक की स्थापना की; माइक्रोक्रेडिट और माइक्रोफाइनेंस के कॉन्सेप्ट को शुरू किया। गरीब लोगों को छोटे लोन दिए जाते हैं, किसी को 10 हज़ार तो किसी को 50 हज़ार। अगर कुछ लोग एक सैल्फ-हैल्प ग्रुप बनाकर इकट्ठे लोन लेते हैं, तो ज़्यादा अमाउंट का लोन ले सकते हैं, जैसे कि 1.5 लाख। इसमें अपना कोई सामान गिरवी नहीं रखना होता है। माइक्रोलोन को अनुशासित तरीक़े से तीन साल में वापस करने के लिए एक प्लान बनाया जाता है। हर महीने या हर हफ़्ते के आसान रीपेमेंट प्लान, या ऐसे भी जहाँ लोन ऑफ़िसर हर रोज़ कलेक्शन करता है। ऐसे माइक्रोफाइनेंस प्लान अब भारत में भी हैं। सरकार की तरफ़ से भी मुद्रा लोन जैसी स्कीम चलाई गई हैं।

इन सब में मज़ेदार बात यह है, कि कैपिटल और लेबर के बीच की बड़ी दीवार टूट रही है। संभावनाएँ खुल रही हैं। लिज्जत पापड़ कॉपरेटिव को 7 औरतों ने शुरू किया। अब 45,000 औरतें इसमें काम करती हैं, और वे सब इसकी मालकिन हैं। गुजरात कॉपरेटिव मिल्क मार्केटिंग फेडरेशन का अमूल ब्रांड तो सबने सुना ही होगा। पिछले साल इनका वार्षिक रेवेन्यू था 80,000 करोड़। आज 36.4 लाख डेरी फार्मर इससे जुड़े हुए हैं। त्रिभुवनदास पटेल, डॉक्टर एच.एम.दलाया और डॉक्टर वर्घीस कुरियन नाम के तीन महान विज़नरी लोग थे, जिन्होंने अमूल को खड़ा किया।

क्या आपका MBA कॉलेज आपको कुछ ऐसा महान काम करने की प्रेरणा देता है? इसी तरह कर्नाटक मिल्क फेडरेशन को देखिए, जिनका ब्रांड है- नंदिनी। अमूल के बाद यह देश का दूसरा सबसे बड़ा मिल्क कॉपरेटिव है। इसके 25.9 लाख सदस्य हैं। आज भारत दुनिया का सबसे बड़ा मिल्क प्रोड्यूसर है। जो लोग कहते हैं कि सोशलिज़्म तो बस गरीबी लेकर आता है, ये कॉपरेटिव उनके लिए करारा जवाब हैं। इसमें कुछ ऐसे महान नेताओं का भी योगदान रहा, जो पैसे-पावर की दौड़ से बाहर होकर कुछ अद्भुत विज़न रखते थे। आज हरेक इलेक्शन कैंपेन में सभी पार्टी के नेताओं से हमें क्या सुनने को मिलता है? स्कीम के नाम अलग-अलग, लेकिन होता यह है कि लोगों की जेब में सीधा पैसा डाल दो। यह ठीक है कि कुछ ख़ास सिचुएशन में यह एक इफेक्टिव तरीक़ा हो सकता है। लेकिन इसके अलावा भी तो कुछ हो, जहाँ केंद्र सरकार या राज्य सरकारें रोज़गार की सुविधा करें। लोगों को सक्षम बनाएँ देश की इकॉनमी में योगदान देने के लिए।

एक सेठ किसानों से बहुत कम दाम पर उनके सेब लूटता है। किसानों के पास कोल्ड स्टोरेज तो है नहीं। वे अपने सेब बेचेंगे नहीं, तो उनके सेब सड़ जाएँगे। जैसा जो दाम मिले, लेना पड़ता है। गेहूँ की भरी हुई ट्रॉली को मंडी में ले जाते हैं; वापस तो ले जा नहीं सकते। जो दाम मिले, उन्हें लेना पड़ता है। पिछले 50 साल में सरकारी नौकरी की तंख़्वाह जितनी बढ़ी है, चीज़ों के दाम जितने बढ़े हैं, उससे कंपेयर करें तो फ़सलों का MSP बहुत ही कम बढ़ा है। जितना जो है, वह भी मिल नहीं पाता। लहसुन और प्याज़ 50 पैसे प्रति किलो पर भी बेचना पड़ा है। यह ब्लैकमेल होना नहीं है, तो क्या है? कहते हैं कि पूँजीवाद में फ्री मार्किट है, लेकिन किसान के लिए कौन-सी फ्रीडम है इसमें?

क्या सरकार सेब उगाने वाले 500 किसानों का एक कॉपरेटिव नहीं बना सकती? क्या सरकार किसानों के लिए कोल्ड स्टोरेज नहीं बना सकती? कंपनियों की कोला ड्रिंक, आइसक्रीम, चॉकलेट रखने के लिए देशभर में हरेक छोटी दुकान में फ्रीज़र पहुँच गया, तो क्या किसानों की सब्ज़ियाँ स्टोर करने के लिए कोई इनोवेटिव आईडिया नहीं लगाया जा सकता? और फिर सब्ज़ियाँ बेचने के लिए क्या लाखों लोकल सब्ज़ी मंडी नहीं हो सकतीं, जहाँ किसान सीधे ग्राहक को बेच सके?

आज के समय में प्राइवेट कंपनियों ने ऐप्प बना दी हैं- टैक्सी ड्राइवर को पैसेंजर से कनैक्ट करने के लिए। फ़ूड डिलीवरी ऐप्प हैं रेस्तरां को कस्टमर से कनैक्ट करने के लिए। तो क्या किसान को ग्राहक से कनैक्ट करने के लिए ऐप्प नहीं हो सकती?

एक किसान को अपने एक खेत के गेहूँ की खपत के लिए केवल 5-6 परिवार चाहिए। उसके पास घर में आटा चक्की हो, और वह हर 15 दिन में इन 5-6 परिवारों को फ्रैश आटा डिलीवर कर दे। यह विचार मेरे दिमाग़ में आया, तो एक यूट्यूबर के साथ मिलकर एक किसान के लिए इसे हक़ीक़त में बदला। हमने उसको आटा चक्की गिफ्ट कर दी, और 5 ग्राहक उसको दे दिए। वह 20 रुपए किलो में गेहूँ बेचता था, जिसमें से कॉस्ट निकाल कर उसे मुश्किल से 10 रुपए बचते थे। अब वह 45 रुपए किलो में आटा बेचने लगा। उसकी इनकम को हमने तीन गुणा कर दिया। क्या सरकार लाखों किसानों के लिए यह मॉडल चालू नहीं कर सकती?

गाँव के लोग गजक, गाजरपाक, लड्डू, मुरमुरे, अचार जैसी खाने की बहुत-सी चीज़ें बना सकते हैं। एक-दो हफ़्ते की ट्रेनिंग मिल जाए, तो ब्रैड, बिस्कुट, चिप्स भी बना सकते हैं। किसी भी मैदा या प्रिज़र्वेटिव के बिना ऐसे

ब्रेड, बिस्कुट, चिप्स जो सेहत के लिए भी ख़राब ना हों। खाने के आइटम के अलावा खाट, मेज़, कुर्सी, मुड्ढा, बाँसुरी, बैग, टोकरी, मटका, बर्तन, मूर्ति, गुड़िया, कपड़ा, कुर्ता, पैंट, सूट-सलवार, साड़ी, माला, स्वैटर-जर्सी, कंबल, चटाई जैसे बहुत से आइटम बना सकते हैं। महीने भर की ट्रेनिंग में साबुन, शैम्पू बनाना सीख सकते हैं। वे बहुत अच्छा गाना-बजाना जानते हैं। कठपुतली का खेल जानते हैं। लेकिन उन्हें मार्केटिंग नहीं आती। उन्हें इंस्टाग्राम पर विज्ञापन चलाना नहीं आता। अपने सामान को ऐमेज़ॉन, फ्लिपकार्ट, मिंत्रा पर डालना नहीं आता। सरकार चाहे तो यह हिसाब लगा सकती है कि देश को कौन-सी चीज़ें इम्पोर्ट करनी पड़ रही हैं। उन्हें भारत में ही बनाया जाए। इसके अलावा कौन-से आइटम बाहर एक्सपोर्ट किए जा सकते हैं? इस हिसाब से प्रोडक्शन प्लानिंग हो सकती है। पूरे देश के लोगों को किसी ना किसी रोज़गार में लगाया जा सकता है। रोज़गार होगा तो ग़रीबी मिटेगी। सेहत और शिक्षा का स्तर बेहतर होगा। ऐसी खादी इंडस्ट्री से प्रदूषण भी कम होगा। लोग अपने गाँव-घर में रहकर काम कर सकेंगे, तो शहरों में इतनी ज़्यादा भीड़ नहीं होगी। लोगों में एक कम्युनिटी फ़ीलिंग होगी। इस तरह हरेक समस्या का समाधान हो सकता है। नेताओं ने ऐसे वादे भी किए हैं, लेकिन इतनी ज़हमत कभी उठाई नहीं। कहने को गाँधी जी के देश में सब नेता चरखे का सम्मान कर रहे हैं; ग्रामीण विकास मंत्रालय है, खादी विभाग है; कहीं दिल्ली हाट है, कोई क्राफ्ट मेला, कोई खादी भवन; आत्मनिर्भर भारत की बात होती है, लोकल के लिए वोकल होने की बात होती है; गाँधी जी के टाइम से ऐसा कुछ कुछ चल भी रहा है, लेकिन शायद ही आपने कभी ऐसे किसी सामान का इस्तेमाल किया हो।

कॉमर्स मिनिस्ट्री ने डाटा रिलीज़ किया कि अप्रैल से सितम्बर 2024 के बीच चीन हमारे देश का सबसे बड़ा इम्पोर्ट सोर्स रहा है। पूरे साल की बात करें, तो 2023-24 में इंडिया के टॉप 10 ट्रेडिंग पार्टनर में से 9 के साथ

हमारा देश ट्रेड डेफिसिट में था, यानी हम उनसे इंपोर्ट ज़्यादा करते हैं, एक्सपोर्ट कम। चीन के साथ यह ट्रेड डेफिसिट 85 बिलियन डॉलर था।

मैं नहीं कहता कि आप चीन या किसी भी देश के हरेक व्यक्ति से नफ़रत करें। शंघाई के किसी किसान का रोहतक के किसी किसान से कोई पर्सनल झगड़ा तो है नहीं। मैं वैश्वीकरण का भी ऐसा कोई धुर-विरोधी नहीं। लेकिन यहाँ बात यह है कि हमारे देश के आम लोगों का क्या? राष्ट्रवाद का मतलब तो यही है ना, कि इस राष्ट्र के हम सब लोग एक इकाई हैं, तो फिर कहाँ चला जाता है राष्ट्रवाद? डिमांड हमारे देश में; सामान बिक रहा है हमारे देश में; रुपया खर्च हो रहा है हमारे देश में; लेकिन हमारे देश के लोगों के लिए ही रोज़गार नहीं है।

विकास की बात हो, तो जीडीपी का झुनझुना बजा दिया जाता है। इस बेसिक बात को इग्नोर कर दिया जाता है, कि भारत की जनसंख्या दुनिया में सबसे ज़्यादा है, इसलिए ओवरऑल जीडीपी तो ज़्यादा होगा ही। लेकिन अगर बात करें जीडीपी प्रति व्यक्ति के बारे में, तो हमारा देश 129वें स्थान पर है।

देश में बेरोज़गारी किसी से छुपी हुई नहीं है। जीडीपी तो बढ़ रही है, लेकिन पैसा किसकी ज़ेब में जा रहा है? दौलत की असमानता 100 साल में सबसे ज़्यादा हो गई। दूसरे देश के नेता आते हैं, तो गरीबी को छुपाने के लिए दीवार बना दी जाती है। बात होती है, बिज़नेस की सहूलियत की, तो हमेशा अरबपति सेठ के लिए सहूलियत होती है। उनके सामान के ट्रक के लिए हाईवे बन सकते हैं, लेकिन गाँव और क़स्बों की सड़क टूटी हुई रहती है। टैक्स, रजिस्ट्रेशन वगैरह के सिस्टम इतने उलझे हुए होंगे, कि कोई आम इंसान बिज़नेस शुरू करने से पहले ही घबरा जाए। नगर निगम वाले, पुलिस इंस्पैक्टर, सेनेटरी इंस्पैक्टर जैसे अफ़सर आकर गरीबों से वसूली करते हैं।

जहाँ नेताओं का काम होना चाहिए कि इस असमानता की खाई को कम करने के लिए छोटे उद्योगों को प्रमोट करें, वहीं हमें देखने को मिलता है। क्रोनी पूँजीवाद का चंदा-धंधा मॉडल। बिलिनेयर सेठ नेताओं को चुनावी चंदा देते हैं और बदले में उन्हें मिलते हैं सरकारी कॉन्ट्रैक्ट और सरकारी बैंकों से लोन। जब देश के अधिकांश लोगों के बारे में आपकी कोई सोच नहीं है, तो फिर यह कौनसा विकास है? यह कैसी देशभक्ति है?

हमारे देश में दुनिया का सबसे बड़ा मार्किट है; यहाँ करोड़ों मेहनतकश लोग हैं; दुनिया के सबसे ब्रिलियंट माइंड वाले बहुत से लोग हैं- यहाँ पहाड़ हैं, रेगिस्तान है, समुद्र है, नदियाँ हैं, जंगल हैं। बहुत से तरह के खनिज पदार्थ हैं। अलग-अलग मौसम हैं, कई तरह की जलवायु हैं। कितने तरह के फल, अनाज, सब्ज़ियाँ यहाँ उगते हैं। कितनी भाषाएँ, कितनी विविध संस्कृतियाँ हैं। टूरिज़्म का स्कोप है। अगर कोई देश वाकई आत्मनिर्भर हो सकता है, तो वह भारत है। कोई कमी हमारे देश में नहीं है।

यह कहना कोई अतिश्योक्ति नहीं होगी कि दो साल के अंदर कोई भी सरकार देश को स्वर्ग बना सकती है। समस्या है कि ऐसी सरकार कैसे लाई जाए? लोग धर्म और जाति में बँटे हुए हैं; उसी आधार पर वोट दे रहे हैं। वे लोग पढ़े-लिखे नहीं हैं, समझदार नहीं हैं, और इसलिए संसद में भी अनपढ़ लोग हैं; कितनों के ख़िलाफ़ क्रिमिनल केस हैं; विधायक बिकने के लिए तैयार रहते हैं।

पश्चिम बंगाल में कम्युनिस्ट पार्टी ऑफ़ इंडिया इतने समय तक सत्ता में रही। लेकिन कोई विज़न उनके पास था नहीं। सब बर्बाद किया। उनके ख़िलाफ़ ममता बनर्जी उठी, तो उन्होंने भी क्या ही कर लिया? हिमाचल में काँग्रेस की सरकार है। राजस्थान में इतने समय काँग्रेस की सरकार रही। उत्तर प्रदेश और मध्य प्रदेश में बीजेपी की सरकार है। पंजाब में आम आदमी पार्टी की सरकार है, जिन्होंने दस साल दिल्ली में भी सत्ता

सँभाली। बिहार में RJD और JDU में सत्ता परिवर्तन चलता रहा। तमिलनाडु में कभी AIADMK तो कभी DMK.

मैं यह नहीं कहता कि किसी भी पार्टी ने कोई काम ही नहीं किया है। केंद्र में हो या राज्य में, हरेक पार्टी ने कुछ तो किया है; सुधार लाए हैं। लेकिन क्या किसी भी नेता की कोई ऐसी केस स्टडी है कि उसने गरीबी और बेरोज़गारी पर बहुत बड़ा आघात किया; किसी इलाके में बेहतरीन सरकारी स्कूल, लाइब्रेरी, अस्पताल, सड़क, बिजली, पानी, साफ़ हवा, रोज़गार मुहैया करवा दिया। किसानों की तक़दीर बदल दी और क्राइम को जड़ से ख़त्म कर दिया?

अब तो बस यही है कि लोगों को जो आपस में लड़वाते हैं, वैसे शैतान नेताओं को छोड़कर, कम ख़राब को चुन लिया जाए। फ़िलहाल नेताओं से मुझे बस इतनी ही उम्मीद बची है। जनता को भी किसी से ज़्यादा उम्मीद नहीं है; कुछ ज़्यादा डिमांड भी नहीं करते। नेताओं के भाषणों और वादों में भी ऐसा कोई विज़न सुनने को नहीं मिलता। हाल के दिल्ली चुनाव में आपने बीजेपी, काँग्रेस, आम आदमी पार्टी का चुनाव प्रचार देखा होगा। चुनावी वादों में कोई ज़्यादा फ़र्क़ नहीं था कि किसी एक पार्टी का कोई अद्भुत विज़न हो।

छोड़िए नेताओं को, क्यों मूड ख़राब किया जाए? आप कहिए, आपका क्या विज़न है? अगर आप अमीर हैं, या आप मिडिल क्लास हैं और आपके पास अपनी तंख़्वाह में से कुछ सरप्लस बचता है, तो आप ख़ुद से कोई छोटा-सा एंटरप्राइस शुरू कर सकते हैं। आप शार्क टैंक जा सकते हैं। कई लोगों को रोज़गार दे सकते हैं। इकॉनमी में जो 'ट्रिकल डाउन' हुआ नहीं, आप उसे फिक्स कर सकते हैं; उसको विकेंद्रित करने के मिशन में जुड़ सकते हैं। गाँधी जी के 'ग्राम स्वराज' के सपने से जुड़ सकते हैं।

पहले कोई बच्चा गाँव से शहर जाता है पढ़ने के लिए, कमाने के लिए, ज़िंदगी में आगे बढ़ने के लिए; क्या वह बड़ा होकर कहेगा- 'चलो गाँव की ओर'? यह इस बात पर निर्भर करता है कि जब आप 'स्वदेस' फ़िल्म में मोहन भार्गव को देखते हैं, तो क्या आपको यह सब फ़िल्मी मेलोड्रामा लगता है, या फिर वे सीन आपको अंदर से छू जाते हैं? क्या देशभक्ति की राह आपके सपनों की राह से कहीं मिलती है? क्या हैं आपके सपने?

□□

अध्याय -8

महकते ख़्वाबों की रैज़ोनैंस

आजकल सपनों को अचीव करने के लिए मोटिवेशन तो हर तरफ़ दिया जा रहा है, लेकिन वो सपने क्या हैं? वही जेल की दौड़ जीतने के सपने? क्या उन सपनों में कुछ स्वप्नमय है? क्या उनमें कुछ एथीरियल एलिमेंट है? क्या उनमें कोई नैसर्गिक सुंदरता है? कोई कल्पना है? कोई स्पंदन है? स्पंदन का होना बहुत आवश्यक है। कुछ ऐसा जो आपको अंदर से महका दे। जेल की दौड़ में लालच, प्रतियोगिता, ईर्ष्या, ज़हरीला वर्क कल्चर, बोरियत, उपभोग, अटेंशन, सब है, बस वो महक नहीं है।

पर्सनल सपनों में महक नहीं है, और आजकल हम देशभक्ति का जो मॉडल देख रहे हैं, उसमें भी महक नहीं है। अच्छी बात है कि 15 अगस्त और 26 जनवरी को हम देशभक्ति के गाने बजा लेते हैं, लेकिन अगर महक होती, तो केवल दो दिन ही देशभक्ति की बात क्यों होती? देशभक्त होना पूरे साल कूल होना चाहिए था। इंस्टाग्राम, फेसबुक पर चाहे हम कुछ भी लिखें, लेकिन दोस्तों के साथ बातचीत में तो कभी यह बात नहीं होती कि देश को कैसे बेहतर करें। आप कोशिश कीजिए बात शुरू करने की, लोग मज़ाक उड़ाएँगे। हम देशभक्ति को दिल के अंदर से उठते हुए एक ज़्वार की तरह नहीं देखते; हम इसे देखते हैं एक ज़िम्मेदारी की तरह, एक नैतिक बोझ की तरह। दरअसल देशभक्ति कोई नैचुरल इमोशन नहीं है; प्रेम एक नैचुरल इमोशन है। आप अपने परिवार के साथ रहते हैं, तो परिवार से प्रेम होता है। गाँव के साथ रहते हैं, तो गाँव से प्रेम होता है।

मेरा गाँव एक कम्युनिस्ट गाँव जैसा था। घर तो सभी के पर्सनल थे। लेकिन खेल का मैदान साझा था। कुँए और तालाब साझले थे। तीन मंदिर थे, वे सभी के थे। मंदिरों में भंडारा होता, तो सभी के पैसे से होता। लोग एक दूसरे को सर्व करते, और कोई अमीर हो या गरीब, सभी लोग ज़मीन पर बैठकर खाते थे।

स्वांग का बेड़ा आता, तो सभी लोग देखते थे, भले ही किसी के पास पैसे ना हो। जिसके पास ज़्यादा पैसा हो, वह उन्हें इनाम देता था अपनी क्षमता के मुताबिक़। इसमें भी ऐसा नहीं कि उसे आगे की सीट मिलेगी। साइकिल पर करतब दिखाने वाला साइकिल मास्टर आता, तब भी यही होता था। कोई उसे शर्ट-पैंट दे देता। कोई रुपए देता तो कोई उसके खेल के लिए उसे अपने घर से मटका दे देता।

हम खेतों में जाते, तो किसी खेत में ट्यूबवैल चल रहा होता। बड़ी हौदी में हम लेट जाते। कभी किसी से परमिशन लेने की ज़रूरत महसूस नहीं हुई, कि आपके ट्यूबवैल के नीचे नहा लें क्या। खेत का मालिक आता, तो वह पूछता था कि अगर तुम नहा लिए हो, तो क्या अब बंद कर दूँ। गाँव से किसी ने विधायक का चुनाव लड़ना चाहा, तो लोगों ने अपनी क्षमता के मुताबिक़ चंदा दिया।

किसी के घर में शादी होती, तो वह चौपाल में हो जाती थी। मंदिर का भंडारा हो या शादी का फंक्शन, लोग खाते थे ज़रूरत के हिसाब से यानी अपनी भूख के हिसाब से। लेकिन जब शादी में कन्यादान डालते थे या भंडारे के लिए चंदा देते थे, वह अपनी क्षमता के मुताबिक़। किसी के पास ज़्यादा है, तो वह ज़्यादा दे दे। किसी के पास नहीं है, तब भी कोई बात नहीं। शादी के लिए कड़ाही चढ़ती, तो आसपास से सिलेंडर इकट्ठे हो जाते। मेहमानों के लिए कुर्सियाँ, खाट-बिस्तरे पड़ोस से इकट्ठे हो जाते। शादी के सात दिन पहले से ही गीत गाने शुरू हो जाते। औरतें शादी वाले घर में जाती, गीत गाती और नाचती। उनमें उबले हुए चने और पतासे

बाँट दिए जाते। आधे गाँव में से घुड़चढ़ी निकल कर मंदिर तक जाती। सब लोग उसमें नाचते।

किसी के घर में मृत्यु हो जाती, तो अर्थी दूसरे लोग ही बाँधते, चिता भी दूसरे लोग ही तैयार करते। तेरह दिन तक उनका दुःख साझा करने और उन्हें ढाढ़स बँधाने के लिए उनके घर पर जाते। कोई किसी से गेहूँ और चावल ख़रीदता। कोई किसी के लिए कपड़े सिलता। इस तरह चाहे कोई दैनिक ज़रूरत हो या रोज़गार, कोई सेलिब्रेशन, कोई मातम या कोई त्यौहार, गाँव के बिना कुछ नहीं होता था। यह बात सच है कि गाँव में जातिवाद था, औरतों के लिए ज़िंदगी आसान नहीं थी, वहाँ सुधार किया जाना था। लेकिन यह बाकी सब अच्छा था। हरेक मामला कम्युनिटी से जुड़ा हुआ था। इसलिए कम्युनिटी में प्यार होता था, एक दूसरे की परवाह होती थी। अलग-अलग रिश्तेदार किन्हीं दूसरे गाँवों में रहते थे। इसलिए अपने राज्य के दूसरे जिलों में भी जाना होता था। राज्य की एक ही भाषा, एक ही संस्कृति। तो यह प्रेमभाव अपने गाँव से बढ़कर राज्य तक चला जाता है। और फिर अगर आप स्कूल में रटने के बजाए देश के बारे में अच्छे से पढ़ें, देश के अलग-अलग हिस्सों में घूमें, देश के लोगों से मिलें, अख़बार पढ़कर उनके मुद्दों के बारे में जानें, पंजाब से लेकर मणिपुर के बारे में जानें, तब वह प्रेम पूरे देश के लिए महसूस हो सकता है। और जब आप दुनिया भर का साहित्य पढ़ें, प्रेमचंद के साथ ही फ्रैंज काफ़्का को पढ़ें, आपने बुद्ध से कुछ सीखा हो और साथ ही सुकरात से भी, जब आप वर्ल्ड सिनेमा की अद्भुत फ़िल्में देखें, दुनिया का इतिहास विस्तार से जानें, उनके मुद्दों के बारे में अख़बार में पढ़ें, तो आप पूरी दुनिया से रीलेट करने लगते हैं। रीलेट करने से ही रिलेशन बनता है। तब जाकर 'वसुधैव कुटुंबकम' का आदर्श साकार होता है। यह इंसानियत की एक ऊँची दशा है। भगत सिंह ने अपने आर्टिकल 'विश्व प्रेम' में इसके बारे में ख़ूबसूरती से लिखा है।

यही तो अद्वैतवाद है, जहाँ आप ख़ुद में और दूसरों में फ़र्क़ ना करें। अगर आप आस्तिक हैं, तो उन्हें और ख़ुद को उसी ब्रह्म का प्रतिरूप मानें। अगर नास्तिक हैं, तो उन्हें भी अपने जैसा ही इंसान जानें; आपके अंदर वह एम्पैथी हो।

इस तरह की महकती हुई इंसानियत जब आपके अंदर हो, तब देशभक्ति में महक होती है। देश के लिए कुछ करना एक सुंदर एडवैंचर होता है। उसमें मज़ा आता है। यह आपके हरेक फ़ैसले को गाइड करता है।

एक फ़िल्म डायरैक्ट करने का मुझे ऑफ़र आया। कहानी कुछ ऐसी थी कि एक औरत अपने पति के दोस्त के साथ चक्कर चला लेती है, और अपने पति का मर्डर करवा देती है। क्राइम थ्रिलर टाइप की फ़िल्म थी। जिन्होंने कहानी लिखी थी, वे ख़ुद ही प्रोड्यूसर भी थे। मैंने कहा कि पहले ही औरतों के ख़िलाफ़ इतनी अनाप-शनाप बातें कही जाती हैं; एक और ऐसी फ़िल्म बनाना क्या सही रहेगा। उन्होंने जवाब दिया कि नहीं, ऐसा कुछ नहीं; हर तरह की औरतें होती हैं। यह तो मेरे गाँव की एक सच्ची कहानी पर आधारित है। मैंने सोचा कि ठीक है, कर लेते हैं। आख़िरकार स्क्रीनप्ले तो मुझे ही लिखना है, तो मैं ध्यान रख सकता हूँ कि यह औरतों के प्रति द्वेषभाव वाली फ़िल्म ना बने, बल्कि ह्यूमन नेचर के ऊपर एक सेंसिटिव और मीनिंगफुल फ़िल्म बनकर निकले।

लेकिन उन्होंने स्क्रीनप्ले का पूरा जिम्मा मुझ पर छोड़ने से मना किया। वे अपने भाव में बहते हुए सीन बता रहे थे; कहीं पर कोई अजीब सा चुटकुला था, क्योंकि उन्हें लगा कि बीच-बीच में कॉमेडी ज़रूरी है; कहीं पर बताया कि यहाँ एक रागनी होगी - 'वो निर्भाग लुगाई होती हैं'। मैंने सोचने के लिए समय माँगा। दो दिन बाद एक ऑडियो मैसेज करते हुए मैंने विनम्रता से मना कर दिया, कि आपने काफ़ी गहराई से इस पर सोचा हुआ है और अगर मैं इसमें कुछ बदलाव करूँगा तो आपको सही नहीं लगेगा। इसलिए किसी दिन, किसी दूसरी फ़िल्म पर काम करते हैं। सच

कहूँ तो उस समय मेरा बहुत मन था कोई फ़िल्म बनाने का, लेकिन ठीक नहीं लगा। ऐसा नहीं कि मना करते हुए मुझे देशभक्ति का कोई भारी बोझ महसूस हुआ हो। मेरा मन ही नहीं हुआ इस तरह के स्क्रीनप्ले की फ़िल्म करने का।

ध्रुव को एक करोड़ रुपये ऑफ़र हुए, किसी ब्रांड के विज्ञापन के लिए। कोई कोला या चिप्स का विज्ञापन नहीं था, जो सेहत के लिए ख़राब हों। बालों में लगाने वाले तेल का विज्ञापन था। ध्रुव ने केवल इस बात पर मना कर दिया कि इनके विज्ञापन में ये कुछ छद्म-विज्ञान वाले दावे कर रहे हैं। ऐसा नहीं कि ध्रुव के पास 500 करोड़ हैं। एक करोड़ रुपए उसके लिए भी एक बड़ी अमाउंट ही है। लेकिन विज्ञापन को मना करते हुए उसे ऐसा महसूस नहीं हुआ कि देश के लिए कोई भारी बलिदान कर दिया। ऑनलाइन सट्टा वाली ऐप्प के ऑफ़र आ चुके। बिग बॉस का ऑफ़र आया। ध्रुव को रत्तीभर भी मन में संशय नहीं हुआ कि यह ऑफ़र लूँ या नहीं। अगर आप सही रास्ते पर चलते हैं, तो इंसानियत, सार्थकता, देशभक्ति आपके मन का और आपके व्यक्तित्व का हिस्सा हो जाती है। अपने मन के अंदर से ही आपको देश के युवाओं की परवाह होती है कि ऑनलाइन सट्टा खेलने में लग जाएँगे तो भटक जाएँगे। आपका मन ही नहीं करता ऐसे विज्ञापन करने का।

ओशो कहते हैं कि स्वार्थ एक बहुत सुंदर शब्द है; बस ग़लत लोगों के हाथों में चला गया है। स्वार्थ का मतलब है स्व + अर्थ, यानी अपना मतलब। अब कोई व्यक्ति बेमतलब कोई काम क्यों करे? अर्थ नहीं होगा, तो अनर्थ होगा। लेकिन समस्या यह है कि लोग अपना सही स्वार्थ समझ नहीं पा रहे हैं। जहाँ आख़िरकार दुःख मिलना है, जहाँ कोई तृप्ति नहीं है, उसके पीछे भाग रहे हैं। अगर आप जेल की दौड़ में भाग रहे हो, जहाँ आपके मन में है कि किसी भी तरह हो, बस पैसा आ जाए, तब आपके सपने और आपकी देशभक्ति एक दूसरे के विपरीत हो जाते हैं। तब लगता है कि

मेरा स्वार्थ, मेरा सपना तो है ख़ूब सारा पैसा, लेकिन देशभक्ति के लिए इसे बलिदान कर दूँ क्या? तब भी दिमाग़ में यह सोच होती है कि क्या इस बलिदान के सहारे अच्छी PR होगी, और क्या यह PR फिर ज़्यादा रुपया कमाने में मदद करेगी?

सुपरस्टार को अपने NGO से कमाल की PR मिल जाती है। उसके सत्तर गुनाह माफ़, क्योंकि बस्ती के किसी आदमी ने टीवी पर आकर बताया कि भाई ने उनकी पैसों से बहुत मदद की है। भाई घटिया फ़िल्में करते हों, उन पर मर्डर के इल्ज़ाम हों, लेकिन भाई दिल के बहुत अच्छे हैं। वाहियात इन्फ्लुएंसर को कमाल की PR मिल जाती है, कि ये देखो, कैसे गरीबों में कंबल बाँट रहा है।

सेठ जी तो अपनी PR के लिए इंस्टाग्राम इंफ्लुएंसर्स को पैसा बाँटते हैं। फिर वे बताते हैं कि सेठ जी कितने संस्कारी हैं; ये देखो, कैसे अपने हाथों से गरीबों को खाना खिला रहे हैं। सेठ जी पर जो हज़ारों करोड़ के घपलों के आरोप हैं, वे सब इस PR के पीछे ढक जाते हैं। इस तरह कॉर्पोरेट फिलैनथ्रॉपी कोई पूँजीवाद और बाज़ारवाद के ख़िलाफ़ नहीं है, बल्कि उसी का हिस्सा है। यह उसी का कामचलाऊ पश्चाताप है, बढ़िया PR है। अगर मैं सरकार में रहूँ, तो सबसे पहले यह कॉर्पोरेट सोशल रेस्पॉन्सिबिलिटी का नाटक ही बंद करूँ; कोई ऐसा सरकारी नियम-कानून नहीं होगा। किसी कॉर्पोरेट का बहुत मन है, तो वह करे। लेकिन कॉर्पोरेट टैक्स में रियायत नहीं मिलेगी।

यह मॉडल केवल सेठ और सुपरस्टार का नहीं है, बल्कि एक छोटे स्तर पर आपका भी है। आपके लिए भी समाजसेवा में कोई महक नहीं है। यह आपके सपनों का हिस्सा नहीं है। अगर है, तो बताइए कि दोस्तों से बात करते हुए प्रॉपर्टी के रेट, स्टॉक मार्किट, फ़ोन और कार के मॉडल की ज़्यादा चर्चा होती है या फिर कभी समाजसेवा की भी बात हुई? देश की

समस्याओं पर फ्रस्ट्रेशन निकालना एक अलग बात है, वह तो हम सब करते हैं, लेकिन क्या कभी बात हुई कि समाज के लिए क्या किया जाए?

जब कभी महसूस हुआ कि चलो, आज कुछ तूफ़ानी करते हैं, तो क्या उसमें कभी ऐसा भी कुछ शामिल था कि सड़क बनवाने के लिए अनशन किया जाए? किसी बस्ती के बीस बच्चों को अंग्रेज़ी में परफेक्ट बना दिया जाए? जब आप समाजसेवा करते हैं, जब आप एक्टिविस्ट होते हैं, तो आप देश के लोगों के लिए ही कुछ कर रहे होते हैं। इसलिए यह कोई देशभक्ति से अलग नहीं। लेकिन यह जेल की दौड़ के ठीक विपरीत है। आप जेल की दौड़ में भागते हैं, लेकिन करुणा भी कभी-कभार मन का दरवाज़ा खटखटा देती है। कुछ अंतर्द्वंद महसूस होता है, तो आप रेड सिग्नल पर भिखारी को 10 रुपए दे देते हैं। सोचते हैं कि बस इतना ही तो कर सकता हूँ और वैसे भी आजकल भलाई का ज़माना नहीं रहा । मैं ही अकेला क्यों करूँ वैसे भी, मैं अकेला कर ही क्या सकता हूँ।

फिर जब कोई और समाज के लिए कुछ करता हुआ दिखे, तो जैसे उसकी अच्छाई आपके लिए आईना बन जाती है। आप उसमें खोट ढूँढ़ने लगते हैं। सुपरस्टार के पास तो ख़ूब पैसा और शौहरत है। वह भी आपकी तरह जेल वाली दौड़ में है। उसकी तरह आप भी एक दिन NGO खोलकर कंबल बाँटेंगे, आपको उससे कोई समस्या नहीं है। लेकिन कोई महीने के 40,000 रुपए कमाने वाला लड़का वीकेंड पर किसी जगह की सफ़ाई कर रहा है या कहीं पौधे लगा रहा है, तो आपको लगता है कि जब मैं नहीं कर पा रहा, तो यह कैसे कुछ कर रहा है? उस लड़के ने आपका सिस्टम हिला दिया। आप नुक्स निकालते हैं कि यह बात करता है पर्यावरण को बचाने की, तो फिर पहले ख़ुद झोंपड़ी में क्यों नहीं रहता?

शिव वत्स, एक सरकारी स्कूल टीचर, आपको इंस्टाग्राम पर दिखते हैं (@englishwalesirrr); उनकी रील में वे बच्चों को क्रिएटिव तरीके से पढ़ाते हुए दिखते हैं, तो आपको लगता है कि यह इसमें से कंटेंट

निकाल रहा है। इसका असली मक़सद बच्चों को पढ़ाना नहीं, बल्कि फ़ेमस होना है। जो वाहियात इन्फ्लुएंसर कंबल बाँटने वाली रील डाल रहा था, वहाँ आपको समस्या नहीं, क्योंकि वह अमीर है, फ़ेमस है; आपकी दौड़ में ही है। लेकिन यह एनर्जी से भरा हुआ सरकारी स्कूल का मास्टर आपको नहीं सुहाता।

कोई नौकरी छोड़ता है और साधु बन जाता है, तो बहस छिड़ जाती है। कोई नौकरी छोड़ता है और ऑर्गेनिक फार्मिंग शुरू करता है, तो आप कहते हैं कि आजकल तो यह बस एक ट्रेंड बन गया है; कुछ नहीं, सब बकवास है। हालाँकि अगर वह इससे 10 करोड़ रुपए कमाने लगे, तो आप उसे अपना प्रेरणास्रोत मानने को तैयार होते हो। घूमफिर कर बात पैसे पर आती है। पैसे की चाहत ग़लत नहीं है, लेकिन पैसे की चाहत ही प्राथमिक बन जाए, यह समस्या है। मैं तो चाहता हूँ कि मैं 500 करोड़ कमाऊँ, ध्रुव भी 500 करोड़ कमाए, ताकि जेल की दौड़ भागने वाले लोगों के हाथों में ही सारा पैसा ना हो। ज़्यादा पैसा उनके हाथों में हो, जो उस पैसे का सही इस्तेमाल करें, जिनके पास कुछ मज़ेदार सपने हैं। मैं इंडिपेंडेंट फ़िल्मों के लिए, स्थानीय फ़िल्मों के लिए कुछ रास्ते निकालना चाहूँगा। मेरा सपना है एक ऐसा प्रकाशन, जो गरीबों द्वारा लिखे गए ऐसे उपन्यास प्रकाशित कर सके, जिन्हें उन्होंने अपने जिए हुए अनुभवों से प्रेरणा लेकर लिखा हो। उनमें वे अपने संघर्ष, अपनी खुशियाँ उड़ेल सकें सच्चाई के साथ, अपनी बोलचाल की भाषा में, और ये उपन्यास दूसरे गरीब लोगों के लिए एक जीवन मंथन का ज़रिया बन सकें। ध्रुव पर्यावरण के लिए यूट्यूब वीडियो बनाने के अलावा जाने कितना कुछ और करने का सपना देखता है। ख़ुद के लिए तो आपने बंगले का सपना देखा, उसमें जिम देखा, स्विमिंग पूल देखा, होम थिएटर देखा। लेकिन क्या कभी ऐसा सपना देखा कि एक गाँव है, जो बहुत ही साफ़-सुथरा और बहुत ही सुन्दर गाँव है; हरेक घर के बाहर खिड़की के पास फूल लगे हुए हैं, सडकों

पर पेड़ हैं जिन पर सेब लगे हुए हैं और उन्हें कोई भी तोड़कर खा सकता है। सड़क के साइड में साइकिल के लिए ट्रैक है। प्रदूषण नहीं है। दिन में आसमान गहरा नीला दिख रहा है। रात में आसमान, सितारों से भरा हुआ है। ट्रैफिक का शोर नहीं है क्योंकि लोग हॉर्न नहीं बजाते। गाँव के चारों तरफ़ खेत तो हैं ही, रिहायशी इलाके में भी पार्क हैं, जहाँ लोग कसरत कर सकते हैं, बच्चे खेल सकते हैं। टॉप लैवल का स्कूल है, हस्पताल है, मार्किट है। कैफ़े और रेस्तरां है। गाँव ऐसे होंगे, तो शहरों में भी भीड़ नहीं होगी। एक 'ग्लोबल विलेज' होने के बजाए अगर दुनिया ऐसे सुंदर गाँव और क़स्बों का समूह होगी, तो पूरी दुनिया सुंदर होगी। छोटे-छोटे स्वर्गों का एक बड़ा समूह। यह मॉडल न तो पूरे तरीके से कम्युनिज़्म है, न सोशलिज़्म और न ही कैपिटलिज़्म। लेकिन इससे फ़र्क़ ही क्या पड़ता है? कुछ भी कहो, है तो सुंदर!

मुझे आपका नहीं पता, लेकिन एक तरफ़ ऑप्शन हो कि मेरा महल है और उसके चारों तरफ़ गरीबी, बेरोज़गारी, प्रदूषण, और दूसरी तरफ़ यह ऑप्शन कि ऐसे गाँव में मेरा साधारण घर हो, तो मुझे चुनने में समय नहीं लगेगा। लेकिन क्या ऐसा गाँव संभव है? यह सपना मैंने देखा, और फिर इस सपने को हक़ीक़त में भी देख लिया। रूस का एक गाँव। वह गाँव इसी तरह का स्वर्ग था, जैसा मैंने अभी बताया।

हमने सुबह दो घंटे तक साइकिल चलाई। पास के एक दूसरे गाँव में पहुँच गए। लोगों को वहाँ इंग्लिश नहीं आती थी। लेकिन उनमें यह सब्र था, कि मैं अपने फ़ोन में गूगल ट्रांसलेट ऐप्प के सामने इंग्लिश में बोलूँ, वह रशियन भाषा में ट्रांसलेट हो और फिर वे उसे पढ़कर रशियन भाषा में जवाब दें, और उसके इंग्लिश ट्रांसलेशन को पढ़कर मैं कुछ क्लैरिफाई करने के लिए फिर से कुछ पूछूँ। जब हम बस से उतरे, तो किसी से रास्ता पूछ लिया। उस आदमी ने अपनी बेटी को कंधे पर बैठाया, और हमारे साथ चल पड़ा। हमें लॉज के नज़दीक पहुँचाकर वह अपने रास्ते गया।

लोगों में ऐसी शांति और विनम्र स्वभाव मैंने हिमाचल और सिक्किम के गाँव में भी देखा है। ज़िंदगी शांत हो, तो शांति लोगों के मन में भी आ जाती है। सुन्दर महक से भरी हुई शांति।

फ़र्ज़ी बाबा जब शांति की बात करते हैं, तो उस शांति में महक नहीं होती। वह शांति एक अस्थायी दवाई की तरह है। जेल की दौड़ में भागते हुए, जब इंसान तनाव से भर जाता है, व्यग्रता से भर जाता है, उपभोग में बोरियत होने लगती है, तो वह पहाड़ों में बाबा जी के पास आश्रम में जाता है। स्पिरिचुअल हीलिंग के लिए, रिट्रीट के लिए। एक हफ़्ते के मैडिटेशन कोर्स के लिए। यूनिवर्स की वाइब्रेशन लेने के लिए। पिछली ईबुक 'पावर ऑफ़ यूनिवर्स' में इस सब वाइब्रेशन वाली मम्बो-जम्बो को अच्छे से एक्सपोज़ किया था।

ख़ैर, फ़र्ज़ी बाबा को अगर छोड़ दें, और जैनुइन आध्यात्मिक गुरु की बात करें, उनके साथ भी समस्या यह है कि वे आनंद की बात नहीं करते। लोगों ने उनकी ज़िंदगी भर की मेंबरशिप ले ली है। आप देखिए कि इंजीनियरिंग कॉलेज से हर साल इतने ग्रेजुएट निकलते हैं, मेडिकल कॉलेज से डॉक्टर निकलते हैं, लॉ कॉलेज से वक़ील निकलते हैं, लेकिन गुरुजी के अध्यात्म कॉलेज से अकेले ग्रेजुएट वे ख़ुद हैं। किसी अन्य को आज तक ऐनलाइटनमैंट की डिग्री मिली नहीं।

गुरुजी बहुत सी अच्छी बातें ही करते हैं। वे तो अंधविश्वास और छद्म-विज्ञान भी नहीं फैला रहे, लेकिन वे किसी टॉक्सिक वर्क कल्चर वाली नौकरी में काम कर नहीं रहे। वे प्रकृति के बीच बैठकर उपदेश दे रहे हैं। लेकिन इनके यहाँ से जाकर उनके फॉलोवर को वापस अपनी नौकरी करनी है। मन बहलाने के लिए जो वह मॉल चला जाता है, उसे गुरुजी नकार रहे हैं। कहते हैं कि क्या इस बेकार की चकाचौंध में घुसे हो। ये शॉपिंग, ये सामान, ये दिखावा, यह सब माया है। इसी की वजह से ग्लोबल वॉर्मिंग बढ़ रही है। कार्बन फुटप्रिंट बढ़ रहा है। धरती का विनाश हो रहा है।

बात तो सही है, शॉपिंग को हटाओ, बियर पी लें?

बिल्कुल नहीं। यह ना केवल सेहत के लिए हानिकारक है, बल्कि धर्म भी भ्रष्ट हो जाता है। इंसान अपने होश में नहीं रहता।

चिकन या फिश टिक्का खा लिया जाए?

उससे यह होगा कि जो हिंसा चिकन पर हुई है, वह हिंसा अब आपके अंदर घुस जाएगी।

तो चलो, शाही पनीर खा लिया जाए?

नहीं, डेयरी उत्पाद का उपभोग भी जानवर पर हिंसा है। वीगन बनो।

स्वादिष्ट वैज मक्खन वाला या कढ़ाई मशरूम बना लेता हूँ।

अरे दुष्ट, अपनी इन्द्रियों को नियंत्रित करो। जीने के लिए खाओ, खाने के लिए मत जियो।

चलो, ख़ुद को थोड़ा सँवार लूँ? कुछ नया हेयरस्टाइल कर लूँ?

यह क्या तुम बाहरी सुंदरता पर अटके हुए हो!

ओह, तो फिर स्टैंड-अप कॉमेडी देख लूँ?

ऐसे ही हँसी-मज़ाक में टाइम गुज़ार दोगे क्या? यह एक पूरी साजिश चल रही है तुम्हें उलझाए रखने के लिए।

सोशल मीडिया देख लूँ?

वहाँ तो बस कचरा भरा हुआ है।

कोई बढ़िया सी फ़िल्म देख लूँ?

ये फ़िल्में सिर्फ़ तुम्हारा ब्रेनवॉश करेंगी। वैसे भी आख़िर तुम्हारे मन को इतने मनोरंजन की ज़रूरत क्यों पड़ रही है?

डिस्को जाऊँ, क्लब जाऊँ, वहाँ डांस करूँ?

तुम्हारे मन के अंदर शोर है। इसीलिए तुम्हें क्लब के शोर की दरकार है।

फेस्टिवल आ गया, मिठाई खाऊँगा।

तुम त्यौहार की गरिमा भंग कर रहे हो; उसे केवल एक मिठाई खाने का अवसर बना दिया है।

गर्लफ्रैंड का फ़ोन आ रहा है।

यह प्यार तो झूठा है, सब फरेब है। यह बस कामुकता है, और कामुकता किसी क़ैद की तरह है। दूसरे जानवरों को देखो। क्या वे कभी इतना संभोग करते हैं?

अकेला महसूस कर रहा हूँ, दोस्तों से मिल लेता हूँ।

नहीं, अकेलापन मिटाने के लिए दोस्तों से क्यों मिलना है? अपने अंदर के अकेलेपन को मिटाओ।

तो मैं क्या करूँ, गुरुजी, वह भी बता दो।

आत्मज्ञान की तरफ़ बढ़ो।

ठीक है, और फिर?

पहले यह तो करो।

इस में मुझे मज़ा नहीं आ रहा गुरुजी। पाँच दिन तक ऑफ़िस में अपनी ऐसी-तैसी करवाने के बाद तो बिल्कुल नहीं। मुझे मज़ा चाहिए।

भाग यहाँ से, मूर्ख। मज़ा तो तुझे ड्रग्स में मिलेगा, तो क्या ड्रग्स लेगा?

आपकी यह बात भी सही है, गुरुजी। ड्रग्स ज़िंदगी बर्बाद कर देते हैं। लेकिन कुछ तो मज़ा चाहिए ज़िंदगी में। आप ही बता दो कि कौन-सा मज़ा सही है।

सत्य को पाने में परम आनंद की अनुभूति होगी। अज्ञान का अंधकार मिट जाएगा। और तुम परमात्मा में विलीन हो जाओगे।

यह सब लोगों से नहीं हो पाता। उन्हें लगता है कि पहले जितना तनाव था, अब उतना तो नहीं है; गुरुजी की बातें सुनकर कुछ तो शांति मिली है। पर मज़ा नहीं आ रहा। मैंने मज़ा महसूस किया था। रुकिए, मज़ा नहीं, मैंने परम आनंद महसूस किया था। कैसे कहूँ कि वह कैसा था। वह एक मस्ती थी। उफ़, 'मस्ती' शब्द का लैवल गिरा दिया गया है। इसके शाब्दिक अर्थ के बारे में सोचिए- मस्त हो जाना, खो जाना। जैसे आपने सूफ़ी दरवेशों को देखा होगा आपने गोल-गोल घूमकर भक्ति का नाच नाचते हुए। कल्पना कीजिए आर्किमिडीज़ की, जब टब में नहाते हुए डिसप्लेसमेंट का सिद्धांत उनके दिमाग़ में कौंधा और वे चिल्लाए- "यूरेका यूरेका"। या अगर आपने कभी देखा हो किसी मोर को मस्ती से जंगल में नाचते हुए। ओह, लेकिन जंगल में मोर नाचा, किसने देखा? अच्छी बात है कि किसी ने नहीं देखा, वरना लोग फ़ोटो खींचने लगते, वह डिस्टर्ब हो जाता, तब ऐसी मस्ती कहाँ से होती।

मैंने तो नाटक जंगल में नहीं किया था, कॉलेज के ऑडिटोरियम में किया था। हमारे कॉलेज सहित छः कॉलेजों में। नाटक में किसी को फाँसी पर चढ़ाया जाने वाला था। मैं जेल गार्ड का रोल कर रहा था, जिसे जल्लाद की मदद करनी थी। जेल गार्ड के लिए यह पहली बार था, वह घबराया हुआ था, लेकिन जल्लाद कई वर्षों से यह काम कर रहा था। वह कभी अख़बार नहीं पढ़ता था। उसे क़ैदियों के नाम नहीं पता होते थे। हर क़ैदी उसके लिए बस एक नंबर था। लेकिन इस बार जो क़ैदी था, वह उसका बिछुड़ा हुआ बेटा निकला, जो बहुत पहले घर से भाग गया था। यह पता चला क्योंकि क़ैदी ने जल्लाद के लिए एक सुन्दर घड़ी भेज दी थी, और वैसी ही घड़ी जल्लाद के पास थी।

जब मैं जेल में इधर से उधर व्यग्र हुआ घूमता, चिल्लाकर पूछता कि क्यों मुझे यह करना पड़ रहा है, आख़िर मेरा गुनाह क्या है, तो पूरा ऑडिटोरियम तालियों से गूँज पड़ता। थिएटर में एक्टर के लिए दो लक्ष्य

हो सकते हैं- पहला यह कि ऐसी पावरफुल एक्टिंग करे, कि लोग बेहद प्रभावित हों, और तालियाँ बजाएँ। यहाँ से अटेंशन वाला मज़ा मिलता है। लोग आपकी एक्टिंग के लिए यानी आपके लिए तालियाँ बजा रहे हैं, आपकी तारीफ़ कर रहे हैं; अहंकार की तृप्ति होती है। दूसरा मक़सद यह कि एक्टर इन तालियों से प्रभावित ना हो और वह पूरी तरह खो जाए, और दर्शक तालियाँ बजाना भी भूल जाएँ।

मैं जल्लाद से समय पूछता। वह अपनी घड़ी देखकर समय बताता, तो मैं कहता - "कमाल है, किसी का मौत का समय देखने के लिए इतनी सुंदर घड़ी", तो ऑडियंस में बैठे हुए लोग इकट्ठे हँसते। जब जल्लाद मुझे अपनी पर्सनल कहानी बताता, तो पूरी तरह सन्नाटा। सैकड़ों लोग मौजूद, लेकिन सुई गिरने तक की आवाज़ नहीं।

इस समय पर हम एक्टर अलग नहीं थे। हम एक हो चुके थे। जो लाइट्स पर बैठा हुआ होता और जो म्यूज़िक पर, वे भी हमारे साथ एक हो चुके थे। हम सब एक नाटक हो चुके थे। जल्लाद अपना दुःख बताता, अपने बेटे को याद करता। उसकी आँखें पथरा चुकी थीं, और उसके आँसू दर्शकों की आँखों से निकलते थे। दर्शक भी नाटक के साथ एक हो चुके थे।

यहाँ एक रैज़ोनैंस थी; एक परफेक्ट फ्रीक्वेंसी मैच। नहीं, फ़र्ज़ी बाबा वाली कोई सुपरनैचुरल वाइब्रेशन और एनर्जी नहीं। तो फिर कैसी? बताना मुश्किल है, आप कभी महसूस कर के देखो।

ऐसी ही रैज़ोनैंस मैंने दर्शकों में बैठकर भी महसूस की थी, जब दिल्ली के नेहरू पार्क में किशोरी अमोनकर को गाते हुए सुना। पहले मेरी क्लासिकल म्यूज़िक में कोई ख़ास दिलचस्पी नहीं थी। मैं मेरे कॉलेज में 'स्पिक-मैके' संस्था द्वारा आयोजित किए गए ऐसे इवेंट्स में जाता था, केवल एंकरिंग करने के लिए। मुझे एंकरिंग करना पसंद था। बस इसी तरह धीरे-धीरे दिलचस्पी हो गयी। फिर मैंने कॉन्सर्टस में जाकर देश के सर्वोत्तम गायकों को लाइव गाते हुए सुना। पंडित जसराज, उस्ताद राशिद ख़ान, शुभा

मुदगल, जगजीत सिंह, वडाली ब्रदर्स.... और इसी तरह एक दिन मैंने सुना किशोरी अमोनकर को। शाम का समय था। पार्क में सफ़ेद चद्दर पर लोग बैठे हुए थे। सुर बहने लगे। कोई ऐसी गहरी फिलॉसफी नहीं थी। राधा की करुण पुकार थी। वे अपनी सखी को कहती हैं कि जब से श्याम सिधारे, तड़प तड़प जिया जाए। क्या आप वह तड़प महसूस कर सकते हैं? क्या आपने कभी ऐसा गहरा प्रेम महसूस किया है? जब सिनेमा हॉल में 'कबीर सिंह' के 'प्यार' को देखेंगे, तो कबीर के प्रेम के ढाई अक्षर कैसे समझ आएँगे? जब आप देखेंगे 'तेरे नाम' के 'राधे' को, तो यह राधा का गहरा प्रेम कैसे महसूस कर पाएँगे?

किशोरी अमोनकर यही जादू करने की कोशिश में थीं, कि यह एहसास गुलाल की तरह हवा में उड़ा दिया जाए। बंदिश में तीन-चार लाइन थीं, जिन्हें उन्होंने 40 मिनट तक गाया। उसी तरह जैसे विरह में कोई प्रेमी निबंध नहीं लिखता, बल्कि तड़प में उन्हीं बातों को दोहराता है। 'ख़्याल' गायकी का कॉन्सेप्ट यही है कि उस भाव को मुखरित किया जाए। उस तड़प को श्रोता अपने अंदर महसूस कर सके। मैंने पहले कुछ समय तो किशोरी अमोनकर की तारीफ़ की अपने मन में। लगा कि ऐसे ही इन्हें गायन सरस्वती नहीं कहा जाता। श्रोता बीच-बीच में तालियाँ बजा रहे थे। फिर तालियाँ बंद हो गईं। ओशो कहते हैं कि इस तरह नाचो, कि नाचने वाला ना रहे, बस नाच रह जाए। वहाँ भी गायिका और गायन एक हो चुके थे। दर्शक भी सम्मोहन में जा रहे थे। मैं संगीत बन गया था। पेड़, घास, सब संगीत बन गए थे- रैज़ोनैंस।

अरिजीत सिंह ने एक इंटरव्यू में कहा था कि क्लासिकल म्यूज़िक कभी मेनस्ट्रीम नहीं हो सकता। यह बस टाइमपास मनोरंजन नहीं है, यह बहुत आंतरिक है। एक तरह का मैडिटेशन है। उनकी बात सही है। हरेक चीज़ हर किसी के लिए हो भी नहीं सकती। जो समुद्र की गहराई में जा सके,

नायाब मोती उन्हीं को मिलते हैं। अगर संगीत सुनते हुए कभी आपके रोएँ खड़े नहीं हुए हैं, तो आपने क्या ही संगीत सुना! ज़रूरी नहीं कि आप इंडियन क्लासिकल म्यूज़िक ही सुनें, आप वेस्टर्न क्लासिकल सुन सकते हैं- बीथोवन, शॉपिन, मोज़ार्ट; आप रॉक म्यूज़िक सुन सकते हैं जैसे कर्ट कोबेन या लैड ज़ैपेलिन; आप बेग़म अख़्तर या मेहदी हसन की ग़ज़ल सुनिए; आबिदा परवीन या नुसरत फ़तेह अली ख़ान का सूफ़ी क़लाम सुनिए; मोहम्मद रफ़ी या किशोर कुमार के गाने सुनिए। लेकिन कुछ तो ऐसा हो, जहाँ गहराई हो। इंसान डूबेगा तो समुद्र में ही, किसी उथले पोखर में कोई कैसे डूबेगा?

गणित का सिलेबस बहुत बोरिंग हो सकता है। लेकिन अगर गणित की किसी पहेली में आप उलझ जाएँ, कुछ इस तरह कि आपके शरीर का हरेक कण उसे सुलझाने में लगा हो, वहाँ भी यह गहराई होती है। महान गणितज्ञ रामानुजन के जीवन पर आधारित फ़िल्म 'द मैन हू न्यू इन्फिनिटी' देखिए। उसमें एक बहुत ही ख़ूबसूरत सीन है, जहाँ रामानुजन अपनी पत्नी के साथ रात में समुद्र किनारे टहल रहे हैं। वे उनसे उनकी रिसर्च के बारे में पूछती हैं। रामानुजन कुछ मिट्टी उठाकर कहते हैं कि बताओ, यह क्या है; वे जवाब देती हैं कि यह मिट्टी है। इस पर रामानुजन कहते हैं - "कल्पना करो कि अगर हम बहुत बारीक़ी से देख सकें, तो हम इस मिट्टी के हरेक कण को देख पाएँ; हर चीज़ में पैटर्न हैं; रात के रंग; पानी के ऊपर रिफ्लेक्शन; गणित में ये पैटर्न हमारे सामने अद्भुत तरीके से रिवील होते हैं-और यह सुंदर है।"

लोग कहते हैं कि न्यूटन के सिर पर सेब गिरने से उन्हें ग्रेविटी की बात समझ में आई; तो इतने साल तक जब वे पेशाब कर रहे थे, तो उनका पेशाब क्या छत की तरफ़ जा रहा था? जिसने यह कहा, उन्होंने बात मज़ाक में कही है, लेकिन सवाल वाजिब है। सेब के सिर पर गिरने से क्या कोई वैज्ञानिक बन जाएगा? जाने कितने लोगों के सिर पर सेब और

जाने-जाने क्या गिरा होगा, लेकिन उन्होंने तो ग्रेविटी का नियम नहीं खोज लिया। बात यह है कि न्यूटन खोए हुए थे, एक विचारों का सैलाब उनके दिमाग़ में चल रहा था। सेब का गिरना तो वह आख़िरी क्षण, जैसे कि कोई एक हफ़्ते से किसी दीवार को गिराने की कोशिश कर रहा हो, और फिर वह हथौड़े की आख़िरी चोट जिसके बाद दीवार गिर जाए।

इसी तरह आर्किमिडीज़ भी पहले कई बार पानी के टब में घुसे होंगे। लेकिन जब दिमाग़ में वही सब चल रहा हो, तो टब में बैठना एक यूरेका मोमेंट हो जाता है। सिर पर सेब का गिरना एक यूरेका मोमेंट हो जाता है।

कभी कविता लिखने बैठो, तो कुछ लिखा ना जाए, और कभी कोई पूरी कविता एक क्षण में ज़हन में उतर आती है। ग़ालिब ने कहा ना कि आते हैं ग़ैब से ये मज़ामीं ख़याल में। वह ग़ैब, वह चमत्कार आख़िर क्या है? कभी तो किसी इमोशन का ऐसा आवेग होता है, जो कविता के रूप में फूट पड़ता है। कॉलेज में एक समय था, जब दिमाग़ में बहुत हलचल थी। एक सीनियर ने कहा कि तुम्हारा नाम विजेता है; लगता है कि अपने नाम को सीरियसली नहीं ले रहे आजकल। उनकी बात से धक्का लगा। लगा कि मौज-मस्ती तो हो गयी, ज़िंदगी का क्या, ख़्वाबों का क्या? कॉलेज के ग्राउंड में बैठे हुए मन से निकला -

ज़िंदगी बसर करना ही तो मक़सद नहीं
बसर तो हो जाएगी ज़िंदगी यूँ ही
कभी ग़मे-इश्क़, कभी ग़मे-रोज़गार
जीने को चाहिए कुछ और भी
फिर धुन एक नई बजती है दिल में
छाया है आवारापन फिर से वही
लोग पूछते हैं मुझसे क्यों दौड़ता है तू
मैं मुस्कुरा कर कहता हूँ यूँ ही

ज़रूरी यह नहीं कि कवि की अपनी ज़िंदगी की व्यक्तिगत ख़ुशी, दुःख या हलचल हो। वह समाज से सरोकार रखता है। वह गहनता से ऑब्ज़र्व करता है, दूसरों के मन को पढ़ लेता है। दूसरे की पीड़ा को, उसकी ख़ुशी को महसूस कर पाता है। विलियम वर्ड्सवर्थ अपनी बहन के साथ गाँव गए थे, जब उन्होंने एक औरत को खेत में फसल काटते हुए देखा, और उन्होंने कविता लिखी- 'द सोलिटरी रीपर'। निराला ने लिखी- 'वह तोड़ती पत्थर'। नागार्जुन एक बस ड्राइवर के मुच्छड़ रोबीले चेहरे के पीछे एक पिता को देख पाए, जिनकी बेटी ने अपनी चार चूड़ियाँ बस में अब्बा की नज़रों के सामने टाँग रखी थीं; जिनकी आँखों से दूधिया वात्सल्य छलक रहा था और इसे बयां करते हुए कविता लिखी- 'गुलाबी चूड़ियाँ'। इस कविता की सरलता ही इसे एक ऐसी मासूमियत देती है, कि जैसा ड्राइवर ने महसूस किया, जैसा नागार्जुन ने महसूस किया, वैसा ही भाव आपके दिल में उतर आता है। वही टिमटिमाहट आपकी आँखों में चमक जाती है- रैज़ोनैंस!

लेखक, कवि, एक्टर, संगीतकार, पेंटर जैसे आर्टिस्ट यह महसूस करते हैं। वैज्ञानिकों के लिए तो यह तस्वीर हमारे दिमाग़ में छपी हुई है- एक पागल वैज्ञानिक, अपनी ही दुनिया में खोया हुआ। लेकिन आर्टिस्ट और वैज्ञानिक के अलावा दूसरों का क्या?

क्या मोमोज़ बनाते हुए भी वो रैज़ोनैंस हो सकती है? क्या मेयोनीज़ में भी मैडिटेशन मिल सकता है? सोचिए। सुनने में मज़ाक जैसा लगता है। मैडिटेशन यानी कुछ गहरा, अध्यात्म से जुड़ा हुआ। और मैदा से बने हुए मोमोज़, रिफाइंड तेल में डीप फ्राई किए हुए, अजीनोमोटो से भरे हुए, मेयोनीज़ से सने हुए- यह साउंड करता है उपभोग के हॉलमार्क की तरह। जीभ के स्वाद को शांत करने वाला। इंद्रियों को शांत करने वाला कुछ उथला। इनका आपस में क्या मेल हो सकता है? अगर मेयोनीज़ और अजीनोमोटो ना डालें, मैदा के बजाए गेहूँ के आटे से बनाएँ, डीप फ्राई के बजाए स्टीम किए हुए हों, यानी सेहत के लिए उस तरह नुक्सानदायक

ना हों, और दुकान के बजाए घर पर बनाए हों परिवार के लिए, तो क्या मोमोज़ बनाने में मैडिटेशन हो सकता है? लेकिन बनाने की प्रक्रिया तो वही है। ऐसे में अगर गेहूँ के आटे से बने हुए मोमोज़ बनाने में मैडिटेशन हो सकता है, तो मैदा के मोमोज़ बनाने में क्यों नहीं? सोचिए।

पॉपुलर शैफ हैं- रणवीर बराड़। नीलेश मिश्रा के साथ उनका एक इंटरव्यू है। उनसे पूछा जाता है कि आपके लिए खाना क्या है। वे कहते हैं- "मेरे लिए खाना एक हमेशा इवॉल्व कर रही रिलेशनशिप है। मेरी ज़िंदगी की सबसे ज़रूरी रिलेशनशिप। आज खाना मेरे लिए एक एक्सप्रेशन है और एक ज़िम्मेदारी भी। मेरे लिए खाना अब एक प्राइमरी पार्टनर है, और मैं एक छोटा पार्टनर हूँ। मैं केवल उसका माउथपीस हूँ। दादी के आँचल से दूध और घी की गंध आती थी। और कभी-कभार इलाइची, जिसे वे दुपट्टे की पोटली में बाँध लेती थी। कभी खड़े मसालों की। अगर आपने इतने साल लगा दिए, तो इन चीज़ों को आप ऐसे ही अस्पष्ट नहीं छोड़ सकते, लेकिन पूरी तरह डिफाइन भी नहीं कर सकते। तो आप खाने को क्या ज़ुबाँ दें? मैं उसे दूसरों के दिमाग़ के लिए खुला छोड़ देता हूँ। आज खाने का मेरे लिए यह मतलब है, शायद कल कुछ और हो।"

उन्होंने यह जो बात कही, फ़िलहाल इसके मीनिंग पर मत जाइए। बस सोचिए कि क्या आपने किसी को देखा है खाने को इस तरह देखते हुए? खाने के बारे में इस तरह बात करते हुए? ऐसा कुछ महसूस करते हुए?

इसके बाद वे खाना बनाने के बारे में कहते हैं कि हरेक ऊँगली में एक रस है; रसों के घर को रसवती कहते हैं, और वहाँ से रसोई शब्द आया है। और रस एक परसेप्शन की बात है, ठीक म्यूज़िक की तरह। और जो व्यक्ति उस खाने को खाएगा, आपको उसके बारे में सोचना होगा, उसके दिमाग़ में घुसने के लिए। तो वह स्पेस बनाना जहाँ रस लिया जाता है, यह आपके दिमाग़ में होता है। और खाने वाले व्यक्ति के बारे में सोचने का यह निःस्वार्थ भाव ही इसका आधार है। उस खाने वाले व्यक्ति के साथ

आपका रिलेशन एक आधार है। इसमें कुछ सृजन करने का अंतर्निहित आनंद है।

इसके बाद रणवीर बताते हैं, कि कैसे खाना बनाना एक विशिष्ट आर्टफॉर्म है -

"मैं मूर्ति भी बनाता हूँ, पेंटिंग भी, थोड़ी बहुत कविता भी लिख लेता हूँ। लेकिन मेरे लिए अल्टीमेट एक्सप्रैशन वह है, जब कोई अपनी हरेक सैंस से कंज़्यूम कर रहा है। और मुझे गर्व होता है कि मैं उस आर्टफॉर्म से जुड़ा हूँ जिसे कोई और छू नहीं सकता। क्योंकि अब मैं तुम्हारा हिस्सा बन रहा हूँ। जैसे कहते हैं ना कि हम हैं क्या, अन्न ही तो हैं।"

फ़िलहाल इस पर मत जाइए कि क्या कविता एक बेहतर आर्टफॉर्म है, सिनेमा या फिर खाना बनाना? क्या खाना बनाने को आर्टफॉर्म कहना सही भी है? ये सभी सवाल ज़रूरी नहीं हैं। देखना यह है कि खाना बनाने को लेकर रणवीर के किस तरह के प्रबल मनोभाव हैं।

यह केवल पॉडकास्ट में कहने की बात नहीं, बल्कि वे असल ज़िंदगी से इसका एक उदाहरण देते हैं। उनके पास कई शैफ आते हैं, जो उनके साथ रेस्तरां में या किसी शो में काम करना चाहते हैं। वे तैयारी के साथ आते हैं कि कोई ज़बरदस्त मिशेलिन डिश बनाएँगे, लेकिन रणवीर उन्हें कहते हैं सिर्फ़ दाल तड़का और आलू जीरा बनाने के लिए। और इससे उन्हें पता चल जाता है कि कौन कितने पानी में है, क्योंकि जब आपको कम इंग्रेडिएंट डालने हों, तब आपकी प्रेज़ेंस और खाने के साथ आपकी रिलेशनशिप बाहर निकलकर आती है। उनका एक और इम्तिहान है- किसी से चाय बनवाना। दो लोगों को वही बर्तन, वही चूल्हा, उतना ही दूध, उतनी ही चाय पत्ती, सब एक जैसा दे दो। लेकिन चाय अलग बनेगी। क्योंकि जब चाय बन रही है, आप रिएक्ट करते हैं कि कब चाय से गंध आई, कितना काला रंग हो गया, कब दूध डालना है। इसलिए चाय एक रिफ्लेक्शन है इस बात का, कि आप कितना अच्छा रिएक्ट करते हैं उस मोमेंट में; आपकी सैंस कितनी एक्टिव हैं।

रणवीर एक सेलिब्रिटी शैफ हैं। टीवी पर उन्होंने बहुत से कुकिंग शो किए हैं। 'मास्टरशेफ इंडिया' शो पर जज रहे हैं। उन्होंने दो किताबें लिखी हैं। दो फ़िल्मों में एक्टिंग की है। आज दुनिया भर में उनके कई रेस्तरां हैं, यानी वे एक बिज़नेसमैन भी हैं। लेकिन फिर भी वे खाना बनाने के बारे में बात कर रहे हैं। अब भी कई बार वे ख़ुद खाना बनाते हैं। अपने घर में सब्ज़ियाँ उगाते हैं। वे खाने के एवोल्यूशन की बात करते हैं, कि खाना कभी भी एक जैसा नहीं रहा है, खाना इवॉल्व होता रहा है, लेकिन यह एक ऑर्गेनिक एवोल्यूशन होना चाहिए। इसका उदाहरण देते हुए वे 1850 में चले जाते हैं, जब वॉरेन हेस्टिंग्स ने किसी चीनी व्यक्ति टॉन्ग अची को चीनी की फैक्ट्री लगाने के लिए जगह दी। इसीलिए भारत में शुगर को 'चीनी' कहा जाता है। वे स्लो फ़ूड मूवमेंट की बात करते हैं, यानी खाने के उगने की बात हो या खाना बनाने की, उसे समय दिया जाए।

अब इसके विपरीत एक आदमी की कल्पना कीजिए, जिसे नौकरी छोड़नी है और इसलिए वह मोमोज़ का स्टॉल शुरू करना चाहता है। कहीं से उसने एक खाना बनाने वाले दो 'लेबर' को पकड़ा। जो चल रहा है, वही बनाने लगा। किसी भी फ़ूड स्टॉल, ढाबे या रेस्तरां में आज देख रहे हैं कि मैदे के आइटम बनाओ, ख़ूब सारा केचप डालो, 'चीज़' डाल दो, अजीनोमोटो डाल दो, भर-भर के बटर डाल दो, नमक और चीनी डाल दो, ख़ूब मसाले डाल दो। केसर रसमलाई हो, जलेबी या हरी चटनी, सब में अर्टिफिश्यल रंग डाल दो। गोल गप्पे के लाल पानी में ऑरेंज कलर वाली, कोला डाल दो। सोया चाप में ख़ूब सारा मैदा डाल दो। वह तो एक अलग ही बात है कि गोल गप्पे के पानी को तीखा बनाने के लिए थोड़ा तेज़ाब डाले जाने की भी ख़बरें आ रही हैं, और कभी यूरिया और पाम ऑयल वाले सिंथेटिक पनीर की। यह तो बिल्कुल ही ग़ैर-कानूनी होने की श्रेणी में आ गया है, लेकिन जो बाकी खाना है, उसमें भी क्या वह मक़सद, जूनून, रिलेशनशिप है जो रणवीर बराड़ की बातों में दिखता है? रत्तीभर नहीं।

तो बात यह नहीं है कि मैदा के मोमोज़ हैं या गेहूँ के आटे के, बात है उस नज़रिए की। क्या आप अद्भुत खाना बनाने का आनंद लेना चाहते हैं? क्या आपकी इसमें रुचि है कि लोग अद्भुत स्वाद का एहसास ले सकें? केवल स्वाद ही नहीं, बल्कि वह पूरा अनुभव, जिसमें खाने को सर्व करने का अंदाज़ भी शामिल है और रेस्तरां की डेकॉर भी। या फिर आपके लिए यह बस उसी पैसे की दौड़ में भागने का ज़रिया है? नज़र बदल जाए, तो नज़ारा बदल जाता है। किसी के लिए खाना बनाना सिरदर्द है, और किसी के लिए मैडिटेशन।

यही बात शिक्षा के क्षेत्र में देख सकते हैं। बायजू'ज़ कंपनी पर पैसे की धोखाधड़ी और अनैतिक सेल्स प्रैक्टिस इस्तेमाल करने के आरोप लगे। जैसे कोर्स बेचने के लिए गरीब माँ-बाप को डराया गया कि तुमने अगर कोर्स नहीं लिया तो तुम्हारे बच्चे का भविष्य बर्बाद हो जाएगा। कोटा में छात्र इंजीनियरिंग-मेडिकल एंट्रेंस की तैयारी करते हैं। अभी 04 मई की ख़बर है कि 2025 के चार महीनों में ही 14 छात्रों की आत्महत्या से मृत्यु हो चुकी है। कई सालों से यह सिलसिला चल रहा है। सिविल सर्विसेज़ की वैकेंसी 1000 से कम, लेकिन पूरे देश में 6-7 लाख छात्र यह इम्तिहान देते हैं। मुखर्जी नगर इसकी कोचिंग का एक अड्डा है, और कोटा की तरह यहाँ भी डिप्रेशन आम बात है। छात्र कई साल तैयारी में गँवा देते हैं; कबूतरखाने जैसी अँधेरी कोठरियों में रहते हैं। एक कोचिंग सेंटर की बेसमेंट में पानी भर गया, और 3 छात्रों की पानी में डूबकर मौत हो गई।

सोचिए कि पढ़ाई कैसी सुंदर चीज़ है, जिसे हम सरस्वती के रूप में पूजते हैं। लेकिन इन सब जगह पर क्या कोई सुंदरता दिखती है? यहाँ छात्रों में नया जानने की जिज्ञासा नहीं दिखती, बल्कि नौकरी, पैसे, ओहदे के लिए प्यास दिखती है। यहाँ टीचर ज्ञान का प्रकाश फैलाने के लिए उत्साहित नहीं, बल्कि रैंक निकालने के लिए, सेल्स बढ़ाने के लिए कमर कसे हुए हैं। इन इंस्टिट्यूट में टीचर की नौकरी करना उसी जेल का हिस्सा है।

जबकि पढ़ाना एक मैडिटेशन भी हो सकता है। मेरे एक दोस्त हैं, जो किसान हैं और हरियाणा के एक गाँव में रहते हैं। मैंने उनकी बेटी को फर्राटेदार इंग्लिश बोलते हुए देखा, तो हैरानी हुई। उनका बेटा स्पीड से गणित के सवाल सॉल्व कर रहा था। ऐसा कैसे? मेरे दोस्त ने बताया कि उनके गाँव में बिहार के तीन भाई आकर किराए पर रहने लगे। यहाँ गाँव के बच्चों को कम फ़ीस में ट्यूशन पढ़ाने लगे। इसी के चलते गाँव के बच्चे पढ़ाई में अच्छे हो रहे हैं; इंग्लिश बोलना सीख रहे हैं। इतना ही नहीं, ये टीचर बच्चों को कसरत भी करवाते हैं। उन्हें अच्छे संस्कार देते हैं कि गाली देना बहुत ग़लत बात होती है; किसी भी नशे से दूर रहना चाहिए। यहाँ गुरु की वह इमेज दिखती है जिसे पूजा जाता है। वे तीन भाई बच्चों की ज़िंदगी बना रहे हैं और गाँव की पूरी पीढ़ी को सँवार रहे हैं। वे एक मिशन पर निकले हुए हैं।

सरकारी स्कूल के बहुत से टीचर अपने निठल्लेपन के लिए जाने जाते हैं। उनमें कोई उत्साह नहीं है। लेकिन मेरे एक मित्र हैं, जिनके पढ़ाए हुए छात्र अब नौकरी में लग चुके हैं। ऐसे छात्र जो गरीब थे, बस्ती में रहते थे; अगर शिक्षक अच्छा नहीं होता, पढ़ाई में उनकी दिलचस्पी नहीं जगा पाता, उन्हें कोई सपने नहीं दिखा पाता, तो वे छात्र ड्रॉप-आउट कर सकते थे, बेरोज़गार होते, क्राइम में जा सकते थे। लेकिन आज उनकी नौकरी लग गई है; वे उस बस्ती की गरीबी से बाहर निकल आए हैं और सालों बाद भी अपने टीचर को भूले नहीं हैं। मेरे दोस्त के लिए पढ़ाना, मैडिटेशन है।

किसी के लिए एक्टिंग मैडिटेशन है। 'पाताल लोक' में मुख्य विलेन का रोल करने वाले एक्टर अभिषेक बनर्जी कहते हैं कि एक्टर होने के बारे में सबसे अच्छी बात यही है कि मैं अपनी सारी पर्सनल प्रॉब्लम को भूल जाता हूँ, और कुछ समय उस दुनिया में चला जाता हूँ, जो लेखक और डायरेक्टर ने बनाई है। नवाज़ुद्दीन सिद्दीकी एक इंटरव्यू में कहते हैं कि वे पैसे के लिए भी फ़िल्में करते हैं, ताकि 'मंटो' जैसी अच्छी फ़िल्म फ्री

में कर सकें। डेनियल डे लुइस एक रोल की तैयारी के लिए छः महीने जंगल में रहने चले गए। दूसरी तरफ़ ऐसे सुपरस्टार हैं, जो एक्टिंग करने की कोशिश भी नहीं करते। सैकड़ों करोड़ रुपया कमा लिया है। ख़ुद के लिए ऐसी फ़िल्म प्रोड्यूस कर सकते हैं, जिसमें उनके लिए चैलेंजिंग रोल हो, लेकिन नहीं, उन्हें ऐसी कोई तलब नहीं होती पावरफुल रोल की। उन्हें बस तलब होती है 500 करोड़ की, 600 करोड़ की। एक्टर होने के बावजूद उनका मज़ा अभी भी उपभोग और अटेंशन तक सीमित है। रुपया कमाकर लग्ज़री क्रूज़ पर जाएँ, फैंस उनका ऑटोग्राफ ले, वे अख़बारों में दिखें, उन्हें अटेंशन मिले, अवॉर्ड वे ख़ुद ख़रीद लेंगे उनके लिए बस यही सब है।

इसी तरह से किशोरी अमोनकर के लिए संगीत एक साधना हो सकती है। लेकिन दूसरी तरफ़ एक सुपरस्टार गायक हैं, जो अपनी हवाबाज़ी में बताते हैं कि कैसे उन्होंने लोगों को बेवक़ूफ़ बनाया; जो उनका हिट गाना था, उसका कोई सैंस नहीं था। ऐसे ही पाँच मिनट में कुछ भी लिख डाला था। जो जेल वाली पैसे की दौड़ है, उसके हिसाब से वे समझदार हैं और ऑडियंस बेवक़ूफ़। क्योंकि उन्होंने ख़ूब पैसा कमा लिया है। लेकिन दूसरी तरफ़ सोचा जाए तो उन्होंने इतने सालों में भी, कभी संगीत बनाने का जादू महसूस ही नहीं किया। कहते हैं कि उनके प्रेरणास्रोत ए.आर.रहमान हैं, तो फिर क्या प्रेरणा ली? रहमान ने 'रोजा', 'बॉम्बे', 'दिल से', 'स्वदेस', 'रॉकस्टार' जैसी कितनी फ़िल्मों में कितने कालजयी गाने बनाए, लेकिन इन्होंने क्या आज तक एक भी ऐसा टाइमलैस गाना बनाया है, जो दस साल बाद भी सुना जा सके? इसलिए हो सकता है कि किसी आर्टिस्ट के लिए भी कोई ऐसा रैज़ोनैंस ना हो; कोई गहरा एहसास ना हो। जबकि किसी के लिए खाना बनाना भी एक जूनून हो सकता है।

यही बात बाकी प्रोफेशन पर भी लागू होती है। मेरे भाई वक़ील हैं। एक लड़का उनके पास आया, जिसे किसी सरकारी स्कॉलरशिप पर ऑक्सफ़ोर्ड

यूनिवर्सिटी में ऐडमिशन मिला था, लेकिन किसी सरकारी बाबू ने छोटी-सी नीनमेक निकालते हुए अड़ंगा डाल दिया। मेरे भाई ने उसका केस लड़ा, और फिर से उस लड़के का नंबर लिस्ट में आया। सरकारी डिपार्टमेंट ने इस फ़ैसले के ख़िलाफ़ हाई कोर्ट में अपील कर दी। तो फिर हाई कोर्ट में भी केस जीता गया। वह लड़का आख़िरकार ऑक्सफ़ोर्ड यूनिवर्सिटी चला गया। इस तरह के जाने कितने केस में उन्होंने लोगों को न्याय दिलवाया है। पहली बात तो यह सोचकर उन्हें अच्छा लगता है कि उनकी वजह से किसी की ज़िंदगी बदल जाए। दूसरी बात यह कि उन्हें यह प्रोसेस पसंद है किसी केस की तह तक जाना, कानूनी दाँव-पेंच लड़ाना और कोर्ट में बहस करना। जबकि कोर्ट में बहुत से वक़ील हैं, जो बिल्कुल थकेले टाइप के हैं और उनकी ज़िंदगी भी इसी तरह है। उनके लिए वक़ील होना कोई ख़ास करियर नहीं।

अपने आसपास के उदाहरण इसलिए दे रहा हूँ ताकि स्टीव जॉब्स की उस मूर्ति से परे भी आप कुछ देख सकें। अपने आसपास भी देख सकें। कुछ लोग तो ऐसे ज़रूर दिखेंगे जो अपने काम में ईमानदार हैं, ख़ुद के काम पर गर्व करते हैं, और काम को बहुत एंजॉय करते हैं। इस तरह आप यह यक़ीन कर सकें कि आनंद एक संभावना है।

मेरी पत्नी एक हिंदी टीचर हैं। हिंदी सब्जैक्ट और हिंदी टीचर को बहुत बोरिंग माना जाता रहा है। लेकिन उन्होंने सोचा कि काव्य अलंकार को क्यों ना बॉलीवुड गानों के उदाहरण देकर समझाया जाए। जैसे यमक अलंकार के लिए बताया- 'सजना है मुझे सजना के लिए'। बच्चों को मज़ा आया, सब कुछ समझ आया, और फिर उन्होंने ख़ुद भी उदाहरण दिए। मेरी पत्नी का मक़सद है कि बतौर हिंदी टीचर, वे अपने स्टूडेंट्स में हिंदी साहित्य के लिए उत्साह जगा सकें।

जबकि बहुत से ऐसे हिंदी टीचर हैं, जिन्होंने नौकरी का पेपर क्लियर करने के लिए सिलेबस अच्छे से रट लिया है। लेकिन उसके अलावा आज तक

उन्होंने कोई एक उपन्यास भी नहीं पढ़ा है। सिलेबस से बाहर की कोई एक कविता नहीं पढ़ी है। उन्होंने हिंदी विषय केवल इसलिए चुना क्योंकि इसमें नौकरी लगने के उनके ज़्यादा चांस थे। उस सुपरस्टार गायक की तरह ये लोग भी गर्व महसूस करते हैं कि इन्होंने तो आज तक कुछ नहीं पढ़ाया, और फिर भी सैलरी आती रही। लेकिन इससे उन्होंने क्या पा लिया? जिस काम में उन्हें जीवन का मक़सद मिल सकता था, सुकून मिल सकता था, जूनून मिल सकता था, उस काम को वे सिर्फ़ ढो रहे हैं।

जो किसान हैं, वे खेती को ढो रहे हैं। आज के दिन शायद ही कोई खेती करना चाहता हो। जिसे नौकरी मिल जाती है, वह अपने खेत लीज़ पर दे देता है। जो खेती कर रहे हैं, उन्हें ज़बरदस्ती करनी पड़ रही है। फ़िल्मों में भले ही गाने गाए जाएँ 'मेरे देश की धरती सोना उगले', लेकिन सच यह है कि खेती में मेहनत ज़्यादा है, बचत कुछ भी नहीं। सरकार को जो कुछ करना चाहिए और सरकार कर नहीं रही, वह तो हमने चर्चा कर ली। लेकिन किसान क्या कर रहा है?

इंजीनियरिंग करने के लिए आदमी इंजीनियरिंग की पढ़ाई करता है। डॉक्टर, वक़ील, सी.ऐ , मैनेजर, संगीतकार, सब अपने फ़ील्ड की पढ़ाई करते हैं। लेकिन कभी किसान को कुछ सीखते हुए देखा है? बीज डालो, DAP डालो, यूरिया डालो, और बस हो गया। फिर एक बार कीटनाशक छिड़क दो। कटाई के बाद पराली को जला दो। ज़मीन को गर्म कर दो, कीड़ों को जला दो, मिट्टी के माइक्रो-बायोम को ख़त्म कर दो। मिट्टी के नाइट्रोजन, फॉस्फोरस, पोटैशियम, सल्फर, ऑर्गेनिक कार्बन को ख़त्म कर दो। फिर अगले साल ज़्यादा केमिकल खाद डालो। मंडी में सामान बेचने जाओ, ब्लैकमेल होते रहो। क्या किया किसान ने अपने हालात को बदलने के लिए? क्या कभी किसी कृषि मेले में जाकर किसी कृषि वैज्ञानिक से कोई मशवरा किया? क्या कभी खेती की तकनीक समझने की कोशिश की? क्या कभी फ़ूड प्रोसेसिंग का विचार उनके दिमाग़ में आया?

अभिषेक धामा दिल्ली के गाँव पल्ला के निवासी हैं। उनकी कहानी 'द बैटर इंडिया' में छपी है। अभिषेक के पिताजी खेती करते थे। लेकिन अभिषेक ने कहा कि उन्हें यह नहीं करना। किसान ख़ुद भी यह नहीं चाहते कि उनके बच्चे खेती में घुसें। अभिषेक ने इलेक्ट्रॉनिक्स एंड कम्युनिकेशन में इंजीनियरिंग की। उन्हें फिटनेस का शौक़ था। हमेशा से क्रिकेट और वॉलीबॉल खेलते रहे थे। अब उन्होंने जिम जाकर बॉडी बनानी शुरू की, तो पहली बार उन्हें न्यूट्रिशन के महत्व के बारे में पता चला। उन्हें यह तो हमेशा से पता था कि खेतों में पेस्टिसाइड का इस्तेमाल होता है, लेकिन अब इतनी रिसर्च के बाद उन्हें एहसास हुआ कि यह कितना ज़्यादा हानिकारक है। लेकिन फिर भी एक्सपर्टीज़ और अनुभव की कमी के चलते उनकी यह हिम्मत नहीं हुई कि अपने खेतों में ऑर्गेनिक फार्मिंग की शुरुआत करें। इसलिए उन्होंने सब्ज़ियों का एक छोटा-सा बगीचा बनाया। दिन रात बहुत से यूट्यूब वीडियो देखे। टमाटर, करेला, लौकी, मूली जैसी कुछ ट्रेडिशनल सब्ज़ियाँ उगाईं, और कुछ एग्ज़ॉटिक सब्ज़ियाँ जैसे ब्रॉकली और लाल लेट्यूस। अपने बगीचे में कुछ ऑर्गेनिक खाद डाली और कुछ फ़सलों का अवशेष। जब सब्ज़ियाँ उग आईं, तो उनका रंग और स्वाद मार्किट में मिलने वाली सब्ज़ियों से बहुत बेहतर था। अभिषेक को कुछ आत्मविश्वास महसूस हुआ। अब उन्होंने अपने घर के खेतों में एक्सपेरिमेंट किया। उन्होंने 'स्टीविया' उगाई, जो चीनी का एक कम कैलरी वाला विकल्प है। स्टीविया भी उग आई, लेकिन अभिषेक इसे बेचने में नाकाम रहे और नुक्सान हो गया। पड़ोसी किसानों ने बहुत मज़ाक उड़ाया। एक बार मैं अभिषेक से मिला, तो उन्होंने मुझे पर्सनली बताया था कि वे जहाँ जाते, लोग उन्हें 'स्टीविया' कहकर चिढ़ाते। लेकिन अभिषेक ने फिर एक बार कोशिश की। इस बार खेती को समझने के अलावा मार्किट को भी समझा। जो सब्ज़ियाँ अपने बगीचे में उगाई थीं, उन्हीं को उगाया। लेकिन अब पहले से भी बेहतर तरीकों से। जैसे कि अब उन्होंने ड्रिप सिंचाई शुरू कर दी। इससे हुआ यह कि पानी सीधा पौधे

की जड़ तक जाता है। 90% पानी की बचत होती है। समय कम लगता है, और इसलिए बिजली की बचत हुई। केवल पौधे के पास पानी था, इसलिए खरपतवार का उगना बहुत कम हो गया। आठ फ़ीट की दूरी पर बाँस के डंडे गाड़कर उनमें तार बाँध दिया, जहाँ लौकी की बेल चढ़ सके। इस तरह मल्टी-लेयर फार्मिंग करते हुए एक ही खेत से दो फसल ली। ये जो हवा में सब्ज़ियाँ थी, इन पर कीड़े कम आ रहे थे; ज़्यादा बारिश की वजह से कम नुक्सान हो रहा था। आज अभिषेक लाखों में कमाते हैं। क्योंकि उन्होंने खेती को ढोने के बजाए इसे एक प्रोजेक्ट बनाया, एक एडवेंचर बनाया। उसमें पूरी तरह डूब गए।

वे तो पढ़े-लिखे युवा हैं, लेकिन अब कहानी सुनिए राजस्थान के एक गाँव की औरत- संतोष पचार की। वे केवल आठवीं क्लास तक पढ़ी हैं। वे और उनके पति परेशान थे, कि उनके खेत की गाजरें टेढ़ी-मेढ़ी थी, ज़्यादा स्वाद नहीं था। उनकी इनकम इतनी कम थी, कि मुश्किल से गुज़ारा हो रहा था। संतोष ने राज्य सरकार द्वारा आयोजित किए जा रहे कृषि मेलों में जाना शुरू किया। उन्हें पता चला कि दिक्कत उनके बीज में है। जितना जो कुछ उन्हें समझ में आया, उसके आधार पर उन्होंने एक एक्सपेरिमेंट किया। गाजर के बीजों को तीन हिस्से शहद और एक हिस्से देसी घी के साथ मिलाया। जो गाजर उगी, अगली बार उन्हीं से बीज लेकर रोपा। कुछ हार्वेस्ट के बाद उनकी गाजर स्वाद, चमक और साइज़ में बहुत बेहतर थी। नतीजा यह कि उनकी सालाना कमाई 20 गुणा बढ़ गई। उन्हें बाद में पता चला कि जो उन्होंने किया, यह बीज की क्वालिटी बेहतर करने का एक साइंटिफिक तरीका है, जिसे ग्रेडिंग कहा जाता है। राज्य के कृषि अधिकारियों ने उनके बीज की टेस्टिंग की और यह डिक्लेयर किया कि यह एक नई बीज वैरायटी है, जिसे नाम दिया गया SPL 101 । संतोष को 2013 और 2017 में राष्ट्रपति द्वारा सम्मानित किया जा चुका है। आज वे 7000 किसानों को ट्रेनिंग दे चुकी हैं। हम किसान की एक तस्वीर देखने के अभ्यस्त हो चुके हैं, जो है गरीबी, बेचारगी और मजबूरी

की तस्वीर। लेकिन अब यह तस्वीर देखिए, जिसमें उत्साह है, रुचि है और मैडिटेशन है। खेती जैसे कॉमन काम जिन्हें अक्सर ज़बरदस्ती किया जाता है, उनमें भी कुछ मज़ा हो सकता है। स्पोर्ट्स तो एक ऐसा करियर है, जहाँ खेल के लिए जूनून और एक्सीलेंस भी उसी तरफ़ है- जिस तरफ़ पैसा। आप उसी क्षण में डूबकर खेलेंगे पूरी अटेंशन के साथ, आप तभी अच्छा खेलेंगे, तभी जीतेंगे; लोग तारीफ़ करेंगे, और पैसा आएगा। लेकिन अच्छा खेलने के लिए चाहिए कई सालों की रेगुलर प्रैक्टिस। अब हुआ यह कि IPL ने क्रिकेटरों को सेलिब्रिटी बना दिया है। विज्ञापन, ब्रांड डील, इंटरव्यू, करोड़ों में पैसा। बच्चा सोचता है कि खेलना ही तो है। पढ़ाई से, दफ़्तर वाली नौकरी से तो खेल अच्छा है; साथ में पैसा और फ़ेम भी है। ऐसा ही कुछ लोग फ़िल्मों के बारे में सोचते हैं।

लेकिन सच्चाई यह है कि चाहे खेल हों या फ़िल्मों में एक्टिंग करना, इनके लिए कई वर्षों की ट्रेनिंग, मेहनत और अनुशासन चाहिए। और सभी लोगों के लिए यह एक कमाई वाला प्रोफेशन नहीं बन सकता। ऐसे में कई लोग हैं, जो इसकी चकाचौंध को देखकर यहाँ आए थे; वे हताशा में डूब जाते हैं। इसीलिए बैडमिंटन चैंपियन पुलेला गोपीचंद ने कुछ महीने पहले कहा कि मिडिल क्लास माँ-बाप अपने बच्चों को स्पोर्ट्स में ना भेजें। जो लोग बड़ा नहीं कर पाते, उनके लिए ऑल्टरनेट करियर की सख़्त कमी है। जिन ओलिंपिक मैडलिस्ट को 'स्पोर्ट्स क्वोटा' वाली नौकरी मिल जाती है, उन्हें भी वहाँ अधिक सम्मान मिलने में मुश्किल होती है।

इसके विपरीत ऐसे लोग हैं, जो खेल में आए केवल खेलने के आनंद के लिए। उन्हें लगता है कि चलो, इतने दिन तो खेल का आनंद लिया; अब यहाँ से पैसा नहीं आ रहा, तो कुछ और किया जाए। साथ में हॉबी के तौर पर खेलते रहेंगे। बहुत से ऐसे अनकन्वेंशनल करियर हैं, जिनका हमने पहले ज़िक्र किया, जहाँ लोग रुचि होने पर ही उन करियर की दिशा में जाते हैं -

- पंछियों की स्टडी करने वाले ऑर्निथोलॉजिस्ट,
- फॉसिल को स्टडी करते हुए धरती का इतिहास बताने वाले पैलियोंटोलॉजिस्ट,
- धरती की खुदाई करते हुए वहाँ से मिले हुए आइटम से इतिहास का जायज़ा लेने वाले आर्कियोलॉजिस्ट,
- लिखा हुआ मैटीरियल स्टडी करने वाले इतिहासकार,
- किसी को सुनने वाले, तार्किक रूप से सोचने में मदद करने वाले और इस तरह उन्हें उनकी ज़िंदगी की उलझनों से निकालने वाले लाइफ़ कोच,
- किसी कंपनी का लोगो डिज़ाइन करने वाले डिज़ाइनर,
- कपड़ों को डिज़ाइन करने वाले फ़ैशन डिज़ाइनर,
- कोई घर या बिल्डिंग डिज़ाइन करने वाले आर्किटेक्ट,
- किसी नए क़स्बे या शहर की सड़कों, पार्क, स्कूल, मोहल्लों आदि की प्लानिंग करने वाले अर्बन प्लानर,
- फ़िल्म एडिटर,
- फ़ैशन फ़ोटोग्राफर,
- फ़ोटोजर्नलिस्ट,
- पत्रकार,
- डाटा साइंटिस्ट,
- मार्किट रिसर्चर,
- स्टैटिस्टिशियन जो सेहत, शिक्षा, रोज़गार, क्राइम, कंपनी सेल्स जैसी सब चीज़ों को संख्याओं में ढालते हैं,

- समाज और सामाजिक व्यवहार को स्टडी करने वाले समाजशास्त्री,
- पर्यावरण के लिए काम करने वाले पर्यावरणविद,

और जाने कितने सारे ऐसे करियर।

ये सभी काम ज़रूर ऐसे लगते हैं कि कोई इंसान इनमें डूबकर काम का आनंद ले सकता है। उसे जीवन में एक मक़सद मिल सकता है। लेकिन ये संभावनाएँ 'स्कोप नहीं है' के शोर में दब गईं। जेल की दौड़ में भागने के लिए इन करियर को बहुत अच्छा नहीं माना गया। मैनेजर की नौकरी में जो एक करोड़ के पैकेज की आस थी, जो IAS होने में रौब पाने की आस थी, उसने इन सभी संभावनाओं पर पानी फेर दिया। मैनेजर की नौकरी में भी कुछ ग़लत नहीं है। चाहे वह इवेंट मैनेजमेंट हो या किसी कंपनी में प्रोडक्शन मैनेजमेंट। ज़रूर ऐसे भी लोग होते हैं जिन्हें पसंद होता है सब कुछ मैनेज करना। हो सकता है कि उन्हें ऐसी नौकरी मिल जाए, जहाँ टॉक्सिक वर्क कल्चर ना हो, जहाँ वे अपनी इन्नोवेटिव सोच लगाते हैं और कंपनियों की ग्रोथ में अहम भूमिका निभाते हैं। लेकिन बात वही है कि क्या वाकई आपने अपने शौक़ के आधार पर इसे चुना; क्या वाकई आपको उस काम में आनंद आ रहा है, या आप सोमवार आते ही शनिवार का इंतज़ार करने लग जाते हैं? अगर आनंद आ रहा है, तो अच्छी बात है। यही बात IAS के साथ है। हम जानते हैं कि बहुत से ब्यूरोक्रेट्स को ऊपर की मोटी कमाई चाहिए, दूसरों की अटेंशन चाहिए। ईमानदार अधिकारी बहुत कम हैं। जो कुछ हैं, उनके हर छः महीने में ट्रांसफ़र होते रहते हैं। अशोक खेमका इस बात का एक पॉपुलर उदाहरण हैं। 34 साल के करियर में उनके 57 बार ट्रांसफ़र हुए। लेकिन इसके बावजूद कई अधिकारी हैं, जो अपने इलाके में बहुत अच्छा काम कर रहे हैं। किसी ने हैदराबाद में रीसाइक्लिंग रेवॉल्यूशन शुरू कर दिया, किसी ने सिक्किम के गाँवों तक बिजली और पानी पहुँचा दिया, किसी ने इंदौर को सबसे साफ़ शहर बनवा दिया।

IPS की बात करें, तो SP जय यादव का ज़िक्र करना बनता है। देश के कई इलाकों में आज भी कोई दलित अपनी शादी में घोड़ी पर नहीं बैठ सकता। राजस्थान के एक डिस्ट्रिक्ट में एक दलित ने कहा कि मुझे तो अपनी शादी में घोड़ी पर बैठना है। डिस्ट्रिक्ट एडमिनिस्ट्रेशन से गुहार लगाई कि भारत के संविधान ने जो अधिकार मुझे दिया है, वह अधिकार मुझे दिलवाएँ। बात पुलिस पर आई, तो जय ने सोचा कि केवल पुलिस सिक्योरिटी देने से काम नहीं चलेगा। शादी के दौरान सिक्योरिटी दे भी दी, तब भी उन लोगों को रहना तो है गाँव में ही। लोग सिविल सर्विस की तैयारी करते हुए गाँधी जी के आंदोलनों को रट लेते हैं, लेकिन जय ने गाँधी जी के तरीकों का इस्तेमाल किया। इस तरह के जो 25-30 गाँव ढूँढे गए जहाँ यह असमानता थी, वहाँ समानता समिति बनाई गई, जिसमें गाँव के सरपंच, हरेक जाति से 2 सदस्य और पुलिस अफ़सर शामिल थे। इन समिति ने पूरे गाँव में प्रचार किया, लोगों से बातचीत की और उन्हें समझाया। इसके बाद इन गाँवों में दलित युवक घोड़ी पर बैठे, डीजे पर गाने भी बजे, और हरेक जाति के लोग शादी में शामिल हुए। सोचिए कि कैसे एक पुलिस अफ़सर ने इतिहास की दिशा को बदल दिया; इन गाँवों के लोगों का वर्तमान और भविष्य सुधार दिया।

सिविल सेवा परीक्षा के इंटरव्यू में आदर्शवादी जवाब तो सब देते हैं, कि मेरे मन में देशभक्ति का जज़्बा है और मैं इस पावर का इस्तेमाल करूँगा देश को बदलने के लिए। लेकिन ये कुछ ईमानदार अफ़सर हैं, जो वाकई अपने दिल में ऐसा महसूस करते हैं। इन्हें अपने मन में तृप्ति महसूस होती है अपने काम का इम्पैक्ट देखकर।

ख़ैर, हरेक काम में आनंद नहीं हो सकता। कुछ काम ऐसे होते हैं कि उन्हें कितनी भी शिद्दत के साथ करो, फिर भी वे बोरिंग होते हैं। सोचिए कि मॉल के गेट पर खड़ा हुआ चौकीदार दरवाज़ा खोलने में भला कितना ही डूब जाएगा। पूँजीवाद के साथ मॉल आए। मॉल में रेस्तरां आए, और

उनके साथ ऐसे गेटकीपर आए, जो आपके लिए दरवाज़ा खोलेंगे। बड़े-बड़े दफ़्तर बने, उनमें रिसेप्शन डैस्क बने, और फिर रिसेप्शनिस्ट आए। सिकर दुपहर में पैट्रोल पंप पर कितनी ही ईमानदारी से पैट्रोल भरो, ऐसी कौन-सी एक्सीलेंस ले आओगे; उसमें ऐसा कौन-सा मैडिटेशन हो जाएगा। यह सब आपके साथ स्कैम कर दिया गया है।

व्हाइट कॉलर जॉब्स को भी देखें, तो जैसे हमने पहले बात की। कुछ नौकरी में आपको आपकी ह्यूमन एसैंस से दूर कर दिया जाता है। काम में कोई क्रिएटिविटी नहीं; सैलरी मिल जाती है तो कर रहे हैं, वरना उस काम की दुनिया में कोई सार्थकता नहीं। आपको प्रोडक्ट के डिज़ाइन और प्रोसेस से दूर कर दिया गया। गधा-मजूरी करवाते हुए आपको आपकी सामाजिक प्रवृति से दूर कर दिया गया। हो सकता है कि आध्यात्मिक गुरुजी इस सब में भी डूबकर परम आनंद पा सकते हों, लेकिन मैं तो कहूँगा कि ऐसी नौकरी से बाहर निकलो। टॉक्सिक पॉज़िटिविटी के शिकार मत हो कि हर चीज़ में ज़बरदस्ती सकारात्मक ढूँढो और अपनी बोरियत, अपने तनाव को ढाँपने लगो। नहीं, आनंद की खोज में वहाँ से बाहर निकलने की तैयारी शुरू करो। मैंने कॉलेज में नाटक करते हुए जो आनंद लिया, दरअसल मैं वह स्वाद स्कूल में ही ले चुका था। स्कूल में आठवीं क्लास में था, तब भी नाटक किया था। उससे पहले बचपन में भी ऐसा खेल खेला था, जहाँ हम कोई भी कैरेक्टर ले लेते थे। 'चंद्रकांता' सीरियल की एक्टिंग करते थे। बच्चों में यह आम बात होती है। डॉक्टर-डॉक्टर खेलते हैं, टीचर बन जाते हैं, शक्तिमान होने की एक्टिंग करते हैं। लेकिन समय के साथ धीरे-धीरे ये खेल छूट जाते हैं। इसलिए क्या बचपन के ख़्वाबों को इतनी अहमियत देना सही भी है, जब हमें एक्सपोज़र ही इतना कम होता है? शायद नहीं, लेकिन बड़े हो रहे किशोर और युवा भी तो समाज द्वारा कंडीशन कर दिए जाते हैं। सब लोग उन्हीं कुछ पॉपुलर करियर में से किसी एक के पीछे लग जाते हैं- इंजीनियर, डॉक्टर, मैनेजर, वक़ील, CA, टीचर। तो फिर क्या बड़े होकर लिए गए फ़ैसलों को भी तरजीह देना सही है, जब वे ख़ुद का

फ़ैसला कम, सामाजिक कंडीशनिंग ज़्यादा हैं? कौन-से सपनों की फिर बात की जाए? सवाल उठता है कि कौन-से सपने हैं जो वाकई अपने हैं। फिर से मामला घूमकर 'फ्री विल' के टॉपिक पर आ गया। लेकिन फिर से हम इसे अगली ईबुक के लिए छोड़ देते हैं। अभी बस यह बात सोचिए कि क्या कहीं आनंद महसूस हुआ? ऐसा आनंद जिसमें शांति है? क्या कोई महकता हुआ ख़्वाब मिला? क्या कहीं पर रैज़ोनैंस हुई? जब ऐसा होगा, तो वह आपको अपनी तरफ़ खींचेगा और आपके अंदर संवेग का भाव उत्पन्न होगा। सोचिए कि आपके अंदर वो संवेग है या नहीं।

❒❒

अध्याय -9

मुक्ति के मार्ग पर

अभी तक हमने बात की, कि अपनी कंडीशनिंग को पहचाना जाए, नया एक्सपोज़र लिया जाए, बहुत कुछ नया ट्राई किया जाए, अलग-अलग काम में डूबकर देखा जाए और तलाश किया जाए कि कहाँ एक आनंद है और अगर वो आनंद मिला, तो आपके अंदर संवेग उत्पन्न होगा और आप वीकैंड पर तैयारी शुरू कर देंगे।

फ़िलहाल आपने इस्तीफे को ड्राफ्ट मेल में रखा है, जिसे खोलते हैं और बंद कर देते हैं। यहाँ से निकलने के लिए तड़प है, लेकिन कहीं पहुँचने के लिए संवेग नहीं।

बुद्ध जिस तरह मुक्ति के लिए रात को घर से निकल गए थे, आप मुक्ति के लिए रात को अपने इस्तीफे की ईमेल नहीं भेज पाते। आप कहते हैं- 'अब्बा नहीं मानेंगे'। अब्बा भला क्यों मानने लगे? ये तो फ़िल्मों में होता है कि हीरो अपने पिता के सामने दिल की बात कहते हुए रुआँसा हो गया, और वे मान गए। असल ज़िंदगी में ऐसा होना मुश्किल है। जो पिता हैं, उनका अपना कुछ अलग एक्सपोज़र रहा है, और उनका एक्सपोज़र कुछ बहुत ज़्यादा नहीं रहा है। पिता बिज़नेसमैन हों, तो बच्चों को बिज़नेस करने से मना नहीं करते हैं। लेकिन अगर वे नौकरी में रहे हैं, तो उन्हें वही सही लगता है कि नौकरी से जीवन में स्टेबिलिटी आएगी। समाज ऐसे ही पिताओं से मिलकर बना है। जो समाज की सोच है, वही पिता की है। उन्हें नहीं पता ये फ़ैशन डिज़ाइनर होने के बारे में, यूट्यूबर होने के बारे में। वे किसी सफल संगीतकार को पर्सनली नहीं जानते।

तो फिर वे क्यों ऐसी किसी चीज़ के लिए मानने लगे, जो उन्हें सही नहीं लगती, जिसके बारे में उन्हें विश्वास नहीं है? सोचने की बात यह है कि आपको उनका वैलिडेशन चाहिए ही क्यों? माता-पिता का सम्मान करना एक बात है, लेकिन हर बात में उनकी अनुमति माँगने का तुक नहीं बनता, ख़ासकर अगर आप 18 साल से ज़्यादा उम्र के हैं। अगर आपको ठीक लगता है, तो आप इस्तीफे वाली ईमेल भेज दीजिए।

क्या होगा? वे आपको डाँटेंगे, तो डाँट सुन लेना। लेकिन डाँट सुनने के डर से आप अपनी ज़िंदगी में फ़ैसले ना लो - यह तो कोई बहाना नहीं हुआ। आप इसी बात को बहाने के तौर पर इस्तेमाल करने वाले हैं। यही तो होता है, ऐसा तो कोई नहीं कहता कि मुझमें हिम्मत नहीं थी। हर कोई यही बहाना तो देता है कि माँ-बाप ने नहीं करने दिया, वरना मैं जाने क्या कर देता। यह सब बहाना है, अपने डर को छुपाने का। उस जेल में तो आपका दिमाग़ भी फँसा हुआ है। आपको भी आराम चाहिए, सुविधा चाहिए और बड़ी कार चाहिए। मैंने कार नहीं ली थी। एक-दो साल की आसान किश्तों पर कार ले सकता था। लेकिन मैंने नहीं ली। दूसरी नौकरी में आ गया, तब तक भी मैंने कार नहीं ली। मोटरसाइकिल ही चलाता रहा। पहली बात तो यह कि कार, बाइक, चश्मे, जूते, महँगा फ़ोन, ऐसा कोई शौक़ नहीं रहा। जब किताबें पढ़ने में, एक्टिंग करने में, कविताएँ लिखने में इतना आनंद मिल गया, तो फिर इस सब की ज़रूरत क्यों पड़ती। अब आप कहेंगे कि अगर कार का शौक़ नहीं, तो ज़रूरत के लिए कम से कम सस्ती कार ली जा सकती थी; कंफर्ट भी आख़िर कुछ होता है। बात सही हैं, लेकिन मैं पैसा बचाना चाहता था। मैं वहाँ से निकलना चाहता था। आर्टिस्ट बनना चाहता था। पिताजी कयास लगाते रहते थे कि तुझ पर फलां दोस्त का प्रभाव पड़ गया; तुझे कॉलेज की हवा लग गई। चाहे कहीं की हवा लगी हो, फ़र्क़ क्या पड़ता है? वह सपना बचपन का फ़ितूर हो, किसी का प्रभाव हो या समाज की कंडीशनिंग हो, लेकिन ज़रूरी यह था कि सपने में एक

महक थी। सपने में एक संवेग था, और उस संवेग का अपना एक सत्य था। वह जो आनंद था, वह केवल एक शब्द नहीं बल्कि एक एहसास था, जिसे मैंने महसूस किया था। वह एहसास, वह आनंद, वह सपना, वह संवेग शायद मेरे चेहरे पर भी दिखता होगा। सभी को नहीं, तो शायद उन्हें जिनकी नज़र होगी उसे देखने की। एक दिन जब ऑफ़िस की बस से घर आ रहा था, तब एक शख़्स मेरे पास आकर बैठे। वे कंपनी में ही काम करते थे, लेकिन मैंने उन्हें पहले नहीं देखा था। उन्हें उस दिन अपने किसी दोस्त के घर जाना था, और इसलिए वे बस में आ गए थे। मेरे पास आकर बैठे। परिचय हुआ। उन्होंने बताया कि वे किस डिपार्टमेंट में काम करते हैं। फिर सहसा ही कहते हैं कि तुम क्या करना चाहते हो। मुझे कुछ समझ नहीं आया। मैंने कहा कि मैं सप्लाई चेन वाले डिपार्टमेंट में हूँ और सही लग रहा है वहाँ पर। उन्होंने कहा कि वो सब तो ठीक है, इस नौकरी के अलावा कुछ करना चाहते होगे ना। तब मैंने कहा कि हाँ, मैं एक्टिंग करना चाहता हूँ, पर आपको ऐसा कैसे लगा। उन्होंने कहा कि तुम्हें देखकर ही लगता है कि तुम कुछ तो करना चाहते हो। दरअसल वे भी कुछ ऐसा ही चाहते थे। वैसे उस समय तो वे एक प्लॉट ख़रीदना चाहते थे। कहा कि एक प्लॉट ख़रीद कर नौकरी छोड़ दूँगा। मैंने मन ही मन सोचा कि ऐसे तो छोड़ ली नौकरी आपने। मेरे नौकरी छोड़ने के समय भी वो अटके ही हुए थे। हालाँकि बाद में मुझे पता चला कि वाकई वे निकल आए। वे बिहार से थे। मुंबई में कुछ भोजपुरी फ़िल्में बन रही थीं और उनसे उन्होंने एक्टिंग करना शुरू किया। उनसे परिचय हुआ तो अच्छा लगा था। अपनी तरह के लोग ढूँढ़ लेने चाहिए। वो जो आजकल कहते हैं ना- एनर्जी, वाइब्रेशन, मैनिफेस्टेशन, अफर्मेशन, वे सब बकवास की बातें हैं; सब छद्म-विज्ञान है। पिछली ईबुक 'पावर ऑफ़ यूनिवर्स' में बहुत डिटेल में उस पर बात की थी। लेकिन अगर सुपरनैचुरल को हटाकर, हम इसे मनोवैज्ञानिक नज़रिए से देखें, तो एक सरल बात निकल कर आती है। जिस चीज़ से दिमाग़ को घेरे रहोगे, वह चीज़ दिमाग़ में घर कर जाती है।

पाश ने अपनी कविता में कहा था कि शैल्फ़ में पड़े इतिहास ग्रंथों को सपने नहीं आते। इतिहास ग्रंथों का मुझे पक्का नहीं है लेकिन मैं यक़ीनन तौर पर यह कह सकता हूँ कि इन्क्रीमेंट, महँगाई भत्ता, ट्रेवल अलाउंस, सहकर्मियों की चुगलियाँ, दफ़्तर के काम को लेकर क्रिबिंग, कार और फ़ोन के मॉडल की चर्चा में फँसे हुए लोगों को सपने नहीं आते। जेल वाली दौड़ की जो आकांक्षाएँ हैं, लालच है, उस सब को कोई सपना कहे तो अलग बात है; मर्सिडीज़ लेने का सपना और वही सब। लेकिन जहाँ बात हो ऐसे सपनों की, जिनमें कुछ स्वप्निल हो, जिनमें अद्भुत महक हो, जिनसे रोम-रोम खिल जाए, जो सपने कहलाने के लायक हों, वे सपने कॉर्पोरेट स्लेव को नहीं आते। मैं कॉर्पोरेट में काम कर रहा था, लेकिन मुझे ग़ुलाम नहीं बनना था। जिस तरह दलदल में धीरे-धीरे इंसान धँसता जाता है, मुझे उस माहौल में उस तरह नहीं धँसना था। यह बात ध्यान में रखनी होती है। अपने जैसे कुछ लोगों से मिलना इसके लिए एक अच्छा रिमाइंडर होता है। और कुछ तो रिमाइंडर उस असीम आनंद का भी होना चाहिए।

मैं दोस्तों की कार में बैठता था, अब तो फ़्लाइट में बैठ रहा था, बड़े होटलों में ठहरता था, महँगे रेस्तरां में खाना खा रहा था, यह सब मज़ेदार था, लेकिन उस आनंद के सामने फीका था। ऐसा इसलिए क्योंकि कॉलेज में पिछले साल ही वह आनंद मैंने लिया था। उसकी स्मृति मेरे दिमाग़ में अभी तक ताज़ा थी। कुछ सालों में वह स्मृति फीकी पड़ जाएगी, हरेक स्मृति की तरह। वह सब एक अफ़साना बनकर रह जाएगा। नहीं, मैं ऐसा नहीं होने दूँगा। मुझे वही चाहिए। साठ साल की उम्र में नहीं, अभी चाहिए। पूरी ज़िंदगी के लिए चाहिए। लेकिन होगा कैसे? क्या जेब में कुछ रुपए लेकर मुंबई भाग जाऊँगा? हाँ, क्यों नहीं? पिताजी डाँटते रहेंगे, लेकिन मैं उनके हाथ नहीं आऊँगा। एक दिन मैं यहाँ से भाग जाऊँगा। इसीलिए मैं रुपए इकट्ठे कर रहा था। सोचा कि उस आनंद का आस्वादन फिर से किया जाए। नौकरी छोड़ने का माहौल तो अभी कुछ समय बाद ही बन पाएगा।

लेकिन यहीं रहते हुए क्यों ना नाटक किया जाए? ओह, लेकिन सुबह से शाम की नौकरी में रहते हुए थिएटर ग्रुप की रिहर्सल में जाना कैसे संभव हो पाएगा? ऐसा भी नहीं कि ऑफ़िस दिल्ली के ITO पर हो; साढ़े पाँच बजे ऑफ़िस से निकलूँ, और शाम को छः बजे मंडी हाउस पहुँच जाऊँ, जहाँ नाटक होते रहते हैं; उधर ही कहीं आसपास रिहर्सल होते हैं। मेरा ऑफ़िस तो गुडगाँव में था। घर आते हुए 7:30 बज जाते थे।

लेकिन कोई बात नहीं। किसी थिएटर ग्रुप में शामिल होने के बजाए मैं ख़ुद नाटक तैयार करता हूँ। लेकिन दूसरे एक्टर कहाँ से आएँगे? छोड़ो, मैं एक सोलो प्ले यानी एकल नाटक करता हूँ, जिसमें मैं अकेला एक्टर रहूँगा। ऐसे नाटक की स्क्रिप्ट कहाँ से आएगी? ढूँढ़ा तो सामने आई एडगर ऐलन पो की एक कहानी - 'द टैल टेल हार्ट', यानी सब कहानी बता देने वाला एक दिल। इसमें एक आदमी था, जो एक बूढ़े की आँख से इतना ज़्यादा डरता है कि उसका मर्डर करने का प्लान बना लेता है। काम शुरू किया गया। मैं एक्टर, मैं डायरैक्टर, और सैट डिज़ाइनर? वो भी मैं ही था। मैंने नाटक का नाम रखा- 'द वल्चर आई', यानी गिद्ध के जैसी आँख। कई दिन तक रिहर्सल किया। इसमें मैंने मर्डर सीन के बाद एक गाना रखा, जिसे मेरे एक दोस्त ने अपनी आवाज़ में गाकर मुझे भेज दिया। एक दोस्त ने नाटक के लिए पोस्टर बना दिया। नाटक कहाँ किया जाए? दिल्ली के अलग-अलग ऑडिटोरियम में बात की। ज़्यादातर स्पेस कुछ महँगे थे, लेकिन आख़िरकार लोधी रोड पर 'एलयॉन्स फ्रैन्सेस' का ऑडिटोरियम 5000 रुपए में मिल गया।

टिकट तैयार करना, बुक माय शो पर डालना, टैक्स आदि काम मुझे नहीं पता था। इसलिए मैंने एंट्री पास बना दिए फ्री एंट्री के लिए। एक वीकैंड पर मंडी हाउस और दिल्ली यूनिवर्सिटी में घूमा। अजनबी लोगों से बात की; उन्हें नाटक के बारे में बताया; जिन्होंने दिलचस्पी दिखाई, उन्हें एंट्री पास दे दिया। दोस्तों को और ऑफ़िस में भी बताया। एक दिन ऑफ़िस से जल्दी

निकल कर ऑडिटोरियम में गया। उनकी सभी लाइट्स को देखा। नाटक के हिसाब से एक लाइटिंग प्लान बना दिया, और यह अपनी गर्लफ्रैंड को दे दिया कि नाटक की इस लाइन पर इस नंबर की लाइट को जला देना है। मेरे बॉस अपने परिवार के साथ आए और मेरे एक सीनियर भी। दोस्त आए, मेरे पेरेंट्स आए, और पिताजी के दो दोस्त भी।

नाटक में कई थीम अंतर्निहित थीं। ऑथोरिटी, पागलपन, क्राइम, विवेक, अपराध बोध। गहन कला की ख़ासियत यह होती है कि किनारे पर बैठकर आप इतने तीव्र भाव को महसूस करते हैं, बशर्ते नाटक करने वाले वह रैज़ोनैंस उत्पन्न कर सकें; और ऐसा हुआ। फिर से वही जादू, वही मैडिटेशन, वही सम्मोहन, ऑडियंस में ख़ामोशी। 55 मिनट का नाटक था, ऑडियंस पूरी तरह विस्मित थी।

मेरे पिताजी और उनके दोस्तों को भी नाटक बहुत पसंद आया। हालाँकि उनके लिए सबसे कमाल की बात यह थी कि कोई इंसान किसी कागज़ से देखे बिना लगातार 55 मिनट अंग्रेज़ी कैसे बोल सकता है। ख़ैर, वजह जो भी रही हो, लेकिन नाटक का उन पर ऐसा प्रभाव पड़ा कि मेरे पिताजी ने अगले दिन मुझे कहा- "तेरे अंकल मुझे कह रहे थे कि इसे जो करना है, वह करने दो। तू किसी एक्टिंग कॉलेज की बात कर रहा था ना? देख ले एक बार उसका फॉर्म भर कर"।

यह तो चमत्कार हो गया। पिताजी मान गए। क्या बात है! यह तो फ़िल्मी कहानी हो गई। मैंने नैशनल स्कूल ऑफ़ ड्रामा और फ़िल्म इंस्टिट्यूट पुणे का फॉर्म भर दिया और तैयारी करने लगा। अब पिताजी फिर से कहने लगे कि छोड़, कहाँ इस सब चक्कर में पड़ेगा। मैंने कहा कि फॉर्म भर दिया तो इम्तिहान दे ही देता हूँ।

यह कोई सिविल सर्विसेज़ का इम्तिहान नहीं था, कि हर कोई फॉर्म तो भर ही देता है। यहाँ जिस किसी ने फॉर्म भरा हुआ हो, हर कोई अत्यंत सीरियस होता है। सीट कुल मिलाकर 20-25 थीं, जिनमें जनरल सीट

केवल 12-13 थीं। लेकिन पिताजी कहे जा रहे थे कि छोड़ इसे, कुछ नहीं रखा इसमें। मैंने कहा कि इसके ज़रिए मेरे लिए बॉलीवुड की राह आसान हो जाएगी, वरना ऐसे ही मुंबई गया, तो यह काफ़ी मुश्किल होगा। यह सुनते ही पिताजी भड़क गए कि एक्टिंग स्कूल तक तो बात फिर भी ठीक थी, लेकिन मुंबई की सड़कों पर ऐसे ही सड़कछाप की तरह भटकना, मैं ऐसा सोच भी कैसे सकता था। यह क्या बात हुई! एक कवि कोई बात नहीं सोच पाएगा, तो कौन सोचेगा? कवि भले ही मिडिल क्लास में पैदा हुआ हो, वह फिर भी कवि होता है।

मुंबई में स्ट्रगल करने की बात तो फिर भी लाखों लोग सोच लेते हैं, लेकिन कवि तो अज्ञातवास की बात भी सोच लेता है। मैंने बैग पैक किया; कहा कि कंपनी प्लांट विज़िट के लिए भेज रही है कुछ दिनों के लिए। लेकिन मोटरसाइकिल पर प्लांट विज़िट? हाँ, मोटरसाइकिल एक दोस्त के घर पर खड़ी कर दूँगा, और वहाँ से एयरपोर्ट चला जाऊँगा।

ऐसा कहकर मैं दोस्त के फ़्लैट के लिए निकल लिया, जो गुड़गाँव में MBA कर रहा था और वहाँ अपने दोस्तों के साथ किराए पर रहता था। विक्रम की ही बात कर रहा हूँ। क़रीबन दो हफ़्ते के लिए मैं वहाँ पर आ गया। थोड़ा इमोशनल हुआ कि पहली बार झूठ बोलकर घर से बाहर जा रहा हूँ, लेकिन फिर लगा कि इतना इमोशनल होने की बात नहीं है। किसी भी डिस्ट्रैक्शन को हटाकर तैयारी का समय है। फ़िल्म इंस्टिट्यूट पुणे वाला पहला लिखित राउंड काफ़ी ख़राब गया था। मैंने बहुत सिनेमा देखा था, लेकिन मुझे नहीं पता था कि 'द हाउसहोल्डर' 1963 की एक हिंदी फ़िल्म है, जिसमें शशि कपूर ने लीड रोल किया है। इस तरह 'मैच द फॉलोइंग' में मैंने कई मिसमैच कर दिए थे। थोड़ी उम्मीद फिर भी थी, क्योंकि सब्जैक्टिव सवालों के जवाब मैंने बहुत शानदार लिखे थे। यह छोटी सी आशा एक असलियत बन गई; पहला राउंड क्लियर हो चुका था, और अब ऑडिशन वाला दूसरा राउंड था।

विक्रम का फ़्लैट मेरे ऑफ़िस से 30-40 मिनट दूर था। ऑफ़िस से वापस आते ही मैं रिहर्सल शुरू कर देता था। नैशनल स्कूल ऑफ़ ड्रामा के ऑडिशन के लिए मैंने मोहन राकेश के नाटक 'लहरों के राजहंस' से एक पैसेज लिया था। फ़िल्म इंस्टिट्यूट पुणे के लिए 'वदरिंग हाइट्स' का एक पैसेज जहाँ हीथक्लिफ़ कैथरीन को याद करता है। पहाड़ों में, पेड़ों में, आसपास के लोगों में उसे कैथरीन का चेहरा दिखता है, जो उस पर हँसता है। ऑडिशन में परफ़ॉर्म करते हुए मेरी आँखों के कोनों से आँसू निकल आए। आज भी उसे याद करते हुए रोम-रोम में कंपन होती है। अक्सर असल ज़िंदगी में हम एक अहंकार का कवच लगाए हुए रहते हैं। जिन बातों को कहना हो, हम उन बातों को नहीं कहते हैं। शर्माते हैं, ज़ब्त करते हैं या छुपाते हैं। एहसासों पर नकेल कस देते हैं यह कहते हुए कि मुझे किसी से फ़र्क़ नहीं पड़ता। ख़ुद के अहंकार की रक्षा में हम ख़ुद को इमोशनली डिटैच कर लेते हैं। ज़िंदगी एक नाटक की तरह चलती है, और देखिए कि कैसे कभी एक नाटक हमें ज़िंदा कर देता है। एक किरदार के माध्यम से हम वह सब महसूस करते हैं, बयां करते हैं, एहसासों के किसी भीतरी धरातल को छू लेते हैं। जी हाँ, यह एक कैथार्सिस के जैसा था। मैं अंदर तक हिल गया था।

ज्यूरी मेंबर्स ने बैठने के लिए कहा। ख़ुद को व्यवस्थित करने के लिए उन्होंने मुझे दो पल का समय दिया। उसके बाद कुछ सवाल किए। मैंने उन्हें दंगे-फसाद को लेकर एक नज़्म सुनाई।

बता किसकी इबादत तू करता है ज़ाहिद
तेरा मौला वो जो जीता या जो हार गया

मंदिर मस्ज़िद में अब किसी ढूँढ़ते हो गुलफ़ाम
उसे कल कोई दंगे-फसाद में मार गया

ज्यूरी मेंबर्स को नज़्म बहुत पसंद आई। मुझे पक्का विश्वास था कि यह राउंड क्लियर हो जाएगा, और यह हुआ भी।

तीसरा राउंड था- वर्कशॉप जो 4-5 दिन चलती है। उसके लिए पुणे पहुँचा। उनमें से एक ज्यूरी मेंबर यहाँ भी थे। उन्होंने मुझे पहचान लिया और कहा कि वाह, क्या नज़्म सुनाई थी तुमने; मैं चाहता हूँ कि सभी को सुनाओ। मैंने सुनाई, लेकिन एक गेस्ट मेंबर को वह रास ना आई। बोले कि इतने भारी-भरकम उर्दू शब्द क्यों लिखे; मेरे पिताजी हिंदुस्तानी में लिखा करते थे; तुम भी हिंदुस्तानी में लिखा करो।

मुझे जवाब देना चाहिए था- ओके सर, लेकिन मैंने कहा कि सर, मैं कोई कविता शुद्ध हिंदी में लिखता हूँ, कोई अंग्रेज़ी में, कोई उर्दू तो कोई हिंदुस्तानी में। कविता अपने शब्दों को चुनती है।

मेरी बात को एक बहस की तरह समझा गया। ग्रुप कॉर्डिनेटर ने मुझे पीछे से चुप रहने का इशारा किया, तो मैं चुप हो गया। ये ग्रुप कॉर्डिनेटर वही थे, जो हमारे ग्रुप के लिए पनौती बन गए थे। 60 लोग इस राउंड के लिए चयनित हुए थे, जिन्हें 20-20 के तीन ग्रुप में बाँटा गया था। ग्रुप कॉर्डिनेटर हमें एक्टिविटी देते, और जैसे ही हम लोग कुछ करते, वे लानतें भेजना शुरू कर देते। हाहाहा। महसूस हो रहा था कि ये तो लुटिया डूब गई। पाँच दिन बाद फ़ाइनल रिज़ल्ट सुनाया गया, तो उसमें कुछ ऐसा ही निकला। बाकी 40 लोगों में से 21 का चयन हो गया, और हमारे 20 के ग्रुप में से केवल 2 लोगों का।

ख़ैर, कोई बात नहीं। लगा कि मुझे ही ज़्यादा तैयारी करनी चाहिए थी। नैशनल स्कूल ऑफ़ ड्रामा में भी चयन नहीं हो पाया। उन्होंने कहा था कि कुछ गाकर सुनाओ, और मैंने बहुत बेसुरा गाया था। मुझे गाना नहीं आता था। सोचा कि चलो, अगले साल सही। फिर लगा कि नहीं, अगले साल तो नहीं। मैं बहुत जल्दी में रहता था। फ़ैसला किया कि मुंबई तो जाना है।

लेकिन अब पिताजी को क्या कहूँगा? माँ तो मेरे सपनों के साथ खड़ी रही हैं। वे कहती रही हैं कि जो कुछ करेगा, अच्छा ही करेगा। लेकिन पिताजी

के लिए केवल IAS अच्छा था। किसी तरह एक दिन उन्होंने कह दिया था कि चलो, देख लो एक्टिंग कॉलेज का। लेकिन अब तो वे कहेंगे कि देखो, मैंने तुम्हें इजाज़त दे दी थी कि थोड़ी-सी खिड़की खोल लो अपने सपनों की। लेकिन अब तुम्हारा सलैक्शन नहीं हुआ तो चुपचाप नौकरी करो; सड़कछाप बनने की बात भी मत करना।

ठीक है, मैं बात करूँगा ही नहीं। मैंने और भाई ने मिलकर फ़ैसला किया कि पिताजी को बताएँगे ही नहीं कि सलैक्शन नहीं हुआ; झूठ बोल देंगे कि सलैक्शन हो गया है। क्योंकि अगर सच बोलकर आया तो लड़ाई कर के ही आना पड़ेगा। लड़ाई भी बस दो दिन की नहीं होगी। पिताजी हर तीन दिन में पूछते रहेंगे कि किसी फ़िल्म में कोई रोल मिला क्या। मायानगरी का संघर्ष अपने आप में पहाड़ जैसा है। इसके साथ मैं उनकी टेंशन को नहीं सँभाल सकता। फ़ैसला कर लिया कि मैं दो-तीन महीने में नौकरी से निकल कर मुंबई पहुँच जाऊँगा।

इस बीच गर्लफ्रैंड से ब्रेकअप हो गया था। क्या वजह रही, जाने दो। अब किसी लड़की से सोशल मीडिया पर बात हुई। उसने कहा कि मैं तो तुम्हें 8 साल से प्यार करती हूँ; कभी किसी और के बारे में सोच नहीं सकी, लेकिन तुमसे कभी कह ना सकी। उफ़, ऐसी दीवानगी, और सोचो कि मैं कहाँ भटक रहा था। फ़ोन पर बातें होने लगी। सपने देखे जाने लगे कि हमारा घर कैसा होगा। वह किसी शहर में वक़ालत की पढ़ाई कर रही थी। फ़ोन पर बात होते हुए क़रीबन दो महीने हो चुके होंगे। अब वह छुट्टियों के लिए वापस घर आ रही थी। मेरा दिल धक-धक कर रहा था। मैं ऑफ़िस बैग में एक कूल शर्ट लेकर गया। लंच के समय शर्ट बदली, और अपनी बाइक पर एयरपोर्ट पहुँच गया उसे रिसीव करने। चॉकलेट और फूल लेकर। अब मैंने बताया कि मैं नौकरी छोड़ने वाला हूँ। उसने कहा कि ठीक है, मेरे माँ-बाप आने वाले होंगे, अब तुम जाओ। मैं मुस्कुराता हुआ वहाँ से निकला।

जल्द ही वह मुस्कान गायब हो गई, जब अगले दिन उसने फ़ोन नहीं उठाया, किसी मैसेज का जवाब नहीं आया तो मैंने बार-बार मैसेज करते हुए ज़ोर दिया कि बात तो बताओ, क्या हुआ। उसने कहा कि बस मेरा-तुम्हारा हो गया; नौकरी छोड़ने वाले को मेरे माँ-बाप स्वीकार नहीं करेंगे।

मैंने कहा कि जब मेरे पिताजी ही मेरे नौकरी छोड़ने को स्वीकार नहीं कर सकते, तो तुम्हारे पिताजी से क्या उम्मीद करूँ? तुम बताओ, तुम क्या चाहती हो। उसने कहा कि मैं माँ-बाप के ख़िलाफ़ नहीं जा सकती। बस यही थी आठ साल की दीवानगी?

ख़ैर, सपनों के पीछे नहीं जाने का ठीकरा जब माँ-बाप पर फोड़ा जाता है, तो इश्क़ को छोड़ने के लिए भी माँ-बाप की दुहाई ज़रूर दी जा सकती है। उसके मन में तो जेल वाली दौड़ थी। वह उस दौड़ में तेज़ भागी; अच्छा ओहदा पा लिया, और एक अमीर बिज़नेसमैन से शादी कर ली। अच्छा हुआ कि उसके दिमाग़ में कोई कंफ्यूज़न नहीं थी। कुछ दिनों में वह कोई बहाना बनाकर ब्रेक-अप करती, इससे अच्छा है कि उसने मुझे साफ़ कह दिया।

क्या मैंने अपने सपने की वजह से प्यार को खो दिया? नहीं। इसके विपरीत मुझे डर लगता है यह सोचकर कि क्या होता अगर मेरा नौकरी छोड़ने का प्लान नहीं होता; मुझे और शायद उसे भी उसकी दीवानगी का खोखलापन कभी समझ नहीं आता, और मैं उससे शादी ही कर लेता? अच्छा है कि अभी मामला क्लियर हो गया।

अब क्या मैं उससे बदला लेने के लिए, उसको दिखाने के लिए सुपरस्टार बनूँगा? फ़िल्मों में और इंस्टा रील्स पर यह सब ख़ूब चलता है कि वह सुपरस्टार बन गया, बहुत अमीर हो गया, तो फिर लड़की को एहसास हुआ। कहा जाता है कि इस तरह सक्सेस ही सबसे अच्छा बदला होती है। ऐसे बेवक़ूफ़ी भरे हुए फ़ितूर मेरे दिमाग़ में नहीं उठते। मैं यह बोझ लेकर

नहीं चलता कि किसी को कुछ दिखाना है, या मुझे माँ-बाप का नाम रौशन करना है। जिसे अपना नाम रौशन करना हो, वह अपनी नेमप्लेट पर एक लाइट लगा ले। मुझे जो करना है, ख़ुद के लिए करना है। जो कोई इस ख़ुशी में शामिल हो सके, अच्छी बात है।

मेरे बॉस मेरी ख़ुशी में शामिल थे। अभी मैं कोई सुपरस्टार नहीं बना था, लेकिन सपनों के पीछे जाना ही अपने आप में ख़ुशी की बात है, अगर कोई इस ख़ुशी को महसूस कर सके। मैंने ऑफ़िस में नोटिस दे दिया था। बॉस को यही बताया था कि मैं मुंबई जा रहा हूँ। आधी दुनिया को यह सच पता था, यानी वे लोग जो मेरे संपर्क में थे। आधी दुनिया को पता था कि मैं फ़िल्म स्कूल जा रहा हूँ, यानी वे लोग जो मेरे माँ-बाप के संपर्क में थे। फैलने दो झूठ; कभी झूठ का भांडा फूटेगा, तो वह सही; कौन-सी बड़ी बात है! लोग थोड़ा जज कर लेंगे कि यह तो बहुत झूठा इंसान है। हाहाहाहा, करने दो। मैं ख़ुद ही सभी को यह बात बता दूँगा, कि मैं जेल से चोरी-छुपे निकला। आज पहली बार ख़ुद से यह बात सभी के सामने बता भी रहा हूँ।

ये पर्सनल बातें नहीं हैं। ये मेरी, आपकी और हम सभी की बातें हैं। इस पर बात होनी ही चाहिए, वरना लोग कैसे जेल से निकल पाएँगे, कैसे नौकरी छोड़ पाएँगे और कैसे सपनों की नगरी आबाद होगी।

□□

अध्याय -10

विजेता दहिया के साहसिक कारनामे

सपनों की नगरी में भारी भीड़ थी। अच्छी बात यह है कि मेरे भाई उस समय मुंबई में ही नौकरी कर रहे थे। इसलिए रहने का ठिकाना पहले से था। और वह भी नवी मुंबई में, जो बाकी मुंबई की तरह भीड़ वाला इलाका नहीं था। वहाँ बेलापुर का पहाड़ था, जिसके ऊपर एक मंदिर था। कभी-कभार मैं वहाँ बाइक लेकर पहुँच जाता था, अपना कैमरा लिए हुए। मैंने नया कैमरा ख़रीद लिया था। उसके बाद भी अकाउंट में ठीक-ठाक पैसा था। ज़रूरत पड़ी तो मुंबई में कोई नौकरी ले सकता था, ताकि शाम को और वीकेंड पर ऑडिशन के लिए जा सकूँ। लेकिन फ़िलहाल ज़रूरत नहीं थी। अभी मैं एक फ़ीचर फ़िल्म की स्क्रिप्ट लिख रहा था- 'एक थी माया'। किताबें पढ़ रहा था। ऑडिशंस में जा रहा था।

मुंबई आने से पहले लगा था कि सीधे ऑडिशन में जाओ, परफ़ॉर्म करो, और बढ़िया रोल पाओ। सीधा क्लियर-कट मामला है। लेकिन बात ऐसी थी नहीं। जो मुख्य किरदार होते थे, उनकी कास्टिंग पहले ही हो चुकी होती थी। ऑडिशन होते थे उन रोल के लिए, जहाँ कोई भीड़ में खड़ा है, कोई डायलॉग नहीं, और बस 10 सैकेंड के लिए किसी फ्रेम में दिख रहा है। या फिर किसी बिस्कुट, चॉकलेट आदि के विज्ञापन के लिए।

डायलॉग कोई नहीं है, लेकिन ऑडिशन में आपसे आधे पेज की स्क्रिप्ट सुनी जाएगी। ख़ैर, मैं करता था, लेकिन एक और समस्या थी। कहीं पर ऑडिशन की लाइन लंबी हो जाए, तो अंदर से एक व्यक्ति आता, और

पूरी लाइन में छँटनी कर देता। आप रुको, आप रुको, आप जाओ, आप भी जाओ, आप रुको। अक्सर मैं उनमें होता, जिन्हें जाने के लिए कह दिया जाता। मैं हैरत में सोचता कि मैं तो कास्टिंग कॉल के पोस्टर में उम्र और ऊँचाई जैसी सब कंडीशंस को देखकर ही आया था; इन्हें मेरे चेहरे में ऐसा क्या लगा कि मैं बिस्कुट के विज्ञापन के लिए सही नहीं हूँ? क्या है मेरे चेहरे में कि मुझे चॉकलेट खाते हुए देखकर लोगों का मन ना करे? एक दोस्त ने इसका ऐसा स्पष्टीकरण दिया कि दिल ख़ुश हो गया। उसने कहा कि तेरा चेहरा हीरो वाला है; तू साइड में होगा तो लोग हीरो को नहीं देखेंगे। दिल के बहलाने को यह ख़्याल अच्छा था।

इस दोस्त ने एक और बात कही, जो पहले ही कई लोग मुझे बता चुके थे। हर कोई इस अंदाज़ में कहता था जैसे कि वह बात उन्हीं को पता हो, और वे मुझे बहुत बड़ा सीक्रेट बता रहे हों। दबी हुई आवाज़ में कहते थे कि फ़िल्म इंडस्ट्री में कॉन्टैक्ट्स चलते हैं; सब नैटवर्किंग का मामला है; अपने कॉन्टैक्ट्स बनाओ। अब मैं सोचूँ कि मैं तो कॉन्टैक्ट्स बना लूँ, लेकिन कोई मुझसे तो कॉन्टैक्ट नहीं बनाना चाहता ना; मैं तो एक स्ट्रगलिंग एक्टर हूँ। फिर भी पृथ्वी थिएटर जाता। कोशिश करता।

यह सब अजीब लगता था, जैसे वो मजरूह सुल्तानपुरी का शे'र है-

हम हैं मता-ए-कूचा-ओ-बाज़ार की तरह
उठती है हर निगाह ख़रीदार की तरह।

फिर मैंने एक फ़ेमस थिएटर ग्रुप जॉइन कर लिया, जिनके शो मैंने देखे थे। मैंने ग्रुप के एक सदस्य से पूछा था। उसने डायरेक्टर से पूछा; फिर मुझे आकर कहा कि ठीक है, रिहर्सल पर आ जाना। डायरेक्टर ने मुझसे सीधे परिचय करने की भी ज़रूरत नहीं समझी। ना ही ग्रुप के दूसरे सदस्यों ने।

अजीब लगा, पर जाकर साइड में बैठ गया। रिहर्सल देखने लगा। फिर मुझे एक असिस्टेंट के साथ लगा दिया गया फ़ोटोकॉपी के काम में।

एक बार सुबह के समय चाय के कप धोने का काम दे दिया। कप धोने में कोई समस्या नहीं है, लेकिन कोई रोल नहीं, कोई लर्निंग नहीं। केवल कप धोने के लिए तो मैंने थिएटर ग्रुप जॉइन नहीं किया था। कप तो मैं घर पर भी धो रहा था। जो लड़का असिस्टेंट था, वह बेचारा एक साल से यही सब कर रहा था। एक और लड़के को दो साल बाद अब छोटा-सा रोल मिला था, वो भी एक नाटक में।

यह तो नहीं चलेगा। मैंने कोशिश की, कि अपना पार्टिसिपेशन बढ़ाऊँ; डायरेक्टर की नज़रों में आऊँ। लेकिन डायरेक्टर तो 'गुड इवनिंग' का जवाब भी देने को तैयार नहीं। मैंने एक कागज़ पर उनके एक नाटक के बारे में कुछ लिखा। ऐसे ही एक सुन्दर विश्लेषण जैसा। इसी से तो उन्हें लगेगा ना कि यह क्रिएटिव इंसान है। लेकिन उन्होंने अपने एक एक्टर के ज़रिए मेरे लिए फ़रमान भेजा- घर जाओ, शो के दिन पर तुम्हें बैकस्टेज करने के लिए बुलाएँगे। मैंने उनके किसी नाटक का एनालिसिस किया, तो उस पर क्रिएटिव चर्चा होनी चाहिए थी। लेकिन यह क्या हुआ? उन्होंने तो बिल्कुल ही अछूत जैसा व्यवहार कर दिया। फिर शो के दिन असिस्टेंट का फ़ोन आया कि बैकस्टेज करने के लिए आ जाओ। मैंने कहा कि भाड़ में जाओ। बिल्कुल इन शब्दों में नहीं, लेकिन मतलब यही था। क्यों जाऊँ मैं एक दिन बैकस्टेज करने के लिए!

'मैं बस जेब में कुछ रुपए लेकर मुंबई चला आया' - यह बात सितारों के इंटरव्यू में गप्पबाज़ी के लिए बढ़िया है। लेकिन असल में नौकरी छोड़ने से पहले बेहतर है कि कुछ दिन के लिए ऑफ़िस से छुट्टी लेकर किसी फ़ील्ड का आईडिया ले लिया जाए। पहले से प्लान कर लेना अच्छा है। लेकिन

यह भी याद रखिए कि जितनी भी आप प्लानिंग करें, फ़ील्ड पर जाने के बाद कुछ ना कुछ गड़बड़ मिलेगी ही। सब कुछ प्लान नहीं किया जा सकता। लेकिन कुछ प्लानिंग कर लेनी चाहिए।

एक तो ऑडिशन बकवास रोल के लिए; ऊपर से ये सब फ़िल्में भी इतनी बकवास। मुझे लगा कि एक बार बड़े परदे पर दिखकर भी क्या ही हो जाना है। बचपन से साहित्य पढ़ा है, वर्ल्ड सिनेमा देखा है, कुछ क्वालिटी वाला करने की सोच है, इसलिए किसी अच्छी फ़िल्म में कुछ अच्छा ही रोल करना चाहिए। लेकिन जहाँ किसी फ़िल्म में छोटा सा रोल मिलना दुश्वार था, वहाँ मैं सोचूँ कि फ़िल्म मेरी पसंद की हो- यह तो मज़ाकिया बात हो गई।

इसी सब के चलते भाई ने कहा कि फ़िल्ममेकिंग सीख ले; उन्होंने कहा, "बचपन में बच्चा तो डायरेक्शन नहीं समझ पाता, उसे तो बस स्क्रीन पर एक्टर दिखते हैं, इसलिए तूने केवल एक्टर बनने का सोचा, लेकिन तू फ़िल्मों के बारे में इतने जूनून से बात करता है; तेरा दिमाग़ वैसा क्रिएटिव है, कि जब तू लिखता है, तो पूरी पिक्चर को इमेजिन कर के लिखता है। ख़ुद से फ़िल्म बना और फिर एक्टिंग करना।" मुझे लगा कि बात तो सही है। इसीलिए हैंडीकैम ख़रीदा था। एक वर्कशॉप जॉइन की, जिसमें कुछ 7-8 क्लास थीं, जिनसे फ़िल्ममेकिंग की बहुत बेसिक समझ हो जाए। एक तीन मिनट की फ़िल्म बनाई; ख़ुद से शूट की और एडिट की। इसमें बस यही था कि किसी की बाइक में पंक्चर हो जाता है; वह उसे पंक्चर वाले के पास ले जाता है, और वह पंक्चर लगाता है। यह कॉन्टिनुइटी सीखने के लिए असाइनमेंट मिला था। मैंने फ़िल्म का नाम रखा था 'टायर टायर फिश'।

फ़िल्म वर्कशॉप में केवल हम 7-8 लोग थे, और यह वीकेंड पर मुंबई के किसी कॉलेज के एक क्लासरूम में होती थी। वर्कशॉप के दोस्तों ने फ़िल्म की तारीफ़ की।

अब लगा कि मुंबई में तो सब कुछ किराए का है। यहाँ कैसे फ़िल्म बनाई जाएगी? वापस चला जाए। वहाँ दिल्ली-हरियाणा में तो अपना घर है, गाँव है, परिवार है, रिश्तेदार हैं, दोस्त हैं। सत्यजीत रे ने भी तो ऐसे ही पहली फ़िल्म बनाई थी।

उसी समय भाई का दिल्ली रुख करने का मूड हो गया था; दिल्ली में नौकरी लग गई थी; वे भी वापस घर आ गए। लेकिन मैं घर कैसे जाऊँ? मैंने तो यह कह रखा है कि मैं पुणे फ़िल्म इंस्टिट्यूट में हूँ। तो मैंने घर से कुछ किलोमीटर दूर एक फ़्लैट किराए पर ले लिया। फिर से अज्ञातवास में रहने लगा। बस भाई मुझसे कई बार शाम को मिलने आता रहता था। दोस्तों की पार्टी हो जाती थी। उस समय पर मुझे ज़्यादा कुछ खाना बनाना आता नहीं था। खाना बनाने के लिए किसी को रखा जाए? लगता था कि ज़्यादा पैसा खर्च होगा, और ऊपर से आटा, दाल, चावल, सब्ज़ियाँ ख़रीदना भी भारी काम लगता था। इसलिए आसपास के सस्ते ढाबे पर खा लेता था।

एक दिन फ़्लैट के पास ही टेंट लगा हुआ था, तो ढाबे पर जाने के बजाए शादी में खाने का मन हो गया। प्लेट में शाही पनीर डाल रहा था, कि तभी पीछे से आवाज़ आई- विजेता। मेरे हाथ जम गए। मुड़कर देखा तो वहाँ मेरी मामी थीं। उन्होंने हालचाल पूछा; फिर कहा कि मम्मी-पापा भी आए हैं क्या। दरअसल मैं तो ऐसे ही अनजान शादी में घुस गया था, लेकिन बाद में पता चला कि जिनके घर शादी थी, वे लोग हमें भी थोड़ा-बहुत जानते थे। इसलिए मामी को लगा कि मैं निमंत्रण पर ही आया हूँ। मैंने

कहा- कि नहीं, मम्मी-पापा नहीं हैं; मैं एक दोस्त के साथ आया हूँ। उन्होंने पूछा कि पुणे में फ़िल्म कोर्स कैसा चल रहा है। मैंने कहा कि सब बढ़िया है, अभी दो दिन के लिए दिल्ली आया हुआ हूँ।

कुछ दिन बाद उन्होंने मेरी माँ को फ़ोन कर बातों-बातों में यह बता दिया। मेरी माँ ने मुझे फ़ोन किया और पूछा, कि तू दिल्ली आया था? अब मैंने बहाना बनाया कि दिल्ली में कोई दो दिन का शूट था, हम बहुत जल्दी में थे इसलिए शादी देखी और वहीं पर खाना खा लिया। फ़्लाइट के लिए लेट हो जाते; इसलिए मैं घर नहीं आ सका। लगा कि अगली बार से ढाबे पर खाना ही सही है।

फ़्लैट के सामने की सड़क खुदी हुई थी। कभी मोटर से पानी नहीं चढ़ता था, तो मैं प्लंबर को बुलाता था। ऐसे समय बहुत कम पानी में पूरा दिन निकालना पड़ जाता था। काफ़ी गरीबी वाला जीवन जी रहा था। पीछे देखते हुए यह लगता है कि वह कितना संघर्ष भरा समय था, लेकिन आप इमोशनल ना हों। क्योंकि दरअसल मुझे इतनी ज़्यादा कोई तकलीफ़ थी नहीं। वह एक बहुत ही क्रिएटिव पीरियड था। उस समय एक महीना लगाकर अपनी पहली फ़ीचर फ़िल्म 'दरारें' की स्क्रिप्ट लिखी। नॉवेल पढ़े। कहानियाँ लिखी, कविताएँ लिखी। पैसे कमाने की ज़रूरत महसूस हुई, तो कभी एक कोचिंग सेंटर में पार्ट-टाइम पढ़ाने लगा। किसी स्कूल में बच्चों के लिए थिएटर वर्कशॉप ली। छोटे बच्चों को 'द विज़ार्ड ऑफ़ ओज़' पर एक नाटक करवाया; बड़े बच्चों को चार्ल्स डिकेंस के 'क्रिसमस कैरल' पर। एक बार कॉलेज के छात्रों का एक नाटक तैयार करवाया 'हरा गुलाब'। उनकी कल्चरल फैस्ट के लिए।

एक NGO को नुक्कड़ नाटक चाहिए था हिमाचल सरकार के सेहत मेला में ख़ुद को रिप्रेज़ेंट करने के लिए। मैंने कुछ लोगों को इकट्ठा किया; नुक्कड़

नाटक करने गए। कभी सोचा नहीं था कि थिएटर जैसे गरीब मीडियम से भी रुपया कमाया जा सकता है।

फिर जोधपुर की एक NGO के वॉलन्टियर्स के लिए पाँच दिन की फ़िल्ममेकिंग वर्कशॉप की, ताकि वे डॉक्यूमेंट्री बना सकें।

वहाँ साउथ कोरिया के कोई डॉक्यूमेंट्री मेकर बाल विवाह पर डॉक्यूमेंट्री शूट करने आए हुए थे। मैंने उनको असिस्ट किया। बाद में यह डॉक्यूमेंट्री साउथ कोरिया के एक नैशनल टीवी चैनल पर स्क्रीन हुई। वहाँ लोगों ने मुझे टीवी पर देखा।

इस तरह सर्वाइवल किया। इसी दौरान एक और लड़की से फेसबुक पर बात शुरू हुई। उनकी एक दोस्त मेरे एक पड़ोस के इलाके से थी। उन्होंने, उन्हें मेरे बारे में बताया था, कि मैं दिल्ली कॉलेज ऑफ़ इंजीनियरिंग से पढ़ा हूँ, और अभी फ़िल्म इंस्टिट्यूट में हूँ। उन्होंने मुझे फेसबुक पर ढूँढ़ा। यह नहीं बताया कि वे कहीं से मेरे बारे में जानती हैं। उन्होंने कहा कि आप फेसबुक पर शायरी लिखते हो; इसलिए बात करने का मन हुआ। उनसे मैसेंजर पर बात हुई; फिर फ़ोन पर होने लगी।

मैं बेवजह झूठ नहीं बोलता। इसलिए मैंने उन्हें बताया कि मैंने नौकरी छोड़ी। माँ-बाप को कहा कि मैं पुणे फ़िल्म इंस्टिट्यूट में जा रहा हूँ। लेकिन मैं मुंबई गया, और अब वापस आकर अपनी फ़िल्म बनाने की कोशिश में हूँ। उन्होंने कहा कि आपको सलाम है; कोई अपने सपनों के लिए इतना पागल कैसे हो सकता है, कि अपना अच्छा-ख़ासा कंफर्टेबल जीवन छोड़कर इस तरह रहे। जिस बात पर किसी ने ठुकराया था, उसी बात से प्रभावित होकर किसी ने अपनाया। हमारे बीच प्यार हो गया। दो साल बाद उनसे शादी हो गई। अब जब यह लिख रहा हूँ, तो वे पास बैठकर कॉफ़ी पी रही हैं।

उस समय पर मैंने 'दरारें' की स्क्रिप्ट लिख लेने के बाद फ़िल्म के लिए कास्टिंग शुरू की। सोचा कि कैमरा के साथ-साथ रोल करना मुश्किल होगा। इस फ़िल्म में दूसरों को करने दो। कास्टिंग कॉल के पोस्टर बनाकर, दिल्ली और रोहतक के कॉलेजों में चिपकाए। लोग ऑडिशन के लिए आए। मैंने ऑडिशन में तीन राउंड रखे थे- एक्टिंग, मूवमेंट और सुनने-समझने की क्षमता। एक्टर अटक जाते, तो मैं उन्हें फिर से कई चांस देता। समझाता कि यह गड़बड़ है; थोड़ा इसे सही करते हुए फिर से करो। इस तरह एक्टर चुने गए। फिर एक दिन हीरो भाग गया। वह चंडीगढ़ के एक्टिंग इंस्टिट्यूट से कोर्स कर रहा था, जिससे साफ़ लगता था कि वह एक्टिंग के लिए सीरियस था। लेकिन फिर भी जाने क्यों उसने अचानक से मना कर दिया।

फिर एक और हीरो मिला। लेकिन कुछ समय बाद उसने कहा कि मुझे काउंसिलर के चुनाव लड़ने हैं, और जो लोग मुझ पर पैसा लगा रहे हैं, वे कहते हैं कि एक्टिंग करने से मेरी इमेज सीरियस नहीं रहेगी। वह भी जाता रहा। फिर से कोई तीसरा हीरो मिल सकता था, लेकिन बाकी रोल, लोकेशंस, प्रॉप्स- सब कुछ इकट्ठा करना मुश्किल हो रहा था, क्योंकि माँ-बाप, रिश्तेदार और उनके पूरे सर्किल में बात यही थी कि मैं तो फ़िल्म इंस्टिट्यूट पुणे में हूँ।

लगा कि सर्वाइवल से काम नहीं चलेगा। कम बजट पर फ़िल्म बनाने के लिए भी कुछ बजट तो चाहिए। फिर से कुछ ठीक-ठाक कमाना होगा। बिज़नेस को लेकर उस समय कोई सोच नहीं थी। मीडिया में एंट्री लेने का ज़्यादा कुछ पता नहीं था। सरकारी नौकरी का फॉर्म भरा- कंबाइंड ग्रेजुएट लैवल एग्ज़ाम (CGLE). जब प्रीलिम्स दिया, तब तक भी क्लियर नहीं था कि इम्तिहान देना है या नहीं। इसलिए कोई तैयारी नहीं की थी। फिर

भी प्रीलिम्स क्लियर हो गया। पढ़ाई में होशियार होना किसी ना किसी तरह हमेशा फ़ायदेमंद ही होता है।

अब घर पर एक दिन सब बता ही दिया। पिताजी के लिए यह शॉकिंग था। लेकिन इस शॉक को एब्ज़ॉर्ब करने का काम किया इस बात ने, कि मेरा सरकारी नौकरी का प्रीलिम्स क्लियर हो चुका है। यह भी उनके लिए हैरत की बात थी, कि मेरे जैसा कोई सरकारी नौकरी का सोचे। अगले चार महीने मैंने मुख्य परीक्षा की तैयारी की; इंटरव्यू दिया। 'जवाब कुंजी' से सवालों के जवाब देख लिए थे। यह बात साफ़ थी कि सलैक्शन हो जाएगा। अब मैं एक हफ़्ता हरियाणा की एक सांग मंडली के साथ रहा। गोहाना के पास किसी गाँव की चौपाल में वे रुके हुए थे। प्रोग्राम शाम के समय होता था। पहली बार मैंने सांग में एक छोटा-सा रोल भी किया।

उसी समय रिज़ल्ट आया, और पता चला कि सरकारी नौकरी में सलैक्शन हो गया है। लाखों लोग यह इम्तिहान देते हैं। मेरी 357 रैंक आई थी। जॉइनिंग में कुछ 7-8 महीने का टाइम था। भाई ने सोशल वर्क में MA किया हुआ था। अब उन्होंने एक प्रोजेक्ट शुरू किया, कि दिल्ली देहात इलाके की जो लड़कियाँ और औरतें हैं, उनमें से कई कोचिंग लेने के लिए शहर में नहीं जा पाती। इस वजह से उन्हें रोज़गार नहीं मिल पाता। बेरोज़गारी की वजह से उनका सामाजिक स्तर नहीं उठ पाता। इसलिए विचार किया कि किसी गाँव की चौपाल में ही मुफ़्त कोचिंग दी जाए प्राइमरी टीचर के रिक्रूटमेंट इम्तिहान के लिए। आस-पास के गाँवों से 80 लड़कियाँ वहाँ पढ़ने के लिए आने लगीं। भाई ने सामान्य ज्ञान और शिक्षण-शास्त्र पढ़ाया। मैं गणित और इंग्लिश पढ़ा रहा था। दो महीने तक कोचिंग दी गई। उनमें से 15-16 लड़कियों का प्राइमरी टीचर पद पर सलैक्शन हो गया। कुछ और लड़कियों का सलैक्शन अगले साल हो

गया। 15 अगस्त के दिन भाई की और मेरी फ़ोटो अख़बार में छपी। एक NGO का प्रोजेक्ट था कि हरियाणा के 15 स्कूलों और कॉलेजों में एक नुक्कड़ नाटक करना है। भाई ने नाटक लिखा- 'जमूरे का ब्याह'। उन्होंने जमूरे का रोल किया और मैंने उस्ताद का। कुछ परफ़ॉरमैंस में हमने आपस में रोल रिवर्स किए। हम कुल 6 एक्टर थे, जिनमें एक मेरी नयी गर्लफ्रैंड भी थी। जहाँ भी परफ़ॉर्म कर रहे थे, टीचर्स और स्टूडेंट्स, सभी से तारीफ़ सुनने को मिल रही थी। लेकिन सोनीपत के एक कॉलेज में बहुत हुड़दंग करने वाले छात्र थे, जिन्हें बस हूटिंग करनी थी। फिर भी हमने नाटक जारी रखा। नुक्कड़ नाटक में एक्टर्स की एनर्जी का बहुत रोल होता है। आख़िरकार हम उन लड़कों को भी एंगेज करने में सफल हुए। उन लड़कों ने भी तालियाँ बजाईं। एक लड़के ने मेरे पास आकर कहा कि हमें माफ़ कीजिए, हमने बहुत हुड़दंग किया, लेकिन आप रुके नहीं और आप लोगों ने हमें चुप करवा ही दिया; इस नाटक से वाकई आज मेरी आँखें खुली हैं; अब मैं किसी भी लड़की के साथ बेहतर व्यवहार करूँगा।

यह हमारे लिए एक बहुत बड़ा कॉम्पलीमेंट था, कि कोई अजनबी ख़ुद से पास आए और ऐसा कहे। मैंने सोचा कि क्या एक नाटक या एक फ़िल्म काफ़ी है किसी का नज़रिया बदलने के लिए? मुझे लगता है कि यह सवाल तो बाद में आता है; पहले आर्टिस्ट कोशिश तो करे ऐसी पावरफुल आर्ट बनाने की। आजकल सब कुछ 'क्या चलेगा' के शोर में ही गुम हो गया है।

दिल में एक हूक-सी उठने लगी थी, कि अभी 'दरारें' ना सही, लेकिन कुछ तो बनाया जाए। फ़ीचर फ़िल्म ना सही, तो एक शॉर्ट फ़िल्म बनाई जाए। भाई और मैं पास के अग्रवाल स्वीट्स पर कुछ खा रहे थे। एक बूढ़ी औरत दुकान पर आई, और उन्होंने गोल गप्पे माँगे। 15 रुपए प्लेट। उन्होंने कहा कि उनके पास दस रुपए ही थे, और उनका खाने का बहुत मन है। दुकान वाले ने जाने सहानुभूति दिखाई या 'कस्टमर रिटेंशन' पॉलिसी

अपनाई; जो भी हो, उसने दस रुपए में ही गोल गप्पे का टोकन दे दिया। हम दोनों यह देख रहे थे। हमने सोचा कि क्या होता अगर वह टोकन नहीं देता? वह बेचारी बूढ़ी औरत यहाँ से मरे हुए मन से जाती, और सोचो कि तभी उसके साथ सड़क दुर्घटना हो जाती। तब इस दुकानदार को कितना अपराध बोध होता! क्या उस बुढ़िया का भूत इसके पीछे लग जाता?

यहाँ से शुरुआत हुई मेरी शॉर्ट फ़िल्म 'एक प्लेट चाऊमीन' की। मैंने फटाफट स्क्रिप्ट लिखी। हैंडीकैम मेरे पास था ही। अब उसके लिए एक ब्लूटूथ माइक भी ख़रीद लिया। दुकानदार का रोल भाई ने किया; अभी उनकी शादी हो चुकी थी; मेरी भाभी ने दुकानदार की पत्नी का रोल किया। माँ को बूढ़ी औरत के रोल के लिए मनाया। अग्रवाल स्वीट्स के जो मालिक थे, उन भाईसाब को कहा कि आपकी दुकान पर एक दिन शूट करेंगे। वे हमारी तरह क्रांतिकारी विचारों वाले व्यक्ति थे; कविताएँ पढ़ते थे; उनके साथ अच्छी बातचीत थी। उन्होंने कहा कि पूछना क्या है, आपकी दुकान है; जब चाहो, आप करो।

लेकिन घर पर कैसे शूट करें? पिताजी हल्ला करेंगे। घर पर सभी रात वाले सीन थे, और रात को वे घर पर ही होते थे। खिड़कियों पर पर्दे और अख़बार लगाकर दिन को रात बना दिया। अपने ही घर में छुपकर शूटिंग करनी पड़ी।

कार एक्सीडेंट कैसे दिखाएँ? मुझे बहुत बेसिक एडिटिंग आती थी। VFX का कुछ भी आईडिया नहीं था। इसलिए यह यूट्यूब से सीखकर किया। ट्राइपॉड पर कैमरा लगाकर पहले एक्टर को सड़क पार करते हुए शूट किया। उसके बाद बिल्कुल उसी कैमरा पोज़ीशन से कार का जाना शूट किया। फिर इन दोनों फुटेज को एडिटिंग सॉफ्टवेयर में ओवरलैप करते हुए कुछ-कुछ किया। एडिटिंग सॉफ्टवेयर ट्रायल वर्ज़न वाला था। पूरी फ़िल्म इस तरह जुगाड़ से बनी थी।

कहानी की वजह से लोगों को फ़िल्म पसंद आई। वरना फ़िल्म के लुक में काफ़ी कमियाँ थी और साउंड में भी। इससे सीखने का मौका मिला, कि 'दरारें' बनाते हुए इस तरह की गलतियाँ ना हों। कुछ यूट्यूब वीडियो देखने शुरू किए, ताकि फ़िल्ममेकिंग को अच्छे से समझा जा सके। लाइटिंग का महत्व समझ में आया। फ़िल्में देखना तो जारी था ही।

बहरहाल, अब सरकारी नौकरी में जॉइनिंग का टाइम आ चुका था।

□□

अध्याय -11

आग जलती रहनी चाहिए

मैं विदेश मंत्रालय में असिस्टेंट सैक्शन ऑफ़िसर के पद पर नियुक्त हुआ।

इसके दो महीने बाद मेरी शादी हो गई। सिंपल प्रोग्राम था। न कोई दहेज लिया; न ही 25-30 लाख रुपए की शादी, न एक लाख का लहँगा, न 50 हज़ार की शेरवानी। मैंने धोती-कुर्ता पहना हुआ था। मेरी पत्नी ने किसी फ़िल्म में अनुष्का शर्मा को कोई लहँगा पहने हुए देखा था। लोकल बुटीक पर जाकर वह फ़ोटो दिखा दिया। उन्होंने वैसा ही बना दिया। एक सरकारी कम्युनिटी हॉल, जहाँ क़रीबी लोगों की उपस्थिति में रस्म, रिवाज़, सगाई, फेरे, सब हो गए। जो हमारे अपार्टमेंट में पंडित जी हैं, उन्हीं ने यह सब करवाया। हमारे फैमिली हलवाई ने शुद्ध देसी घी में सेहतमंद और ख़ूब स्वादिष्ट खाना तैयार करवाया था। शाम के 6-7 बजे तक विदाई हो गई। विदाई उसी मोटरसाइकिल पर हुई, जो मैं उस समय चलाता था।

अगले दिन शाम की पार्टी हुई दोस्तों के साथ। इस दिन के लिए मेरी पत्नी ने गाउन डिज़ाइन करवाया था, और मैंने कोट-पैंट पहना था। हम दोनों के स्कूल-कॉलेज के दोस्त थे। रैनबैक्सी वाले बॉस और विदेश मंत्रालय के नए-नए दोस्त भी आए थे।

पहले ऊँट पर बैठे हुए हम दोनों की एंट्री हुई। मेरी शॉर्ट फ़िल्म 'एक प्लेट चाऊमीन' की स्क्रीनिंग हुई। खाना-पीना, नाचना, बातें, हँसी-मज़ाक। इस दिन कोई स्टेज नहीं लगाया हुआ था, क्योंकि मेरी पत्नी और मैं भी इधर-उधर घूमते हुए एंजॉय करना चाहते थे। जिसे हमारे साथ फ़ोटो क्लिक करवाना हो, तो वह हमसे आकर मिल ले। फ़ोटोग्राफर को समझा

दिया था कि शादी कैमरा के लिए नहीं है, बल्कि कैमरा, शादी के लिए है। इसलिए किसी को पोज़ करने को मत बोलो। ख़ुद को साइड में रखकर नैचुरल फ़ोटो क्लिक करते रहो।

नए सरकारी ऑफ़िस का माहौल बहुत सरकारी था। अख़बार में एक बच्चों का चुटकुला आता है- टीचर पूछता है कि सरकार क्या होती है; छात्र कहता है कि सरक सरक के चलने वाली कार को सरकार कहते हैं। यह चुटकुला एक कड़वी सच्चाई बताता है। आप इमेजिन कर रहे होंगे कि सरकारी नौकरी मतलब कुर्सी पर बैठकर कोई इंसान फाइलों में उलझा हुआ, और एक ही तरह का काम। आप ऐसा सोचते हैं, तो सही सोच रहे हैं। ऐसा ही कुछ था।

मैंने काम को स्मार्ट तरीके से करना शुरू किया। टैम्पलेट टाइप काम को माइक्रोसॉफ्ट एक्सेल में शिफ्ट किया, ताकि बार-बार किया जाने वाला वह रेगुलर काम जिसमें एक घंटा लग जाता है, अब वह 5 मिनट में हो जाता था, और कहीं ज़्यादा एक्यूरेसी के साथ। जिस काम में तीन महीने का पत्राचार होता था, इधर से उधर सरकारी लैटर जाते थे, वहाँ मैंने सरकारी फ़ोन का सही उपयोग करना शुरू किया। लैटर पर लिखे हुए फ़ोन नंबर पर फ़ोन किया; सारा मामला डिस्कस कर लिया, और फिर एक फ़ाइनल लैटर भेज दिया।

सरकारी नौकरी में कई लोगों का मंत्र होता है- 'बने रहो पगला, काम करेगा अगला'। वह अगला इंसान मैं ही होता था। लेकिन मुझे लगता था कि अच्छा है, काम ईमानदारी से किया जाए। पहली बात तो यह कि इस काम की ही तंख़्वाह मिलती है, और दूसरी बात कि जब ऑफ़िस जाना ही है, काम करना ही है, तो काम अच्छे से कर लिया जाए। अच्छे से काम करने का इनाम भी मिला। एक इनाम था ज़्यादा काम, और दूसरा यह कि कभी छुट्टी माँगो तो छुट्टी मिलने में मुश्किल क्योंकि अब बहुत सारा काम आप पर निर्भर है। बॉस ढर्रे पर चलने वाले और खड़ूस टाइप के आदमी थी। काम ख़त्म करने पर नॉवेल पढ़ने लगो तो उस पर भी टोक देते थे।

हालाँकि बॉस के बॉस और उनके ऊपर के बॉस यानी डेप्युटी सैक्रेटरी और जॉइंट सैक्रेटरी बहुत तारीफ़ करते थे। एक बार जॉइंट सैक्रेटरी ने कहा कि तुम यहाँ क्या कर रहे हो; तुम्हारा लैवल इस काम से कहीं ज़्यादा है। सरकारी नौकरी ही करनी है तो सिविल सर्विस का एग्ज़ाम देकर क्लास-1 में क्यों नहीं आ जाते। उन्हें मैंने अपने आर्टिस्ट होने के बारे में बताया। 'एक प्लेट चाऊमीन' के बारे में बताया।

एक और जॉइंट सैक्रेटरी के बारे में पता चला कि उनकी लिखी हुई नॉवेल 'क्यू एंड ए' पर डैनी बॉयल ने फ़िल्म बनाई थी- 'स्लमडॉग मिलिनेयर', जिसे 8 ऑस्कर अवॉर्ड मिले थे। यह सुनकर अच्छा लगा कि अपनी आर्टिस्ट कौम के भी कुछ लोग तो यहाँ हैं। ट्रेनिंग के दौरान इन नियमों को ध्यान से समझा कि आप साथ में कुछ क्रिएटिव काम कैसे कर सकते हो। अगर उसमें पैसा जुड़ा हुआ नहीं है, तब तो यह किसी भी हॉबी के जैसा हुआ। लेकिन अगर पैसा भी जुड़ा हुआ है, तब भी आप कुछ क्रिएटिव काम कर सकते हो, बशर्ते वह एक रेगुलर इनकम वाला काम ना बने। सितम्बर में हिंदी दिवस के आसपास हिंदी पखवाड़ा होता था, जहाँ कविता प्रतियोगिता, निबंध प्रतियोगिता, डिबेट आदि इवेंट होते थे। उनमें पार्टिसिपेट किया और कई इनाम भी जीते। एक बार विदेश मंत्री सुषमा स्वराज से सर्टिफ़िकेट लिया। इन इवेंट में अपने जैसे कुछ और क्रिएटिव लोग मिले, जिनसे दोस्ती हुई। कभी वे मुझे अपनी कविताएँ सुनाते, और कभी मैं उन्हें अपनी कहानी सुनाता।

क्रिएटिव दोस्तों के अलावा एक और हमारा देसी क्लब था, जिसमें हम 5-6 दोस्त थे। कई बार मैं उनके साथ लंच करता था, या कभी उनके साथ शाम की चाय पीता था। ये लोग हर समय हँसी-मज़ाक करते रहते थे, और मेरे लिए एक कवच का काम करते थे। मुझको बचाते थे, उस सरकारी माहौल से।

लोग विदेश मंत्रालय में हैं, लेकिन भारत की विदेश नीति में उनकी कोई रुचि नहीं। समाज और राजनीति की चर्चा उनके लिए व्यर्थ है। सिनेमा, संगीत, उनके लिए टाइमपास चीज़ हैं। कहानी, कविता, थिएटर, पेंटिंग

और फ़िलॉसफ़ी तो भूल ही जाओ। दफ़्तर की बिल्डिंग के बाहर कोई म्यूज़ियम है, लेकिन सालों तक नौकरी करने के बाद भी क्या मजाल कि वे एक बार भी वहाँ गए हों। अपने काम को लेकर भी उनमें कोई उत्साह नहीं। उनकी चर्चा थी- अपने बॉस और अपने विभाग के सहकर्मियों को लेकर झुँझलाहट।

बहुत से सैक्शन ऑफ़िसर ऐसे थे जो क्लर्क की पोज़ीशन से 20 साल में प्रमोट होकर, सैक्शन ऑफ़िसर बने थे। उनमें से कई लोगों को काम करना आता नहीं था; घबराए हुए रहते थे। और बहुत से सैक्शन में यह भी सच था कि एक आलसी इंसान हैं, जो पगला बना हुआ है, और काम अगले को करना पड़ता है। इसलिए सच कहूँ तो कई बार उनकी झुँझलाहट के जायज़ कारण होते थे, लेकिन एक ही टाइप की बातें आप कितनी बार करोगे। इसके बाद उनकी चर्चा के टॉपिक थे- DA (महँगाई भत्ता), ट्रैवल अलाउंस, इंक्रीमेंट, वेतन आयोग, पेंशन।

एक बार लंच के दौरान ऐसे ही मेरे दिमाग़ में आया कि प्रणब मुखर्जी साउथ ब्लॉक में रहे (विदेश मंत्री), सामने नॉर्थ ब्लॉक में रहे (वित्त मंत्री), उन्हें जाना चाहिए था इधर (पी.एम.ओ.) लेकिन उधर चले गए (राष्ट्रपति भवन)। सरकारी दफ़्तर के माहौल में लिप्त एक सहकर्मी ने झट से कहा- बढ़िया ही हुआ उनके लिए। मैं सोच में पड़ गया। एक आदमी जो प्रधानमंत्री बन सकता था, उसे राष्ट्रपति बना दिया जाए, यह बढ़िया कैसे हुआ? नॉर्मली, कोई भी व्यक्ति राष्ट्रपति बनने के बजाए प्रधानमंत्री बनना ही तो पसंद करेगा। मैंने सोचा कि इन महाश्य की बात का क्या गहरा अर्थ हो सकता है। समझ नहीं आया। उनसे पूछा तो उन्होंने कहा कि प्रधानमंत्री बनने में तो दुनिया भर के झंझट हैं; राष्ट्रपति को तो सरकारी खर्चे पर विदेश यात्रा करनी हैं और अपना DA, TA कलैक्ट करना है। मौज ही मौज है।

उफ़! ये तो मैंने सोचा ही नहीं कि DA, TA ही तो जीवन का परम सत्य है। उनकी परम दृष्टि के आगे मैंने हाथ जोड़ लिए।

सरकारी नौकरी की रिक्रूटमेंट प्रोसेस में बदलाव होना चाहिए; क्लर्कों की भर्ती के लिए एक कॉमन इम्तिहान ठीक है, लेकिन क्लास-1 और क्लास-2 नौकरियों के लिए कॉमन इम्तिहान बंद हों। हरेक मंत्रालय अपनी अलग वैकेंसी निकाले। मिनिस्ट्री ऑफ़ कल्चर में वे लोग हों, जिन्हें कल्चर में दिलचस्पी हो। विदेश मंत्रालय में वे हों, जो अलग-अलग देशों का भूगोल, इतिहास, राजनीति जानते हों; डिप्लोमैसी समझते हों। डाक विभाग में वे लोग हों, जिन्हें पत्र लेखन में कुछ ख़ूबसूरत दिखता हो। IPS वे लोग बनें, जिन्हें कानून की कुछ जानकारी हो। सरकारी प्रोसेस को एफिशिएंट बनाया जाए। अभी ऐसा था कि अगर कोई काम नहीं करे, तो काम में देरी की सज़ा नहीं मिलती, लेकिन कोई कुछ ग़लती कर दे, तो सज़ा होती है- इस चीज़ को बदला जाए। इस तरह हरेक सरकारी विभाग में एक डायनामिज़्म आए और यह सरकारी दफ़्तर का माहौल बदले। 'सरकारी' शब्द से जुड़ी हुई कोनोटेशन बदले।

लेकिन फ़िलहाल कंसर्न यह था कि यह सरकारी माहौल कहीं मुझे ना बदल दे। मेरे साथ जिन्होंने जॉइन किया, उनमें से बहुत से लोग होशियार, मेहनती और ईमानदार लोग थे, लेकिन धीरे-धीरे टिपिकल सरकारी बाबू बनते जा रहे थे। वही 'टैक्सी ड्राइवर' फ़िल्म वाली बात कि एक आदमी अपनी नौकरी बन जाता है। मुझे ख़ुद को बचाकर रखना था। अपने अंदर के आर्टिस्ट को ज़िंदा रखना था।

इसलिए एक तो मैं रहता था, क्रिएटिव दोस्तों के साथ, दूसरा देसी क्लब के साथ, और तीसरा ख़ुद के साथ। अकेले घूमने-फिरने में जो अटपटा महसूस होता है, हिचक होती है कि कोई टोक देगा कि अकेले क्यों घूम रहे हो, उस फ़ीलिंग से मैंने स्कूल के समय ही निजात पा ली थी। स्कूल में, कॉलेज में, पहली नौकरी में और अब यहाँ- मैं कई बार अकेले घूमता था। हरेक जगह दोस्त भी रहे; उनके साथ भी घूमना-फिरना, मस्ती करना चलता रहा, लेकिन मैं अकेले भी घूमता था।

बचपन से मेरे दिमाग़ में हमेशा कुछ चलता रहता था, जिसे मैं रोकना भी नहीं चाहता था। क्योंकि उसमें एक गहराई थी, एक आनंद था। फिर हिंदी सिलेबस में एक पाठ पढ़ा- हिम्मत और ज़िंदगी, जहाँ दिनकर कहते हैं -

"साहसी मनुष्य उन सपनों में भी रस लेता है जिन सपनों का कोई व्यवहारिक अर्थ नहीं है। साहसी मनुष्य सपने उधार नहीं लेता, वह अपने विचारों में रमा हुआ अपनी ही किताब पढ़ता है। झुंड में चलना और झुंड में चरना, यह भैंस और भेड़ का काम है। सिंह तो बिल्कुल अकेला होने पर भी मगन रहता है"

मुझे यह पढ़कर बहुत सुखद महसूस हुआ था, जैसे किसी ने मुझे इतना अच्छे से समझा हो। मेरे दिमाग़ में यही रहता था कि देखो दोस्त, बातें हो गई, मस्ती हो गई, अब उसके बाद अगर

- कुछ रोचक कह सकते हो जैसे अपने बचपन का कोई किस्सा;
- मुझसे कुछ पर्सनल शेयर करना चाहते हो;
- कोई अद्भुत विचार दिमाग़ में पनपा है;
- मुझे रुला सकते हो, हँसा सकते हो,

तो फिर कहो।

वरना अगर सूनेपन को भरने के लिए यह कहना है कि आजकल बहुत गर्मी हो रखी है, तो बेहतर होगा कि यह कुछ समय तुम मेरे लिए छोड़ दो। सुबह ऑफ़िस जाते हुए या ऑफ़िस की छुट्टी के दौरान मैं अकेला ही गया, वर्ना वह समय भी ऑफ़िस के एक्सटेंशन जैसा लगता। कैंटीन में चाय पीने भी अकेले चला जाता था। वहाँ सोचता था कि कैसे बनाई जाए फ़िल्म।

❑❑

अध्याय -12

मैंने एक फ़िल्म बनाई

फिर एक दिन फ़िल्म बनाना शुरू कर दिया। 'दरारें' तीन भाईयों की कहानी है। छोटे भाई के जिस रोल के लिए पहले दो लोग भाग गए थे, इस बार मैंने ख़ुद ही उसे करने का फ़ैसला किया। उस किरदार की पत्नी का रोल मेरी पत्नी ने किया। बीच वाले भाई-भाभी का रोल, मेरे भाई-भाभी ने किया। चार रोल तो इस तरह हमारे घर में ही हो गए। सबसे बड़े भाई के रोल के लिए हरियाणा के एक रागणी गायक को लिया, जो घर के पास ही रहते थे। बड़ी भाभी के रोल के लिए हमारे कुणबे से एक भाभी को।

कैमरा? मेरा हैंडीकैम मेरे पास था। पिताजी ने मज़ाक किया कि इतने छोटे से कैमरे से भला कौन-सी फ़िल्म बनती है। मैंने कहा कि कोई बात नहीं, कुछ तो बनेगा। इसे हम हरियाणा के सीडी सर्किट पर रिलीज़ करेंगे। उसके लिए यह ठीक है।

लाइट्स? एक बल्ब होल्डर के साथ लंबी तार लगवाई, और घर में इस्तेमाल होने वाली दो सी.ऍफ़.एल लाइट्स ख़रीद ली। पीछे देखते हुए अब मैं देख सकता हूँ कि यह एक ग़लत फ़ैसला था क्योंकि कोई फ़िल्म पूरी तरह ज़ीरो-बजट फ़िल्म नहीं होती। फ़ीचर फ़िल्म तो बिल्कुल नहीं। इसलिए बजट कम भी हो, तब भी क़रीबन 15 हज़ार रुपया लगाकर एक 5-इन-1 रिफ्लेक्टर, दो LED वीडियो लाइट, दो सॉफ्टबॉक्स, दो लाइट्स स्टैंड ख़रीद ही लेने चाहिए। लेकिन सच यह है कि मैंने कोई बजटिंग नहीं की

थी। प्लान था कि जहाँ पैसा लगाना बहुत ही ज़रूरी होगा, उसके बिना काम ही ना चल सके, बस तभी खर्च करेंगे, और आख़िर में देखेंगे कि कुल कितना खर्च हुआ। साउंड के लिए वही कैमरा से अटैच होने वाला ब्लूटूथ माइक, जो मैंने 'एक प्लेट चाऊमीन' के लिए इस्तेमाल किया था। यह भी एक बेवक़ूफ़ी थी। सच कहूँ तो फ़िल्म वर्कशॉप में बस नाम सुन लिया था कि एक डबिंग वाला सिस्टम होता है और एक ऑन-लोकेशन सिंक साउंड। यह बाद में ही पता चला कि सिंक साउंड में भी केवल डायलॉग रिकॉर्ड होते हैं, और उसके लिए इस तरह का ब्लूटूथ माइक सही नहीं है। अब यह भी समझ है कि जितने रुपए में मैंने हैंडीकैम ख़रीदा था, 60 हज़ार रुपए में, उतने में एक सस्ता DSLR कैमरा और दो लैंस खरीदे जा सकते थे। फ़िल्म वर्कशॉप की एक क्लास में सिनेमा का इतिहास पढ़ाया गया था। मैं यह नहीं कहता कि यह ज़रूरी नहीं है, लेकिन ऐसी थ्योरी तो स्टूडेंट ख़ुद से भी पढ़ सकते थे। एक क्लास कम बजट फ़िल्मों के प्रोडक्शन को लेकर होती, तो कहीं बेहतर होता। ख़ैर, किश्ती हमने दरिया में डाल दी थी। अब बीच में जो रिवर रैपिड आएँगे, देखा जाएगा। इसके लिए ज़्यादा इंतज़ार नहीं करना पड़ा। शूट के पहले दिन एक सरल सीन से शुरुआत की। लेकिन बड़ी भाभी से एक्टिंग ही नहीं हो पा रही। बात यह नहीं थी कि उनकी एक्टिंग ख़राब हो, बल्कि उनके अंदर इतनी शर्म और झिझक थी, कि वे खुलकर नहीं कर पा रही थीं। जो पड़ोसन का रोल कर रही थीं, उन्होंने कहा कि ये बड़ी भाभी वाला मुख्य रोल मैं कर लेती हूँ। मैंने कहा- ठीक है। उन्होंने बहुत ही अच्छा किया, जबकि वे एक पहलवान थीं, और पहली बार एक्टिंग कर रही थीं। पहले दिन ही हमने 2 सीन शूट कर डाले। लेकिन दूसरे दिन बड़े भाई का रोल करने वाले एक्टर पीछे हट गए, जबकि पहले दिन उन्होंने भी अच्छा काम किया था। अब उन्हें लगा

कि यह कुछ ज़्यादा ही बड़ी कमिटमेंट है। दो दिन शूट करते ही फ़िल्म लटक गई। बड़े भाई के रोल के लिए फिर से तलाश शुरू हुई। मेरे भाई के संपर्क में एक सीनियर वक़ील आए थे, जिनके अंदर लड़कपन के समय से ही एक्टिंग की कसक थी। जब फ़िल्म शुरू करने जा रहे थे, तब भाई ने उन्हें इस बारे में बताया था, और वे ऑडिशन के लिए आए थे। उनके अंदर भी एक हिचक थी। डायलॉग बोलते हुए चेहरे पर मुस्कान आ जाती थी। इसलिए उनको रिजैक्ट कर दिया था और रागणी गायक को इस रोल के लिए ले लिया था। अब भाई ने कहा कि उन्हीं को एक बार फिर से ट्राई किया जाए। उनकी एक्टिंग थोड़ी कम सही, लेकिन वो हम बेहतर करवा लेंगे; अभी ज़्यादा ज़रूरत है कमिटमेंट की। एक ऐसा एक्टर जिसमें फ़िल्म के लिए जूनून हो, जिसे एक्टिंग का बहुत ज़्यादा मन हो, ताकि वो बीच में ना भागे। उन्हें फिर से बुलाया गया, फिर से ऑडिशन हुआ और यह रोल उनके लिए फ़ाइनल किया। दो महीने बीत चुके थे। फिर से शूट शुरू हुआ। सबसे मुख्य लोकेशन थी, मेरी भाभी के मायके वाला घर, जहाँ फ़िल्म में बड़े और बीच वाले भाई को रहते हुए दिखाया गया था। एक लोकेशन थी हमारा ख़ुद का फ़्लैट, जिसे फ़िल्म में छोटे भाई के घर की तरह दिखाया गया। फ्लैशबैक के सीन भी थे, यानी 20 साल पहले तीनों भाई जिस घर में रहते थे। इस लोकेशन के लिए किसी गाँव में एक बुआ जी का घर लिया गया। उनके घर का पीछे वाला एरिया। बाकी लोकेशन, ऑउटडोर लोकेशन थीं- कोई मंदिर, छोटी नहर, खेत, अखाड़ा, बाइक शोरूम, सुनार की दुकान, नाई की दुकान वगैरह। इन लोकेशन पर सिर्फ़ एक-दो सीन थे। बस एक दिन का शूट। इसलिए इनकी इतनी समस्या नहीं हुई। जैसा मुंबई से सोचकर वापस आया था कि दिल्ली-हरियाणा तो अपना इलाका है; लोकेशन मिल जाएँगी, एक्टर मिल जाएँगे; वह बात अब वाकई सही साबित हो रही थी। बेचारे एक्टर पहले तो अपना सीन

करते। फिर उनका सीन नहीं होता, तो लाइट्स पकड़ते। सब लोगों की ज़िंदगी में एक अविस्मरणीय चैप्टर जुड़ रहा था, जिसे ज़िंदगी के आख़िर तक याद किया जा सके।

डेढ़ साल तक वीकेंड्स पर शूट चला। कैमरा मैं ही कर रहा था। जब मेरे सीन होते, तो एक दोस्त को अपने स्पॉट पर खड़ा करता, फ्रेमिंग करता, फिर मेरा दोस्त कैमरा ऑपरेट करता। निःस्वार्थ भाव से उसने साथ दिया।केवल ट्राइपॉड वाले स्टैटिक शॉट नहीं थे, बल्कि कुछ ट्रैकिंग वाले शॉट भी थे। उनके लिए कोई क्रेन, कोई स्लाइडर नहीं था। यह हमारी बैलेंस क्षमता की परीक्षा थी। मेरे कुछ सीन स्कूटर पर थे। एक सीन जीप पर बैठे हुए भी था। कुछ सीन जिनमें बड़े भाई साइकिल चला रहे हैं। इनके लिए हम में से कोई मोटरसाइकिल चलाता, कोई कैमरा लेकर पीछे उल्टा बैठता, और शूट करता। कभी मैं, तो कभी मेरा भाई या मेरा दोस्त।

जितनी जो समस्याएँ आईं- इस पर अलग से एक किताब लिखी जा सकती है। कभी किसी चाइल्ड एक्टर के माँ-बाप का अड़ जाना कि हो गया शौक़ पूरा, बस अब और दिन नहीं; फिर उनसे गुज़ारिश करना कि बस एक आख़िरी दिन और। फिर भागते-दौड़ते हुए उसके सभी सीन शूट करना। कभी खेत में शूट करते हुए कैमरा की बैटरी ख़त्म हो जाना। यह भी मैंने बेवक़ूफ़ी की थी, कि एक्स्ट्रा बैटरी नहीं ली थी, जबकि यह भी कोई बहुत महँगी नहीं पड़ती। कभी 4-5 हफ़्ते तक हरेक वीकेंड पर बारिश हो जाना।

लेकिन कोई सीमित शूटिंग शेड्यूल नहीं था। किसी प्रोड्यूसर का दबाव नहीं था। इसलिए कभी-कभार थकान भले ही हो, लेकिन दिमाग़ पर कोई ख़ास तनाव नहीं था। शूट में मज़ा आता था। शूटिंग के बीच हँसी-मज़ाक भी चलता था।

फुटेज को लैपटॉप में डालता, फिर देखता, उसमें मज़ा आता था। फ़िल्म वर्कशॉप के टीचर ने एक बार कहा था कि फ़िल्मकार एक तरह का भगवान है; वह अपनी दुनिया बनाता है। ये क्षण कुछ इसी तरह के होते। अपनी क्रिएशन को देखकर विस्मित होना, अंदर एक गुदगुदी होना। बाइक पर अकेले अगली लोकेशन ढूँढ़ने जाता। उसमें मज़ा आता था। और सबसे अद्भुत फ़ीलिंग जब आप कैमरा के अंदर से एक्टर को देख रहे हो, और कोई एक्टर ऐसी एक्टिंग कर दे कि आप आसपास का सब भूल जाओ, 'कट' कहना भी ध्यान ना रहे। एक बहुत ही अद्भुत फ़ीलिंग- रैज़ोनैंस। लग रहा था कि फ़िल्म अच्छी बन रही है। धीरे-धीरे परफ़ैक्शन की चाह आने लगी थी, कि कम से कम एक्टिंग तो ज़बरदस्त निकल कर आए।. एक बार एक क्रिटिकल सीन का आख़िरी शॉट था। उस शॉट के लिए 78 रीटेक हुए। दोपहर के 2 बजे से लेकर रात के 9 बजे तक। फ़िल्म शूट होने के बाद उसे एडिट करने की बात आई। वैसे तो 'एक प्लेट चाऊमीन' को भी मैंने ही एडिट किया था, लेकिन वह एक ड्रामा-हॉरर फ़िल्म थी, जो पूरी तरह कहानी-आधारित फ़िल्म थी। 'आगे क्या होगा' के आधार पर चलने वाली। लेकिन 'दरारें' एक गहरी फ़िल्म थी, इमोशंस के आधार पर बहने वाली। यहाँ हरेक सीन में एडिट के बहुत से विकल्प थे। छोटा भाई कार में जा रहा है, बड़ा भाई पीछे साइकिल पर आ रहा है- कितना लंबा रखा जाए इस शॉट को? 5 सैकेंड? 25 सैकेंड? या 55 सैकेंड?

ऐसे कई सीन थे, जहाँ किसी डायलॉग के बिना केवल बैकग्राउंड स्कोर था। फ़िल्म में दो गाने थे, जो बैकग्राउंड में थे। जिन सीन में डायलॉग थे, वहाँ भी कई सीन में तपाक से बात करने वाली बातचीत नहीं थी। दो लोगों के डायलॉग के बीच कितना गैप हो - एक सैकेंड, एक सैकेंड 10 फ़्रेम या दो सैकेंड? मुझे समझ आ रहा था कि यह आसान नहीं होने वाला। क्या मैं

इसके लिए तैयार हूँ? शायद नहीं। इसलिए मैंने एडिटिंग की 2 किताबें खरीदीं। 'इन द ब्लिंक ऑफ़ एन आई', जो लेजेंड्री हॉलीवुड एडिटर वॉल्टर मर्च की लिखी हुई फ़ेमस किताब है। यहाँ उन्होंने एडिटिंग कट लगाने के लिए 6 फ़ैक्टर बताए हैं। दूसरी किताब थी 'फाइन कट्स- द आर्ट ऑफ़ यूरोपियन फ़िल्म एडिटिंग', जिसमें इंगमर बर्गमैन, फ्रांसुआ त्रूफो जैसे महान फ़िल्मकारों की फ़िल्में एडिट करने वाले एडिटर्स ने अपनी एडिटिंग प्रोसेस के बारे में लिखा था। ऑफ़िस जाते हुए और वापस घर आते हुए मैट्रो में किताब पढ़ लेता था। ऑफ़िस में काम ख़त्म कर लेने के बाद जो कुछ टाइम बचे, उसमें भी घूमने-फिरने के बजाए किताब पढ़ लेता। दोनों किताबें पढ़ लेने के बाद आत्म-विश्वास बढ़ा। बेसिक बात समझ आई कि सीन की रिदम को समझना है, और उस हिसाब से एडिटिंग की रिदम रखनी है, और दूसरी बात कि किसी मोटिवेशन के बिना ज़बरदस्ती के एडिटिंग कट्स नहीं लगाने हैं।

फ़िल्म एडिटिंग में क्रिएटिव पार्ट ज़्यादा होता है और टेक्निकल कम। जो टेक्निकल पार्ट था, एडिटिंग सॉफ्टवेयर चलाने का, उसे यूट्यूब से सीखा।

इस बीच सत्यजीत रे फ़िल्म एंड टेलीविज़न इंस्टिट्यूट (SRFTI), कोलकाता में डायरैक्शन और सिनेमैटोग्राफ़ी कोर्स के लिए भी एप्लाई किया था। पहले लिखित परीक्षा हुई। मैं शॉर्टलिस्ट हुआ सिनेमैटोग्राफ़ी कोर्स के लिए। अगला राउंड था पाँच दिन की वर्कशॉप, जो फ़िल्म स्कूल के कैंपस पर हुआ। मेरी ऑल इंडिया 9वीं रैंक आई, लेकिन ऐडमिशन होना था 8 लोगों का। मैं वेटलिस्ट 1 पर था, लेकिन वेटिंग लिस्ट क्लियर नहीं हुई। दोबारा सिनेमैटोग्राफ़ी कोर्स के लिए एप्लाई किया। 'दरारें' की शूटिंग शुरू हो चुकी थी। इंटरव्यू में मैंने कुछ फुटेज दिखाई। किसी बोर्ड मेंबर ने कहा कि तुम इतना शानदार काम पहले से जानते हो। क्या ही

करोगे यहाँ आकर? मुझे लगा कि मेरी फिरकी ले रहे हैं। मैंने कहा कि नहीं सर, मुझे सीखना है

परिणाम आया तो इस बार मेरी चौथी रैंक आई थी। सलैक्शन हो गया था। लेकिन अब अचानक से मन बदल गया। मेरी शादी हो चुकी थी, और अब मैं मेरी पत्नी को, परिवार को छोड़कर इतने साल तक दूर नहीं जाना चाहता था।

वर्कशॉप के दौरान 5 दिन हॉस्टल में रहा था। पता चला था कि 3 साल का कोर्स है, लेकिन 5 साल तक खिंच जाता है। उसके बाद मुंबई जाओ। कई सालों तक वहाँ असिस्टेंट रहो। अगर आप संतोष सिवन की तरह बहुत टैलेंटेड हो, तो 8-9 साल में किसी फ़िल्म पर मुख्य सिनेमैटोग्राफर बन जाओगे। फिर उसके 5 साल बाद अपनी फ़िल्म डायरेक्ट करो, यानी अब से क़रीबन 20 साल बाद। करियर के हिसाब से ठीक था। कमाई शुरू हो जाती है। लेकिन मुझे करियर नहीं चाहिए था। मुझे फ़िल्में बनानी थीं अभी के अभी। पहले 'दरारें' और फिर दूसरी फ़िल्में। मैं नहीं गया। नौकरी चलती रही। लेकिन कब तक चलेगी नौकरी? यह सवाल दिमाग़ में आने लगा था। ऐसे में एक बार भाई के साथ ऑफ़िस के लिए निकला। वे अब तक वक़ालत की पढ़ाई कर चुके थे, और अब प्रैक्टिस कर रहे थे। उन्हें अपने कोर्ट जाना था, और मुझे ऑफ़िस। अचानक से फ़ैसला हुआ कि छोड़ो, आज छुट्टी करते हैं। ऑफ़िस में फ़ोन किया, छुट्टी ली। फिर हमने गाँव के खेतों की तरफ़ कार मोड़ ली। दोनों की ज़िंदगी के बारे में चर्चा हुई। बात सामने आई कि नौकरी छोड़ने का कोई मुहूर्त नहीं निकलने वाला। इससे पहले कि सरकारी माहौल अंदर घुस जाए, यहाँ से निकला जाए। मेरी पत्नी और मेरी भाभी को भी यह बताया। उन्होंने भी कहा कि हाँ, लग रहा है तो छोड़ दो; हम सबका सपोर्ट तो है ही।

दो दिन बाद इस्तीफ़ा दे दिया। लोगों ने यह तो सुना था कि कोई दूसरी सरकारी नौकरी जॉइन करने के लिए यह नौकरी छोड़ दे, या कुछ चुनिंदा केस में किसी MBA कॉलेज में ऐडमिशन के लिए नौकरी छोड़ दे। लेकिन इस तरह नौकरी छोड़ना लोगों ने न पहले देखा था, न सुना था। यह सभी के लिए इतना चौंकाने वाला था, कि विदेश राज्य मंत्री ने अपने ऑफ़िस में बुला लिया। बोले कि नौकरी क्यों छोड़ रहे हो। मैंने कहा कि सर, मैं आर्टिस्ट हूँ, मेरे कुछ सपने हैं। उन्होंने सहानुभूति से पूछा- क्या तुम यहाँ रहते हुए वह काम नहीं कर सकते? सच बताओ। क्या कोई परेशान कर रहा है? क्या वर्कलोड ज़्यादा है? कहो तो अभी के अभी तुम्हारा सैक्शन बदलवा देता हूँ। मैंने कहा कि नहीं सर, ऐसा कुछ भी नहीं। मैं यहाँ नौकरी में भी बहुत अच्छे से काम करता रहा हूँ। लेकिन अब कुछ ऐसा क्रिएटिव करना चाहता हूँ, जिस पर मेरी अनोखी छाप हो। उन्होंने 'ऑल द बैस्ट' कहा। जो मेरे पुराने डिपार्टमेंट के जॉइंट सैक्रेटरी थे, मन हुआ कि उनसे भी यह साझा करूँ। मैं उनके ऑफ़िस गया और बताया कि सर, मैं नौकरी छोड़ रहा हूँ। उन्होंने कहा कि विजेता, इतना टाइम भी क्यों लगा दिया; चलो अच्छा है कि अब तो जा रहे हो; तुम कुछ बढ़िया करोगे।

देसी क्लब के एक दोस्त को पता चला तो वह मिला। बहुत चिंता के साथ कहा कि यह फ़िल्म लाइन तो वैसे ही इतनी रिस्की है। ऐसे नौकरी छोड़ना ठीक नहीं। फिर भी ज़िद है, तो वेतन के बिना छुट्टी ले लो जितने समय के लिए चाहिए हो। अगर कुछ नहीं बन पाए, तो वापस आने का रास्ता तो खुला होगा। ज़्यादातर दूसरे लोगों ने भी मुझे ठीक यही सलाह दी थी। लेकिन मैंने सोच लिया था कि अगर अपना सबसे पसंदीदा काम नहीं कर सका, तो दूसरे नंबर पर जो पसंदीदा काम है, वह करूँगा। इतना पढ़ा-लिखा और होशियार होने के बाद मुझे अपना गुज़ारा चलाने के लिए तो कम से कम नहीं डरना चाहिए। इसलिए फ़ुल एंड फ़ाइनल इस्तीफ़ा ही

दिया। दफ़्तर के दोस्तों के साथ एक-एक करते हुए मिला, पार्टी की, और आख़िरकार, नोटिस पीरियड ख़त्म कर वहाँ से रवाना हुआ। उस दिन मेरे भाई और कुछ दोस्तों के साथ पास ही एक रेस्तरां में लंच किया।

दफ़्तर से कुछ अमाउंट क्लियर नहीं हुआ था, जैसे ग्रुप इंस्युरैंस का पैसा। 3-4 बार कॉल किया, लेकिन वही सरकारी काम का ढर्रा- आज करेंगे, कल करेंगे। अब क्या इसे क्लियर करवाने के लिए दफ़्तर जाना पड़ेगा? कई बार रिटायर हो चुके कर्मचारियों को मैंने इस तरह चक्कर लगाते हुए देखा था। लेकिन नहीं, मैं यह नहीं करने वाला। कुछ 5-6 हज़ार रुपए की बात थी। मैंने कहा कि जाने दो। अब आगे फ़ोकस करो।

माँ-बाप को यह नहीं पता था कि मैंने नौकरी छोड़ दी। इसलिए हर सुबह घर से निकलता, और एक दोस्त के पास चला जाता, जो एक हॉस्टल में रहते हुए सरकारी नौकरी की तैयारी कर रहा था। वहाँ जाकर मैं लैपटॉप पर एडिटिंग करता।

फ़िल्म का म्यूज़िक एक म्यूज़िक कंपोज़र कर रहा था। मैंने उसके एक गाने के लिए वीडियो बनाई थी, और अब वह बदले में मेरी फ़िल्म का म्यूज़िक कर रहा था। उसने गाने की धुन इतनी मुश्किल बना दी, कि हरियाणा में ऐसा गायक मिलना मुश्किल था कि जो उसे गा सके। बहुत ढूँढ़ने के बाद एक मेल और एक फीमेल गायक मिले, जिन्होंने शास्त्रीय संगीत सीखा हुआ था। स्टूडियो में हमने गायकों को बुलाया, संगीत वादकों को बुलाया और रिकॉर्डिंग की। म्यूज़िक और गाने तैयार हुए। एडिटिंग भी ख़त्म हुई। अब साउंड का क्या किया जाए? रोहतक के फ़िल्म स्कूल गया। वहाँ एक साउंड डिपार्टमेंट के छात्र से मिला। कहा कि 40 हज़ार रुपया लो, और साउंड क्लीनिंग कर दो। उसने कहा कि शायद आप पहली बार फ़िल्म बना रहे हैं। मैंने कहा कि हाँ, फ़ीचर फ़िल्म तो पहली ही है। वह मुस्कुराया और बोला कि इस तरह नहीं होता है।

डायलॉग अलग होते हैं। उसके अलावा फ़िल्म में जो एक्शन दिख रहा है- पैरों के कदमों की आवाज़, लैपटॉप पर टाइपिंग, खाना चबाना, चाय पीना, फसल काटना, साइकिल चलाने की आवाज़, स्कूटर, जीप जैसी सैकड़ों साउंड के लिए फॉली अलग से की जाती है। कुछ जगह स्पेशल साउंड इफैक्ट्स का इस्तेमाल होता है। एक एम्बियंस ट्रैक होता है यानी किसी जगह पर मौन की आवाज़। म्यूज़िक ट्रैक अलग से होती है। इन सभी ट्रैक को मिक्स किया जाता है। उफ़, सुनकर चक्कर आ गए। अब यह क्या मुसीबत है! मैंने कहा कि डायलॉग तो हैं। उसने कहा कि नहीं, डायलॉग भी क्लीन रिकॉर्ड नहीं हुए हैं। उसके लिए भी डबिंग करनी पड़ेगी। स्टूडियो जाकर फॉली रिकॉर्ड होगी। इस सब में तो बहुत खर्च लगेगा। इस दोस्त ने सुझाव दिया कि हमारे कॉलेज में जो साउंड के 'हैड ऑफ़ डिपार्टमेंट' हैं, उनसे बात करो। क्या पता कि वे कॉलेज में करवा दें। विचार तो अच्छा था। यह कॉलेज के छात्रों के लिए भी एक तरह की इंटर्नशिप होगी। किसी लाइव प्रोजैक्ट पर काम करना। कॉलेज से पासआउट होने से पहले ही रिज़्यूमे पर एक फ़ीचर फ़िल्म का अनुभव होना। मैं साउंड डिपार्टमेंट के हैड से मिला। उन्हें फ़िल्म दिखाई। उन्हें बहुत ज़्यादा पसंद आई उन्होनें कहा कि हम इसकी स्क्रीनिंग भी करवाएँगे। मैंने कहा कि सर, ये साउंड का काम करवा दीजिए। बोले कि मुझे डीन से बात करनी होगी; मैं बताता हूँ। 5-6 हफ़्ते तक उन्होंने लटकाए रखा। कई बार कॉलेज बुलाया। फिर बोले कि तुम ख़ुद ही परमिशन ले लो। आख़िरकार एक दिन डीन से बातचीत हुई। उन्होंने कहा कि मुझे कोई दिक्कत नहीं, अगर साउंड डिपार्टमेंट के हैड ऐसा कहते हैं। अब ट्विस्ट देखिए कि जिनके सहारे मैं यह कोशिश कर रहा था, अब उन्हीं साउंड डिपार्टमेंट हैड ने पलटी मार दी। कहा कि छात्रों के प्रोजैक्ट डिस्टर्ब ना हो जाएँ। मुझे बहुत निराशा हुई। अब क्या किया जाए? गूगल पर ढूँढ़ा तो

दिल्ली में एक स्टूडियो मिला, जिन्होंने दो फ़िल्मों की डबिंग करवाई हुई थी। इतने दिनों के बाद फिर से फ़िल्म के एक्टर्स को फ़ोन लगाया। एक महीने तक स्टूडियो जाना हुआ। बारी-बारी अलग कलाकारों के साथ। उन्होंने एक्टिंग ही पहली बार की थी, तो फिर डबिंग का तो सवाल नहीं। होंठों से आवाज़ को मैच करना; जिस तरह डायलॉग बोला है, हूबहू उसी तरह से बोलना- सुनने में मुश्किल लग रहा था। लेकिन समझकर किया, और सभी ने बहुत अच्छा किया।

साउंड एडिटिंग के लिए अब 'सत्यजीत रे फ़िल्म इंस्टिट्यूट' के एक पास-आउट से बात हुई, जिसने कुछ फ़िल्मों में असिस्टैंट का काम किया था। मैंने एक 64 जीबी का मैमरी कार्ड ख़रीदा; उस पर डबिंग वाले सभी डायलॉग ट्रैक को डाला, और मुंबई कूरियर कर दिया। यह उसके लिए अच्छा ऑफ़र था कि वह पहली बार किसी फ़ीचर फ़िल्म पर चीफ साउंड एडिटर होगा। ऊपर से मैं उसे पैसा भी दे रहा था। लेकिन उसने सीरियसली नहीं लिया। तीन-चार महीने तक इस पर बैठा रहा।

जब तक यह सब हो रहा था, इस बीच एक हरियाणवी गाना लिखा- 'भोले कटिंग करा ले'। हरियाणा में शिव भगवान् को लेकर ज़्यादातर गाने ऐसे होते हैं, जहाँ उन्हें गांजा और भांग-धतूरा जैसे नशों से जोड़ा जाता है। मुझे लगा कि कुछ सकारात्मक करना चाहिए। शिव-पार्वती का एक सुन्दर गाना, जहाँ उनके बीच मीठी लड़ाई होती है। यह लोगों के लिए प्रेम का एक सुंदर स्वरूप प्रस्तुत करेगा। मैंने गाने को डायरैक्ट किया, और एक्टिंग भी की। हरियाणा के उस समय के हिट गायकों के साथ, सुपरहिट फीमेल मॉडल के साथ। नौकरी की सेविंग्स में से पचास हज़ार रुपया लगा दिया। सोचा था कि गाना वायरल जाएगा; यहाँ से करियर ऊपर जाएगा। हरियाणा की एक हिट कंपनी को गाना दिया उनके यूट्यूब चैनल पर रिलीज़ करने के लिए। गाने के बस सवा चार लाख व्यूज़ हुए।

रेवेन्यू के नाम पर एक रुपया भी मिला नहीं। ख़ैर, इन फीमेल मॉडल ने कहा कि वे हर साल रामलीला करती हैं, और उनके डायरैक्टर सर लक्ष्मण के रोल के लिए किसी को ढूँढ़ रहे थे। ऐसी उम्मीद नहीं थी कि यहाँ से फ़ेमस हो जाऊँगा। पैसा केवल पाँच हज़ार, जितने का बाइक का पैट्रोल खर्च हो गया। लेकिन मैंने यह किया क्योंकि मेरा हमेशा से मन था, रामलीला में रोल करने का। यह नॉर्मल एक्टिंग से बहुत अलग था। सूक्ष्म भावों वाली यथार्थवादी एक्टिंग के बजाए यहाँ बहुत एक्सप्रैसिव एक्टिंग होती है। आवाज़ की और शरीर के मूवमेंट्स की भी बड़ी भूमिका होती है। रामलीला के डायरैक्टर ने ऑडिशन लिया। वे निश्चिन्त नहीं थे। मुझे कुछ समझाया। कुछ दिनों बाद फिर से ऑडिशन लिया। उन्हें लगा कि हाँ, कुछ बेहतर है।

25 दिन रिहर्सल हुई। परफ़ॉरमैंस के दिन वे मुझे लेकर घबराए हुए थे। मैं भी कुछ नर्वस था। सामने हज़ारों लोगों की भीड़ थी। बारिश हो गई थी और स्टेज गीला था। पहला सीन किया राजा जनक के दरबार में। सीन के बाद जैसे ही स्टेज से निकला, डायरैक्टर भैया ने कसकर गले लगा लिया। ऑडियंस ने भी ज़ोरदार तालियाँ बजाई। वे दस दिन अद्भुत थे। जब विंग्स में खड़ा होता एंट्री लेने के इंतज़ार में, तो कई लोग वहीं मिलने आ जाते थे। तारीफ़ों की बारिश करते थे। किसी ने कहा कि रावण का रोल करने वाले और आप सबसे अच्छा कर रहे हो; हम आपको देखने ही आते हैं। लोग साथ में सेल्फी लेते थे। बच्चे पैर छूने लग जाते।

लेकिन इसमें सबसे बड़ी बात थी, वही एक्टिंग वाला मैडिटेशन। एक दिन मेरे परिवार वाले और मेरा एक दोस्त रामलीला देखने आए हुए थे; लक्ष्मण-सीता संवाद वाले दिन। मेरे दोस्त ने बताया कि उसके सामने बैठे हुए लोग रोने लगे थे। फिर से वही रैज़ोनैंस थी।

'दरारें' पर साउंड का काम अब भी हुआ नहीं था। उस समय यूट्यूब पर शॉर्ट फ़िल्में चल रही थीं। मैंने भी 8 मिनट की एक शॉर्ट फ़िल्म बना डाली- 'Take Care', जिसका विचार काफ़ी समय से दिमाग़ में था। इस 8 मिनट की शॉर्ट फ़िल्म में दिखाया गया कि कॉर्पोरेट नौकरी के लिए जब लोग दूसरे शहर चले जाते हैं, तो कई मामलों में बूढ़े माँ-बाप कैसे अकेला महसूस करते हैं। सिनेमा को लेकर एक पॉपुलर कहावत है - "दिखाओ, बताओ मत"। फ़िल्म के किरदार को यह कहने की ज़रूरत नहीं होती कि ओह, मैं बता नहीं सकता कि आज मैं कितना ख़ुश हूँ, बल्कि उसकी ख़ुशी को दिखाया जाता है। ना केवल एक्टर की एक्टिंग से, बल्कि विज़ुअल मेटाफर से, इमेज के डिज़ाइन से भी वह फ़ीलिंग दर्शकों तक पहुँचती है। मेरे दिमाग़ में ना केवल कहानी पहले से थी, बल्कि यह विचार भी कि इस फ़िल्म को पूरी तरह ऐसे ही बनाऊँगा। दूसरी बात कि बॉलीवुड को मेलोड्रामा पसंद है; और फ़िल्मी कहानी से मतलब होता है कुछ अलग और अजीबोग़रीब, जबकि इसके ठीक उलट मैं किसी भारी ड्रामा के बिना साधारण जीवन को दिखाना चाहता हूँ। वह सब दिखाने का सोचता हूँ जो हम असल जीवन में देखने से चूक जाते हैं। उस तरह से दिखाऊँ, जिस तरह हमने कभी देखा नहीं। इस तरह फ़िल्म एक उच्च स्तर की वास्तविकता हो जाती है।

'टेक केयर' में मैंने ऐसा ही किया। वैसी ही फ़िल्म बनाई जैसी मैं बनाना चाहता था। केवल 3 सीन वाली बहुत ही सिंपल फ़िल्म है; इसलिए आमतौर पर जैसी फ़िल्म होती हैं, उनसे बहुत अलग। दो दिन का शूट था। रोहतक फ़िल्म स्कूल के दो दोस्तों को इस बार साउंड रिकॉर्डिंग और मिक्सिंग के लिए हायर किया। इस बार प्रॉपर सिंक साउंड किया। म्यूज़िक मिला यूट्यूब से; दो वीडियो देखे जिनमें विख्यात संगीतकारों द्वारा मोज़ार्ट के 'तुर्किश मार्च' और शुबर्ट के 'सैरेनेड' का वादन किया गया है। ज़ाहिर

है कि मोज़ार्ट और शुबर्ट के म्यूज़िक पीस पब्लिक डोमेन में हैं, लेकिन इन रिकॉर्डिंग के लिए तो परमिशन लेनी होगी। मैंने ईमेल किया, कि मैं एक शॉर्ट फ़िल्म बना रहा हूँ; मुझे आपकी यह म्यूज़िक रिकॉर्डिंग इस्तेमाल करनी है। दोनों जगह से जवाब आया कि उन्हें कोई ऐतराज़ नहीं। पहली बार DSLR कैमरा पर शूट किया, जो एक दोस्त से उधार लिया था। लैंस एक कैमरा रैंटल से किराए पर लिए थे। इसका भी लेखन, डायरैक्शन, कैमरा, एडिट मैंने ही किया। फ़िल्म को मुंबई के एक शॉर्ट फ़िल्म चैनल 'सिक्स सिग्मा फिल्म्स' ने एक्वायर कर लिया। लेकिन फ़िल्म में कोई जाना-पहचाना चेहरा नहीं था। उसके पीछे कोई मार्केटिंग का पुश नहीं था। केवल 14 हज़ार व्यूज़ पर फ़िल्म सिमट गई। किसी तरह के रेवेन्यू का भूल ही जाओ। फ़िल्म लिस्बन के एक फ़िल्म फेस्टिवल में नॉमिनेट हुई, तो अच्छा लगा।

मुंबई वाले साउंड एडिटर को कहा कि मुझे इस साल 'दरारें' को नैशनल अवॉर्ड्स में भेजना है; काम जल्दी कर दो, बहुत टाइम हो गया। फिर काम करवाने के लिए मैं मुंबई ही चला गया। उसने ढंग का काम नहीं किया था। मैंने उसे पेमेंट कर दी, लेकिन फिर 'टेक केयर' के साउंड एडिटर से बात की। उसको कुछ पेमेंट की, और कहा कि इसका कुछ करो। उसने कई दिनों तक काम किया, और आख़िरकार, साउंड मिक्स बहुत बेहतर हो गया। प्रियंका चोपड़ा की प्रोड्यूस की हुई एक मराठी फ़िल्म को 4 नैशनल अवॉर्ड्स मिले थे। मुझे भी उम्मीद थी कि शायद गानों के लिए अवॉर्ड मिल सकता है। या फिर बड़ी भाभी की एक्टिंग के लिए। हो सकता है कि डायरेक्शन के लिए भी। कुछ और नहीं तो 'बैस्ट हरियाणवी फ़िल्म' का अवॉर्ड तो ज़रूर। नैशनल फ़िल्म अवॉर्ड्स में फ़िल्म को भेजना अपने आप में एक संघर्ष है। फ़िल्म में इंग्लिश सबटाइटल होने चाहिए। वह भी

मैंने किए। फिर मुंबई की किसी एसोसिएशन का हिस्सा बनो। फ़िल्म का टाइटल रजिस्टर कराओ। स्क्रिप्ट की कॉपी दो। इंग्लिश में अनुवाद की हुई कॉपी दो। गानों को लिखकर दो। ट्रेलर, टीज़र, पोस्टर दो। ये सब भी मैंने बनाए। फ़िल्म के कुछ स्क्रीनशॉट होने चाहिए। कुछ वर्किंग स्टिल्स होने चाहिए, जैसे कि उनमें डायरेक्टर दिख रहा हो कोई सीन शूट करते हुए। ये तो कभी हमारे दिमाग़ में आया ही नहीं था। ऊपर से जब हमारे पास कैमरा एक ही था, तो कहाँ से लाएँ वर्किंग स्टिल्स? फिर भी किसी तरह कुछ किया। इसके अलावा भी जाने क्या-क्या माँगा हुआ था। मुंबई के एक एजेंट ने इसमें मदद की। अब सबसे बड़ी समस्या थी कि फ़िल्म को ब्लू-रे और डीवीडी में सबमिट किया जाना था। मैंने सरकारी दफ़्तर में फ़ोन करते हुए कहा कि मैम, ब्लू-रे बेहतर क्वालिटी के लिए होती थी, लेकिन अब तो 32 जीबी, 64 जीबी की पैन-ड्राइव आ रही हैं, जिनमें 25 जीबी की ब्लू-रे से ज़्यादा स्पेस है। तो क्यों ना मैं पैन-ड्राइव में दे दूँ? लेकिन कॉमन सैंस और सरकारी नियमों का तालमेल नहीं है। उन्होंने कहा कि नियमों में जो है, वैसा ही करो। ब्लू-रे प्लेयर मिलना ही इतना मुश्किल होता है, और यहाँ तो ब्लू-रे बर्नर चाहिए था। गूगल पर ढूँढ़ा तो आख़िरकार कोई मिला। 30 घंटे लग गए एक ब्लू-रे बर्न होने में। इस पूरी प्रक्रिया में हज़ारों रुपए खर्च हो गए। किसी तरह से सबमिशन हुआ, लेकिन कोई अवॉर्ड नहीं मिला। ना 'दरारें' को और ना ही 'टेक केयर' को। जैसा सोचा था सीडी पर रिलीज़ करने का, वह अब संभव नहीं था, क्योंकि सीडी सर्किट बंद हो चुका था। अब हरियाणवी कंटेंट भी सीधे यूट्यूब पर आ रहा था। दिल ने सपना देखा कि सिनेमा हॉल पर फ़िल्म को रिलीज़ किया जाए। लेकिन वह सब एक अलग ही मामला था। फ़िल्म का डीसीपी बनवाओ। एडवांस में सिनेमा हॉल की 'वर्चुअल प्रिंट फ़ीस'

दो। आप यह सब लाखों का खर्चा करेंगे, तो साथ में अच्छे से मार्केटिंग भी करेंगे ही, वरना फ़ायदा क्या। केवल हरियाणा के कुछ सिनेमा हॉल में रिलीज़ करने के लिए भी कम से कम 80-90 लाख का खर्च था। अगर रिलीज़ के लिए कोई रिलीज़ पार्टनर मिल जाए तो? या फिर कोई ओटीटी प्लैटफ़ॉर्म ही सही। मैं फ़िल्म को लेकर NFDC के 'फ़िल्म बाज़ार' गया। गोवा के एक होटल में पाँच दिन का प्रोग्राम था। लोगों से दोस्ती की; उन्हें लंच पर लेकर गया, बातचीत की, लेकिन बात नहीं बनी। वहाँ हरियाणा के दो सरकारी विभाग के अफ़सर मिले, जो हरियाणा फ़िल्म पॉलिसी के लिए आए हुए थे। उनको मैंने फ़िल्म दिखाई। वे बहुत प्रभावित हुए। कहा कि यह तो हर घर की कहानी है। हरियाणवी संस्कृति को प्रमोट कर रही है। कितना अच्छा संदेश दे रही है। तुम इसे फ़िल्म पॉलिसी के लिए भेजो। यह सरकारी ग्रांट तुम्हारे जैसे लोगों के लिए ही तो है, जिनमें टैलेंट है लेकिन उनके पास पैसा नहीं है। तुम्हें ग्रांट भी मिलेगा, और सरकार फ़िल्म को रिलीज़ भी करवाएगी। फिर से एक और उम्मीद, और उसके साथ एक और सबमिशन का संघर्ष। कितनी पैन-ड्राइव, कितनी सारी स्क्रिप्ट की कॉपी, कितने कागज़ात, जाने कितनी बार। दिल्ली से चंडीगढ़ के इतने चक्कर काटे। स्क्रीनिंग कमिटी की मीटिंग पोस्टपॉन होती रही। आख़िरकार एक दिन फ़ोन आया उन सरकारी विभाग के डायरेक्टर का। बोले कि जल्दी आ जाओ चंडीगढ़। स्क्रीनिंग कमिटी ने उस दिन फ़िल्में देखी थी। हरियाणा से ताल्लुक रखने वाले कुछ बॉलीवुड एक्टर और डायरेक्टर कमिटी में थे। साथ में कुछ ऐसे लोग जिन्होंने हरियाणवी सिनेमा में काम किया था। मैं वहाँ पहुँचा। बताया कि मैं विजेता दहिया हूँ। उन एक्टर ने गले लगा लिया। बोले कि क्या फ़िल्म बनाई है यार। प्रैस कॉन्फरेंस हुई। उसमें भी उन्होंने कहा कि ओवरऑल निराशा हुई; फ़िल्मों

का लैवल कम है; जितनी भी फ़िल्में देखी, उनमें से बस विजेता दहिया की फ़िल्म 'दरारें' अच्छी लगी; बहुत इमोशनल फ़िल्म है। एक और सीनियर एक्ट्रैस थीं, जिन्होंने कहा कि इस फ़िल्म की केवल भाषा हरियाणवी नहीं है, बल्कि इसकी हर बात में वह ख़ुशबू है। और इस तरह की ऑथेंटिक परफ़ॉरमैंस मैंने आज तक कभी किसी बॉलीवुड फ़िल्म में भी नहीं देखी है। स्क्रीनिंग कमिटी के मेंबर्स द्वारा यह तारीफ़ किए जाना हरियाणा सरकार की वेबसाइट पर भी पब्लिश हुआ, और अभी तक है। लेकिन इसके बाद भी फ़िल्म ग्रांट नहीं मिला। किन फ़िल्मों को मिला, क्यों मिला, जाने दो। इसके बाद पंजाब की एक फ़िल्म कंपनी से मिला। वहाँ भी बात नहीं बनी। जैसे आजकल कहा जाता है कि फ़िल्म में रोमांटिक गाने, बड़ी लोकेशन, मार-धाड़, एक्शन वाला सर्कस नहीं है; यह सिनेमा हॉल की फ़िल्म नहीं है। तो बात यह है कि इतने हाथ-पैर मारने के बाद भी हर तरफ़ हाथ लगी- निराशा, निराशा और निराशा! 'दरारें' डिब्बा बंद हो गई थी। बड़े भाई का जिन्होंने रोल किया, उन वक़ील साब ने कहा कि यूट्यूब पर ही रिलीज़ कर देते हैं अपने चैनल पर। मैंने यह कहते हुए मना किया, कि चौराहे पर भरतनाट्यम की परफ़ॉरमैंस नहीं हो सकती। यूट्यूब एक बहुत वोलेटाइल मीडियम है। लोग कुछ भी टिक कर नहीं देखते, जबकि हमारी फ़िल्म पूरी अटेंशन माँगती है। इसे यूट्यूब पर रिलीज़ नहीं करेंगे। तो हमने ऐसे ही प्राइवेट स्क्रीनिंग्स शुरू की। प्रोजेक्टर स्क्रीन किराए पर ले लेते थे। मेरी वाइफ़ का कहना था कि फ़िल्म दूसरी फ़िल्मों के मुक़ाबले धीमे चलती है; आम जनता को पसंद नहीं आएगी। लेकिन जितनी स्क्रीनिंग की, हर बार बहुत अच्छा रेस्पॉन्स होता था। मैं अँधेरे में देखता था लोगों को आँखों से आँसू पोंछते हुए। स्क्रीनिंग के 5 मिनट बाद तक एक ख़ामोशी छाई रहती थी। फ़िल्म के हैंगओवर की तरह। उसके बाद लोग चर्चा करते।

माना कि फ़िल्म रिलीज़ नहीं हुई थी, लेकिन फ़िल्म बन चुकी थी। बहुत ही कम लोगों द्वारा सही, किसी टिकट के बिना सही, लेकिन फ़िल्म देखी जा रही थी। लोगों पर फ़िल्म का प्रभाव हो रहा था। दुनिया इसे फेलियर कहेगी, लेकिन हमारी नज़र में हम सफल हो चुके थे। पागलपन में हमने जो शुरू किया था, उसे हम पूरा कर चुके थे। हम एक फ़िल्म बनाने में सफल हो चुके थे। कोई भी हमसे यह नहीं छीन सकता था। मैं एक फ़िल्मकार तो बन चुका था।

□□

अध्याय -13

फँस गए भूलभुलैया में

अब एक 45 मिनट के आसपास की शॉर्ट फ़िल्म लिखी- 'ओपरा', जहाँ एक गाँव में एक शादीशुदा औरत के अंदर ऐसे लड़के की आत्मा आ जाती है जिसका बीस दिन पहले पास वाले गाँव में मर्डर हो गया था। क्या वह लड़का बदला लेने आया है? या क्या वह औरत आज़ादी पाने के लिए नाटक कर रही है? या उसे कोई मानसिक बीमारी है? मैंने सोचा कि इस शॉर्ट फ़िल्म में कोई जाना-पहचाना चेहरा होगा, तो यह बढ़िया चलेगी और शायद इससे कहीं कोई रास्ता खुलेगा। किसी दोस्त के दोस्त के दोस्त के ज़रिए पहले एक बॉलीवुड एक्ट्रैस तक स्क्रिप्ट पहुँचाई, कि वे इसमें लीड रोल करें। उनके भाई ने उनकी तरफ़ से मुझे बताया कि हाँ, रोल अच्छा है, लेकिन अब उनकी ब्रैंड वैल्यू बहुत है; हर रोज़ की कीमत लाखों में; वे पैसे के बिना काम नहीं कर पाएँगी। एक और बॉलीवुड एक्ट्रैस ने कहा कि यह कहानी उनकी ज़िंदगी से बहुत मिलती है; उनके साथ भी कुछ ऐसा हुआ है। तो फिर ऐसे में तो उन्हें फ़िल्म ज़रूर करनी चाहिए? लेकिन नहीं, उन्होंने कहा कि चूँकि यह उनके लिए पर्सनल है, इसलिए वे नहीं कर सकतीं।

फिर पंजाबी सिनेमा की एक सीनियर एक्ट्रैस से मिलने के लिए अमृतसर गया। एक रेस्तरां में हम बैठे। उनको कहानी सुनाई। वे बहुत विनम्र थीं। उन्होंने कहा कि वे रोल कर लेंगी, लेकिन प्रोड्यूसर ख़ुद से ढूँढ़ो; उनसे उम्मीद ना की जाए कि वे इसमें कुछ करेंगी। फ़िल्म की बात बन नहीं रही थी। तो सोचा कि लिखा जाए। कहाँ? हिंदी क़ोरा पर लिखना शुरू किया।

यहाँ एक फॉलोइंग बना ली जाए तो शायद उसके ज़रिए कोई किताब प्रकाशित करने का जुगाड़ बने। देखते ही देखते साढ़े तीन हज़ार फॉलोवर जुड़ गए, जो क्वोरा जैसे पढ़ने वाले प्लैटफ़ॉर्म के हिसाब से अच्छी-ख़ासी संख्या थी। लाखों में व्यूज़ हुए। कॉमेंट्स में तारीफ़ों की बारिश हुई। लोगों ने कहा कि आपके शब्दों ने ज़िंदगी की नई सोच दी है; हिम्मत दी है। क्वोरा ने साल 2021 के लिए 'बेहतरीन लेखक' का ख़िताब दिया; मेरा इंटरव्यू छापा। हिंदी में 274 आर्टिकल और अंग्रेज़ी में 8 आर्टिकल लिख लेने के बाद हुआ कि रुको यार, अब कब तक यह किया जाए? 'क्वोरा पार्टनर पेमेंट' प्रोग्राम का निमंत्रण मिला। लेकिन चूँकि मुझे यह एक बेहूदा मॉडल लगता था, मुझसे यह स्वीकार करते नहीं बना। क्वोरा जवाब देने वाले लेखकों को पैसा देने के बजाए सवाल पूछने वालों को पैसा देता था। बाद में यह मॉडल क्वोरा की बर्बादी के कारणों में से एक बना।

अब एक दिन मैं सीधे एक प्रकाशक के दफ़्तर में चला गया। प्रकाशक मैडम मिल गईं। मैंने कहा कि मुझे लिखना है; चाहता हूँ कि किताब प्रकाशित हो; इसलिए आप मुझे बताइए कि किस पर लिखूँ। उन्होंने कहा कि हमारे पास तब आना जब इतने प्रसिद्ध हो कि हम तुम्हें पहले से जानते हों। आउच! सुनने में उनके शब्द बहुत रूखे लगे, लेकिन अच्छा था कि उन्होंने 'ईमेल करो', 'बताते हैं' जैसी बातों में मेरा समय बर्बाद नहीं किया। दूसरे प्रकाशक के दफ़्तर में गया। उनसे यही बात कही, तो वे बोले कि अपना लिखा हुआ कुछ दिखा सकते हो? मैंने कहा ज़रूर। क्वोरा पर किसी ने सवाल पूछा था कि "क्या आप कुछ अजीब सोच सकते हैं"। इस पर मैंने जवाब लिखा था। 15 मिनट में मैंने उन्हें पढ़कर सुना दिया। उन्होंने कहा कि बहुत अच्छा लिखा है; एक किताब लिखो युवाओं को मोटिवेट करने के लिए। मैंने कहा - ठीक है। किताब लिखनी शुरू की। कुछ महीने बाद प्रकाशक को मैंने दो किताब भेजी। 250 पन्नों की पहली किताब- 'लैपटॉप वाला बुद्ध' और 250 पन्नों की दूसरी किताब- 'हैडफ़ोन वाला

बुद्ध'। उन्होंने कहा कि छाप देते हैं, लेकिन तुम्हें कुछ भी पैसा नहीं मिलेगा; सेल्स का ऐसा ही है। मुझे लगा कि जब इन्हीं को अपने सेल्स नैटवर्क पर विश्वास नहीं, तो ऐसा हीरा इन्हें कैसे सौंप दूँ?

अब पैसे की फ़िक्र होने लगी थी। बीच में थोड़ा-बहुत काम ज़रूर किया था। जैसे कि मेरे रैनबैक्सी के सीनियर ने अपने दोस्त के साथ मिलकर एक कंपनी शुरू कर दी थी, जो लोन लेने वाले ग्राहकों और लोन देने वाले बैंकों के बीच एजेंट का काम करती थी। उन्होंने एक दिन कहा कि विजेता, ब्रांडिंग का कुछ काम है, करोगे? मैंने कहा कि सर, मैंने कोई MBA थोड़े ना किया है; ब्रांडिंग का 'बी' नहीं पता मुझे। उन्होंने कहा कि यह क्रिएटिव काम है, तुम अपना अलग विज़न लाओगे इसमें। हमें 12 इंफोग्राफ़िक चाहिए 'गूगल विज्ञापन' पर चलाने के लिए, और एक एनीमेशन वीडियो। तुम्हें हमारे ग्राफ़िक डिज़ाइन एडिटर के साथ बैठा देंगे; तुम्हें उससे यह करवाना है। हमारी वेबसाइट को लेकर भी तुम्हें अपने विचार देने हैं। बताओ कि कितना पैसा लोगे। मैंने कहा- सर, 60 हज़ार रुपया तो होना चाहिए मेरे हिसाब से। उन्होंने कहा कि तुम शायद काम को सही से समझे नहीं; हमारे ऑफ़िस में आकर 10-15 दिन काम करना होगा, बहुत मेहनत का काम है, 60 हज़ार नहीं, तुम एक लाख बीस हज़ार लो। वाह! बहुत बढ़िया। सर ने एक और कंपनी का काम भी दिलवाया, जिन्हें अपने प्रोडक्ट के लिए एक-एक मिनट के 4 वीडियो बनवाने थे। वह भी किया। लेकिन ज़ाहिर है कि यह काफ़ी नहीं था।

इस बीच माँ-बाप को भी पता चल गया था कि मैं अपनी यह दूसरी नौकरी भी छोड़ चुका हूँ। दरअसल पिताजी के एक दोस्त के दोस्त के बेटे ने SSC CGLE क्लियर किया था, और उसे पोस्टिंग मिली विदेश मंत्रालय। इन अंकल ने उसे कहा कि वहाँ तो मेरे दोस्त का बेटा विजेता भी काम करता है, मिलकर बात कर लेना। उसने ऑफ़िस में पूछा तो उसे पता

चला कि विजेता तो नौकरी छोड़ चुका है। उसने इन अंकल को बताया; अंकल ने मेरे चाचा के सामने भेद खोल दिया; चाचा ने मेरे भाई से पूछा; अब तो यह बात माननी पड़ी। हमें यह साफ़ हो गया कि अब यह बात माँ-बाप से भी ज़्यादा दिन छुपी नहीं रहेगी; इसलिए ख़ुद से ही बता देना बेहतर है। सोचा कि कल सुबह बताते हैं। वह रात काफ़ी टेंशन में गुज़री। सुबह-सुबह एक चिट्ठी लिखकर मैं अपनी मोटरसाइकिल पर कहीं बाहर चला गया। मेरी पत्नी ने वह चिट्ठी माँ-बाप को दे दी। मैंने चाचा-चाची को बुला लिया था कि आप सुबह आ जाना। मेरी पत्नी, भाई-भाभी तो थे ही। तभी संयोगवश एक और अंकल घर आ गए, जो काफ़ी प्रोग्रेसिव आउटलुक वाले हैं।

पिताजी पत्र पढ़कर हैरत में थे। ऐसे में सभी ने पिताजी को समझाया कि अगर उसमें नौकरी छोड़ने का विश्वास है, तो ज़रूर वह कुछ अच्छा ही करेगा; चिंता मत करो। माँ ने भी कहा कि ठीक है, वह हमेशा से कुछ और ही करना चाहता है। मुझे फ़ोन किया गया कि कहाँ चला गया है, घर आजा वापस।

वैसे अजीब बात थी कि पिताजी ने भी उस दिन कुछ ज़्यादा ड्रामेटिक बिहेव नहीं किया। मैं वापस आया तो वे शांत थे। बाद में उन्होंने मुझे एक कैमरा ख़रीदने के लिए पैसे भी दिए। क्या मैंने पैसे लिए? हाँ बिल्कुल। आपको भी अगर आपके माँ-बाप किसी शर्त के बिना पैसा दें, तो ज़्यादा फ़िल्मी होने की ज़रूरत नहीं है कि मैं किसी से एक पैसा नहीं लूँगा; तुम्हारे माँ-बाप हैं; उनका पैसा तुम्हारा ही पैसा है; ले लेना। तो फिर मैंने कैमरा ख़रीद लिया। एक और बेवक़ूफ़ी। कैमरा किराए पर लिया जा सकता है, और जब तक आपके पास कैमरा का रेगुलर काम ना हो, तो कैमरा नहीं ख़रीदना चाहिए। नई फ़िल्म बनाने का बजट नहीं था। फ़ोटोग्राफ़ी के लिए क्लाइंट ढूँढ़ना अपने आप में एक काम था। सोचा कि क्या शादियों में फ़ोटो खींचना शुरू करूँ? एक बार एक शादी में ऐसा किया भी। दरअसल,

मेरे एक दोस्त ने भी कुछ ऐसा ही करने का सोचा था। उसे मेरा कैमरा चाहिए था। उसने कहा कि उसके असिस्टेंट आएँगे कैमरा लेने के लिए। मैं किसी दूसरे को कैमरा नहीं सौंपना चाहता था। इसलिए कैमरे के साथ मैं ख़ुद भी चला गया। दोस्त के दो असिस्टेंट मेरा साथ दे रहे थे। पहली बार किसी शादी को फ़ोटोग्राफर की नज़र से देखा। विदाई तक पूरी शादी देखी। रात भर जागना मेरे लिए कोई समस्या नहीं थी। मज़ा आया। दोस्त ने मुझे 5 हज़ार रुपये दिए। उसे भी सामने से 20 हज़ार ही मिला था। सोचा कि अगर मैं यह काम करूँ, तो फिर स्टूडियो बनाना होगा। ऑफ़िस बनाना होगा। वेबसाइट बनवानी होगी। 3 लड़कों को रखना होगा साथ में। यह अपने आप में एक पूरा काम था। एक दोस्त के लिए मैंने मुफ़्त में बॉडी-बिल्डर वाला शूट किया। सुबह से शाम तक हमने अलग अलग लोकेशन पर और अलग कॉस्ट्यूम में 5 लुक किए। बहुत ही कमाल के फ़ोटो आए। मेरा दोस्त बहुत ख़ुश था। मैंने सोचा कि अगर इसी तरह पोर्टफोलियो शूट करूँ, 5 लुक के 25 हज़ार, तो बढ़िया पैसा आ सकता है। यह काम थोड़ा क्रिएटिव भी है। अपने आसपास के 25-30 जिम में गया। वहाँ के जिम ट्रेनर से बात की। अपने दोस्त वाले फ़ोटो दिखाए। जिम ट्रेनर्स को कहा कि अपने जिम में आने वालों को ये फ़ोटो दिखाओ; मेरा रैफ़रैंस दो; अगर डील हुई, तो 25,000 में से 5,000 तुम्हारे। एक प्रोटीन पाउडर बेचने वाली दुकान पर गया। उसको भी यह ऑफ़र दिया। लेकिन अपने आसपास 25 हज़ार रुपए देने वाले क्लाइंट मिलना मुश्किल था। मुझे कहीं मालवीय नगर, ग्रेटर कैलाश जैसे अमीर इलाकों में कोशिश करनी चाहिए थी। लेकिन यह बात अब दिमाग़ में आ रही है, तब नहीं आई थी। अगर शुरुआत में 10 हज़ार रुपए में 5 लुक कर देता, तब भी ग़लत नहीं होता। ख़ैर, इस काम के लिए शायद मेरे मन में वह कन्विक्शन नहीं था। शायद यही कारण रहा हो कि मैंने बहुत ज़्यादा कोशिश भी नहीं की।

यूट्यूब पर दो कॉमेडी वीडियो बनाए थे। हरियाणा सरकारी नौकरी इंटरव्यू- मेहनती vs सिफारिशी कैंडिडेट, और दूसरा 'शहरी गर्लफ्रैंड vs गाँव वाली गर्लफ्रैंड'। इस तरह के वीडियो उस समय यूट्यूब पर आते थे। इन दोनों वीडियो पर 5-6 हज़ार व्यूज़ आए। लेकिन भाई ने एक बार कहा कि क्या वाकई तुझे यह करना है, या कुछ आर्टिस्टिक करना है। मुझे कहना चाहिए था कि जब आर्टिस्टिक फ़िल्म बनाने का जुगाड़ होगा, तो वह सही; अभी ये वीडियो बना रहा हूँ क्योंकि किसी बजट के बिना ये वीडियो बना पा रहा हूँ; इनमें भी कुछ एक्टिंग, डायरैक्शन, स्क्रिप्ट, क्रिएटिविटी तो है ही। कोई गाली-गलौच नहीं; ठीक-ठाक कॉमेडी है; क्या प्रॉब्लम है। लेकिन मैंने ऐसा नहीं कहा। यह बात अब सोच पा रहा हूँ, और अच्छा ही है कि अब तो सोच पा रहा हूँ। लेकिन उस समय मैंने इसे जारी नहीं रखा।

तो अब सिचुएशन यह थी कि 'दरारें' रिलीज़ नहीं हो पाई थी। 'Take Care' सिर्फ़ 14,000 व्यूज़ पर सिमट गई थी। सोचा था कि क्या पता, अनुराग कश्यप उस फ़िल्म को देख ले, और मुझे बुला ले अगली फ़िल्म में असिस्ट करने के लिए लेकिन वैसा कुछ नहीं हुआ। शॉर्ट फ़िल्म 'ओपरा' की जो स्क्रिप्ट लिखी, उसके लिए कोई प्रोड्यूसर नहीं मिला था।

- क्वोरा से कुछ पैसा आया नहीं।
- किताब छप नहीं पाई थी।
- जो हरियाणवी गाना किया- 'भोले कटिंग करा ले', उसकी वजह से कोई ऑफ़र नहीं आया, ना लिरिक्स लिखने का और ना ही डायरैक्शन का।
- फ़ोटोशूट वाला काम भी शुरू हुआ नहीं।

तो क्या अब एक और नौकरी की जाए? जो नौकरियाँ छोड़कर आया था, वैसा कुछ तो अब नहीं करूँगा।

एक दिन एक फ़ेमस हिंदी पत्रकार को ईमेल लिख डाली। उनके मीडिया संस्थान के यूट्यूब चैनल पर उस समय भी एक करोड़ से ज़्यादा सब्सक्राइबर थे। उस ईमेल में मैंने अपने सफ़र के बारे में बताया था। आख़िर में निष्कर्ष यही था कि अब नौकरी चाहिए। ना ईमेल में कोई रेज़्युमे था और ना ही कवरलैटर। बल्कि यह ईमेल था साहित्यिक ढंग से लिखा हुआ एक जीवन वृतांत। यह अपने आप में एक वर्क सैंपल था। मुझे लगा था कि उन्होंने हिंदी साहित्य पढ़ा है; वे एक रोचक इंसान हैं; इसलिए वे इस अजीब पत्र को पढ़ेंगे और जवाब देंगे।

उन्होंने निराश नहीं किया। उनके ऑफ़िस से एक दिन कॉल आया कि लिखित परीक्षा के लिए आ जाओ; सिनेमा सैक्शन के लिए ही तुम सही रहोगे। हमारी वेबसाइट पर काम देख लेना। ओह, क्या उनकी अलग से वेबसाइट भी है? मैं नहीं जानता था। मैंने वेबसाइट देखी। सामने आर्टिकल आया- 'इस डायरैक्टर को राजकुमार ने कहा कि इस फ़िल्म में तो मेरा कुत्ता भी रोल नहीं करेगा'। आप अगर इसे गूगल करेंगे तो ज़्यादातर मीडिया पोर्टल पर आपको यह आर्टिकल मिल जाएगा। चाहे बिकाऊ मीडिया का पोर्टल हो या ईमानदार मीडिया का पोर्टल, ये सब फ़िल्मी गॉसिप हर किसी का सिनेमा डैस्क करता है। बस मुझे यह नहीं पता था। गूगल पर आप जो ढूँढ़ोगे, वही आपके सामने आता रहेगा, और जिसमें आपने कभी रुचि नहीं दिखाई है, वह बहुत पॉपुलर होने पर भी आपके सामने नहीं आएगा। देखा जाए तो असल ज़िंदगी में भी कुछ ऐसा ही एल्गोरिथम है। जैसे आप हैं, उसी तरह के लोगों से आपका वास्ता होने के चांस ज़्यादा हैं। मैंने कभी फ़िल्मी गॉसिप नहीं पढ़ी थी, इसलिए यह मेरे सामने भी नहीं आती थी।

ख़ैर, मैंने सोचा कि ज़रूरी तो नहीं कि मुझे यह गॉसिप लिखने वाला काम मिले। फ़िल्म रिव्यू भी तो होते हैं। ऐसा सोचकर मैं उनके ऑफ़िस गया। तीन घंटे की लिखित परीक्षा थी। उसमें एक सवाल था, हिंदुस्तानी भाऊ के बारे में। लेकिन मैंने कभी बिग बॉस नहीं देखा था। मैं ट्विटर नहीं करता था। मैं इंस्टाग्राम पर नहीं था। मैं मीम नहीं देखता था। इसलिए मुझे नहीं पता था कि हिंदुस्तानी भाऊ कौन है।

एक सवाल था कि इन पाँच फ़िल्मों में से किसी एक के बारे में लिखो। अब समस्या यह कि मैं सिनेमा हॉल में भी कम ही फ़िल्में देखता हूँ। सिनेमा मेरे लिए टाइमपास का ज़रिया नहीं है। ज़िंदगी में इतना समय कभी रहा ही नहीं कि टाइम पास करना पड़े। मेरे लिए नई फ़िल्म का मतलब है कोई भी फ़िल्म जो मैंने ना देखी हो, भले ही वह पचास साल पुरानी हो। बचपन में दूरदर्शन पर अच्छी फ़िल्में देखी। फिर 'यूटीवी वर्ल्ड मूवीज़' टीवी चैनल पर वर्ल्ड सिनेमा देखना शुरू किया। जब सत्यजीत रे फ़िल्म इंस्टिट्यूट गया था वर्कशॉप के लिए, वहाँ दोस्तों ने मेरी हार्ड डिस्क में बहुत सी अद्भुत फ़िल्में डाल दी थीं। इसलिए मैंने 'गरम हवा' देखी थी। इंगमर बर्गमैन, वोंग कर वाई, सत्यजीत रे, माजिद माजिदी, फ़ैलिनी और मार्टिन स्कॉर्सेसे की फ़िल्में देखी थीं। लेकिन ये फ़िल्में जो मेरे सामने परीक्षा पत्र में थीं? इन पाँच रीसेंट फ़िल्मों में से मैंने केवल एक फ़िल्म देखी थी- साहो; एक दोस्त के साथ ग़लती से देख ली थी। उस पर लिखा। जो सब्जैक्टिव सवाल थे, जैसे सिनेमा से अपना रिश्ता बताइए, उन सवालों पर सहजता के साथ बढ़िया लिखा। टैस्ट ख़त्म हुआ था, कि तभी पत्रकार महोदय दफ़्तर में आए। उन्हें मेरे बारे में पता चला, तो उत्साह के साथ बोले- आह, तुम हो विजेता!!! क्या कमाल के इंसान हो यार! उन्होंने मेरे हरियाणवी गाने की बहुत सराहना की। मेरी ईमेल के कुछ सैक्शन दफ़्तर के लोगों को पढ़कर सुनाए। फिर बोले कि तुम्हें हम नौकरी पर रख तो लें, लेकिन एक समस्या

है। तुम्हारी बातों से लगता है कि तुम्हारे हिसाब से तुम कुछ महान करने के लिए बने हो।

मैं 'न' नहीं कह पाया। वे बोले कि हमारे यहाँ मीडिया संस्थान में तो रेगुलर काम चलता है; जाने तुम्हें पसंद आएगा या नहीं। जो मेरे मन में था, मैंने कह दिया कि हाँ, फ़िल्मी गॉसिप में तो रुचि नहीं है, लेकिन आप दूसरे रोचक काम करते हैं, जैसे फ़िल्मी रिव्यू, कविताएँ, कुछ शो, वे सब मुझे पसंद हैं। उन्हें यह सुनना पसंद नहीं आया कि वे फ़िल्मी गॉसिप परोसते हैं। बोले कि नहीं, हम गॉसिप तो कभी नहीं छापते। अब मैं क्या ही कहता? मैंने कुछ नहीं कहा। मेरी एंट्री हो गई। विदेश मंत्रालय में जो सैलरी थी, उससे 10-20% ज़्यादा सैलरी पर। फिर मैंने लिखा- 'रोहित शेट्टी किस हीरोइन की साड़ियाँ इस्त्री करते थे'।

एक दोस्त ने पूछा नई नौकरी के बारे में; मुझे अपना काम बताने में झिझक हुई। फिर भी उसे यह एक आर्टिकल भेज दिया। वह बंदा भी ज़ालिम। बोला कि यह सब काम करोगे क्या; इसमें तो मज़ा नहीं आया; तुम्हारे लैवल का काम नहीं है। ऐसे दोस्त वाकई ज़रूरी हैं। बहरहाल फिर मैंने लिखा- 'कटरीना कैफ ने कोरोना काल में घर में झाड़ू लगाया', 'सलमान ख़ान ने अपने घोड़े के साथ घास आई, वीडियो हो रहा वायरल'।

अपनी नज़रों में इस काम में कुछ सार्थकता देख पाऊँ, इसलिए मैं कोशिश करता था कि कुछ तो वैल्यू डाल दी जाए। ख़बर थी कि आमिर ख़ान की फ़िल्म 'पीके' के एक्टर की हुई मौत। अब मैंने समय लगाकर पता किया कि इन एक्टर ने दरअसल कौन-सा रोल किया था; शुरुआत का एक सीन जहाँ वह किसी शो के लिए ब्लैक में टिकट बेच रहा है; उस सीन का स्क्रीनशॉट लेकर डाला। उन एक्टर के इंस्टाग्राम पर जाकर उनके काम के बारे में सर्च किया। यूट्यूब पर उनकी शो-रील मिली; उनके द्वारा किए गए किसी नाटक का सीन मिला। उन्होंने बहुत कमाल एक्टिंग की हुई

थी। लेकिन सोचिए कि बॉलीवुड में उन्हें काम नहीं मिल पा रहा था। वे तनाव में थे। अब वे चले गए थे, तो मैंने यह सही समझा कि उनके बारे में लोग जानें; यह उनके लिए एक श्रद्धांजलि होगी। कभी आमिर ख़ान की कुछ बात हुई, तो मैंने उनकी फ़िल्म 'अर्थ-1947' के बारे में ज़िक्र करना मुनासिब समझा ताकि लोग इस बेहतरीन फ़िल्म को देखें। मुझे सुनने को मिला कि इतने डिटेल की क्या ज़रूरत है; फटाफट किया करो। तुम्हें तो सैलरी भी दूसरों से ज़्यादा मिल रही है, और पूरे दिन में बस 4-5 आर्टिकल? दस आर्टिकल का टारगेट रखो। यहाँ मामला साफ़ था कि ज़्यादा वेबपेज, ज़्यादा व्यूज़, ज़्यादा विज्ञापन; ज़्यादा क्लिक, कंपनी का ज़्यादा रेवेन्यू। क्या करता, मैंने जल्दी-जल्दी लिखना शुरू किया।

एक दिन किसी ने इंटरनल डैशबोर्ड के बारे में बताया कि वहाँ से अपने आर्टिकल्स के नंबर्स देख सकते हो। मैंने देखा कि उस महीने के टॉप 10 आर्टिकल में से 6 मेरे लिखे हुए थे। हो सकता है कि मेरे टैलेंट की इसमें कुछ थोड़ी-बहुत भूमिका रही हो, लेकिन मेरे हिसाब से मुख्यतः ऐसा इसलिए था क्योंकि लोग सिनेमा गॉसिप कहीं ज़्यादा पढ़ते हैं। लाखों लोगों ने मेरे आर्टिकल्स को पढ़ा था। जिन आर्टिकल्स पर यूट्यूब वीडियो बने थे, उन वीडियो के व्यूज़ अलग। ख़ुशी महसूस होने के बजाए मेरा दिमाग़ हिल गया। डैशबोर्ड पर यह औसत समय भी दिया हुआ था कि कितने मिनट तक लोग उस पेज पर रहे। मैंने देखा कि मैंने कुल मिलाकर लाखों मिनट बर्बाद कर दिए थे। उस समय में लोग कुछ बेहतर कर सकते थे। ख़्याल आया कि जैसे मैं समाज में अफ़ीम बाँट रहा हूँ। मैंने नौकरी छोड़ने का नोटिस दे दिया। अभी कोई और काम मेरे पास नहीं था। पैसे की भी ज़रूरत थी, लेकिन फिर भी लगा कि छोड़ो यार, कोई बात नहीं! कुछ और काम ढूँढ़ लेंगे। कोरोना का समय था, तो 'वर्क फ्रॉम होम' चल रहा था। पिताजी देखते थे कि मैं रात के 10-11 बजे तक लगा रहता हूँ। इस बार उन्होंने भी कहा कि ऐसी नौकरी करने की ज़रूरत नहीं; छोड़ इसे।

पत्रकार महोदय के लिए यह बड़ा झटका था, कि कोई उन्हें छोड़कर कैसे जा सकता है, और वह भी इतना जल्दी? उन्होंने कहा कि मैं अभी के अभी तुम्हें रिलीव कर सकता हूँ, लेकिन अगर चाहो तो नोटिस पीरियड के एक महीने के लिए काम करो; और तुम वो करो जो तुम यहाँ करने का सोचकर आए थे।

मैंने कहा कि कुछ दिन पहले आपने सुबह की मीटिंग में कहा था कि हम अपने मीडिया पोर्टल को ब्रिटैनिका जैसा बनाना चाहते हैं; वहाँ हरेक महत्वपूर्ण चीज़ के बारे में ज्ञान हो; फ्रेंच क्रांति हो, रूसी क्रांति या भारतीय संस्कृति; हमारा पोर्टल ज्ञान की गंगा हो। तो फिर क्यों ना मैं कुछ ऐसी ही सीरीज़ लिखूँ? आजकल देश में 'वामपंथी' और 'दक्षिणपंथी' जैसे शब्द ऐसे ही हवा में उछाल दिए जाते हैं। अगर हम इसके इतिहास के बारे में बताएँ, तो यह देश में राजनैतिक परिचर्चा के लिए फ़ायदेमंद साबित होगा। उन्होंने कहा- ठीक है।

मैंने लिखना शुरू किया। पहला एपिसोड फ्रेंच क्रांति को लेकर; उन्होंने पढ़ा, उन्हें अच्छा लगा। बोले कि आगे लिखो। फिर कार्ल मार्क्स के जीवन पर लिखा। उनके विचारों को सरल भाषा में समझाया। उन्हें अच्छा लगा। फिर रूसी क्रांति पर आए। अब उन्होंने कहा कि असिस्टैंट एडिटर से चैक करवा लो; उन्होंने कहा कि लिखा तो अच्छा है, लेकिन यह सूरज की तरह फैला हुआ है। मतलब? ये किस तरह की उपमा है? क्या ये तारीफ़ है या आलोचना है? मैंने कहा कि अगर स्ट्रक्चर में कोई समस्या है, तो कोई बात नहीं; आप बताइए, मैं सुधार कर देता हूँ। उन्होंने कहा कि रहने दो; छोड़ दो इस सीरीज़ को। मन दुःखी हुआ।

अब आख़िरी दो हफ़्ते के लिए जनरल न्यूज़ लिखने को कहा गया। पत्रकार महोदय कहते थे कि सुबह की मीटिंग में सब लोग चुप क्यों रहते हैं; सुझाव दिया करो वर्ना क्या फ़ायदा ऐसी मीटिंग का। अब मेरी समस्या यह कि

मैं ऐसी बातों को सीरियसली ले लेता हूँ और सुझाव दे देता हूँ। मैंने कह दिया कि हम मर्डर और आत्महत्या की इतनी ज़्यादा ख़बरें क्यों छापते हैं। जवाब तो साफ़ था कि पाठकों को ऐसी ख़बरों में एक 'मज़ा' आता है, और इसलिए ऐसी न्यूज़ 'स्टोरी' बढ़िया चलती हैं। यह बात एक ऐसे सीक्रेट की तरह होती है, जो सभी को पता है, लेकिन कोई कहता नहीं। मैंने कह दिया और माहौल को बहुत ऑकवर्ड कर दिया।

मैं समझने लगा था कि मीडिया संस्थान ऐसे ही चलते हैं। कौन-सी न्यूज़ ब्रेक हो रही है; ट्रेंडिंग में क्या है; आज की बड़ी स्टोरी क्या है जिस पर पूरे दिन बहुत सारे न्यूज़ पीस किए जाएँगे। वैसे तो देश की आबादी का एक बड़ा वर्ग किसान है, गाँव में रहता है, लेकिन उनकी ख़बरें इतनी 'मज़ेदार' नहीं होती हैं, और इसलिए बहुत बहुत कम जगह पाती हैं। न्यूज़ बिज़नेस में सेंसेशन ख़ूब चलती है। लेकिन यह सब कहने की बात नहीं होती। कहना यही होता है कि हम पत्रकार हैं; लोकतंत्र का चौथा स्तंभ हैं; हमारे लिए देश के मुद्दे प्राथमिकता हैं।

मैंने देखा कि मैंने अनजाने में पत्रकार महोदय पर पूरा इमोशनल अत्याचार कर डाला था। जबकि मेरी नीयत बस यही थी कि मीडिया पोर्टल की क्वालिटी बढ़े। सच कहूँ तो मैं उन्हें पसंद ही करता था। ख़ैर, ये आख़िरी दो हफ़्ते भी गुज़रे और वहाँ से विदा ली।

□□

अध्याय -14

हम पंछी उन्मुक्त गगन के

एक दिन मेरी पत्नी ने कहा कि ध्रुव राठी ने यूट्यूब पर पोस्ट किया है- रिसर्चर की ज़रूरत है। मैंने ध्रुव का काम देखा हुआ था बहुत पहले से। मुझे पसंद था। मैंने वर्क सैंपल के तौर पर अपने क्वोरा के 8-10 आर्टिकल के लिंक भेज दिए। एक टेस्ट स्क्रिप्ट लिखने के लिए कहा गया। इज़राइल-फिलिस्तीन विवाद को लेकर। मुझे इस मामले को लेकर ज़्यादा कुछ नहीं पता था। मैं जियोपॉलिटिक्स का कोई एक्सपर्ट नहीं था। अक्सर आलोचक यूट्यूबर्स के बारे में यह आलोचना करते हैं कि ये कभी जियोपॉलिटिक्स के एक्सपर्ट बन जाते हैं, कभी फ़िटनैस के, कभी सामाजिक मुद्दों के। लेकिन दरअसल यूट्यूबर या कंटेंट राइटर एक ही चीज़ के एक्सपर्ट होते हैं, और वह है अलग-अलग विषय पर जिज्ञासा होना, गहरी छानबीन करना, बहुत कुछ पढ़ना, उसे अच्छे से समझना और फिर सरल भाषा में लोगों को समझाना। इस काम में अब तक मैं एक्सपर्ट हो चुका था।

मैं लिखने लगा, और लिखता चला गया। फिर देखा कि ज़्यादा ही लिख डाला, तो एक शॉर्ट वर्ज़न बनाया। डॉक्यूमेंट में तस्वीरें भी लगा दी थीं। जब मैंने वे दोनों वर्ज़न ईमेल किए, बड़ा वर्ज़न और छोटा वर्ज़न, उसी समय मैं जानता था कि यहाँ 'न' सुनने को नहीं मिलेगा। सोचा था कि फ़ोन आएगा, और थोड़ा देर से सही लेकिन कुछ हफ़्तों बाद फ़ोन आया। ध्रुव ने तारीफ़ की, कि आपने बहुत ही अच्छा लिखा; काम शुरू करते हैं। अब कमाल की बात देखिए कि ध्रुव ने एक सीरीज़ लिखने को कहा, 'बेसिक्स

विद ध्रुव राठी', जिसमें कम्युनिज़्म, सोशलिज़्म और कैपिटलिज़्म के बारे में हमें समझाना था। कुछ-कुछ उसी सीरीज़ की तरह जो मैं पहले लिख रहा था। ध्रुव के दिमाग़ में भी यही बात थी कि इन शब्दों का मतलब समझाया जाए, ताकि राजनैतिक परिचर्चा का दायरा बढ़ सके।

कम्युनिज़्म वाला पहला वीडियो बहुत शानदार गया। एडिटर भी नया था; उसने भी कमाल का काम किया था। फिर हमने सोशलिज़्म और कैपिटलिज़्म पर वीडियो किए। इन शब्दों को नई दिल्ली के सैमिनार हॉल से निकाल कर आम लोगों तक पहुँचाया। फिर हमने कई महान लोगों पर वीडियो बनाए। राजा राममोहन रॉय, रबींद्रनाथ टैगोर, भगत सिंह, स्वामी विवेकानंद, डॉक्टर अंबेडकर इत्यादि। मैंने उन वीडियो में वॉयसओवर भी किए; उनकी एक्टिंग करते हुए उनके किसी स्टेटमेंट को अपनी आवाज़ में बोला। कमेंट्स में कुछ लोगों ने पूछा था कि क्या यह भगत सिंह की असली आवाज़ है। हाहाहा।

फिर ध्रुव ने कहा कि एक सीरीज़ करते हैं - 'भारत के रत्न' (जैम्स ऑफ़ इंडिया); क्या आप कहीं जाकर कुछ शूट कर सकते हो? क्यों नहीं? मैं तो बेताब था कुछ शूट करने को। अपना कैमरा, ट्राइपॉड और रिफ्लेक्टर लेकर मैं जैसलमेर पहुँच गया। वहाँ राजकुमारी रत्नावती स्कूल के ऊपर एक डॉक्यूमेंट्री शूट की।

फिर हरियाणा के ट्रीमैन देवेंद्र सूरा पर रौशनी डालते हुए वीडियो शूट किया। वे हरियाणा पुलिस में कार्यरत हैं, और वीकैंड पर ऑक्सीजन बाग़ लगाने का काम करते हैं, यानी सैकड़ों वृक्षों से मिलकर बना हुआ एक छोटा-सा जंगल।

हमने विकल्प फाउंडेशन पर वीडियो किया, जिसे सॉफ्टवेयर इंजीनियर शंकर ने अपने कुछ दोस्तों के साथ शुरू किया; ये लोग पाँच दिन अपनी

अलग-अलग नौकरी करते हैं, कॉलेज में पढ़ते हैं, और वीकैंड पर साफ़-सफ़ाई और सौंदर्यीकरण का काम करते हैं।

ओलंपिक्स में रवि दहिया ने सिल्वर मैडल जीता। इस जीत के पीछे के संघर्ष को दर्शाते हुए एक डॉक्यूमेंट्री शूट की। मज़ा आया बहुत दिनों बाद कुछ शूट करते हुए। पहले मैं लिखने के लिए दो अलग रेट चार्ज करता था। करंट अफ़ेयर्स के जो वीडियो हों, कम शैल्फ़ लाइफ़ वाले, उनके लिए कम। और जो ज़्यादा शैल्फ़ लाइफ़ वाले वीडियो हों, जिन्हें 4 साल बाद भी देखा जा सके, उन्हें लिखने के लिए ज़्यादा गहरी रिसर्च की ज़रूरत होती, लिखने में ज़्यादा टाइम लगता; इसलिए उनके लिए मैं ज़्यादा चार्ज करता था। फिर धीरे-धीरे हमारा हरेक वीडियो इसी एवरग्रीन स्टाइल में ही होने लगा। भले ही वीडियो का टॉपिक कोई करंट टॉपिक हो, लेकिन हम जो जानकारी दे रहे थे, वह उसे एवरग्रीन बना रही थी।

- जैसे कि हमने बाबा का ढाबा वाला वीडियो किया, तो उसमें मीडिया ट्रायल के बारे में अच्छे से समझाया।

- राहुल गाँधी को डिफेमेशन केस की वजह से डिसक्वालिफाई किया गया, तो हमने वीडियो में समझाया कि कैसे डिफेमेशन केस को दुनिया भर में एक राजनैतिक हथियार की तरह इस्तेमाल किया जा रहा है।

- रूस-यूक्रेन युद्ध हुआ, तो एक वीडियो में वैश्विक हथियार लॉबी को एक्सपोज़ किया।

- किसी कॉमेडियन, किसी कार्टूनिस्ट, किसी रिपोर्टर को टारगेट किया गया, तो हमने 'फ्रीडम ऑफ़ एक्सप्रैशन' के टॉपिक पर विस्तार से चर्चा की।

- मणिपुर हिंसा पर जब हमने दो वीडियो किए, तो मौजूदा हालात की बात तो की ही, लेकिन उसके साथ ही मुद्दे की तह तक गए; उसका इतिहास बताया; नियो-कोलोनियलिज़्म के विचार को लोगों के सामने रखा।

हमने क्लासिस्ट ऐटिट्यूड पर वीडियो किया। एस्ट्रोलॉजी जैसे अन्धविश्वास पर कड़ा प्रहार किया।

मुझे यह कहने में कोई झिझक नहीं, कि हमारे हरेक वीडियो ने यूट्यूब को बेहतर किया; लोगों की ज़िंदगी में कुछ वैल्यू जोड़ी; बहुत से मुद्दों पर नैशनल डिस्कोर्स को बेहतर किया। जर्नलिस्ट हर रोज़ की ख़बरें देते हैं, ज़ाहिर है कि उसका अपना बहुत ज़्यादा महत्व है। लेकिन हर रोज़, हर घंटे ख़बरों पर नज़र बनाए रखना, हर रोज़ वीडियो रिलीज़ करना, यह हमारे बस की बात नहीं है। ध्रुव और मैं ख़ुद को एक जर्नलिस्ट की तरह नहीं देख पाते। ध्रुव को ख़ुद को एक एजुकेटर के रूप में देखना सही लगता है, जबकि मैं ख़ुद को एक विचारक के रूप में देखता हूँ। इसलिए हम दोनों को इस तरह के एवरग्रीन वीडियो बेहतर लग रहे थे, और ऑडियंस को भी यह विस्तृत नज़रिया अच्छा लग रहा था। इसीलिए किसी टॉपिक पर हमारा वीडियो देर से आता है, लेकिन उसके बाद भी लोग वीडियो का इंतज़ार करते हैं।

मैंने सोचा था कि अगले 5-6 महीनों तक यह काम करता हूँ। कुछ पैसा इकट्ठा हो जाए, और साथ ही फ़िल्ममेकिंग का कोई रास्ता खुल जाए। लेकिन अब मज़ा आने लगा था। काम में, और ध्रुव की संगत में भी।

यहाँ कोई था, जिसके लिए भगत सिंह की बात केवल स्टेज पर बोलने वाली बात नहीं थी, बल्कि पर्सनल बातचीत में भी हम यह बात कर सकते थे। बिना यह सोचे कि सामने वाला हमें ज़्यादा ही आदर्शवादी, ज़्यादा ही सैंटीमैंटल कहकर मज़ाक तो नहीं उड़ाएगा।

'क्या चलेगा' सोचते रहने के बजाए हम आज़ादी से यह सोच सकते थे कि हमें क्या करने का मन है, क्या करना देश के लिए ज़रूरी है, और उसके बाद यह बात आती थी कि वह कंटेंट कैसे चलेगा, कब चलेगा। इसी के चलते हमने एवोल्यूशन जैसे ऑफबीट टॉपिक पर भी तीन वीडियो बनाए, क्योंकि हमें लगा कि यह समझना लोगों के लिए बहुत ज़रूरी है। हरेक वीडियो के साथ हम बहुत कुछ नया सीख रहे थे, और ऑडियंस को कुछ नया दे रहे थे। कुछ समय बाद 'दरारें' रिलीज़ हो गई। यह एम.एक्स. प्लेयर पर रिलीज़ होने वाली पहली हरियाणवी फ़ीचर फ़िल्म बनी। पैसा अभी भी कुछ नहीं मिला। कहीं 3 साल बाद जाकर क़रीबन 7200 रुपए। लेकिन उसी समय हरियाणा के एकमात्र ओटीटी प्लैटफ़ॉर्म स्टेज ऐप्प ने भी 'दरारें' को रिलीज़ किया। उन्होंने ठीक-ठाक पैसा भी दिया, जिससे फ़िल्म की कॉस्ट तो निकल आई।

कुछ हफ़्तों बाद स्टेज ऐप्प की टीम से फ़ोन आया। उन्होंने बताया कि 'दरारें' तो उस छोटे बच्चे की तरह निकली, जो केवल एक इशारा दिखाते ही ख़ुद से चलने-भागने लगता है; हमारे ज़्यादा मार्केटिंग किए बिना ही फ़िल्म काफ़ी अच्छा कर रही है। क्या आप कोई और फ़िल्म बनाना चाहोगे? मैंने कहा- क्यों नहीं!

झट से उन्हें 'ओपरा' का कॉन्सेप्ट सुना दिया जो पहले से लिखा हुआ था। उन्हें पसंद आया। उस स्क्रीनप्ले को मैंने आगे बढ़ाया; वेबसीरीज़ के हिसाब से तैयार किया। बॉलीवुड में जितने बजट में शॉर्ट फ़िल्म बनती है, हरियाणा में उतना बजट फ़ीचर फ़िल्म का होता है। 'दरारें' से जो अनुभव मिला था, वो यहाँ काम आया। कास्टिंग की, लोकेशन फ़ाइनल की। चाहे कैमरा हो, साउंड हो, क्रू मेंबर्स के ठहरने और खाने की बात हो, यहाँ हर दिन के हिसाब से कॉस्ट बढ़ रही थी। इसलिए केवल 22 दिन का शूटिंग शेड्यूल बनाया। पहले दिन ही बहुत ज़्यादा धुंध हो गई। शुरुआत में ही

शेड्यूल गड़बड़ा गया। शेड्यूल में बीच के 3-4 दिन इसीलिए खाली रखे थे, ताकि कहीं पर शेड्यूल गड़बड़ा जाए, तो वापस ट्रैक पर आ सके। धुंध के अलावा भी कई प्रॉब्लम सामने आईं, लेकिन पिछली फ़िल्म की तरह इस बार भी मन में एक ही बात थी, कि चाहे जो भी हो, फ़िल्म तो पूरी करनी ही है। हम शाम को 8 बजे तक शूट से वापस आते। अगले दिन की शूट की तैयारी में मुझे रात के 12 बज जाते। फिर अगले दिन सुबह 5 बजे उठना। यह इतना ज़्यादा हैक्टिक था कि 22 दिन में मेरा साढ़े चार किलो वज़न कम हो गया। लेकिन जो भी हो, बहुत मज़ा आया। एक दिन शूट पर ही अपना जन्मदिन मनाया।

बाद में 'ओपरा' से नाम बदलकर 'ओपरी पराई' कर दिया गया। वेबसीरीज़ दर्शकों को बहुत ज़्यादा पसंद आई। स्टेज ऐप्प पर सबसे ज़्यादा देखी जाने वाली सीरीज़ में से एक। हरियाणा के फ़िल्म फेस्टिवल्स में 'बैस्ट एक्ट्रैस' और 'बैस्ट वेबसीरीज़' के अवॉर्ड भी मिले। इसके बाद भी मैंने फ़ुल-टाइम फ़िल्ममेकर होने के बजाए यूट्यूब के लिए लिखना जारी रखा। केवल ध्रुव के लिए नहीं, बल्कि साथ ही दूसरे यूट्यूबर्स के लिए भी लिखा। ध्रुव को मिलाकर मैं 11 यूट्यूबर्स के लिए लिख चुका हूँ।

जैसे एक बार 'ओपरी पराई' के एक गाने की रिकॉर्डिंग के लिए एक स्टूडियो गए थे। कुछ दिन बाद स्टूडियो वाले का फ़ोन आया। उसने कहा कि भैया, फुकरा इंसान बैठा हुआ है मेरे साथ, बात करो। मैंने सोचा कि यह क्या बदतमीज़ी है, सामने कोई बैठा है, उसके मुँह पर उसे फुकरा इंसान कहा जा रहा है। फिर सामने वाले ने फ़ोन लिया और कहा कि मैं फुकरा इंसान हूँ। मुझे लगा कि अजीब बात है, यह भी ख़ुद को ऐसे कह रहा है। उसने पूछा कि आपने सुना नहीं है क्या मेरे बारे में। मैंने कहा कि वो जो फ़िल्म आई थी 'फुकरे', उसकी बात कर रहे हो? उसने कहा नहीं। फिर बोला कि मैंने मिस्टर बीस्ट से चैलेंज लेते हुए अभी एक वीडियो किया था। मुझे उस समय 'मिस्टर बीस्ट' का भी आईडिया नहीं था।

मैं फोमो को हरा चुका हूँ। फोमो- फ़ीयर ऑफ़ मिसिंग आउट, यानी यह डर कि आप किसी बात से चूक गए। लोग कहते हैं- "अबे यार, तूने मिर्ज़ापुर नहीं देखी, क्या बात कर रहा है!" फिर वे आपस में सीरीज़ के कैरेक्टर कालीन भैया, गुड्डू की बातें करते हैं, लेकिन इसके बाद भी मेरा देखने का मन नहीं होता। मैंने 'एवेंजर्स' की कोई फ़िल्म नहीं देखी है। मैं केवल इस आधार पर किसी चीज़ को अपने दिमाग़ में एंट्री नहीं देता, कि वह बहुत पॉपुलर है। फ़िल्में हों या यूट्यूब, मैं ढूँढ़ता हूँ कि मुझे क्या देखना है। इसलिए वैसे तो फुकरा इंसान पॉपुलर है, लेकिन फिर भी मैंने उसके बारे में नहीं सुना था। उसने कहा कि मेरे साथ काम कीजिए। मैंने उसका चैनल चैक किया, और समझ नहीं आया कि मैं उसके साथ क्या ही काम करूँ। मैंने कहा कि अभिषेक, तुम जैसा काम करते हो, अच्छा है; लेकिन मैं कुछ सीरियस मीनिंगफुल टाइप कंटेंट ही करता हूँ; जाने क्यों तुम्हें लग रहा है कि मैं तुम्हारे चैनल में कुछ योगदान दे पाऊँगा। उसने कहा कि नहीं, आप करो; अब मुझे कुछ अलग ही चाहिए।

तो फिर हमने दो वीडियो किए- एक में अभिषेक को अपने किसी ऐसे दोस्त को कॉल करना था जिसके साथ उसकी कई साल से बात ना हुई हो। यह रियलिटी टीवी वाला एपिसोड वाकई रियलिटी पर आधारित था। अभिषेक कॉल करने में बहुत झिझक रहा था; लेकिन मेरे ज़ोर देने पर उसने किया; और उसे इतना अच्छा लगा कि उसने मुझे गले लगा लिया। बोला कि सच में बहुत अच्छा लग रहा है; जैसे सिर से कोई बोझ उतर गया हो और सालों पहले ख़त्म हो गई पुरानी दोस्ती आज एक दिन में फिर से, उसकी आँखें नम हो गई थीं। जब लोगों ने एपिसोड देखा, वे भी इमोशनल हो गए। कई लोगों ने कमेंट किया कि इसे देखकर उन्होंने भी अपने पुराने दोस्तों को कॉल किया। फिर एक वीडियो हमने किया जिसका ज़िक्र मैंने पहले किया था; किसानों के साथ वीडियो जहाँ हमने उन्हें गरीबी से निकाला-

- एक किसान को आटा चक्की गिफ्ट कर दी, ताकि वह गेहूँ से आटा पीसे, और सीधे ग्राहकों को बेचे।
- एक परिवार के लिए उनके घर के आँगन में ही देसी ढाबा खुलवा दिया,
- एक डेयरी फार्मर की मदद की।

एक बार क्वोरा के एक फॉलोवर का मैसेज आया, कि भैया, मेरा दोस्त एक मोटिवेशनल यूट्यूबर के साथ काम करता है; मैंने आपके बारे में उन्हें बताया, तो वे आपसे बात करना चाहते हैं। इस तरह कूलमित्र चैनल के शकील से बात हुई। कम्युनिकशन स्किल्स पर हमने एक शानदार वीडियो निकाला। दूसरे कई मोटिवेशनल वीडियो किए।

किसी यूट्यूबर के लिए मैंटल हैल्थ पर लिखा, किसी के लिए फिटनेस पर।

इस सबसे ख़ुद मेरी नॉलेज में इज़ाफ़ा हो रहा था; मेरी पर्सनल ज़िंदगी में मुझे फ़ायदा हो रहा था- जैसे कि एक सवाल हमेशा से दिमाग़ में था कि पहले मुर्गी आई या अंडा। इस पर ध्रुव के साथ एपिसोड किया और इस सवाल का जवाब मिला।

'कम्युनिकेशन स्किल्स' वाला वीडियो लिखते हुए सीखा कि हमें सामने वाले की एनर्जी और स्पीड को मैच करना चाहिए। मैंने यह ट्राई किया, और पाया कि वाकई इससे बातचीत में तारतम्यता बन रही है।

फिटनेस के बारे में एक वीडियो लिखी। वैसे तो मैं बचपन से कसरत करता रहा हूँ, लेकिन पहले स्ट्रेंथ ट्रेनिंग ज़्यादा नहीं करता था। अब रिसर्च करना शुरू की फिर वीडियो लिखा और इसका महत्व समझ आया, तो कार्डियो और स्ट्रेचिंग के साथ स्ट्रेंथ ट्रेनिंग भी करने लगा। इतने अलग यूट्यूबर्स के साथ काम करते हुए काम में वैरायटी बनी रहती है। दूसरी बात कि इन सभी लोगों से उनके अलग इनसाइट्स मिल रहे थे। लेकिन अब वही

सवाल कि जब मेरी एक फ़ीचर फ़िल्म और एक वेबसीरीज़ रिलीज़ हो चुकी, तो फिर अब तक फ़ुल-टाइम फ़िल्ममेकिंग क्यों नहीं शुरू की जैसा कि पहले प्लान था।

एक तीसरी फ़िल्म के लिए ऑफ़र भी आया, जिसका मैंने पहले ज़िक्र किया। वे हरियाणा के बहुत फ़ेमस कॉमेडी यूट्यूबर हैं। उन्होंने 'ओपरी पराई' देखी; उन्हें बहुत अच्छी लगी, तो मुझे कॉल किया; मैं उनसे मिलकर आया। तब उन्होंने वह क्राइम थ्रिलर वाली कहानी सुनाई, जिसमें मुझे मज़ा नहीं आया। इसी तरह एक बार स्टेज ऐप्प के कंटेंट हैड का फ़ोन आया। कहा कि विजेता जी, मैंने कहानी लिखी हुई है; आप उस पर शॉर्ट फ़िल्म बना लो। इसमें कुछ ऐसा था कि एक लड़का अपने दोस्तों के साथ शाम को पार्टी करने जाता है; अँधेरे में वे ग़लती से किसी बाइक वाले को टक्कर मार देते हैं, और भाग जाते हैं; अगले दिन उसे पता चलता है कि उसने अपने सगे भाई को ही टक्कर मार दी थी और उसकी मौत हो गई। कहानी ठीक थी, लेकिन बस ठीकठाक ही लगी। यहाँ भी मैंने मना कर दिया।

लोग कहते हैं कि कभी मौके को मत जाने दो; सही मौके बार-बार नहीं आते; पकड़ लो। लेकिन मेरी आदत रही है- छोड़ना। नौकरियाँ छोड़ना, फ़िल्म इंस्टिट्यूट में ऐडमिशन होने पर उसे छोड़ना और अब ये फ़िल्मों के ऑफ़र छोड़ना।

लोग कहते हैं कि तुम यूट्यूबर बनने का सुनहरा मौका छोड़ रहे हो; इतना शानदार लिखते हो और कैमरा के सामने बोलने में भी तुम्हें कोई हिचक नहीं। सोचो कि यूट्यूबर बनकर कितना रुपया कमा सकते हो। पॉडकास्ट में भी लोगों ने यह पूछा है कि ख़ुद का चैनल क्यों नहीं स्टार्ट कर रहे। मैं कहता हूँ कि मुझमें और ध्रुव में क्या ही फ़र्क़ है; इसे भी मैं अपने चैनल की तरह ही देखता हूँ; यहाँ अपने सोच-विचार रख पाता हूँ; मुझे लिखना पसंद है, और वह काम मैं कर रहा हूँ।

दरअसल दुनिया ने मुझे एक ज़िम्मेवारी दी हुई है, जिसे मुझे निभाना होता है। देखिए, दुनिया में बहुत ही कम लोग आज़ाद दिखते हैं। बच्चे पढ़ाई की टेंशन के मारे हुए हैं। बड़े होने पर बेरोज़गारी के जाल में फँस जाते हैं। जिसे रोज़गार मिला, वो बॉस का ग़ुलाम है। टॉक्सिक वर्क कल्चर में जकड़ा हुआ है। उसका बॉस अपने ऊपर वाले बॉस का ग़ुलाम है। सबसे ऊपर वाला बॉस कंपनी के मालिक सेठ का ग़ुलाम। सेठ नेता से घबराता है; ज़बरदस्ती चंदा देना पड़ता है वरना रेड हो जाती है। नेता के ऊपर चुनाव जीतने का प्रैशर; लोगों में अपनी इमेज बनाए रखने का प्रैशर; वह कोई अलग बात नहीं कह सकता जिससे ज़्यादातर जनता असहमत हो; ऊपर से वह पत्रकारों और यूट्यूबर्स से परेशान, कि वे आलोचना करते हैं और कहते हैं कि सेठ के साथ चंदा-धंधा स्कीम मत चलाओ।

जो सबसे अमीर सेठ है, वह भी अपने लालच का ग़ुलाम है; रुक ही नहीं पाता कहीं चैन से। कलाकार शौहरत की चाहत का ग़ुलाम है। 'क्या चलेगा' से आगे कुछ सोच नहीं पाता। जो कोई सोचे, तो उसे प्रोड्यूसर नहीं सोचने देता। किसी भी एक्टर, गायक, डायरैक्टर का इंटरव्यू सुनो, वे अक्सर यही कहते हैं कि वे अपनी पसंद का काम नहीं कर पाते।

किसी से पूछो कि क्या तुम वाकई ख़ुश हो, तो लोग सकपका जाते हैं। ज़्यादा कुरेदा तो बुरा भी मान सकते हैं। फ़िल्मों के गाने हैं कि जीवन है अगर ज़हर तो पीना ही पड़ेगा। शायर कहते हैं कि मौत से पहले आदमी ग़म से नजात पाए क्यों। फिलॉसफ़र कहते हैं कि 'फ्री विल' जैसा कुछ है ही नहीं। कहते हैं कि तुम्हें समाज ने कंडीशन कर रखा है। लेखक कहते हैं कि आदमी तो बस अपने हालातों की कठपुतली है। इस सबके चलते हुए शंका होती है कि कहीं दुनिया में आज़ादी का कॉन्सेप्ट ही धूमिल ना हो जाए। कहीं लोग यह ना मानने लगें कि आनंद में रहना संभव ही नहीं। इसलिए मेरे ऊपर ज़िम्मेदारी आ जाती है, आज़ाद रहने की। भाड़ में जाए

सक्सैस, भाड़ में गया करियर। अपना मन नहीं किया कुछ करने का, तो अपुन ने नहीं किया। मैं एक चलता-फिरता स्टैचु ऑफ़ लिबर्टी हूँ। ख़ुद को कहता भी हूँ- इंडिपेंडेंट फ़िल्ममेकर। जो दो फ़िल्म ऑफ़र रिजैक्ट किए, उनके अलावा एक तीसरा ऑफ़र तो लगातार बना हुआ है कि गैंगस्टर और क्राइम वाली फ़िल्में बनाऊँ। 'चौपाल' ऐप्प वालों ने भी यही कहा। 'दरारें' वहाँ भी रिलीज़ हुई, तब उन लोगों से बात हुई। उनको तीन कहानियाँ सुनाईं। एक 'मोनू रॉकस्टार'; दूसरी किसानों पर आधारित थी; तीसरी पेपर लीक पर। लेकिन वहाँ भी कंटेंट हैड ने यही कहा कि गैंगस्टर वाली फ़िल्म चाहिए।

फिर से मुझे लगा कि कोई इतनी जल्दी नहीं तीसरी फ़िल्म बनाने की। अपना लिखते रहते हैं। पहले जो किताब लिखी थी और वो प्रकाशित नहीं हो पाई थी, 'लैपटॉप वाला बुद्ध' और 'हैडफ़ोन वाला बुद्ध', उसका एक चैप्टर 'ब्रह्मांड की शक्ति' (पावर ऑफ़ यूनिवर्स) ईबुक के रूप में निकाला। ध्रुव राठी ऐकैडमी पर आप उसे पढ़ सकते हैं। अभी उस लाइफ़ सीरीज़ में और भी ईबुक आएँगी। पिछले लोकसभा चुनाव के दौरान ध्रुव के साथ कई मास्टरपीस निकाले। ख़ुद से तो ध्रुव और मैं संशय में रहते हैं कि जाने कितना क्या प्रभाव है हमारे वीडियोज़ का; कुछ है भी या नहीं। लेकिन लोग मिलते हैं और कहते हैं कि पिछले लोकसभा चुनाव में आप लोगों ने तो सरकार को हिला दिया, तो लगता है कि कुछ तो हमने किया ही होगा। हर वीडियो के नीचे उसकी तारीफ़ करते हुए हज़ारों कमेंट होते हैं। कोई मैसेज कर के कहता है कि आपने देश में लोकतंत्र को बचा लिया। कोई कहता है कि आप लोग आज के समय के भगत सिंह हो। इंसान को तारीफ़ में बहना तो नहीं चाहिए, लेकिन एडमिट करता हूँ कि सुनकर अच्छा तो लगता ही है।

ख़ैर, बात केवल दूसरों के कहने की नहीं, ख़ुद से भी एक सैटिसफ़ैक्शन होती है। जब आप वह बेहतरीन काम कर रहे होते हो, उसी समय आनंद मिल जाता है। लगता है कि वाह, आज तो कुछ कमाल लिखा; मज़ा आ गया। जैसे हमने पहले मैडिटेशन, रैज़ोनैंस, आनंद की बात की। यह सब मुझे गैंगस्टर वाली फ़िल्में बनाने में महसूस नहीं होगा। ऐसा नहीं है कि फ़िल्में बनाने का ख़्याल ही छोड़ दिया हो। कोशिश जारी है। कुछ महीने पहले मुंबई गया था। किसी ने एक फ़िल्म प्रीमियर के लिए इनवाइट किया था। वहाँ राजकुमार हिरानी से मुलाक़ात हो गई। मैंने बताया कि ध्रुव राठी के साथ काम करता हूँ। वे बहुत ख़ुश होकर मिले। नहीं, उन्होंने कोई फ़िल्म प्रोड्यूस करने का ऑफ़र नहीं दिया; लेकिन क्या पता कि कभी वह भी हो जाए। किसी ने सुझाव दिया कि 'मोनू रॉकस्टार' को पहले एक नॉवेल के रूप में निकाल दो। मुझे उनकी बात सही लगी। उस पर भी काम किया जाएगा। फिर मेरी एक कहानी है 'हंसदेव', जो फ़िल्म के लिए सोची थी। यहाँ एक गाँव में लोग गायब होने लग जाते हैं, और अफ़वाह है कि इसके पीछे 300 साल पुराने एक संत हंसदेव का हाथ है। सब-इंस्पैक्टर सुमित सहरावत मामले की जाँच कर रहे हैं। यह भी नॉवेल के रूप में शायद अच्छा रहेगा।

फ़िलहाल अकाउंट में ठीकठाक पैसा है। ऐसा भी नहीं कि करोड़ों में हो, लेकिन मेरे हिसाब से अच्छा-ख़ासा है। तो दिमाग़ में फिर से थिएटर करने का भी चल रहा है। शायद इस बार दिल्ली में नहीं, बल्कि रोहतक में करूँगा। फिर एक हरियाणवी यूट्यूबर हैं जो कॉमेडी वीडियो बनाते हैं। मैंने देखा कि वे मुझे इंस्टाग्राम पर फॉलो करते हैं, तो उनसे बात हुई। उन्होंने कहा कि आ जाओ, हमारे यूट्यूब चैनल पर कुछ शॉर्ट फ़िल्में और वेबसीरीज़ बनाते हैं। हो सकता है कि उनके साथ कुछ करूँ।

ध्रुव के साथ बात चल रही है एक ऐसे रियलिटी शो की, जो भारतीय राजनीति की दिशा ही बदल देगा। तो मेरी प्लेलिस्ट में बहुत सी धुन हैं;

देखते हैं कि कब कौनसी धुन बजती है। क्या मैं अभी भी संघर्ष कर रहा हूँ? हाँ, और शायद ज़िंदगी भर ऐसा करता भी रहूँगा। क्योंकि मुझे सैटल होना, हर रोज़ 9 से 5 तक दफ़्तर में जाना, एक ही तरह का काम करना पसंद नहीं है। कुछ अलग करते रहना पसंद है, तो कुछ अलग ढूँढ़ते रहना होगा। किसी को यह संघर्ष लग सकता है, मेरे लिए यह एक एडवैंचर के जैसा है।

मुड़कर देखता हूँ तो लगता है कि वाह, कितना कुछ ज़िंदगी में कर लिया है -

- 100 से ज़्यादा कविताएँ लिख चुका, जिनमें से कुछ आपने ध्रुव के इंस्टाग्राम पर देखी होंगी।
- कितने सारे यूट्यूब वीडियो लिख चुका
- कितनी कहानियाँ जो मेरे ब्लॉग पर हैं
- 6 गाने, जिनमें से 3 गाने तो अपनी फ़िल्मों के लिए ही, और 3 गाने अलग से
- क्वोरा पर 280 आर्टिकल
- 'पावर ऑफ़ यूनिवर्स', अब यह ईबुक, इसके बाद 'अपनी क़िस्मत को कंट्रोल करो'
- नाटक किए
- यूट्यूब पर 2-3 कॉमेडी वीडियो बनाए
- आजकल इंस्टाग्राम पर कुछ ऐसा करता हूँ, जिसमें कुछ क्रिएटिविटी हो; या तो मेरी कोई कविता हो; कोई नया विचार, कोई कहानी, कुछ एक्टिंग वाला नाटक
- दो शॉर्ट फ़िल्म लिखी, बनाई, एडिट की

- हरियाणवी गाना लिखा, डायरैक्ट किया, उसमें एक्टिंग की, डांस किया
- एक फ़ीचर फ़िल्म बनाई
- एक वेबसीरीज़ बना ली
(लेखन, डायरैक्शन, एडिटिंग के साथ ही उनमें एक्टिंग भी कर ली)
- डॉक्यूमेंट्री सीरीज़ शूट की
- रामलीला में रोल कर लिया
- समाजसेवा के प्रॉजेक्ट कर लिए
- देश-विदेश में कितनी यात्राएँ कर चुका

परिवार भी साथ में ख़ुश है, दोस्तों के साथ पार्टी होती रहती हैं; बहुत रोचक किस्म के नए लोग मिलते रहते हैं। अहा, ज़िंदगी ख़ूबसूरत है। इतना कुछ करने के बाद भी एक ताज़गी बनी हुई है। लगता है कि अभी तो खेल शुरू हुआ है।

❑❑

अध्याय -15

आ जाओ मैदान में

अज़ीम शायर ज़ौक़ ने कहा कि ज़िंदगी हमें ले आई, तो आ गए; मौत हमें ले चली, तो चले। ना अपनी ख़ुशी से आए, ना अपनी ख़ुशी चले। लेकिन अपनी ख़ुशी से जिया तो जा सकता है। कम से कम कोशिश तो करनी चाहिए। नज़र उठाकर देखिए कि ये दुनिया कितनी बड़ी है; कितना कुछ यहाँ करने को है, लेकिन आप हैं कि एक खूँटे से बँध गए। एक कोने में बैठकर आप दुनिया का खेल देख रहे हैं, लेकिन सवाल है कि आप कब उतरेंगे खेल के मैदान में। फिर से कहता हूँ कि आपका कोई पैशन नहीं है तो आपकी ग़लती नहीं है। स्कूल-कॉलेज जिस तरह के हैं, किसी चीज़ का पैशन होना मुश्किल ही है। एक्सप्लोर कीजिए। हम यह सब चर्चा पहले ही कर चुके हैं। पहली शर्त यही होगी कि आपको अपने मैंटल फ्रेम को बदलना होगा। उस जेल से निकलना होगा, जहाँ लोग दौड़ लगा रहे हैं। एक जेल से दूसरी जेल में चले जाना कोई समझदारी की बात नहीं। आपको आज़ादी की तरफ़ बढ़ना होगा।

'अर्नस्ट एंड यंग' की एक एसोसिएट फर्म में काम करने वाली ऐना सेबैस्तियन की दुखद मृत्यु के बारे में आपने सुना होगा। तब हमने टॉक्सिक वर्क कल्चर पर एक वीडियो किया था। ऐना की माँ ने कंपनी के एक बॉस को जो इमोशनल पत्र लिखा था, हमने वीडियो में उसे आपके सामने रखा था। उसी समय यह ईबुक लिखने की उत्कंठा हुई। महसूस हुआ कि यह ईबुक लिखना ज़रूरी है। तो अगर नौकरी से आपकी भी फिज़िकल हैल्थ या मैंटल हैल्थ पर बहुत फ़र्क़ पड़ रहा है, तो बेशक आज ही नौकरी छोड़ दें। जान है तो जहान है। लेकिन अगर कुछ दिन मैनेज कर सकते हैं,

तो फ्रस्ट्रेशन में या जोश में अचानक से नौकरी ना छोड़ें। अगर दिमाग़ आज़ादी की राह पर आ गया है, तो वीकेंड पर एक्सप्लोर कीजिए; जेल की दौड़ से निकलकर, पैसे की सोच को छोड़कर एक्सप्लोर कीजिए। कुछ ऐसा जो मज़ेदार साउंड कर रहा हो; जो दुनिया में कुछ बेहतर करे, वैल्यू जोड़े; उस काम में गहरा उतरिए। स्किल सीखिए। फ्रीलांसिंग का काम उठा लीजिए, या फिर किसी के साथ इंटर्नशिप। इस काम को लेकर पैशन महसूस ना हो, तो कुछ और ट्राई कीजिए।

ज़रूर किसी दिन किसी काम में आप वह गहरा आनंद महसूस करेंगे। वहाँ से आपके अंदर वह संवेग का भाव उत्पन्न होगा कि अब तो मुझे यही करना है। हर रोज़ आप उसे महसूस कर रहे होंगे एक तड़प के रूप में। ऐसे में कोई दुविधा नहीं रहती। उस राह पर चलना ही एकमात्र विकल्प रह जाता है। फिर अपना ब्लूप्रिंट तैयार कीजिए।

यह बात भी हमने की, कि मिडिल क्लास के पास कुछ 'सरप्लस' बच जाता है, जो किसी ख़ुद के बिज़नेस के लिए इनिशियल कैपिटल बन सकता है। उसके अलावा वेंचर कैपिटल, सैल्फ-हैल्प ग्रुप, कॉपरेटिव मॉडल, माइक्रोफाइनेंस जैसे विभिन्न मॉडल की वजह से भी कैपिटल और लेबर के बीच की दीवार टूट रही है। जैसे मैंने नौकरी की तंख़्वाह की मदद से अपनी पहली फ़ीचर फ़िल्म 'दरारें' ख़ुद से प्रोड्यूस कर ली। कहीं पर माँ-बेटे ने 4000 रुपए में अचार का काम शुरू किया, और धीरे-धीरे बढ़ते हुए अब महीने का ढाई लाख कमाने लगे हैं। कहीं पर बिहार के किसी गाँव में ननंद-भाभी ने ख़ुद के पैसे से काम शुरू किया; शार्क टैंक में गए; फंडिंग नहीं मिली, लेकिन कुछ समय बाद फंडिंग मिल गई। शार्क टैंक पर ही एक और बिज़नेस को देखा- 'फार्मदीदी', जिसे तीन लोगों ने अपनी कॉर्पोरेट नौकरियाँ छोड़कर शुरू किया। अब हज़ारों औरतें उनके काम में जुड़ी हुई हैं।

तो बात अब पूँजीवाद बनाम कम्युनिज़्म की नहीं है। बात है कि अगर पूँजीवाद भी हो, तो सभी के लिए वह मौका हो। बात है कि ज़्यादा से ज़्यादा बिज़नेस हों, इकॉनमी का विकेंद्रीकरण हो सके। सभी के लिए रोज़गार की व्यवस्था हो सके। हर कोई अपने काम में मज़ा ले सके।

यह जो बिज़नेस है, फार्मदीदी के नाम से, ये तो अचार के पैकेट पर उन लोगों का नाम भी लिखते हैं, जिन्होंने वह अचार बनाया। सोचिए कि कितनी सुंदर बात है।

यह तो बात हुई कैपिटल जुटाने की। दूसरा बदलाव आया है उत्पादन के साधनों को लेकर। कार्ल मार्क्स के समय में बिज़नेस था पूँजीवादी का, और उसी के पास उत्पादन के साधन थे। 50 साल पहले तक भी कुछ ऐसा ही था कि धंधा लगाना मतलब 'उत्पादन के साधन' ख़रीद कर फैक्ट्री डालना। इसलिए बिज़नेस एक बहुत भारी-भरकम शब्द था। लेकिन आज अलग मामला है।

पहला फ़ैक्टर है सर्विस सैक्टर, जो उस समय पर नहीं था। 2021 में ग्लोबल जीडीपी का 67% सर्विस सैक्टर से था। जैसे कि बिजली उपकरणों की सर्विस और रिपेयर। जैसे कि टीवी, रेडियो, फ्रिज, एसी, कंप्यूटर रिपेयर। इलेक्ट्रीशियन, प्लंबर, ट्यूशन टीचर, जिम ट्रेनर, वैडिंग प्लानर, पार्टी प्लानर, पार्टी शेफ, बर्थडे पार्टी मैजिशियन, इंटीरियर डिज़ाइनर, वैडिंग कोरियोग्राफर, टूरिस्ट गाइड, 'बर्ड वॉक' गाइड जो किसी बर्ड सैंक्चुअरी में लोगों को पक्षी दिखाते हैं और समझाते हैं, ट्रैकिंग गाइड इत्यादि।

इनके लिए आपको कोई उत्पादन का साधन नहीं चाहिए। आप बस एक स्किल में एक्सपर्ट होने चाहिए, और लोगों के पास आपका फ़ोन नंबर होना चाहिए। अख़बारों में डालकर अपने पर्चे बँटवा सकते हैं। अपने विज़िटिंग कार्ड बाँट सकते हैं। गूगल बिज़नेस पर मुफ़्त में रजिस्टर कर सकते हैं। इंस्टाग्राम हैंडल बना सकते हैं।

यह सर्विसेज़ का दायरा बढ़ता जा रहा है। एक जानकार है, जो बोलने और हँसी-मज़ाक करने में काफ़ी तेज़ है। उसे लोग अपनी शादी में बुलाते हैं मेहमानों के साथ बातचीत करने के लिए, हँसी-मज़ाक के लिए, सभी को डांस करवाने के लिए, गेम्स करवाने के लिए। यह सब ताकि पार्टी में कुछ रंग भर जाए। शादी की एक रात का उसे 40-50 हज़ार मिल जाता है। इन्हें वैडिंग होस्ट, वैडिंग एमसी या वैडिंग एंकर कहा जाता है।

एक ऐसी सर्विस, जिसका मैंने पहले ज़िक्र किया; वे लोगों को गाँव की सैर करवाते हैं; उनका इंस्टाग्राम पर पेज है। कई लोग हैं, जो एक शोकेस में गाँव का जीवन देखने के बजाए ऑथेंटिक एक्सपीरियंस चाहते हैं।

पार्टी शेफ को यह चिंता नहीं होती कि उनका खाना कैसे बिकेगा, क्योंकि वे केवल अपनी खाना बनाने की सर्विस देते हैं। लोग उन्हें अपने घर पर या किसी पार्टी वेन्यू पर बुलाते हैं। वहाँ कच्चा माल रखा हुआ होता है; गैस बर्नर और खाना बनाने के बर्तन होते हैं; शेफ अपने असिस्टैंट के साथ आता है, और वे मेहमानों के लिए खाना बनाते हैं।

दूसरा फ़ैक्टर है कि आज उत्पादन/सर्विस के साधन किराए पर लिए जा सकते हैं। मेरे गाँव में एक लड़का स्पोर्ट्स एकेडमी में बॉक्सिंग सिखा रहा था। 40-50 बच्चे बॉक्सिंग सीखने लगे। फ़ीस का 50% एकेडमी वाले का और 50% बॉक्सिंग ट्रेनर का। एक दिन एकेडमी वाले को लालच आ गया। कहा कि मैं 70% लूँगा और तुम्हारा 30%. बॉक्सिंग ट्रेनर ने एक जगह किराए पर ली; सारे बच्चे उसके पीछे आ गए, और अब पूरा 100% उसी को मिल रहा था। लोग किराए की जगह पर कोचिंग सेंटर चला रहे हैं। दुकान किराए पर ली, सैलून का सामान भरा, और सैलून चलाने लगे। किसी ने मोबाइल रिपेयर के लिए दुकान किराए पर ली है। इतना ही नहीं, लोग पूरा होटल किराए पर चला रहे हैं। शायद आपको ताज्जुब हो, लेकिन यह सच है। मेरे एक दोस्त हैं, जो उम्दा गायक और संगीतकार हैं। गोवा में रहते हैं। वहाँ उनकी पत्नी ने 3-4 बड़े-बड़े घर

लीज़ पर लिए हुए हैं। जो इन घर के मकान मालिक हैं, वे कहीं पर अपना कुछ और काम कर रहे हैं। इसलिए वे अपनी प्रॉपर्टी से बँधा हुआ किराया पसंद करते हैं। तो मेरे दोस्त की वाइफ़ ने इन प्रॉपर्टी को लीज़ पर लेकर बहुत सुंदर सजाया; उन्हें हॉस्पिटैलिटी की बहुत अच्छी समझ है; वे ऑनलाइन बुकिंग लेती हैं, और टूरिस्ट इन प्रॉपर्टी में आकर रुकते हैं। हाउसकीपिंग, रूम सर्विस और खाना बनाने के लिए उन्होंने कुछ लोकल लोगों को एम्पलॉय कर रखा है।कई जगह इस तरह रिज़ॉर्ट भी लीज़ पर दिए जाते हैं। अगर आप के अंदर मैनेज करने की क्षमता है, बिज़नेस की सैंस है, तो चलाइए।

अब तो ऐसे भी मॉडल हैं, जहाँ आपको कोई प्रॉपर्टी, कोई ऑफ़िस, कोई दुकान भी किराए पर लेने की ज़रूरत नहीं। एक बार यहाँ हमारे घर के आसपास ही किसी ने अपने घर से ही बिज़नेस चलाया हुआ था 'मिस्टर इडली' के नाम से। डिलीवरी के लिए दो लोगों को रखा हुआ था। केवल एक आइटम था- 4 इडली चटनी के साथ। अख़बार में पर्चे डलवा दिए थे। इस तरह सबके पास उनका नंबर पहुँच गया था। बहुत से लोग इस तरह टिफ़िन सर्विस भी चलाते हैं।

आजकल मार्केटिंग और सेल्स के लिए भी आपके पास ख़ुद के साधन होने की ज़रूरत नहीं है।

- आप ऐमेज़ॉन, फ्लिपकार्ट और मीशो के ज़रिए अपना प्रोडक्ट बेच सकते हैं।
- आपका खाने का काम है, तो ज़ोमैटो और स्विगी पर कस्टमर आपको डिस्कवर कर सकते हैं। इस तरह आप अपने घर से क्लाउड किचन भी चला सकते हैं।
- टैक्सी चलाने वाले रैपिडो, ओला, उबर जैसी टैक्सी ऐप्प पर रजिस्टर कर सकते हैं।

- जो टूरिस्ट स्टे वाला काम करते हैं, वे अपनी एकोमोडेशन को Airbnb पर डालकर वहाँ से बुकिंग लेते हैं।
- पार्टी शेफ ख़ुद को ChefKart, COOX, Take a Chef, Cook and Chef, Zomocook पर रजिस्टर करते हैं।
- पार्टी में लाइव गाने वाले गायक The Live Show या Book my artist India पर अपनी प्रोफ़ाइल बना सकते हैं; वहाँ अपनी गायकी के कुछ सैंपल वीडियो अपलोड कर सकते हैं। इन्हें एग्रीगेटर बिज़नेस मॉडल कहा जाता है। कई लोग अपने प्रोडक्ट बनाकर किसी रिटेल आउटलेट को दे देते हैं। उन्हें बस मज़ा आ रहा है प्रोडक्ट बनाने में। इसके विपरीत कई लोग मैन्युफैक्चरिंग को आउटसोर्स कर लेते हैं। जैसे कि प्लेन सफ़ेद टीशर्ट कहीं से थोक में ख़रीद ली, और फिर वे केवल टीशर्ट प्रिंटिंग करते हैं। उनका मज़ा इस काम में है, कि टीशर्ट पर कैसी तस्वीर हो, कोई क्वोट लिखी हो, यह सब डिज़ाइन करने में उन्हें मज़ा आता है। आप भी चाहें तो ऐसा कर सकते हैं। जैसे कि खेती करने में आपको दिलचस्पी नहीं है, और आप किसानों से ख़रीद कर केवल आगे बेचने का काम कर रहे हो। यानी उनकी मार्केटिंग और सेल्स को आपने सँभाल लिया। सप्लाई चेन में से इतने सारे लोगों को हटाकर केवल आप हो किसान और ग्राहक के बीच। किसान की कमाई बढ़ेगी, ग्राहक को कम कीमत में सामान मिलेगा, और आप भी कमा सकते हैं।

या फिर जो उदाहरण हमने पहले देखा, कि गाँव में घर किसी के पास है, खाना बनाना उन्हें आता है, और आपने इस विलेज टूरिज़्म बिज़नेस के डिमांड साइड को बस पकड़ लिया। फिर से वही बात कि आपको उत्पादन के साधन नहीं चाहिए। बिज़नेस की वेबसाइट बनवाने की भी ज़रूरत नहीं, क्योंकि वेबसाइट बनवा भी लें, तो उसका सर्च इंजन ऑप्टिमाइज़ेशन

अपने आप में एक बड़ा मसला है। इसलिए लोग अपने बिज़नेस का इंस्टाग्राम पेज बना लेते हैं, जो होमपेज की तरह काम करता है। यहाँ से विज्ञापन चला सकते हैं, और उन्हें नए कस्टमर मिल जाते हैं। डिजिटल वर्ल्ड ने बिज़नेस को बहुत बदला है। यह है तीसरा फ़ैक्टर- डिजिटल युग की डिजिटल इकॉनमी। यानी ना केवल ऑफ़लाइन बिज़नेस में आपको मदद मिलती है, बल्कि कई काम तो डिजिटल वाले ही हैं। आपके पास फ़ोन पहले से है, और आप फटाक से इंस्टाग्राम पर रील डालना शुरू कर सकते हैं। अगर आप यूट्यूब वीडियो डालना चाहते हैं, उसके लिए एडिटिंग चाहिए, तो मुफ़्त एडिटिंग सॉफ्टवेयर भी उपलब्ध हैं। वीडियो के पीछे म्यूज़िक चाहिए, उसके लिए यूट्यूब ऑडियो लाइब्रेरी है। इंस्टाग्राम पर भी आप कोई ऑडियो चुन सकते हैं। कंटेंट के लिए आप AI की मदद ले सकते हैं।

कुछ दिन पहले एक लड़के ने मैसेज करते हुए मैंटरशिप के लिए रिक्वेस्ट किया। वह 17 साल का है और एक होटल में वेटर का काम करता है। फ़ोन से ही शूट करता है, फ़ोन से ही एडिटिंग कर लेता है, और यूट्यूब, इंस्टाग्राम पर इंफॉर्मेटिव शॉर्ट वीडियो डालता है। देखकर अच्छा लगा। यह तो आप जानते ही हैं कि यूट्यूब एडसैंस से पैसा आता है; ब्रांड डील्स मिलने लगती हैं तो वहाँ से पैसा आता है। तो इस बिज़नेस में जो 'उत्पादन का साधन' है, वह प्लैटफ़ॉर्म सभी के लिए मौजूद है। ट्विटर से भी लोग आजकल पैसा कमा रहे हैं। कोई ट्विटर के ज़रिए न्यूज़ अपडेट दे रहा है, तो कोई यूट्यूब पत्रकार है। यह शब्द सुनते ही शायद आपके दिमाग़ में रवीश कुमार जैसा कोई नाम आए, लेकिन मैं आपका ध्यान खींचना चाहता हूँ उन लोकल पत्रकारों की तरफ़, जो यूट्यूब के ज़रिए अपने गाँव-शहर के मुद्दों को उठा रहे हैं। मुकेश चंद्राकर का गाँव बासागुड़ा माओवादी हिंसा से ग्रसित था, जिस वजह से उनके परिवार को विस्थापित होना पड़ा। उनके बचपन में ही उनके पिता की मृत्यु हो गई। माँ ने आँगनवाड़ी में काम करते हुए उन्हें और उनके भाई युकेश को बड़ा किया। मुकेश 22 साल

के हुए थे, जब उनकी माँ की कैंसर से मृत्यु हो गई। मुकेश कभी महुआ बेचकर तो कभी बाइक मैकेनिक का काम करते हुए गुज़ारा कर रहे थे। उनके भाई युकेश फ्रीलांसर जर्नलिस्ट बन गए, तो मुकेश की भी इसमें दिलचस्पी हुई। उन्होंने सहारा, न्यूज़18, NDTV के लिए ग्राउंड रिपोर्ट देने का काम किया। नक्सली इलाकों में जंगल के भीतर जाकर रिपोर्टिंग की। उन न्यूज़ फैक्ट्री का कैमरा उनके इलाके में केवल कभी-कभार नक्सली मुठभेड़ को कवर करने पहुँचता है। इसलिए उनके जैसे ग्राउंड रिपोर्टर न्यूज़ चैनल की पक्की नौकरी पर नहीं होते; उनकी इनकम स्टेबल नहीं होती; वे अक्सर गरीबी में जीते हैं। मुकेश ने उन न्यूज़ फैक्ट्री का पुर्जा बनना अस्वीकार किया। उन्होंने अपना यूट्यूब चैनल शुरू किया- बस्तर जंक्शन, और यहाँ उन्होंने आदिवासियों के वे सब मुद्दे दिखाए, जो वे दिखाना चाहते थे। जल, जंगल, ज़मीन से जुड़े मुद्दे। गाँव वालों के विरोध प्रदर्शन को दिखाया। फेक एनकाउंटर की ख़बर दी। स्वास्थ्य केंद्रों की ख़स्ता हालत दिखाई। यह दिखाया कि कैसे नक्सली पब्लिक प्रॉपर्टी को तबाह करते हैं। नक्सलियों की तरफ़ से प्रैशर आया और सरकार की तरफ़ से भी। लेकिन आदिवासियों के बीच वे बेहद पॉपुलर थे। चार साल में उन्होंने 486 वीडियो पोस्ट किए; चैनल पर 1.5 लाख से ज़्यादा सब्सक्राइबर जुड़ गए। मुकेश महीने का 20 हज़ार कमाने लगे, और एक महीने में तो 50 हज़ार भी कमाया। अब कुछ स्टेबल इनकम होने लगी। फिर एक दिन उन्होंने एक बड़े सड़क प्रोजेक्ट में हो रहे भ्रष्टाचार को एक्सपोज़ किया, और उनका मर्डर कर दिया गया। इस पर फ़ोकस मत कीजिए कि उनका मर्डर हो गया। ज़रूरी नहीं कि आप यूट्यूब पत्रकार बनें तो आपका भी मर्डर हो। यह देखिए कि उनके अंदर एक संवेग था; उन्हें अपना काम बेहद पसंद था। तभी तो रिस्क लेकर इसे करते थे। वे अपना ख़ुद का न्यूज़ संस्थान बना सके। अपने इलाके की ख़बर सुना सके। उस इलाके में तो शायद ही किसी को यूट्यूब के 'सुपर थैंक्स' ऑप्शन का पता हो, लेकिन फिर भी वे इस चैनल से अपने लिए ठीक-ठाक कमा सके।

उनके जैसे लोकल पत्रकार लोकतंत्र के लिए बेहद महत्वपूर्ण रहे हैं, और हमेशा रहेंगे। क्योंकि वोट देकर आप राजा को नहीं चुनते कि अब वह पाँच साल तक जो मर्ज़ी करे। उस सांसद, विधायक, सरपंच पर नज़र रखनी होती है, कि वह भ्रष्टाचार ना करे; वह लोगों के लिए काम करे। यह देखना होता है कि सरकारी स्कूल में टीचर सही से पढ़ा रहे हैं या नहीं। सरकारी हस्पताल में दवाइयाँ हैं या नहीं? क्या लोगों के लिए बिजली और पानी की सुविधा है? पूछना होता है कि सड़क में गड्ढे क्यों हैं। आजकल इलाके में इतनी चोरी क्यों हो रही हैं? युवाओं के लिए रोज़गार की कमी क्यों है? पत्रकार जनता की आँखें बनकर सब जगह नज़र रखता है; रिपोर्ट करता है; सरकार से लोगों के सवाल पूछता है। बड़े न्यूज़ चैनल के स्टूडियो में डिबेट के नाम पर शोर मचाना पत्रकारिता नहीं होती। सही मायने में पत्रकारिता वही है, जो मुकेश जैसे पत्रकार करते हैं। लोकल ख़बरों को अख़बार में सबसे ज़्यादा स्पेस मिलना चाहिए, क्योंकि उन्हीं ख़बरों का हम पर सबसे ज़्यादा प्रभाव होता है। होना यही चाहिए कि लोग लोकल अख़बार ख़रीद कर उस अख़बार को फ़ाइनैंशली सपोर्ट करें, या UPI के ज़रिए पेमेंट करते हुए लोकल पत्रकार के यूट्यूब चैनल को सपोर्ट करें। उस इलाके के लोकल ब्रांड उस यूट्यूब चैनल पर अपना विज्ञापन दे सकें। यह मॉडल चल रहा है। उत्तर प्रदेश हो या महाराष्ट्र, कई राज्यों में अब ऐसे लोकल यूट्यूब पत्रकार उभर रहे हैं, जिन्हें जनता का फाइनेंशियल सपोर्ट मिल रहा है। इसलिए किसी जर्नलिज़्म के कोर्स की ज़रूरत नहीं है सच्चा पत्रकार बनने के लिए। ना ही कोई बड़ी बिल्डिंग चाहिए। कोई टीवी चैनल या रेडियो चैनल आपको नहीं ख़रीदना। यूट्यूब और इंस्टाग्राम ने आपको 'उत्पादन/सर्विस का साधन' दे दिया है। सरकारी इम्तिहान की तैयारी करवाने वाले कोचिंग सेंटर भी यूट्यूब पर आ गए हैं। ख़ान सर जैसे शिक्षक यूट्यूब लाइव पर हज़ारों छात्रों को पढ़ा रहे हैं। गरीब छात्र भी कोचिंग का लाभ उठा पा रहे हैं। सोशल मीडिया इन्फ्लुएंसर, यूट्यूब पत्रकार, यूट्यूब टीचर होने के अलावा कई लोग डिजिटल मार्केटिंग

करते हैं। कोई है जो इन्फ्लुएंसर को मैनेज करता है। किसी की बढ़िया नैटवर्किंग स्किल्स हैं, जिसके चलते वे इन्फ्लुएंसर और ब्रांड को कनैक्ट करते हैं; अपनी एजेंसी शुरू कर ली है। इस सबमें कोई ऐसा उत्पादन का साधन नहीं चाहिए। हाल ही में मेरी मुलाकात एक ऐसे दोस्त से हुई जो साइंस के टॉपिक्स पर वीडियो अपलोड करते हैं। उन्होंने मुझे अपना नया प्लान बताया कि चूँकि अब उन्हें यूट्यूब की अच्छी ख़ासी समझ हो गई है, वे उन इन्फ्लुएंसर्स के लिए एक इकोसिस्टम तैयार करेंगे जो समाज में वैज्ञानिक सोच फैला रहे हैं। आकर्षक थंबनेल से लेकर छोटे बिज़नेस के साथ ब्रांड डील तक सभी पहलुओं पर वे उनकी मदद करेंगे। इस तरह उनके जैसे सैकड़ों अन्य लोग होंगे जो पूरे देश में तर्कशीलता फैलाने के विशाल कार्य में उनके साथ शामिल होंगे। यह उनके अंदर का संवेग है।

वेब डिज़ाइनिंग, ग्राफ़िक डिज़ाइन, वीडियो एडिटिंग, फ़िल्म एडिटिंग, कलर ग्रेडिंग जैसे ऑप्शन हैं। इनके लिए एक पावरफुल डैस्कटॉप तो आपको चाहिए होगा। लेकिन 'डा विंची रिज़ॉल्व' जैसे एडवांस्ड सॉफ्टवेयर मुफ़्त में इंस्टॉल किए जा सकते हैं। या प्रीमियर प्रो जैसे सॉफ्टवेयर मासिक किराए पर लिए जा सकते हैं। बहुत से पॉडकास्ट करने वाले यूट्यूबर स्टूडियो भी किराए पर लेते हैं। कैमरा, माइक, लाइट्स, सब किराए पर मिलता है।

जहाँ बात आती है कि पहले कोई स्किल आनी भी तो चाहिए, तो सीखने के लिए यूट्यूब पर मुफ़्त में काफ़ी कुछ उपलब्ध है। फ़ोटोग्राफ़ी, फ़िल्ममेकिंग, फूड रेसिपी, डांस, म्यूज़िक, एक्टिंग, बिज़नेस टिप्स, इंग्लिश सीखना, डिजिटल मार्केटिंग जैसा जाने कितना कुछ। एक से एक मास्टरक्लास आपको मिलेंगी।

ध्रुव का यूट्यूबर वाला कोर्स है। सोचिए कि देश के इतने सक्सैसफुल यूट्यूबर से आप सीख सकते हैं। यह ऑफ़लाइन और ऑनलाइन कोर्स का मसला ऐसा ही है, जैसे थिएटर और सिनेमा का रिश्ता है। थिएटर करते हुए किसी को 500 शो करने पड़ते हैं, लेकिन फ़िल्म इकट्ठे 500 जगह

देखी जा सकती है। इसलिए ऑनलाइन कोर्स सस्ते होते हैं ऑफ़लाइन कोर्स के मुक़ाबले। ध्रुव अगर 50 लोगों को ऑफ़लाइन सिखाए, किसी फाइव-स्टार होटल के कॉन्फरेंस रूम में, तो पाँच दिन की वर्कशॉप के लिए हरेक मेंबर से शायद दो लाख रुपए चार्ज करे। लेकिन ऑनलाइन कोर्स है, तो 3-4 हज़ार रुपए में आपको यह मिल रहा है। आप कितनी बार भी कोर्स को देख सकते हैं। बीच में रोक सकते हैं; रिवाइंड कर सकते हैं। केवल 500-600 रुपए में 90 दिन का एडिटिंग कोर्स आपको मिल जाएगा। पहले आपको किसी दूसरे शहर में जाना पड़ता था, एडिटिंग कोर्स करने के लिए। फ़ीस इतनी ज़्यादा होती थी। आज घर बैठे एडिटिंग सीख सकते हैं। ऑफ़लाइन कोर्स की भी बात करें, तो बहुत से शॉर्ट-टर्म कोर्स भी आज उपलब्ध हैं। सीखना शुरू कीजिए और प्रैक्टिस कीजिए।

फिर नौकरी के साथ काम करना शुरू कीजिए। अगर नौकरी के कुछ ऐसे नियम हैं कि साथ में कोई और पैसा कमाने वाला काम नहीं कर सकते, तो पैसे के बिना कर लीजिए। अपने 8-10 वर्क सैंपल तैयार कर लीजिए। पैसा लिए बिना आप कहीं इंटर्नशिप भी कर सकते हैं। यह सीखने के लिए, अनुभव के लिए एक बेहतरीन तरीका है। कई लोग हैं जो एक मुफ़्त में मिला हुआ इंटर्न पसंद करेंगे। यह मत सोचिए कि आप मुफ़्त में काम कर रहे हैं, बल्कि यह सोचिए कि आप मुफ़्त में सीख रहे हैं। हो सकता है कि वे ख़ुश होकर आपको कुछ स्टाइपेंड भी दे ही दें। इंटर्नशिप से हमारे दिमाग़ में आता है, किसी कंपनी में इंटर्नशिप। लेकिन दरअसल आप कहीं भी इंटर्न हो सकते हैं। आपके नज़दीकी अग्रवाल स्वीट्स या किसी लोकल बेकरी में भी। ब्रैड-बिस्कुट के लिए कच्चा सामान कहाँ से ख़रीदा जाता है, वह देखिए। बिस्कुट का बनना देखिए, पैकेजिंग देखिए। सेल्स काउंटर को सँभालिए। कंपनी की नौकरी या इंटर्नशिप में तो शायद आपको इतना कुछ एक्सप्लोर भी ना करने दिया जाए, जितना आप यहाँ लोकल बेकरी में इंटर्न होते हुए देख सकते हैं, सीख सकते हैं। यह कोई नया विचार नहीं है। हरेक बेकरी में इंटर्न होते ही हैं। फ़र्क़ बस यह है कि

वे इंटर्न गरीब होते हैं। मिडिल क्लास लोगों को तो बिस्कुट की कंपनी में नौकरी करनी होती है; नौकरी में उन्हें प्रतिष्ठा दिखती है। और अमीरों को इंटर्न बनकर कुछ सीखने की ज़रूरत नहीं; वे सीधे धंधा लगाते हैं। लेकिन आप अगर ऐसी इंटर्नशिप के लिए जाएँगे, तो कोई मना नहीं करेगा।

वीकेंड पर किसी NGO में वॉलंटियर कर सकते हैं। किसी वैडिंग कोरियोग्राफर के साथ इंटर्न हो सकते हैं। किसी बुटीक पर इंटर्नशिप करें, तो देखें कि कस्टमर से डीलिंग कैसे होती है; नए कस्टमर कैसे लाए जाते हैं; कपड़ा कहाँ से ख़रीदा जाता है और कितना मार्जिन बचता है। सब कुछ सीख लीजिए। आप किसी ज़ुम्बा ट्रेनर के इंटर्न हो सकते हैं। इससे होगा यह कि कुछ नया शुरू करने का वह भारी-भरकम काम अब आपको इतना भारी नहीं लगेगा। सबसे भारी हैं, लोगों की उम्मीदें। चूँकि आप जेल की दौड़ को छोड़कर एक अलग राह पर आए हैं; आपका फ़ैसला उनकी ज़िंदगी के लिए एक सवालिया निशान बन गया है। इसलिए अब उनकी नज़रें आप पर टिकी हुई हैं। उनके मन में है - ज़रा देखते हैं कि क्या ही कर लेगा। ज़रूरी नहीं कि सभी लोग ऐसे हों। कुछ लोग सच्चे हितैषी भी हो सकते हैं, जो आपको हौंसला देंगे। लेकिन बहुत से लोग ऐसे हैं, जो आपके फ़ैसले के ग़लत साबित होने के इंतज़ार में हैं। वे तैयार हैं यह कहने को- देखा, मैंने कहा था ना कि ऐसे नहीं होता। यह डर आपके अंदर भी आ ही जाता है कि अगर फेल हुआ, तो लोग क्या कहेंगे।

इसलिए अपने मैंटल फ्रेम को जब ठीक करें, तो उस जेल की दौड़ से निकलते हुए आपको अपनी ईगो को भी साइड कर देना होगा। वही आज़ादी की सच्ची राह होगी। लोग कहते हैं कि आपकी सफलता ही सबसे अच्छा रिवेंज है; अपने आलोचकों का मुँह बंद करो अपनी सक्सैस से। ऐसी वाहियात बातों में ना पड़ें। आपको किसी को कुछ साबित नहीं करना है। अपनी ज़िंदगी चैन से जीनी है, अपनी ज़िंदगी में मज़ा चाहिए- बात ख़त्म। समस्या एक और है कि कई बार हितैषी भी इतनी उम्मीदें आप पर लाद देंगे। यह उनकी पर्सनल सोच नहीं है, बल्कि समाज का एक पैटर्न

है। टॉक्सिक नौकरी करते हुए व्यक्ति 70,000 कमा रहा है। जो आदमी ख़ुशी से अपना काम करते हुए 70,000 कमा रहा है, क्या वह उससे बेहतर नहीं है? कॉमन सैंस की बात है कि पैसा उतना ही है और दिमाग़ी चैन कहीं ज़्यादा, तो यह बेहतर हुआ। लेकिन नहीं, समाज के हिसाब से अगर आपने नौकरी छोड़कर कुछ काम शुरू किया, तो आप सीधे मिलियन डॉलर बिज़नेस के मालिक होने चाहिए। आपकी स्टार्ट-अप छा जाए पूरे भारत में। आपसे उनकी यह आकांक्षा होती है। एक व्यक्ति है जो एक लाख रुपया कमा रहा है किसी नौकरी में बोर होते हुए, रोते हुए। कोई दूसरा है जो महीने का औसतन एक लाख कमा रहा है सीरियल और फ़िल्मों में छोटे-मोटे रोल करते हुए। क्या यह व्यक्ति बेहतर नहीं है, कि उतना ही पैसा कमा रहा है अपनी पसंद का काम करते हुए? लेकिन नहीं, लोग आपको कहेंगे- भाई, कब देख रहे हैं हम तुझे बड़े परदे पर? आपसे उम्मीद की जाएगी कि आप अगले शाहरुख़ ख़ान हों। क्या बॉलीवुड, क्या हॉलीवुड, सब जगह छा जाएँ; बैस्ट एक्टर का ऑस्कर जीतकर लाएँ।

स्टैंड-अप कॉमेडियन की बात करेंगे, तो सीधा अनुभव सिंह बस्सी या अभिषेक उपमन्यु से आपकी तुलना की जाएगी। पूछा जाएगा कि उतने फ़ेमस कब होगे। यूट्यूबर बनने चलोगे, तो आपसे यूट्यूब के गोल्डन बटन की डिमांड की जाएगी।

कोई इनसे पूछे कि तुम जिस कंपनी में काम कर रहे हो, तुम कब उसके CEO बन रहे हो? सरकारी नौकरी वाले से पूछो कि क्या वह कैबिनेट सैक्रेटरी बन जाएगा? नहीं ना? तो फिर दूसरों के सिर पर काहे उलजुलूल उम्मीदों का टोकरा रख रहे हो?

छोड़िए, कुछ नहीं कहिएगा। लेकिन यह बात अपने दिमाग़ में रखिए कि उनकी ये बातें बकवास की बातें हैं। आप अभी से एक एडवैंचर पर निकल चुके हैं; खुली हवा में साँस ले रहे हैं; काम का मज़ा ले रहे हैं। यह भी पूँजीवादी समाज का ही फ़ितूर है कि एक्सपैंशन की कोई लिमिट नहीं; उतना एक्सपैंड करते जाओ जितना कर सको। क्यों भला? पूरे भारत के

कपड़े आपको ही डिज़ाइन करने ज़रूरी हैं क्या? कुछ दूसरों के लिए भी छोड़ दो। भला हर किसी को बर्नार्ड आरनॉल्ट क्यों बनना है? अपनी एक दुकान से अगर महीने का 4-5 लाख रुपया आ रहा है, तो क्यों खोलनी है दूसरी ब्रांच? बाकी जो समय है, वह परिवार को दो, दोस्तों से मिलो, घूमो-फिरो, कसरत करो, किताब पढ़ो, फ़िल्म देखो। इसलिए न तो आलोचकों का प्रेशर लेना है, न हितैषियों का और न ख़ुद का। रिलैक्स करते हुए सब करना है।

तो बस यही है। एक बार शॉर्ट में सारी बात कह दी जाए।

1. नौकरी छोड़ना कोई फ़ैशन नहीं है। अगर आपकी नौकरी ऐसी है, जो आपको आपके इंसानी स्वभाव से एलियनेट नहीं कर रही है, काम का ज़्यादा प्रेशर नहीं है, सीमित घंटों की नौकरी है, ख़ुद के लिए भी समय है, अपनी पसंद का काम है, काम में मज़ा भी आ रहा है, तो फिर रहो नौकरी में। हालाँकि ऐसे लोग शायद ही यह किताब पढ़ रहे हों, लेकिन फिर भी अगर किसी ने कौतूहल में किताब उठा ली हो और यहाँ तक पढ़ ली हो, तो बेवजह चक्कर में ना पड़ें। आप अगर ख़ुश हैं, तो अच्छी बात है। अपनी नौकरी कंटिन्यू करें। अगर अपनी इस कंपनी में ख़ुश नहीं हैं, तो देखें कि क्या कोई दूसरी कंपनी है, जहाँ ख़ुशी मिल सकती है? जो भी हमने यहाँ बातें की - काम का लोड ना होना, पर्सनल लाइफ़ के लिए समय होना, पसंद का काम होना, उसमें मज़ा आना - क्या यह कहीं और मिल सकता है?

2. अगर सोच लिया कि किसी नौकरी में मज़ा नहीं आने वाला, तो सवाल बनता है कि क्या करना है। अगर पहले से कोई पैशन नहीं है, तो एक्सप्लोर कीजिए। आप अपने वीकेंड का कैसा इस्तेमाल करते हैं, यह आपके पूरे हफ़्ते को डिसाइड करेगा। वीकेंड पर दुनिया देखिए।

शायद इतना तो आपको क्लियर होगा कि आप विज्ञान वाले व्यक्ति हैं, या आपके अंदर कलात्मक क्रिएटिविटी है। क्या आप इंट्रोवर्ट हैं या एक्सट्रोवर्ट हैं? क्या रिसर्च का काम सही लगता है या ऑपरेशंस का? क्या अकेले काम करते हुए कुछ सूक्ष्म बारीकियों वाला काम करना पसंद है, या फिर टीम के साथ मिलकर कुछ मैनेजमेंट टाइप का काम सही लगता है? आप चाहें तो पर्सनैलिटी टैस्ट ले सकते हैं। किसी करियर काउंसिलर से मशवरा कर सकते हैं, या AI से भी सुझाव माँग सकते हैं, कि मैं इस तरह का व्यक्ति हूँ, मेरे लिए कौन-कौनसे करियर ऑप्शन हैं? अब ये जितने भी फ़ील्ड निकल कर आएँ, पाँच, दस, बीस, इन्हें एक्सप्लोर कीजिए। एक महीना, दो महीने, तीन महीने, जितना भी समय लगे।

वीकैंड पर कहीं थिएटर देखिए, किताबें पढ़िए, म्यूज़िक कॉन्सर्ट में जाइए, कोई फ़िल्म क्लब जॉइन कीजिए जो स्क्रीनिंग्स करते हैं; इस तरह वर्ल्ड सिनेमा देखिए जो आज तक देखा ना हो, सर्कस देखिए, मैजिक शो देखिए, पेंटिंग गैलरी में जाइए, फ़ोटो एग्ज़िबिशन में चले जाइए, बर्ड वॉक पर जाना अच्छा रहेगा, फ़ोटोग्राफ़ी वर्कशॉप अटैंड कीजिए, किसी सैमिनार हॉल में कोई इकॉनमी पर लैक्चर सुनने जाइए, किसी पत्रकार की बुक लॉन्च पर पहुँच जाइए, ये सब इवेंट्स सभी के लिए ओपन होते हैं।

किसी एथ्नोग्राफर या साइकोलॉजिस्ट को कोई सर्वे करना है तो उनके फ़ील्ड सर्वे में मदद कर दीजिए, किसी एडवर्टाइज़िंग एजेंसी वाले को या किसी लोगो डिज़ाइनर को इंस्टाग्राम पर DM कर उनसे बातचीत कीजिए; कोई शॉर्ट फ़िल्म बना रहा हो, तो उसके सैट्स पर कॉन्ट्रिब्यूट कीजिए; बड़ी कंपनी का दौरा करना तो मुश्किल होगा लेकिन किसी छोटे बिज़नेस की साइट पर जाया जा सकता है। कोई पूछे कि क्यों आए हो, तो ख़ुद को पत्रकार, यूट्यूबर, सोशियोलॉजी

का छात्र, डॉक्यूमेंट्री मेकर, कुछ भी कह सकते हैं। गाँव के खेतों में जाइए, उनके साथ कटाई करवाइए, ट्यूबवैल की हौदी में नहाइए। कुछ नया सीखिए; जो कुछ थोड़ा बहुत रोचक लगे, उसमें डूब जाइए। जितना डूबते जाएँगे, उसमें आपकी रुचि का लैवल बढ़ता जाएगा। कुछ ना कुछ तो आपका पैशन बन जाएगा।

3. उस काम को अच्छे से सीखिए। यूट्यूब से, ऑनलाइन कोर्स से, 5-6 वीकैंड की वर्कशॉप, या कोई बड़ा ऑफ़लाइन कोर्स, जिस भी तरह से सीखना आपके लिए सुविधापूर्ण हो।

   यह काम पर डिपैंड करेगा कि क्या आप इस नए फ़ील्ड में नौकरी कर सकते हैं, फ्रीलांसिंग करेंगे या आपको अपना बिज़नेस शुरू करना होगा। मान लीजिए कि आपको सांख्यिकी में रुचि हुई, तो शायद आप किसी ऐनालिटिक्स फर्म में नौकरी लेना चाहें। अगर आपको वीडियो एडिटिंग समझ आई, तो फ्रीलांसिंग बेहतर रहेगा। अगर आपको ऑर्गेनिक फार्मिंग में दिलचस्पी हुई, तो यह एक बिज़नेस की तरह काम करेगा।

4. अब वीकैंड पर यह काम करना शुरू कीजिए। अगर कहीं से फ्रीलांसिंग का काम मिल सकता है, तो अच्छी बात है। नहीं तो किसी के पास इंटर्नशिप मिल जाए, वह भी बढ़िया बात है। वरना ख़ुद से भी कोई काम कर सकते हैं। जैसे कि

   - किन्हीं 10 कंपनियों के विज्ञापन के लिए आपने कॉन्सेप्ट नोट और स्टोरीबोर्ड बना दिए। मेरे एक दोस्त ने तो एक कैफ़े, सैलून और एक पुजारी के विज्ञापन के लिए मुफ़्त वीडियो बना दिए। अब वह इन्हें दूसरे छोटे बिज़नेस को पिच करने के लिए इस्तेमाल करता है।

- आप कुछ काल्पनिक कंपनियों के लोगो बना सकते हैं।
- कोई ऐसी वीडियो डाउनलोड की, जहाँ डॉक्टर विकास दिव्यकीर्ति भाषण दे रहे हैं, और आपने उसे बढ़िया इमेज डालते हुए एडिट कर दिया। 7-8 रील बना दीं।
- आपने 5 गाने लिख दिए।
- कपड़ों के डिज़ाइन बना दिए।

अगर कहीं नौकरी के लिए या फ्रीलांस काम के लिए एप्लाई करना है, तो आप ज़रूर इन्हें अपने वर्क सैंपल्स की तरह ईमेल में अटैच कर सकते हैं। अगर ख़ुद का बिज़नेस करना है, तो इन्हें अपने बिज़नेस के इंस्टाग्राम पेज पर डालते जाइए। जैसे कि आपने सूट की सिलाई की, तो सूट सिलने की प्रोसेस और आख़िरकार सूट पहने हुए की दस सैकेंड की वीडियो बनाइए, और अपलोड कर दीजिए। यह एक जगह हो गई, जहाँ लोग आपका काम देख सकते हैं। इस रील के आख़िर में कहा जा सकता है कि ऐसे डिज़ाइनर सूट सिलवाने के लिए DM करें। आप मेकअप करती हैं, तो ऐसे 5-6 वीडियो जहाँ आपने अलग-अलग तरह का मेकअप किया हो। अगर आप पोर्ट्रेट फ़ोटोग्राफर हैं, तो 5-6 पोर्ट्रेट फ़ोटो जो आपने क्लिक किए हों। जिन लोगों के आपने फ़ोटो क्लिक किए हों, वे आपको कोलाब्रेटर में रखते हुए पोस्ट कर सकते हैं। विलेज टूरिज़्म वाला आपको करना है, तो पहले अपने आसपास के कुछ दोस्तों को वहाँ ले गए, और उन्होंने आपके बिज़नेस पेज के साथ रील डाल दी।

5. आपको अपने लोन चुका देने हैं; एक मिनिमलिस्ट लाइफ़स्टाइल अपनाइए जिसमें कम मैंटेनेंस हो और इसलिए कम खर्चा हो; पूरी प्रोसैस के दौरान अपने मैंटल फ्रेम को सही कर लेना है।

6. जब यह सब हो गया और ठीकठाक काम आपके पास आने लगा, तो आपने किसी को नौकरी पर रख लिया, और उसे अपनी मौजूदा नौकरी की सैलरी में से कुछ सैलरी दे दी। फिर एक समय बाद अपनी नौकरी भी छोड़ सकते हैं। या फिर ख़ुद से ही सँभालना है, तो पहले ही अपनी नौकरी छोड़कर ख़ुद से नए काम में लग गए। इस तरह स्टेप बाई स्टेप चलते हुए बड़े से बड़े काम किए जा सकते हैं। यह मुश्किल नहीं है। आपको घबराना नहीं है। आप ज़रूर कर सकते हैं, और आपको करना चाहिए। एक ही ज़िंदगी है, और आप इसमें आनंद डिज़र्व करते हैं।

❑❑

तो हमारा सफर यहीं तक था। आपको किताब कैसी लगी- आप अपनी प्रतिक्रिया मुझे इंस्टाग्राम पर भेज सकते हैं। मेरा इंस्टाग्राम हैंडल है- vijetadahiya1. उम्मीद करता हूँ कि अपने ख़्वाबों की राह पर चलने के लिए आपको इस किताब से मदद मिलेगी। फिर मिलते हैं किसी और नई चर्चा के साथ।